囧婚

二货夫妻的逗比生活

花晓同 著

中国友谊出版公司

图书在版编目（CIP）数据

囧婚 / 花晓同著. — 北京：中国友谊出版公司，2015.3

ISBN 978-7-5057-3489-0

Ⅰ. ①囧… Ⅱ. ①花… Ⅲ. ①长篇小说 - 中国 - 当代 Ⅳ. ①I247.5

中国版本图书馆CIP数据核字（2015）第032805号

书名 囧婚
作者 花晓同
出版 中国友谊出版公司
发行 中国友谊出版公司
经销 新华书店
印刷 三河市祥达印刷包装有限公司
规格 635×965毫米 16开
21印张 315千字
版次 2015年6月第1版
印次 2015年6月第1次印刷
书号 ISBN 978-7-5057-3489-0
定价 32.80元
地址 北京市朝阳区西坝河南里17号楼
邮编 100028
电话 （010）64668676

如发现图书质量问题，可联系调换。质量投诉电话：010-82069336

目录

CONTENTS

序

关于面包和爱情的话题，是永远探索无止境的。

有个问题是这样问的：如果以后和你结婚的那个男人没有钱、没有车，甚至连房子都没有，你愿意跟着他一起打拼吗?

我觉得出这个问题的人脑子有病，结婚原本就和房子、车子没有半毛钱关系。

可能我这样说，很多人会说我脑子有病。

好吧，我承认，对于一个更注重欲望、爱情和欢乐的二货来说，有病也不是什么大事。

因为我始终相信，努力过就会有爱情，奋斗过的就是婚姻，一起创造的才是幸福。

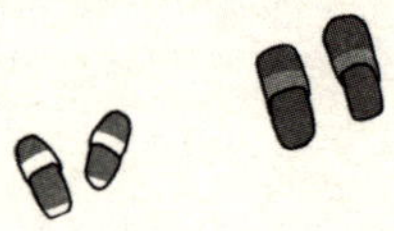

第一章

努力过 就会有爱情

1.

在淄贡市这样的小地方，25岁还没结婚甚至连男朋友都没有，绝对是一件让父母抬不起头的事。不巧的是，从和前男友分手到过完25岁生日的我，这两年连男人的汗毛都没摸过。

所以我妈和世界上所有恨嫁的妈一样，天天就惦记着找人给我介绍男朋友。对于她这种擅自做主的行为我从来不反抗，每次都会乖乖地去和男方见面。只是一见面就会吊儿郎当地把腿放凳子上，看着对方："你想找结婚对象吗？明儿领证？"

男人再重口味，恐怕也不会对第一次见面就显得比爷们儿还爷们儿的女人下手吧？所以基本上坐不到十分钟，就会逃之夭夭。

然后，就没了然后。

其实我也不是不想找男朋友，就是不喜欢这种程序式的相亲，我喜欢的是像小说里写的那样，在某个转角不经意有个人闯进你的视线，开启你的心灵……

只是我们这儿确实不适合装文艺，我把淄贡市的每个转角都走了N遍，闯入我视线的男人，要么歪瓜裂枣，要么太高大上，基本没有那么一个对得上眼的。

我妈经常唠叨我："你天天在外面野，有本事你找个男人回来！"

我很委屈，就这么点儿地方，天天一起的不是闺密就是男闺密，哪儿来的男人？

我妈还一本正经地说："我看你那哥们儿齐鑫就不错，要不凑合凑合算了。”

我瞬间石化！和齐鑫那哥们儿一起躺床上都不会有感觉，怎么可能？他睡了多少女人、几岁开始的我都清楚好吧？再说了，那么熟，也不好下手不是？

其实这些我都可以原谅，毕竟她有那么一颗迫切想要把我嫁出去的心。但最让我受不了的是今天，我刚进家门她就心事重重地板着脸说：“苏菲你老实告诉妈，你是不是这辈子也不打算嫁了？”

我虽平时大大咧咧的，看起来像个爷们儿，但我还是保持着一颗待嫁的心啊！嫁不出去只是没遇上对眼的那个人，也不能把话说死，认为我这辈子也不想嫁啊！所以也没给我妈甩好脸：“妈，你这是病，得治！”

“你才有病！文昊的孩子都能打酱油了，你还不找男朋友是几个意思？”我妈是急性子，话赶话就容易激动，“你要在年前找不到，过完年就赶紧滚出去，别赖在家里让人说闲话！”

我可以忍受我妈为我安排相亲，也可以忍受她在我面前碎碎念，但我绝不能忍受她屡次在我面前提起文昊。所以在这一瞬间我就爆发了：“滚就滚！”

在我转身出门关上房门的时候，还听到她在家里咆哮：“滚了你就别回来——”

文昊是我的初恋，用流行的话来说就是个地地道道的渣男。从小学六年级起我就跟在他后面，高中毕业后我上专科他上重本，我比他提前一年毕业后就在成都找了个销售的工作，打算等他毕业后结婚。

不料他在快要毕业的时候忽然告诉我：“苏菲，咱们分手吧。我越来越觉得你像哥们儿，我想找个温柔的妹子。”

我当时就火冒三丈，你要觉得我不够温柔这么多年早干吗去了？就算真的才发现不喜欢我这款，分手的时候能不能稍微含蓄那么一点点？

随后跟所有狗血剧情一样，我发现文昊和我的闺密赵娇娇好上了。

当然这事儿我也有原因，赵娇娇高考和文昊考入了同一所学校，我居然大大咧咧地每次去学校还让她帮我盯着点文昊，和文昊吵嘴了也会跟她说，连文昊和我分手后我还向她哭诉过。当时她还假惺惺地安慰我一定能找到更好的男孩疼我。

但是我过不了这个劲儿啊，苦思冥想一个月后，我终于鼓起了勇气去文昊学校找他，想放下自尊可怜兮兮地求他再给我个机会的时候，人家和赵娇娇手牵手在学校散步了。

防火防盗防闺密这话真不假！

然后我在他们学校的小树林里喝了一斤老白干，第二天醒来就决定彻底忘掉过去，果断收拾东西辞职回了家。

恋人没了，那我得好好陪着家人不是？

我妈知道我和文昊分手后不仅没有安慰我，反而嘀嘀咕咕说是因为我性格不好脾气太臭。年底文昊带着已经怀孕的赵娇娇回来办婚礼，赵娇娇她妈还给我妈发来了请帖。我妈从参加完婚礼回来就开骂，骂我性格不如赵娇娇好，难怪文昊要甩了我娶赵娇娇；骂我要是不改改臭脾气，以后不可能会有人受得了我。

那段时间被她说得我都觉得她不是我亲妈，哪有亲妈这样往自己女儿伤口上撒盐的？

知道文昊和赵娇娇过上了幸福生活后，我就把所有心思都放在了工作上，从广告公司淄贡分公司的业务员，一步步做到了现在的部门经理。前不久营销总监已确定离职，公司也明确表示年后会送我去北京总部培训，等总监离职后有很大的可能让我顶上。

为了安心工作，这两年我雷区的底线就是不能提起文昊，但我妈偏偏每次着急我找不到男朋友的时候就会拿他来说事。

我觉得我和我妈是八字相克，好好聊天不到十分钟就得吵起来，除非我像今天这样及时气走，否则她就会唠叨到没完没了，所以对她这样的河东狮吼我早已见惯不怪。

就算她吼得再厉害，等我出门后她该去打麻将还是去打，打完回家要不见我人，就会给我打电话："哎呀菲菲，妈妈知道不该在你面前提文昊，也知道你心情不好，玩会儿就早点回家，妈妈给你煮汤圆。"

在我妈这样长期的压迫下，我也找到了发泄途径，那就是找几个朋友往KTV一坐，几杯酒下去我就拥有了全世界，然后借着酒劲儿各种鬼哭狼嚎。

走出小区我就给哥们儿齐鑫和闺密谈笑笑、叶玲分别去了电话，内容都一样：“姐又被我妈给欺负了，速来陪姐喝酒。”

齐鑫是我从小玩到大的铁哥们儿，从读书的时候就各种帮我出头，虽然我妈无数次说过希望我能和他走到一起，但我们俩一致认为就算我们躺在一张床上，也没法让对方有生理反应。因为齐鑫的英雄事迹实在太多，从高中时候去红灯区到在网上勾搭40岁的寂寞妇女裸聊，或者是毕业后回初中部去骗纯情小妹妹，这些事连同细节我都清楚。后来他家里拿他实在没辙，在他高中没念完在家里闲逛了两年后，动用了大量的财力把他送去了新西兰，去年刚从新西兰回来又在家闲着。

笑笑是我们淄贡比较有名的婚礼主持人，唱歌是她除喝酒找帅哥以外最大的爱好。回来这两年我见过她找男朋友的本领，换男朋友的速度和我翻书的速度有得一拼。她说这叫认准就下手，不好就分手。

笑笑前不久从网上谈了个男友，还没见面开始恋呢就又失了恋。所以这种情况下坐到一块儿，自然是心照不宣地以喝醉为目的。

很快桌上全是空瓶，我们都差不多飘起来了，笑笑开始去唱各种怀念前男友们的歌；叶子的老公在部队服役，她也捧着电话亲热个没完；齐鑫更是变身交际花，端着酒杯离开包间好几个小时还不回来。

我开始怀疑这俩女人不是来安慰我的，是来我这儿找安慰的。不管前男友们还是男友不在身边，好歹这两年你们都不缺啊，她们到底有没有想过我的感受？于是我也有点按捺不住了，拿出手机登上QQ，虚着眼睛点开和郝健的对话框，发出消息：“明天来陪我过圣诞节。”

消息发出去一分钟郝健就回复了我：“好的，你手机号多少？到了我联系你。”

我把号码发了过去，临了还嘱咐：“你要不来我就把你拉黑名单。”

“好。你用手机挂的QQ，是又在外面吗？”

“姨妈巾，我给你点了你的治愈神曲，赶紧唱去。”我刚准备再给郝健回复消息的时候，笑笑嚎完了盯着我的手机，“哟，是不是有动静了？”

“动静你妹啊。”我连忙把QQ退掉，开始唱我每次必唱的《叶子》。

叶子，是不会飞翔的翅膀

翅膀，是落在天上的叶子

……

唱到“我一个人吃饭、旅行、到处走走停停，也一个人看书、写信、自己对话谈心”，我成功地把自己唱哭了。这还是歌吗？明明就是为我量身定做的伤感告白好吗？唱完丢下话筒就伤心地哭了个够。

到最后怎么回去的我不知道，总之在上班闹钟还没响之前，手机铃声就先响了起来，我烦躁地掐断了几次，还是执着地响起。我不耐烦地接起来：“喂，干吗？”

“请问这是苏菲的号码吗？”

对方听起来是个谦和有礼的男生，我脑子一时短路没想起我身边哪儿会有这种斯文男生，随口说：“是，你谁啊？”

“我是郝健，不好意思，我上午临时有点事，可能得晚点才能赶来陪你过节。”

我惊得像是大早上见了鬼似的翻开QQ聊天记录，看到的一瞬间我真想抽自己，问问昨儿喝多了到底是发的哪门子疯。但说出去的话就是吐出去的口水，你是无论如何也不可能把它再吞回去的。我也只有硬着头皮再给郝健回了过去：“啊……那个，刚手机没信号，断了。”

“呵呵。”郝健的笑声听起来还不算猥琐，“下午我快到的时候给你打电话，你来车站接我好吗？”

“哦……好。”昨儿喝多了我现在整个人都是迷糊的，也没太把这事儿给放在心上。就把电话放在脸上，听着里面的嘟嘟声也懒得去关，只想抓紧时间再睡一会儿……

郝健是半年前加的QQ好友，据他自己交代是在相亲网站上看了我的资料和照片加的我。我之所以对这个人记忆深刻，是他加了我之后就先给了我一份个人简历，附加消息是这样说的：“我看网站上你对男友的要求好像我都挺符合，这是我的简历，你先看看。”

我聊QQ近十年来，从来没有遇到过这么认真的哥们儿，当时隔着电脑我就笑喷了。但还是对他的简历认真地研究了一番：研究生，四川省某事业单位设计院职工，不抽烟、不喝酒、不泡妞，无任何不良嗜好。

就简历上看，郝健这个标准应聘我妈的女婿是绝对绰绰有余的，因为这些年我妈帮我介绍的男友，大多都是本地事业单位员工或是公务员之类。像郝健这样单位前面带着省级的，一听就特别高大上，我妈要知道了又得去炫耀好一阵子。

如果条件放两年前，我绝对以为这男的就一书呆子，定是不可能正眼瞧一眼的。但现在被我妈盯那么紧，在她教育下久了也觉得稳定是好事，不过唯一不满足我条件的是他的单位在成都。两年前离开成都的时候我发过誓，只要我苏菲离开了成都这个伤心之地，就算拉屎都不会朝那个方向……

加了郝健QQ之后也就把他当成一个网友，有空了就掏心掏肺地聊两句，要没空了招呼都不打就直接下线。以致经常忽然出门半夜才回家，再看电脑时，和郝健的对话框里大多都有这么几条消息：

“怎么了？”

“还在吗？”

QQ自动变成离开状态后，面对自动回复他也会很认真地回答：“哦。”

十一点：“还没回家吗？”

十二点：“那我先睡觉了，晚安。”

一开始觉得这哥们儿认真过头了，后来慢慢也习惯了网上有个人总在牵挂着我。一个月以前郝健认真地向我表白了，想要找个机会和我见个面，让我看看他本人的条件是否符合我对男友的期许。既然是相亲网认识，那见面就是直接奔着谈恋爱和结婚去的，但我考虑到郝健在成都工作这个因素，见面这事被我一拖再拖。没想到昨儿多喝了两口，还真的鼓起勇气答应了他，也没想到我这一说他就快马加鞭地赶了过来。

在见郝健之前我也见过几个同城网友，见面后多聊几句就成了哥们儿，所以这次我依然觉得我们最终可能会成为好哥们儿。在他来电话告知要到汽车站时，我并没像笑笑见网友之前那样对着镜子左涂右抹，也没考虑到一头卷发没打理，而是穿着工作服直接抱着暖手袋就去了。

站在下客处盯了好久，终于发现了从成都开往淄贡市的大巴，怕他下车看不到我，我连忙冲上去站到车门前，等我发现自己不矜持的时候已经晚了。

郝健拿着一瓶可乐跳下来，腼腆地和我打招呼：“Hi，苏菲。”

真像极了姨妈巾广告词的语气，刚从车上下来的人纷纷转头。

此刻我心里如一万头草泥马奔过，难道他不知道苏菲这个品牌在女性市场尤其响亮吗？但我还得热情地冲他笑，顺便近距离看看他的长相。

这一看可差点没把我吓到，网上视频的时候不是好像很高大帅气的吗？不是1983年出生的吗？就这长相活脱脱就是一高中生，高中生也就算了吧，姐冲他这么一笑，他竟然还满脸通红！

OH，NO！我喜欢的是像吴秀波那样成熟内敛的大叔，我不要这样的奶油白面书生。

但我也不可能扭头就走嘛，我往他旁边一站："走吧，我先带你去开房间。"

说完我就后悔了，但我发誓绝对没有其他的意思，只是因为今天圣诞节房间会打挤。

郝健并不觉得这话奇怪，很自然地回应我："住的地方离吃饭的地儿远不远？我担心你肚子饿。"

到了宾馆看着成对的男女进出，才觉得一来就带他开房似乎真不妥。不过转念一想这是在我的地盘上，名正言顺我怕什么啊我！

中途笑笑打来电话："七点半啊，老地方，我和叶子。"

"行，等下有个朋友要和我一块儿。"我提前和她俩打了招呼，免得见面后说话不把门儿。

"男的女的？"

"男的。"

笑笑那一脸奸笑的表情我都不用想："那就带来，姐保准完成任务。"

我这人没什么别的优点，就是有点自来熟，加上在网上聊的时间也不短，吃饭的时候刚见面的生疏感也基本消失。郝健平时经常听我说喝酒，叫了两瓶啤酒，还绅士地先帮我倒了一杯："咱们吃饭的时候少喝点。"

见到酒我就没法继续再装，碰杯后二话不说仰头喝了个精光。

等我把杯子放下准备吃东西的时候，郝健拿着大半杯酒盯着我："你干了？"

我差点脱口而出"你什么时候见姐随意过？"不过心中碎碎念这是初次

见面，要矜持，矜持！我微微笑了笑说：“嗯，有点口渴。”

我以为郝健主动提出要喝酒，酒量怎么也应该会好。但一瓶酒喝完他就从脸红到了耳根子，我想可能他就是喝酒上脸，没想到去唱吧才热了个身，他就在我耳边小声地说：“我好像喝多了，我能不能就在旁边躺一会儿？”为了显示并不是他酒量不好，说完还特意补了句，“你那俩朋友太厉害，我不行了……”

最后那句“我不行了”瞬间戳中我的笑点，叱咤淄贡市酒坛这么多年，还真没见过有男人喝酒说自己不行的，念在郝健这么实诚的份儿上，我说：“姐们儿，郝健今儿可是晕车，他先躺会儿。”

笑笑立即举起了尾指：“切——”

叶子也笑言：“这就不行了？那等会儿怎么办？”

“少来。”我打掉笑笑的手指，转头看郝健已经躺在了我身后，耸耸肩，“真醉了。”

郝健躺下笑笑就迫不及待地质问我：“我说苏菲，你上哪儿找了个这么嫩的男人？”

“你妹，喝酒。”

笑笑接过酒瓶也不甘示弱：“你就想把自己灌醉，姐成全你。”

我们仨肆无忌惮地喝酒玩游戏，我输得有点儿惨，喝到最后笑笑看我实在费劲，估计我离现场直播已经不远，走到我旁边摇了摇郝健。

郝健睡得正香，被笑笑这一摇就从沙发上蹦起来，站在桌子旁边一脸惊愕地看着我：“你慢点喝。”

我本来就有点喝不下去，是在硬撑，被郝健这一吓，转头一大口酒全喷到他脸上。刚一口气喝下去实在太多，顾不上说抱歉跟着往旁边一扭头，喷泉就开了口……

笑笑知道我不过是酒喝急了点，看郝健醒来就拉着他：“刚还没喝尽兴你就不行了，现在醒了那咱就接着喝？”

郝健估计都没见过女的这么喝酒，见我都吐成这样了笑笑还让喝，脸色马上就变了：“不喝了吧？”

叶子忙接话：“正好我明天还要上货。”

到现在我已经基本忽略了郝健那副高中生长相的脸，觉得凭见面后的印象，这哥们儿还算靠谱。送走笑笑和叶子，我借着酒劲壮了下胆子说："要不我再陪你逛逛？"

这当然是中了郝健的下怀，但他还是再次向我确定："回家晚了，你爸妈不会说你吧？"

"不会，我妈还在打麻将呢。"

一路上郝健的手总是会无意识地在我手上碰两下，但就是不敢牵上来，走到河边人少的地方才终于忍不住一把抓住，满脸通红地看着我吞吞吐吐地说："苏菲，我想和你说件事。"

其实我心里也紧张，毕竟两年来这可是第一个牵我手的男人，但我还得装作若无其事地把手抽回来，靠在河堤的石墩上："嗯？什么事？"

这样的面对面让郝健的脸比刚才更红了，低下头好大一会儿才开口："其实两年前我见过你，我那时候……"

郝健像是憋了口气半天喘不上来，而我又是个急性子，劈头盖脸地就问了过去："你之前见过我？你加我QQ不是在相亲网上找的号吗？"

郝健被我这连环炮般的质问弄得更紧张了："我见你那天……你喝多了……"

"什么时候？"

"在川大的小树林里。"郝健怕瞒了我这么长时间我生气，连忙解释说，"我不是故意瞒着你的，我怕你知道后就不跟我聊天、不和我见面了，但我真的是在相亲网上看到你的资料才加你QQ的，我没骗你。"

两年前，我见到文昊和赵娇娇手牵手走在一起之后，独自去川大的小树林里喝完一斤白酒，靠在树下回忆这些年和文昊的点点滴滴不停地抹眼泪。在哭得快要睡过去的时候，听到不远处有个女人的声音："我们分手吧。"

过了一会儿有个男人说："你是不是和别人好上了？"

"我没有。"

"没有？"男人的声音忽然变大，"你上次来我实验室登了QQ没下线，是谁给你发的消息我可都看到了。"

女人怒骂道："你居然偷看我的聊天记录！"

听到这儿我忍不住了，心里原本就有火找不到地方发，拿着空酒瓶摇摇晃晃地循着声音走了过去，破口大骂：“劈腿你还有理了？”

正在气头上的女人语气也不大好：“你谁啊你？”

“你管我是谁！”说完我就抡着空酒瓶给她砸了过去。

“啊——”女人惨叫一声应声倒地，“神经病啊你！”

“你才有病，姐就是专门来收拾你这类贱人的。”听她还骂我就更来劲了，一脚上前想要踢过去。

旁边站着的男人应该才反应过来，连忙上前抱着我：“同学，消消气。”

当时我属于醉酒状态，加上光线昏暗没看清楚男人长什么样。现在听郝健这样说起，我诧异地问：“你是那男的？”

“是。”郝健憋红了脸点点头，“那天是我送你回家的。”

我斜他一眼：“那天是你和你女朋友吵架吧？你是不是来找我要医药费的？”

“不是，不是。”郝健听我误会他了连连摆手，情急之下脱口而出，“我当时觉得你特别率真，后来在网上和你聊了一段时间之后，我觉得我……我喜欢你这种类型的……”

我完全惊呆了，他怎么可能对一个喝醉的女人有感觉？这口味也太重点儿了吧？

郝健重新牵起我的手：“我想要你做我女朋友。”

郝健不管是网上还是见面后印象都很不错，我心里不禁在想：反正除了他的工作地点其他都还好，不如就发展下？既能在我妈那儿交差也算是给了自己一个机会。我也没矫情，点头就答应：“那我们试试。”

在这个充满温情的时刻，我妈的电话打破了寂静，她在电话里咆哮：“大半夜了你还不回家，是想要干什么啊？”

我猜我妈一定是晚上打麻将又输了钱在家里发脾气，不敢再继续儿女情长连忙打了个车回家。我想要是她知道今儿晚上搅了我的好事，铁定得后悔。

刚进单元门就听到她的声音：“你看看人家老贺，当年和你一起分配工作的吧？这都当局长了。我说我不差吧？怎么就嫁了你这么个没用的东西！”我打开门还没进屋我妈又把炮火对准我：“还有你，成天在外面野，就你这副熊样，看怎么嫁得出去！”

对我妈这种火山爆发我早已见惯不怪，默默地端起我爸给打包回来的消夜准备开吃。

我妈见我们爷儿俩都不搭理她，气得一把抢过我手上的饭盒扔进垃圾桶：“你吃什么，就算不找男朋友也得早点回家不是？大半夜地在外面野，我估计文昊就是嫌弃你这样才……”

听她又提起文昊，我扔掉筷子也爆发了：“再说我没男朋友？明儿我就带回来给你见见！”

听我说有男朋友，我妈的脸色马上由阴转晴，笑盈盈地靠在我旁边说：“真的？叫什么名字？哪个单位的？”

我发誓，在我回家之前，真心没有想过要这么快把我和郝建的事告诉他们。不过既然都说了，也只有顺着她的话回答：“叫郝健，外省的，在成都一家设计院工作。”

一听是在成都而且还是设计院，我妈简直乐得眼睛都睁不开：“多大了？什么学历？”

“比我大四岁，研究生毕业。”

“呀。”我妈惊喜地掰着手指算了算，贴在我身上肉麻地说，“这属相算起来可和你很配呢，你有男朋友了怎么不早告诉妈妈呢？饿不饿？妈妈给你煮汤圆去。”

“不饿。”我妈还想要拉着我继续刨根问底，我甩开她的手说，“我要先睡觉了。”

第二天一早就听到我妈在客厅大着嗓门打电话：“是，中午在乐天山庄吃饭，我过生日，还有菲菲的男朋友从成都来了。”

“嗯，是。”

“早点过来。”

我吓得翻身从床上起来，我的老妈，就算是你过生日，这么几十年也没见你舍得掏钱在外面吃饭啊？而且我有这么嫁不出去嘛，昨天晚上听到我有男朋友，今儿就通知各路神仙准备集体提问？

我去宾馆接上郝健，趁吃早饭的时候就把这事儿告诉了他，我想他一定是没有意识到等会儿在亲朋好友面前的危险，半点都感觉不出他紧张，呆萌地说那就见呗。

吃过早饭半天没等到出租，就坐了个黑车去山庄，到了目的地郝健用普通话问："师傅，多少钱？"

司机狮子大开口："50。"

郝健当真把钱夹掏出来准备付钱时我拦住他，从宾馆到山庄顶天就10块，对这种欺客行为我绝不能姑息，顺手从包里拿出10块钱零钱递给他："就10块，爱要不要。"

师傅接过钱等我们转了身就在身后骂："真他妈抠门儿。"

我转头就准备冲上前去："你有种再骂？"

郝健在我身后拉着我："算了苏菲。"

黑车也趁机快速离开现场，我火还没消下去，转头质问郝健："你也是傻，他问你要50你也给？"

郝健赔着笑脸："我不知道嘛，再说我个大老爷们，怎么好意思在街上和他讨价还价。"

到包间所有舅舅姨妈悉数到场，我妈更是难得一见的满脸春光，还没等我开口就激动地站起来拉着郝健的手："你就是郝健吧？"

这样的热情换其他男人估计该瞎想了：这苏菲是不是怀着别人的孩子，怎么他们家看见一个男人就跟饿狼捕食一样呢？

还好郝健没多想，笑着点头："是的，阿姨。"

"我是苏菲的妈妈。"我妈还特不见外地拉着郝健挨个儿介绍，介绍完更是自己端着酒杯站起来，"今天是我过生日，你们都祝我生日快乐吧。"

我想毕竟是初次见面，郝健见到这么主动的丈母娘该不会被吓到了吧？但他好像也没有多想，站起来毕恭毕敬地举着酒杯："阿姨，生日快乐。"

二舅往他杯子里加了点儿酒："小郝啊，听说你是在设计院吧？"

"是的，舅舅。"

舅舅当面就向我妈夸道："姐，我有学生也在××设计院，现在买好几套房了。"

有人当场捧我妈的脸，她更是高兴了："哎呀，日子好不好还不是他们俩过。"

好事的三姨妈更是直接："小郝啊，你现在工资多少？"

"我现在还是助理工程师，等过几年职称上去了，工资也会慢慢增加。"

随后不管他们问的问题多么刁钻，郝健都很认真且恭敬地回答，整个饭桌上的表现，赢得了所有亲戚的赞许，尤其我妈更是满意得不行。

正式见过家长，我心里也多少有了点儿变化，下午他回成都时我含情脉脉地把他送去了车站，拉着他的手不愿意松开。

眼看大巴车就要开车了，郝健有些不舍地说："你元旦来成都吧？我带你去玩玩。"

我也配合琼瑶剧的剧情摇晃着他的手："嗯，你走了我会想你的啦。"

郝健一本正经地挠挠头傻笑着说："你乖乖的，别跟你妈吵架听到没？"

"好的呀，欧巴……"

郝健刮了刮我的鼻子："调皮。"

元旦节在平淡的生活中很快来临，我提前一天向公司请了假，理由是：相亲成功，要去成都见男朋友。

我也不知道自己是哪儿来的勇气，竟然就这样在两年后义无反顾地坐上去往成都的大巴，完全忘了当年离开时的誓言：这辈子就算拉屎也不会朝那个方向。现在去了成都，意味着我不仅要朝着那个方向，甚至可能会在那儿拉一辈子。

快要到达成都的时候，久未见面的姐们儿于施来电话约我晚上带着郝健一块儿吃饭。我虽有万千理由想尽早和郝健独处，但是不能拒绝朋友的邀请啊，所以到成都郝健接到我后，我们直接打了个车就去约好的地点。

刚到于施就妖着身子扭到我面前张开手："亲爱的，我想死你了——"热情拥抱后看了看旁边的郝健，"这就是你的小哥吧？"

"是，我男朋友郝健。这是我好姐们儿于施，人送美称西施。"

从小于施就是我身边的一朵红花，只要有她在的地方不可能会有男人正眼看我。所以我把他们相互介绍了一遍后特意看了下郝健，只见他局促得差点把头揣进衣领里："你好。"

"都到啦？"

我循着声音转头一看，从卫生间走出来一大爷，挺个大肚还严重谢顶。于施见这大爷就贴了上去："这是我老公志勇。老公，这是我好朋友苏菲，还有她男朋友郝健。"

在说老公的时候还特意绕了好几个弯，听得我那是一身的鸡皮疙瘩。再看这俩人站一起，要说他不是于施干爹而是老公没人会相信。

坐下不久大爷鬼鬼祟祟地出门接了个电话，再进来就说有事儿要先走。反正这大爷和我们不在一个频道，听说他要走我自然高兴。

等他离开我连忙质问于施："西施，说吧，这是你上谁家偷的爹？"

"什么偷的，我们很快就要结婚啦。"

然后不管我怎么问，于施都坚决表态这是她正儿八经的男朋友。但我担心她是给人当了二奶或是小三什么的，想三下两下灌醉了让她说点实话，要是真的我得劝她悬崖勒马。

不过同时被灌醉的，还有郝健。

于施指指醉了睡在沙发上的郝健："就这点酒量敢来收你？"

"那大爷不也那么点儿头发就敢要你吗？"我把于施的杯子填满，"老实交代，那大爷是不是有老婆的？"

于施低头玩弄着手上的酒杯："是，他是结了婚的。"

我隔着装满酒的杯子看了她一眼没理会，继续干完后把杯子重重地放在桌上："干了。"

平时我都是一副吊儿郎当的样子，于施基本没见过我这样发火。估计也有点儿心虚，闭着眼睛把剩下的酒喝完，向我解释说："他就快要离婚了。"

说完就撑着头开始回忆她和大爷之间的"真爱"，说得那叫一个轰轰烈烈凄凄惨惨。越说我心里越火，憋着气喝了不少，导致和郝健回到他宿舍后，我见床倒下就睡。

迷糊中感觉脸上黏糊糊的，睁开眼睛看到郝健饥肠辘辘地在我脸上磨蹭，见我睁开眼睛，郝健撑着头冲我傻乐："醒啦？"

就他这副贱样儿我就知道他想做什么，果断地将嘴凑了上去以证明我是真的醒了。悲惨的是嘴一凑上去闻到郝健气息里残存的酒味，翻身跳下去还没走到厕所就……

我发誓：我真不是因为觉得郝健恶心，而是闻到酒味条件反射地想吐。

更让我没想到的是，和郝健有过亲密接触后的我，竟然小女人般地依偎在他怀里，瞬间感觉他不再是那个高中生，我第一次在男人面前温柔起来："你是从什么时候开始打我主意的？"

郝健胆怯地看着我："那天在车上看你抱着暖手袋，我这心就开始狂跳。"

那天我可是完全没打扮就去的啊，而且说不定身上还带着前一天晚上的酒味，郝健居然会看着那个时候的我心动？我瞬间就乐了："哈哈，没看出来你口味挺重的啊。"

郝健用带着胡楂儿的下巴在我脸上磨蹭："我……以后该怎么叫你呢？"

我没多想直接说："叫老婆啊。"话出口我就后悔自己太着急，就我俩目前的状况应该是从"炮友"发展到"亲爱的"，也不能这样就给扣上"老婆"这么大一顶帽子才对。

郝健得逞地笑着："老婆……老婆……"

元旦正是公司忙的时候，来的时候也只请了两天假。而郝健说是带我好好去玩，其实除开和于施吃那顿饭，就是床一上再一下这两天就过去了，吃饭也是全程叫外卖，到第二天郝健才带我出去吃了顿火锅，吃完顺便把我送去车站。趁还没发车，跟着我一块儿上了大巴坐在我旁边，咬着耳朵说："老婆，我们大概十几号就会放假，等我放了假再来找你。"

"好。"

"你回去乖乖的，少喝点儿酒，对身体不好。"

"哦。"

"这个你拿着，我看你包里好像没有。"郝健从随身的小包里翻出一包纸巾，又找出不知道什么时候买的水、瓜子和泡椒凤爪，"你在路上吃，免得一会儿坐车饿。"

我接过纸巾脸上一阵臊，作为女人我包里居然没有纸巾！更万恶的是这样的女性必需品居然由一个男人准备好了提供给我！

回到淄贡市我浮躁的心马上就安定了很多，除了上班就是回家躲在房间里上网和郝健聊天。笑笑和叶子约了我几次出去喝酒，我都以不想出门为由给拒绝了。

后来笑笑打来电话说她新谈了男朋友，让我去给参谋参谋。我想，要是这种情况我都还不出现，她们俩就该上门把我电脑给拆了。于是我在QQ上和郝健打了个招呼就匆匆出了门。

果然笑笑带了个新男友，叫王小帅，自己开了家小装饰公司。前段时间刚在别人的婚礼上认识的，俩人一拍即合，短时间内就走到了一起。

不过今天所有人的焦点都不在他们身上，而是不停地八卦我和郝健。

笑笑探过头："你和上次那哥们儿的事儿就这样定了？"

我说："差不多了吧，我爸妈对他挺满意的。"

叶子又问："你上次说他是什么来着，研究生？"

"是。"

笑笑躺在王小帅怀里，说："你和他学历差了两个阶段，以后会不会没有共同语言？我总觉得研究生就应该是搞科研、老实木讷那么一类型的人才，跟咱不是一个路子啊。"

叶子也在旁边附和："就是啊姨妈巾，这些问题你可都得想清楚，万一结婚了才发现差距怎么办？"

笑笑说："你看我跟叶子，咱们喝酒说粗话干什么都没关系，要这些放在你那哥们儿身上，你能保证他都能接受？"

被她们俩这么一提醒我沉默了，在文昊劈腿后我也想过学历之间有差距，所以这两年抓住在广告公司的机会才想拼命地往上爬，希望有一天让他们看到我虽没上本科，但也不比他们谁差劲到哪儿去。而我和郝健的学历差得更多，虽然目前来看共同语言还算多，那都是因为我语言比较丰富。但20年之后我们会不会像电视上演的那样，戴着眼镜的教授和在家煮饭的黄脸婆因为思想不在一个层次而发生争吵？

烦躁的同时我们三个就开始探讨：学历相差太远会对以后的生活造成什么影响？到最后分析出来最坏的结果是，有一天差距越来越大，郝健厌倦了我，完全有出轨的可能。

得到这个结论让我瞬间就不淡定了，灌醉了回家躺上床就开始哭。浑噩的大脑就在想，要想坚决扼制此类事件的发生，唯一的办法就是快刀斩乱麻——分手！然后去找一个和我差距不大的男人。下定决心就得趁现在还没投入太多的感情，长痛不如短痛。

我拿出手机拨通了郝健的电话，挂着眼泪说："我们分手吧。"

"为什么？"郝健睡梦中被吵醒，说话的声音还有些迷糊。

我已经钻进了要分手的死胡同，但又觉得要找个正当的理由。于是就把我爸妈之间的不和谐、晚上我们讨论以后即将可能会发生的所有，一边哭一边告诉了他。说到后面说了什么自己都不知道，只是在一味地强调必须分手！一定要分手！我不想等以后感情更深了，两个人尿不到一个壶里去的时候受到伤害。

一早被我妈摇醒，她满脸堆笑地把手机递给我："菲菲，快接电话，郝健打来的。"

我把手机放到脸上："喂——"

"老婆，我就是想告诉你一下，我大概中午的时候到淄贡市，你再睡一会儿吧，我到了给你打电话。"

头又痛又沉，我挂了电话又开始继续梦周公，没过多久忽然被惊醒，好像梦到郝健给我打电话说他要来。我连忙拿过枕边的电话看了下通话记录，这真不是梦。隐约想起昨天晚上好像给郝健打电话说分手来着，好像我一直在哭？

想到这儿我就想抽自己，这喝多了乱打电话的臭毛病到底得什么时候才能治好？起床对正在沙发上看电视的我妈说："妈，等会儿郝健要来，你看中午吃什么？"

我妈一下从沙发上蹦起来："呀，郝健要来呀？"

"嗯……"

"几点到？"

"应该快了吧，我收拾收拾出门去接他。"

我妈那才是神速，我话才说一半她已经跳到冰箱门前，把冰箱里珍藏的各类肉品拿出来准备解冻，一边拿还一边说："那天中午就见他喝酒了，也不知道他喜欢吃什么。”

见我妈这副上赶着嫁女儿的样子我就吃醋了，趴在她后背上说：“陈老师，你用不着这么夸张吧？这还没怎么着呢。”

我妈拿着一堆肉起身：“你除了喝酒懂什么呀？”

“得。”我耸耸肩，“我什么都不懂，看你那么喜欢，要不你去嫁吧。”

“滚——”我妈开玩笑地甩给我一巴掌，“现在你也谈恋爱了，说话什么的可要注意点儿。”

不出意外的话下一句肯定就是：你要脾气不改，指不定人还像文昊那样去选别人。我赶紧溜回卧室关上门，给郝健去了个电话问他什么时候到。郝健说他还有一个小时，让我不用去接他，直接把地址发给他就完了。

我也实在不舒服不想去接，把地址发给他之后，听门外没了我妈的声音才走出去，只见我爸居然拿了个吸尘器在吸地。我顿感惊悚地靠在卧室门边上：“爸，你干吗呢？”

“收拾下屋子。”

从我记事起就没看到我爸做过家务，前几年下岗后就在县城开了家小饭店，后来因为经营不善亏了些钱关门大吉。之后又去了几家饭店做厨师，总是觉得当老板习惯了不愿意受气，做了好几家都没做太长时间。我妈气得让他去做门卫，但我爸心气高傲哪可能做门卫？干脆就不再去上班闲家里，逢年过节有饭店忙不过来就去搭把手，平时就在家里炒炒股。

“爸，你要早几十年就这么勤快，我妈的脾气得好一半儿。”

我爸停下来冲我乐：“这不是因为郝健要来嘛。”

我倒！老爸老妈，你们要不要这样？这八字还没一撇的女婿，到底是镶了金边还是镶了钻？一听说人要来又是买菜又是收拾屋子，至于把动静搞得这么大吗？但由此也可以充分地看出，不仅是我妈着急我结婚的事儿，一向和我站在同一立场的老爸也着急。

郝健到了之后我爸妈反倒显得正常了，吃过饭跟往常一样双双出门打牌，像是刻意把空间留给我似的。郝健看我脸色也不是很好，牵着我的手让我躺到沙发上：“昨儿喝多了吧？要不你再睡一会儿？”

我这人就是有什么事儿得先说，明明昨儿说了分手，现在揣着这个事儿肯定是没办法睡着的，我看郝健眼睛里好像还有血丝："怎么？昨儿没睡好？"

"嗯，我没睡。"郝健拉着我的手放在他脸上磨蹭。

本来是不想承认昨天说分手是因为喝多了说醉话，一听他吓得连觉都没睡就赶过来，说话一副林黛玉的可怜样儿，觉得自己好像有点作："对不起啊，我昨天喝多了。"

"我知道，但我绝对不是你想的那样。"郝健是真急了，"我这人嘴笨，也说不出什么好听的，我知道我现在什么都没有，但如果你和我在一起，以后我肯定不会饿着你。"

我心里笑着想：哥们儿，这解决温饱的年代早过去了好不好？现在是全面奔小康了。但看他说得认真，我也不好意思笑出声打断他。

"我现在刚工作职位工资什么的都很低。像我这样做技术的，收入都是根据职称和工作年限确定的。要是我们在一起了，我一定会更努力，我们以后的日子肯定会越来越好，我绝对不会让自己一直这样停滞不前的。"郝健一口气说完，都急得憋红了脸，"昨天一听你给我来电话说要分手，我眼睛都不敢闭一下，就想着要赶快来看你，怕你就这样离开了我。"

这下我才觉得自己罪孽深重，有种妖孽祸害了人类的感觉，而他这番话再配合他低头认真得不敢看我的表情，让我心里很是震动了下。但想起好歹"分手"这俩字也被我说了出来，我嘴上还是逞强地说："我现在是营销总监备选人，暂时还不想失去这份工作，但我又不想异地恋。而且你是北方人，南北地域文化差异也大，再加上我们的学历也是硬伤。我怕等以后真的生活在一起时矛盾才显现出来，这样就太晚了。"

"老婆……"郝健抬起头，握着我的手也使了下劲儿，很坚定地说，"这些你昨天都说过了，在我眼里你比我优秀多了。性格活泼开朗，人际交往能力强，这些是我再念十年书都比不上的优点。我知道在你们眼里北方爷们儿大男子主义思想都很重，我承认自己也有，但我保证以后会尽量克服这方面的问题，以你为中心转。如果你实在不想异地恋，要是你愿意跟我去成都，就算你不上班我也养你；要是你不愿意，我也可以来淄贡市，今天在车上我用手机查了下，淄贡市现在有人才引进计划。只要你答应不和我分手，这些都不是问题……"

郝健这番话让我觉得他和我这两年接触的所有人都不同，在我看来他既比我优秀又没有半点自满，尤其还能在认可我的同时充分尊重我。而且我这人就是禁不住人说，他话都说到我心里去了，我要再扭扭捏捏的那就真不是我的性格了。

但我谨记我是女人要矜持，就拿我妈做了挡箭牌："我妈说，不能让我在结婚之前，就轻易地辞去现在的工作去外地。"

郝健也直接："那咱们就结婚吧，等会儿叔叔阿姨回来我跟他们说。"

不都说不以结婚为目的的谈恋爱都是耍流氓吗？既然我们都不想耍流氓，他没什么问题也这么洒脱，那我也不用装，就直接奔终点算了，反正我妈想我嫁也想慌了。于是爽快地答应："那要是我妈答应，我就辞职。"

在别人看起来结婚这么大的事，我们俩就这么愉快地决定了。

晚上吃饭的时候，郝健就迫不及待地向我爸妈开口："叔叔，阿姨。我和菲菲商量了下，这次回成都没多久我就该放假了，到时候我想来接她跟我一块儿回我老家。就是不知道你们同不同意？"

上次我妈过生日，有太多的亲戚在，她没好意思详细问，今天总算逮住了机会："小健，你父母是做什么的？家里有几个孩子呀？"

"呵呵。"郝健在我爸妈面前，总是憨憨地笑，"阿姨，我们家是农村的，我爸妈就在家里种点儿苹果。我还有个弟弟和妹妹，弟弟现在研一，妹妹研三。"

"那你爸妈还真厉害。"我妈对我的学历一直特别敏感，听郝健家居然三兄妹都是研究生，顿时好感倍增，满是羡慕地感叹，"我这一辈子就失败在菲菲身上了，教了几十年书培养了那么多学生，就没能把她教好。"

"阿姨您别这样说，菲菲比我好多了。"

"你不用安慰我。"我妈思维一转叮嘱道，"菲菲是咱家的独生女，从小都被我和她爸给宠成了个反毛驴。你要跟她反着来她绝对不会买账，所以还得委屈你，遇到什么事的时候就顺着她走，那她自然就规规矩矩的了。要是去你们家见着你父母，你可得看着她点儿，别让她惹你爸妈生气。"

我妈真不愧是语文老师，她明着想说让郝健看着别让我在他们家受欺负，话一说出来就变得好听了。我怕郝健和我妈对上话发现我是在拿我妈做挡箭牌，也怕我妈知道我们是闪婚，连忙说：“妈，我们也谈半年多了，我想过完年去成都上班，顺便就把结婚证领了。”

郝健在旁边紧张地附和我：“是啊阿姨，我想和菲菲结婚。”

我妈但凡说到严肃的事情，就拿出她在讲台上那一套：“首先，我是觉得郝健这孩子还不错，性格什么的都好，我也相信你以后会对我们家菲菲好。其次，领证结婚是属于你们两个人的事情，以后的日子也是你们自己过。最后，我也不清楚郝健老家的风俗，但我想提出来一点，既然你们都是离开父母在成都工作和生活，我希望你能回去转达你父母，咱就不按风俗提什么嫁或者娶，我也不能接受菲菲结了婚回你们老家——当然啦，你工作稳定，回去是不可能的——所以呢，你们结婚，就是两个家变成三个家。”

郝健头点得像捣蒜似的，答应道：“阿姨你放心，我一定会对菲菲好的。我也会努力工作，争取早点在成都买套房，给菲菲一个稳定的家。”

“房子这事儿嘛，你也回去和父母都商量下，等你们攒点钱有条件了，双方都资助一点儿。”说着转头瞪了一眼我爸，“只要大家都努力围着一棵树挖，就是再深的根早晚也能全部挖出来。”

这是从小我妈就灌输给我的思想，不管这些年我是否叛逆，都没有质疑过她说的这个道理，我也感激她在这两年不断为我安排相亲的时候，从来没有以物质基础作为首要条件。她选择女婿的标准首先就是得对我好，其次才是有个稳定的工作和踏实上进。所以我一直坚持认为，物质的东西并不是那么重要，是否对眼、是否真心对你好、是否有心向上才是最重要的。

结婚这事儿就稀里糊涂地给说妥了，最后商量的结果是把日子定在过完年后的西方情人节。

2.

郝健一走我就去公司提交了辞职信，对于我的辞职大家都很惊讶，但不管大家怎么挽留，我去意已决，坚决就要在年前辞职，在我看来工作可以换个地方重新开始，但适合自己的男人错过了就不会再有。舍不得孩子套不到狼，舍不得工作也换不来幸福，所以这个职姐也必须得先辞了！

笑笑经常做我们公司的活动主持，我辞职的消息也在第一时间传到她耳朵里。还没到家她的电话就打了过来："姨妈巾，听说你辞职了？"

"嗯，辞了。"

"你脑子秀逗了吧？不是都基本确定明年升总监了吗？"

"我要结婚了，我可不想已婚享受'未婚'的待遇。"

"什么？结婚？"笑笑在电话那头都炸开了，"你没喝多吧？"

"一句两句和你说不清，晚上老地方见。"我懒得在电话里和笑笑扯那么多，反正我是做好了一去不复返的准备，抓住还在淄贡市的机会疯几天，等明年去了成都，可就没法像以前那样玩儿了。

"行，叶子好像明天要去部队探亲，我给她打电话，顺便把齐鑫也叫上。"

晚上在唱吧碰面，叶子和笑笑完全不敢相信，齐鑫更是夸张地搂着我的肩膀，像是见了怪物："谁要娶你？口味儿那么重！"

我拍掉齐鑫的手："哥们儿，姐马上就是已婚妇女了，以后可不能这样勾肩搭背的啊。"

"亲爱的。"齐鑫在我面前装起了柔弱，"你忘了我们的约定了吗？"

笑笑不耐烦地打断齐鑫："差不多行了啊，你要把姨妈巾搅黄了，你娶啊？"

"不行不行，我口味偏清淡。"齐鑫立马坐直，"苏大妈，快说说是怎么把人诱骗到手的？"

初获爱情的喜悦是需要分享的，于是我也不再端着，把那天从唱吧分开之后的事原原本本地告诉了他们。

笑笑听完后就开始泼我冷水："你把人根根底底都摸清了吗？就这么上赶着嫁了？"

我说："摸那么清楚干吗，你和朱旭都那么知根知底的，到头来不还是没能在一起吗？"

"触到雷区了啊苏大妈。"齐鑫打断我，"说你的事儿扯人笑笑干吗？越来越像你妈了。"

笑笑往齐鑫那儿一靠："就是，还是我们家鑫哥好。你快给我们说实话，是不是怀了别人的孩子，准备找个傻帽当爹呢？"

"滚！"我开玩笑地推了下笑笑，"结婚不就那么回事儿嘛，觉得合适了也没其他什么想法就结呗。你看那些谈了十年八年的，一说到结婚就怕得跟孙子似的，有什么意思？"

"笑笑你别那么损好不好？姨妈巾好不容易要翻身做一次女人，咱应该祝福。"叶子端起酒杯，"你先去成都探探底，等我们家冷哥退伍了，我们也来成都发展。"

齐鑫是淄贡市夜场的"交际花"，到了晚上就是他繁忙的时候，坐下这小会儿四处的酒吧和KTV都在打电话找他。正好王小帅打来电话说和另外一哥们儿要过来，齐鑫就趁机撇开我们换了地儿。

等王小帅一到，我才发现他说的哥们儿居然是刘宇飞。刘宇飞是我在文昊结婚那天晚上认识的，他在我和文昊尴尬之时帮我解过围，后来我们频繁联系过一段时间。我也知道他对我有好感，对他的感觉……怎么说呢，也许是在我最低落的一段时间里总是他陪着我，反正和平时一起喝酒的哥们儿不一样。只是后来他莫名地消失了，这两年就再也没有联系过，在这个时候他又忽然出现，我还是觉得心里有鬼。

两人都各自揣着心事喝着，中途我去了趟卫生间出来，他站在门口等我："你要结婚啦？"

我坦然地表明不再是单身："是啊，年后就领证。"

"我忽然消失，你没有怪我吧？那段时间出了点事故，是由于我工作失职造成的。我也因此受了牵连，进去待了两年，前几天刚出来。"刘宇飞还想像之前那样来刮我鼻子，"你这个暴脾气，是不是见我手机关了两天机，就把手机号码给换了？"

我往旁边一躲："是……我性子急，不喜欢等。"

当时连续两天打刘宇飞的电话关机后，我觉得烦躁，还有点失落。担心刚从文昊那儿解脱出来又陷到他这儿，连忙及时刹了车，换了手机号码，也删了他的QQ。

“你老公做什么的？”

“技术方面。”

“呵呵……做技术的人老实。”刘宇飞似乎有些惋惜。

刘宇飞算起来是个事业半有成的轻熟男，但在我看来错过的终究是错过的，觉得没什么可说的就要转身往里面走。他叫住了我，从钱夹里掏出一张毛爷爷对折撕成了两半，递给我其中一半说：“这个你留个纪念吧，要是以后遇到什么困难，你就来找我，我会在原地等着你。”

这……在演韩剧？损坏人民币是犯法的好不好？而且刘宇飞这话明显有瞧不上郝健的意思，感觉像是断定我和郝健结婚后会遇到经济上的困难。依我平时的脾气肯定不会收，但我想好歹我们也曾想往那方向走过，便接过钱随手放进衣袋里：“谢谢啊，这去银行还能换50块钱。”

晚上和郝健通电话无意间想起这件事：“晚上我碰见一个男生，他听说我要结婚还给我送了东西。”

“什么东西？”

“半张毛爷爷。哈哈……”说着我自己就乐了，“本来我不想要的，后来一想还能去银行换钱，我干吗不要？换了咱俩还能吃顿饭呢。”

“追求者吧？”

“不算吧，顶多算我一粉丝而已。”见郝健酸不啦唧的语调，“你吃醋了？”

“我吃哪门子的醋？你现在是我老婆又不是他老婆。淄贡市那些哥们儿都在我之前认识你，要能在一起的话还能有我吗？”郝健在电话里发出诡异的笑声，“嘿嘿……再过两天我就要来接你回老家了，你怕不怕？”

“我长这么大还真没怕过什么。”

“你不怕我把你给卖了？”

“卖哪儿去？”

“比如……像电视里那样卖到偏远的山村去？”

“你吓唬我呢吧？告诉你姐还真不怕，想开点儿、心里那道坎儿过去了，嫁谁不是嫁？”

第二天我妈发神经似的一早把我叫起床，非要我跟她去菜市场，三下两下叫不醒我，她竟然掀开我的被子一巴掌给我扇腿上：“你跟我买菜去，中午跟我学着炒菜，在别人家可不比在自己家，到时候人父母一看你什么都不会，该挑剔你了。”

“妈——”我不耐烦地说，“这都什么年代了，会挣钱就行了嘛。”

“你看看你这样，到时候去了人家会笑话我没把你教好。”我妈说着说着就开始了，“小健虽然脾气好，但人的忍耐可都是有限度的。你这样子下去，早晚会有一天感情淡了，到时候别说……”

“行了行了，我跟你去还不行吗？”我真是受够了我妈的念功，要我今儿不陪她去买菜的话，我估计她买完菜回来唠叨到天黑也不会嫌累。

菜市场人多地儿杂，我去就心烦意乱地想几下买完了事。但我妈不这样啊，挎着篮子优哉游哉地逛，为了一毛两毛的都能跟小贩扯上半天，我实在是受不了了，从包里拿出钱递给小贩：“就这个，来一斤。”

我妈瞪我一眼把钱赶紧收回来：“便不便宜？不便宜我上别家买去。”

“陈老师，买菜呢？”

身后传来一个熟悉的女人声音，我扭头一看居然是赵娇娇她妈。真恶心，明明在菜市场，不是买菜，难道跟她女儿一样卖肉？

毕竟人家妈也没惹我，我顺着把路给她俩腾了出来。在我确定要结婚之后，我妈像是终于找到了炫耀的对象，丢下手里的豇豆转身亲切地攀谈起来：“张老师，你也来买菜呀？”

“是呀是呀，我家那小外孙想要吃土鲇鱼，我特意起了个早来买。”赵娇娇她妈甩了甩手里的篮子，又把矛头指向了我，“菲菲今儿没上班？”

我妈早就想在赵娇娇她妈面前好好显摆显摆了，她这么一问正好抓住了机会：“这不刚辞了嘛，准备结婚了。”

“唉，小公司就是好，哪像我们家娇娇，天天闹着要回来，单位领导就是不放。”赵娇娇她妈也不是个省油的灯，“她们那样的大公司啊，就辞职签字也要一两个月呢。”

“嗨，这不是为了去挨着女婿嘛。”我妈尽量把聊天的点往她想炫耀的方向靠。

“日子都定好啦？那我可一定要来喝喜酒才行啊，男方是做什么的？”都说跟谁聊天都别和退休的老师聊，这俩退休老师聚在一块儿，瞬间就变八婆。

“省设计院。”我妈说话的时候，头还往上面抬了抬。好像在说：老娘今天可算是扬眉吐气一把了！

“是事业单位吧？财政拨款还是自负盈亏啊？要是自负盈亏的事业单位，也和私企差不多的吧？”

我妈的脸变得有些尴尬，但随即又找到了更好的说辞：“这我倒不清楚，反正是省上挺大的设计院，要研究生学历才能进呢。”

“那不错哦。”赵娇娇她妈落了下风，果断换了话题，“我们家娇娇也是的，这段时间天天闹着要回来考公务员，你说在成都上班好好的，回来考什么公务员啊！”

我妈连忙凑上去问：“考哪个部门啊？”

“谁知道呢，前些天还在说考国税还是地税。唉，孩子们爱折腾，就让他们折腾吧。”

这种明里暗里的显摆让我听得很不是滋味，我妈还想继续说下去，我拉了下她扭头就走。我妈踩着碎步追上来的同时还不忘扭头和人打招呼：“那张老师我先回去了啊，改天定好日子一定请你来喝喜酒。”

路上我就和我妈闹开了：“你老人家上哪儿嘚瑟不好？”

“你懂什么啊。”我妈一副老谋深算的样子，“这几年你张阿姨可在我面前涨威风了，其他同事也都说你比不上赵娇娇温柔漂亮。嘿，现在把小健的单位学历挂出来，她𡝗了吧？不过菲菲，你看上个好点的本科多好，要是他们俩考上淄贡的公务员也很不错呢。你看你，唉。”

文昊大学学的是会计专业，出来的这两年好像就在成都什么房产公司做核算，而赵娇娇和他一个公司做会计。在我妈这群有稳定工作的老师们看来，对孩子工作的排行由坏到好应该是私企、国企、事业单位和公务员。他们不以钱多少来衡定，而是用工作是否稳定来评定。私企等于没工作，公务员等于最好。

眼看着离郝健来接我的日子越来越近，我忽然兴起想给他准备点儿什么礼物，左思右想觉得绣个十字绣比较靠谱，电视剧不都老演农村的媳妇儿都会绣鞋垫作为定情信物吗？可我买回来还没开绣，我妈就以为我受了什么刺激，一连摸了好几次我的额头，确定我没有发烧之后对着卧室大喊："老苏，你赶紧来看看你儿子！"

据说在我出生以前我爸妈都是想生儿子，本来想就算罚款也要生个二胎。为了满足他们喜欢儿子的爱好我也争气，长到10岁都属于性别不详。他们就索性把我当成儿子养着，才放弃生二胎的原计划。

"妈……你别嚷嚷，我这给郝健绣鞋垫呢，一会儿扎我手了。"

我妈接过我手里的鞋垫看了看，又帮我指导了下针法："看到没，得这样绣……"

"你忙你的去，我自己能行。"

"嗯……"

我觉得我妈声音好像有点不大对劲，一看居然眼眶红了："陈老师，你别激动，我不绣了还不成吗？"

"快绣你的哦。"我妈抹了把眼泪，"现在你找个好人家，妈就算死也能瞑目了。"

"什么死不死的，吓唬谁呢你？你不活到100岁，你敢死！"

我妈破涕为笑："你绣吧，我出门打牌去。"

虽然针脚歪歪扭扭，手也被扎了好多小洞，但在郝健来的前一天我总算是把鞋垫绣了出来。他到的时候正是下午，家里只有我一个人，没等他屁股坐下，我就迫不及待地把绣好的鞋垫拿出来递给他。

郝健对我的殷勤极其不适："我没做错什么吧？"

姐不就是拿了下针线绣个鞋垫吗？怎么全世界都像是见了鬼似的？我想象中的场景，应该是他接过鞋垫激动地把我抱起来，然后像韩剧里面的男主角一样兴奋地问："噢，亲爱的，这是真的吗？哇……我好幸福哦……"

这郝健也太不配合剧情了吧？我把鞋垫往他头上一敲："滚你丫的，爱要不要。"

他这才放心收下，走到门边放到鞋里穿上试了试，嘴里还念念有词："真不敢相信……"

“你会不会聊天？”我随手从茶几上拿了一把剪刀走到他身边，从鞋里又把鞋垫给抢了出来准备剪，“不相信是吧？”

“相信……相信……”郝健连忙夺下我手里的剪刀和鞋垫，一把将我抱住，“我只是没想过你还有如此贤惠的一面……”

我下巴一抬：“切，姐的好，你得慢慢品。”

出发前往郝健老家那天，我妈真恨不得敲锣打鼓地去街上宣传一遍，一副让全世界的人都知道我要去婆家的样子。这边的欢送到了郝健那边，就变成了隆重的欢迎，他们全家人都站在村子口迎接。这架势把我吓得不轻，我悄声在郝健耳边说：“以前你是不是困难户啊？”

果然到家里屁股还没坐热，他妈就拉着他去里屋叽叽咕咕说了一通。等他出来我就把他拉到一边：“你妈说什么了？”

“她问……我们什么时候结婚。”

他妈跟着出来，笑嘻嘻地站到我旁边指了指炕头，用土话说着什么，郝健向我翻译他妈的意思是让我去炕上坐。

我瞥了一眼炕，上面铺着被子还有枕头，这在我看来真的就是床嘛，在我所接受的教育和风俗中，真心没有一到人家里就上床的习惯。所以不管怎么叫我，我都站在下面扭捏不上去，时不时拉下郝健的衣角，用眼神告诉他：“老娘真心不想和那么多人一起上床！”

小姑子郝莉大概是看出了我的顾虑，坐在炕上热情地招呼我：“上来吧嫂子，下边儿冷，没关系的，这就跟你们家沙发一样，谁来都是坐这儿的。”

“入乡随俗，入乡随俗……既然来了，管他是床是炕你都得上。”我在心里默默地给自己加油打气，铆足了劲儿才脱了鞋上去。

嗑着瓜子回答着问题，我立马有种穿越的感觉，好像自己在演本山大叔的《乡村爱情故事》。两年多的销售也没有白做，我拿出对待客户的那一套对待他家人，这招还算讨喜，老两口从我进门起一直都在笑，时不时地点点头，像是恨不得马上拉我去和他家儿子拜堂似的。让我心动的环节其实是收红包，看到他爸妈紧张地从枕头下面拿出事先准备好的红包递给我时，我心里有了谱：嘿，这事儿，成了！

我妈掐着点儿发来短信，问我到这边感觉如何，郝健他爸妈喜不喜欢我，有没有给我红包之类在我看来很三俗的问题。

我一边回答他们的提问一边回复信息："喜欢你女儿得不行，拿了两个大红包。"

她立马同情心就开始泛滥了："这笔钱对他们家可不是小数字，这样菲菲，你过两天把钱给他弟弟妹妹，就说是你的心意给他们做生活费。还真是不容易，这么淳朴的家庭你可得好好表现，可不能像在家里那样随意，听到了没？"

我就知道我妈嘴比我毒，心却比我还更软，在她看来郝健的父母能拿出来就是心意到了，我们也就没必要真的收下。

在老家的这几天，所有人都像是供菩萨似的把我供起来，还有个嘴甜的小姑子，每天在我身边儿不停地转悠，生怕我瞧不上他哥似的时不时夸郝健两句："嫂子，你别看我哥个子矮，其实可以长高的，小时候咱家没多余的钱，我哥在学校都省着吃，又要拼命念书，结果就没长个儿。你看咱家里人都不矮，咱爸，咱弟，还有我。"

"嫂子，我哥性格比较内向，咱家里都是这样，男孩子像女孩子，我就像男孩子，所以你和我哥肯定合适！"

这郝莉一口一个嫂子叫得我心花怒放，恨不得明天就能嫁给郝健去。不冲郝健，就冲小姑子，这婚我也结定了。

只是新鲜感也就几天，到第四天我开始受不了了。

一是饮食，我完全不习惯早晚米粥馒头中午面条的日子。

二是火炕，连睡几个晚上的火炕，我已经严重上火，嘴唇周围都烂得起了泡。尤其是晚上睡觉那叫一个难受！背后像是在烤火，而露在外面的头又像是冻在冰窖里。

这些问题我都以自己以后会有幸福生活作为借口强行克服，可到了除夕之夜，我看着年夜饭桌上就只摆着一大盆饺子的时候，我还是没忍住放下碗筷，去卫生间悄悄地抹了十几分钟的眼泪，晚上都没看电视就提前回了卧室睡觉。

在我看来，这就是世界上最坑爹的年夜饭好吗？

小时候喜欢过年，那是因为小时候过年不仅能收到压岁钱，还能吃各种好吃的，而后来不喜欢也不过是因为过年那些好吃的平时也都能吃到。而现在的情况是，平时能吃到的在他们这儿过年统统吃不上。

一上炕就没忍住眼泪唰唰地流，然后满脑子开始回忆这二十多年吃过的美味，想着想着就开始吞口水。我想如果现在我在家，应该是跟我爹妈喝得正嗨皮，以前总觉得我妈这儿不好那儿不好，到现在忽然觉得她能做那么多好吃的，就是世界上最好的妈。

"哭什么呢你？"郝健不知道什么时候回来，掀开被子就发现我满脸的眼泪，还以为是刚才他不在的时候，他妈或者他妹把我给欺负了，"谁欺负你了？"

我翻身起床把他抱住，哽咽着说："我……我想回家……"

"哈哈。"郝健笑着说，"呀，原来是我们家幺妹想家啦。"

"我想吃我妈做的山珍海味，我不喜欢吃你们家连肉都没多少的白菜水饺。"

郝健轻轻拍着我的背："哦哦，不哭，哦哦，乖乖受委屈了，不哭不哭。"

他这安慰等于屁，越哄我哭得越厉害，他或许不知道有一种安慰会让人更难受，这种安慰就是不停地说："不哭不哭……"

我肚子里积蓄了多年的油水跟郝健回来这么一趟就全数被抽空，折返成都那天我简直兴奋得想跳起来大喊大叫，但想着人家在苦大仇深地离别，我这么兴奋好像有点过分。

看着他妈在站台上不停地挥手抹眼泪，我耳边立即响起《离别的车站》主旋律，小声问郝健："你每次走你妈都这样吗？"

"是啊。"郝健趴在窗户边儿，冲下面挥着手说，"回去吧，你们回去吧。"

这让我费解也不习惯，我每次离开家我妈都是我走前就先出门打麻将，临出门说声："乖乖，妈妈先去打麻将了哈，你在外面注意安全哟。"

我虽然早就归心似箭了，但还得配合着表现出不舍，装着小媳妇的样子紧靠在郝健旁边，依依不舍地凝望站台，对着他家人不停地挥手，时不时地擦擦眼睛代表在哭。

火车驶离，郝健拍拍我："别演了，他们现在看不到。"

我立即从表演状态中收回，激动地抱着他："哈哈，终于可以滚回家啦！"

"不用兴奋成这样吧？"

"想着要回我自己家当然兴奋了。"

"唉……"郝健叹了口气，"我这一走又是一年，我爸妈可就这样一年年老去咯……"

在这种时候我们俩截然不同的反应，让我忽然想起个大问题。趁火车上还没上多少人我直言："要不我们说说以后的婆媳问题吧？"

"我妈挺好的，以后应该不存在什么问题。"

是不是所有的男人都会觉得自己的妈是心地善良且不会为难媳妇的？我虽然不会问他我和他妈掉进水里他会先救谁这种问题，但我觉得凡事先说断后不乱这是基本原则："可是……我毕竟不是她生的。为了以后不起矛盾，我觉得还是应该先说好。"

"噢？"郝健来了兴趣，"那你倒是说说。"

"我觉得你家人都是你的直系亲属，和我没有半点血缘关系，孝敬他们这应该是我主观意愿上的事，只要你对我好我肯定掏心掏肺地对他们。但你不能因为我是你老婆，就以此先要求我无条件地必须对他们好。"我盯着郝健，认真地说，"同理，你也可以根据我对你的好坏，来决定对我父母的态度，我不会因为你是我老公就要求你必须怎样。"

他居然点点头，表示认同地说："本来就应该是这样。你是你父母生的，我哪有理由要求你怎么对我父母？而且算起来，我们才是生活在一起时间最长的人，双方的父母和家庭也都是以我们为中心和纽带的，不管怎样要我们俩好大家才能好。"

在火车上我们一直都围绕这个在讨论，并且在这个问题上看法保持一致：以后应该是以小家为重，对待双方的父母一视同仁，凡事都要商量着来。

我们也商量过，回了成都第一件事是去租房。我认为刚在一起的小夫妻，合租会有诸多的不便，所以也提了要求必须单独住，但每月房租的预算不能超过800元，就算房子破点旧点都没关系。

哪知放下行李我们出去找中介，听介绍居然还有700元的房子，我拉着郝健屁颠屁颠地就去看。可到了差点没把我们吓死，房子破旧不堪也就不说了，最重要的是还到处吊着电线，好像刚刚拍完恐怖片。没等我说走郝健就拉着我的手赶紧撤离，生怕待久了会被鬼附身。

中介小跑跟上我们说："两位别着急，如果不满意后面还有800元一月的。"

郝健的表情很奇怪，有尴尬也有心疼，把我拉到一边："老婆，要不你给中介说等会儿带我们去看电梯公寓吧？"

"刚才没瞧见啊，电梯公寓一套带家具最少1200元！"

郝健压低了声音说："1200元也没事，哥给得起，就是不想让你住这样的房子。"

我只是觉得租房没必要花那么多冤枉钱，反正也不可能一辈子租房。再看完第二套，虽然房子又旧又小但比起第一套简直好上了天，我和郝健都非常满意，当场决定就这套了。上午租房下午就去置办东西，到晚上就已经把新家给收拾出来了。

看着我们的第一个家，两人都激动了，郝健说："老婆，这就是我们的家了！"

看着这个新家我也颇有感慨，多少次我爸妈吵架的时候，我总是想拥有个温暖又清静的家："是啊，我终于有自己的家了。"

"你放心，我保证5年之内让你住上属于我们自己的房子。"郝健一激动开始向我夸海口。

"那你上午还让租电梯公寓来着？你算没算过，一个月多400元，一年就得多4800元，够买半平方米了吧？"

"咳咳，我这不妥协了嘛。"郝健在我脸上磨蹭着，"老婆，明儿我们可就正式领证了，你怕不怕？"

"我妈说了，怕死不是共产党员！"我坚定地摇头，把手举过头顶像入团宣誓那样认真地说，"我愿意嫁给郝健同学，为共同的革命事业而奋斗。"说完，摆着20世纪60年代标准的姿势，用高亢的声音继续道，"我们一起向前进，奋斗！"

郝健很配合地和我保持同样的姿势："奋斗。"

3.

情人节领证的人实在太多，我们到的时候排队的人已经绕过门前的街道，岔到了旁边的小巷子。我生平最怕的事就是排队等，一看这长龙我就想哭，左等右等队伍基本没有往前移的意思，就有些烦躁了：“这得排到什么时候啊！”

郝健左顾右盼地找了会儿：“你等我会儿。”

他说完快速走到旁边的杂货铺，过了几分钟，拿着一张小板凳回来：“老婆，你坐这儿。”

排在我们前面的女人一看有些羡慕了，对他老公说：“你看看人家，多体贴。”

“人家可能是不方便。”男人小声地说。

“噗——”郝健笑着附在我耳边，“老婆，说你不方便呢！”

去你妹的不方便，虽然今天我特意穿了一条韩版的连衣裙，外罩了件宽松的羽绒服，但怎么看也不像是不方便的样子啊，这离孕妇的模样差十万八千里呢。我站起来就想上前和那哥们儿理论，郝健连忙拉住我：“算了老婆，他不过是懒得去帮他老婆买凳子，故意那样说的。”

排到下午两点才总算站在了民政局门口，郝健转头对我说：“老婆，你想好了吗？婚姻可是爱情的坟墓，现在你要反悔还来得及。”

我拉着他的手勇敢地往前一跨：“屁话太多，那你也不能让我死无葬身之地啊？”

检查我们资料的工作人员都乐了，把资料还给我们说：“进去吧，新婚快乐。”

结婚证的办理也就几分钟，工作人员从窗口里面把收据递给我们：“请付费9元。”

我邪恶地看了一眼郝健：“是你请客还是AA？”

郝健一边掏钱，一边笑着说：“这次我请，下次你来。”

旁边有哥们儿上前拍了下郝健问："你们是合约结婚呀？"

我抢在郝健之前回答："对。"

说完就取出结婚证，手拉手潇洒地走到门外，剩下那哥们儿独自在风中凌乱。

走出民政局，我第一件事就是拿出手机拍了个结婚证的照片，发说说："哈哈……姐婚了。"

这条说说像是爆炸新闻，瞬间涌出不少回复："苏菲？结婚了？"

叶子回复："来真的啊？恭喜恭喜。"

齐鑫回复："哥们儿勇气可嘉，把这妖孽给收了！好人哪！"

笑笑回复："看这照片，怎么有种班主任带着高中生的感觉。"

只有于施的回复最犀利："唉，又是一朵鲜花插到了牛粪上。"

这条回复正好被郝健看到，他居然大度地笑了笑："于施一点儿常识都没有，鲜花不插牛粪上能鲜艳地开几天？你让她拿朵花插金子上试试？能不能插得上不说，就是插上去它两天都得凋谢咯。"

"那你承认是我的牛粪了？"

"必须是！我要努力让你永远都开得这么鲜艳。"

所有肉麻的话从郝健口中说出来，都显得那么朴实，让我觉得我就是世界上最幸福的女人。什么狗屁房子车子票子，都滚一边儿去吧，老娘心里高兴才是最重要的！

领证消耗时间太多，回到淄贡市已经晚上八点，但家里的亲戚朋友都等着我们俩还没开饭。见我们回家，都像是迎接贵宾似的站到我们家不宽的入厅：

"小健回来啦？"

"小健，坐车累了吧？"

我瞬间心情就不好了，找个女婿回来，难道你们都把我这个女儿给忘了吗？只有我妈从厨房出来，在围裙上擦了擦手贼眉鼠眼地盯着我："证都领了吧？"

我终于找到了存在感，果断地把包里的结婚照找出来递给她："瞧清楚，这可是带钢印的。"

我妈红着眼眶，就像是过期啤酒摆在大街上卖了24年，终于卖出去了一样："还真是……"

淄贡市是酒城，也有不成文的酒文化规矩：新女婿第一次喝酒，舅舅堂哥什么的都得在酒桌上想尽一切办法把他放倒。据说这样的规矩是给新女婿下马威，告诉他我们家姑娘可不是那么好娶的，顺便提醒下她娘家有人，要以后对她不好，可别怪舅舅哥哥们不客气。

可是这套规矩在郝健这儿完全用不上，不用舅舅堂哥想办法，郝健上桌直接爽快地豪饮一圈，自己就华丽丽地醉倒了。我妈心疼新女婿啊，一看倒了赶忙把他扶进卧室休息，剩下我继续当酒司令。

二舅赞赏地看了下里屋："苏菲，郝健可是个实在的孩子，以后你可不能欺负他。"

堂哥也点头："对啊，你看刚才喝酒那叫一个耿直，满满一大碗话不多说半句就喝了。"

"嗯，我不会欺负他的，你们就放心好了。"我嘴上规矩地答应，可心里就有些不服气了：他可是个地地道道的大老爷们儿好不好，我个弱女子怎么欺负他？再说，人郝健喝酒那套叫早醉晚醉早晚都是醉，不如早点醉倒还能少喝点。

新婚第一天我们都起得挺早，我们家也没什么风俗，只是我和郝健刚打开卧室门，我妈就已经拿着毛巾牙刷站在门口等着了："小健起来啦？赶紧去洗漱吃饭吧。"

"好的，妈。"

这声妈绝对叫得她是心花怒放，我估计她等个男人叫她妈都等疯了吧。郝健拿着洗漱用品去了卫生间之后，她就高兴地冲我炫耀："菲菲，刚你听到了没？小健叫我妈了。"

我白她一眼："不叫你妈还叫你爹啊？"

"你个没正经的。"我妈拍了下我，"妈告诉你啊，这结了婚可就得想生孩子的事了。正好趁你现在辞了职，就别再避孕什么的了，有了就……"

"陈老师。"我大声地叫停了她，"你别说得这么明显行不行？"

我妈无所谓地笑笑："你是我女儿，还有什么不能说的？"

我说："那你也不能这么着急不是？难道我要现在就怀上？"

我妈无语地转身："一天到晚净说没用的，我这是为你好！早栽秧早收谷，早生孩子早享福的道理，你知道吧？"

"切，也得看那季节是不是适合栽秧啊？"

听说我回了淄贡市，齐鑫和笑笑他们怎么能放过我？下午就轮番打来电话轰炸，说晚上务必要庆祝一番。既然是庆祝，那笑笑怎么也得叫上王小帅，要是刘宇飞又跟着王小帅来了呢？

临出门前我就老实地向郝健简单地说明了我和刘宇飞的事儿，顺便向他表表忠心："哥哥，我可是把老底儿都抖出来了，你不会生气吧？"

"我生哪门子气？结婚证上又不是写他的名字。"郝健倒是磊落。

意外的是说得热闹的齐鑫晚上有事去了成都，只能我和笑笑还有叶子聚。到了之后没多久，刘宇飞就跟着王小帅来了。他一到我赶紧站起来介绍："这是我老公，郝健。"

原本是想先介绍王小帅，再介绍刘宇飞是王小帅的朋友，但我话音刚落刘宇飞就起身很绅士地伸手："你好，我是苏菲的朋友，刘宇飞。"

我瞪了一眼刘宇飞，觉得他这样主动让我有点尴尬。

"我……你应该认识吧？"笑笑一看刘宇飞好像有点不对，赶紧指了指王小帅，"这是我男朋友，王小帅。"

郝健对笑笑的态度明显比对刘宇飞好："当然认识，呵呵……"

郝健在唱吧比在家里拘谨很多，全场除了偶尔和笑笑说几句话，根本不带搭理刘宇飞和王小帅的。我算是个喜欢把面子工作做得比较好的人，看郝健这样的表现就不高兴，有种他丢了我人的感觉。所以就不停地和他们聊天玩游戏，郝健在旁边闲得无聊就玩着手机，也不管我们在聊什么。

笑笑一边摇着骰子一边说："姨妈巾，小帅和宇飞准备去成都开装饰公司，你觉得怎样？"

"装饰公司？"我在成都的时候确实在装饰公司做过业务员，不过这两年都待在广告公司，"这个我也说不好，但我觉得还是有市场的。"

"你看你现在辞了职还没找工作，这两年也都做的销售，小帅的意思是要不咱们合伙做？"笑笑接过话，"宇飞在成都认识些朋友，可以拉一些大的活儿还有联系工人，小帅就做设计，公司散户的销售就由你来怎么样？"

我真怀疑笑笑脑子里是少了根回路，明知我已经结了婚还想拉着我和刘宇飞一块儿做生意。我斜眼看了下郝健，想听听他对这个事的看法，只见他跷着二郎腿看手机，一副事不关己高高挂起的样子。我气得干脆问："投资要多少？"

刘宇飞见我有点兴趣，接话说："要是你愿意来做销售，就直接分你干股怎样？"

以前我一心扑在工作上的时候，就想的是有一天能有我自己的公司，我妈有时候在我耳边念男朋友念烦了，我就会回应她："又不是离了男人就不能生存！等我以后赚了钱，大不了去养小白脸。"只是现在赚钱养小白脸的机会摆在我面前，姐居然有男人了！

为了顾及郝健的感受，我伸手捅了下他："你觉得呢？"

郝健头也不抬地说："我不知道，看你吧。"

如果按照我本身的脾气，不冲其他就冲郝健这样的表现，肯定会当场拍板答应下来。你不是不爽嘛，姐就要让你不爽到底！但潜意识还是不想起冲突，我把话憋了回去："那我考虑下。"

看王小帅和笑笑一起喝酒划拳，再看看我和郝健，女的像个大老爷们，男的像个小媳妇样儿拿着手机闷不作声。越看越起火，越看越觉得婚前笑笑说的话不无道理，这两个人性格、地域和文化差异确实是问题。

晚上和他们分开后，我就松开离开时装幸福牵着郝健的手，阴沉着脸说："刚才你怎么回事啊？在家不都说好你不生气的吗？"

郝健一脸无辜地看着我说："我没生气呀。"说着还主动来牵我的手。

和稀泥的态度让我没法再发脾气，但这事儿像个梗卡在我心里落不下去，睡觉时我故意背对着他，想要他来主动和我说话，把我心里的不痛快给疏通下去。但我等了很久，身后一点儿动静都没有，我悄悄地转头一看，他居然睡着了，甚至还没心没肺地打起了呼噜。这下我是真的火全上来了，一脚给他踢过去，然后继续转身背对着他。

他翻了个身把我紧紧地抱住："老婆……怎么了？"

居然问我怎么了？我怎么了你心里不清楚吗？就算不清楚这一脚踹过去也应该明白我在生气吧？所以我也不理，就等他主动来哄我，可是这一等等来的竟然又是轻微的呼噜声。

我再次加大力度踹了过去，郝健这下好像睡得比刚才更沉，猛地坐起来迷糊地说：“老婆，你还没睡着啊？”

我不咸不淡地说：“睡不着。”

他趴在我身上探过头：“怎么了？”

“你说怎么了？”我没好气地说。

“不知道啊……”

“你要不高兴就直接说，我们就不去的事儿，但你去了摆个臭脸，又是几个意思？”

郝健听得云里雾里，把我搂进怀里：“我没有不高兴啊。”

“放屁！你看你在那儿不吃不喝的样子，让谁看也是一副臭脸。”

“老婆，我真没有。”郝健握着我的手，“你说要我喝酒吧，我酒量又不好，你们在那儿聊什么装修，什么广告，什么建材，我也插不上话，那我不玩手机干吗啊？”

“你别以为我不知道你心里怎么想的。”看他这副装出来的无辜样，我就气不打一处来。

“真的没有。”郝健拍了拍我，像是想息事宁人的样子，“乖……睡了。”

“不行！”我赌气似的说，“你得先来哄我，哄好我就不生气了。”

郝健撑着头盯着我说：“我要怎么哄你，你才不生气呀？”

“你不会哄人吗？”

“不会。”

“不会去百度！”

“噢。”郝健答应下来想了想，“我太困了，要不你去百度出来我照着念吧？”

我的火也慢慢消了下去，为了让心里彻底痛快点，只好引导他：“你现在应该说‘对不起老婆，我错了，你不要生气嘛。’”

郝健立马摇晃着我的手重复说：“对不起老婆，我错了，你不要生气嘛。”

生完了气我也知道，刘宇飞毕竟不同于哥们儿，还是尽量少接触为好。早上笑笑又打电话来催问我考虑得怎么样，我把想法直接告诉了她并婉拒了合作。笑笑在电话里直说我脑子进了水，为了个男人牺牲这么好的机会。

对于婚后生活，其他我都不是特别担心，唯一的问题就是我懒，尤其是洗碗、洗衣服和拖地，想起就头大。所以在我们正式开始过日子的中午，吃过午饭我就把郝健往沙发上一拉，靠在他的肩头撒娇着："哥哥，你摸摸我的手嘛。"

郝健伸手过来摸了摸："嗯，挺嫩挺滑。"

"舒服吧？"我诱导着，"可是你要知道，女人这手要老沾水和带碱性的东西，皮肤可就容易老。"

郝健若无其事地把腿放在茶几上："所以呢？"

"所以以后洗碗、洗菜和手洗衣服这事，都得你去做，男人不怕皮肤老。"

"还有没有？"

"当然，我也不会让你吃亏，做饭和用洗衣机洗衣服就我来。"我特豪气地说，"另外拖地什么的，肯定算是体力活儿。人家是女孩子力气又小，体力活肯定是没法做的啦。所以我就负责擦桌子和整理衣服什么的吧？我也不让你吃亏，你看我保养好点儿，以后带出去也是为你加分的不是？"

估计郝健压根儿都不知道我分配给他的家务到底做起来是怎么回事，没多想就全部答应。就这样在我半诱导半威胁的情况下，顺利地把家务给分了工。我立马就变成大爷，指了指刚吃完的碗："那从这顿开始，你就应该洗碗了吧？"

郝健顺从地端着碗去了厨房，可不久就在里面大喊："老婆你快过来看看。"

我往厨房跑去，只见他盯着水池里的两个面碗和煮了面的锅不知所措，见我进去指了指水池，说："这要不要放洗洁精？"

什么？郝健居然不会洗碗？为了以后长期偷懒，我还是耐着性子示范了一遍。郝健刚学会还挺高兴，嚷嚷着让我从今天开始就彻底解放双手，以后这档子事儿都归他。

虽然郝健总说来了成都会养我，但姐怎么可能让他养？工作是必需的，只不过我的目标转向家庭，对工作的要求也就没那么高而已，只要双休，工资都无所谓。一番面试下来我确定了在他单位旁边一家新开的公司做文员。

为了庆祝找到工作，我们决定去菜市场买点好的回来好好吃一顿。对吃的郝健一窍不通，就只负责在后面付钱和拎袋子。进了菜市场我目不斜视地走到卖牛蛙的摊位前，郝健拎着我的包战战兢兢地跟在身后，看到盆里活蹦乱跳的牛蛙拉着我的手大声说："呀，这青蛙怎么长这么大？"

周围路过的买菜的人听这话就转头看着郝健，我松开他的手："你小声点。"

郝健声音稍微小了点："好恐怖哦，个头那么大，是不是喂了激素来着？"

我有些受不了郝健这副样子："闭嘴！"

他果然就不再说话，只是在我买好牛蛙，老板帮着剥皮的时候，他又在我旁边吓得紧紧拉着我的手："哎呀，哎呀呀，好残忍。"

这个时候我能说什么？我真心觉得带着他来菜市场是对我耐心和脸面的侮辱。看老板剥完皮还得剁，到时候郝健肯定是老板一边剁牛蛙他一边在旁边跺脚。我从他手里接过我的包说："你先去外面等我，我买完出去找你。"

第一次做牛蛙并没有因为郝健态度的影响导致味道不好，只是摆上桌之后，郝健怎么也不敢往那盘菜里伸筷子，看郝健老不动筷子，我较真儿地夹了一块放进他碗里："很嫩的，味道还不错。"

郝健像是见到碗里有苍蝇似的，吓得把筷子一丢："我不吃，太恐怖了。"

"尝尝嘛，你现在生活在成都，你得适应成都的生活习惯。"我又拿起筷子，夹上牛蛙肉放在他嘴边，像哄小孩子一样，"真的不错，来……尝尝。"

郝健闭着眼睛，表情很夸张地张大了嘴巴，像是活吞蟑螂似的扭曲着脸。我在旁边紧张地问："怎么样？还不错吧？"

过了好一会儿，郝健才硬生生吞了下去："跟猪肉也没区别啊？还没土豆丝好吃。"

我想女人的悲哀，莫过于做了好吃的，没一个懂的人来欣赏了吧？不过我们毕竟才刚刚开始，我相信我总有一天会让郝健吃不习惯别人做的菜。

新婚生活总是很愉快，每天郝健都把我送到公司楼下后再去单位，下班也会准时来接我，然后手牵手去菜市场买菜回家做饭。

有次我跟着公司老总去了趟郊县，走了一天的路回到家就把我累得躺沙发上不想动。郝健见我累了，特主动地说："老婆，晚上想吃什么？我去买。"

我真是不想做太复杂的菜，但我每顿又不能少肉，就躺在沙发上有气无力地说："熬鱼汤吧。买条新鲜的鲫鱼，买块豆腐再买点葱……"

"等等。"郝健听我说这么快，马上打断了我，"我拿笔记一下。"

然后他像个小学生一样认真地记录着，记完之后又重复了一遍，才捏着菜单出门买菜。但就是这样他买的葱也变成了韭菜，就他这样的怎么好意思说自己是农民的儿子？我说："你这是韭菜啊大哥！"

郝健一听，连忙拿过来闻了下："真的是韭菜啊？这卖菜的也不告诉我一声。"

"你有告诉过人家你要买的是葱吗？"

"没有……"郝健有些不好意思地说，"那我再去买？"

"老婆，要不你告诉我怎么熬汤，我来做？"折腾了一趟郝健觉得不好意思，没等我同意就进厨房把鱼放到案板上，想学我以前的样子熬汤。但他盯着鱼看了半天不敢伸手去抓，手试着触碰了两下转头问我，"老婆，它会不会咬我？"

我伸手抓起鲫鱼在他面前晃了两下："试试咬不咬？"

"啊——"郝健吓得往后一退。

看样子这顿饭也不能指望他了，我只得穿上围裙自己动手杀鱼，开膛把里面的脏东西都掏出来。郝健刚才被我一吓就不敢再靠近鱼了，手放在背后离我老远："老婆，你怎么不害怕？"

我转头拿鱼又在他面前晃了下："滚远点。"

郝健当真吓得站到离我一米远的地方。

我往锅里倒了油，想把油烧得烫一点儿再放鱼下去，只听郝健在旁边大喊："放鱼了老婆，快放鱼啊，等会儿锅要燃起来啦。"等油温到了放鱼的时候我把鲫鱼丢了下去，锅里立即噼里啪啦地爆开了，郝健拿过准备装汤的盆子挡在我手上，“老婆你小心点油……”看锅里的鱼开始翻白眼，好像觉得我就是杀人凶手似的，“老婆，好残忍。”

我实在忍受不了这个在旁边像唐僧一样的男人了，把他往厨房外面一推：“滚。”

然后郝健就真的滚了。

鱼汤开始熬之后我就没什么事儿了，想着刚才喊他滚他就滚这点，总觉得哪儿不对。脱下围裙走到沙发前：“喂，你起来我和你说个事。”

郝健立马挺直腰身：“老婆你说。”

“女人都是心口不一的，刚才我让你滚的时候，你不应该马上就滚。”

“那我应该怎么办？”

“你应该抱着我说不，我再喊滚你又说不，最后我拿脚踹你的时候，才能滚开。”

“那我们来示范下？”

我用力把他往外面一推：“滚开。”

郝健果真乖乖地来抱住我：“我不啊。”

“滚啊。”

“不啊。”

我再一脚踹到他身上：“滚开，听到没有！”

“不啊。”

“哈哈哈……”我忍不住先笑了起来，我双手反扣住他的脖子，“你怎么不按台词来？我用脚踹你的时候你就该真滚了。”

“不，就不滚。我要当四川最幸福的耙耳朵，把你宠成世界上脾气最臭的女人。这样有一天就算你不要我，也再没有其他男人能受得了你的坏脾气。”

熬了大半个小时，估计闻到了厨房里散发出来的香味，也确定鱼变成了尸体不会跳起来咬他。郝健才敢拉着我胆战心惊地去厨房，揭开锅盖瞅了两眼：“呀，真死了，还挺香。”

刚才把郝健调戏了一番，心情大好的我忘了之前他的碎碎念，把豆腐放在手心里准备把它切成块。郝健上前想抢过我手上的刀：“你把豆腐放菜板上吧，小心切到手。”

我自顾自地还是坚持在手上切，当刀落在我手上的时候，郝健吓得闭上眼睛：“你小心点，哎呀呀我最看不了谁用刀了。”

虽然这样的碎碎念确实很烦，但大大咧咧的我确实需要一个这样小心翼翼的男人。

吃过晚饭已经很晚了，郝健估计是想着要节约时间，收拾好碗去厨房洗的时候就叮嘱我：“你赶紧先去洗澡，我把碗洗了就去洗你换下来的衣服。”

“哦。”我目不转睛地盯着电视上刚出来的男明星，正是我一直以来的偶像。

郝健看我没走的意思，放好碗出来又催我：“真的赶快去洗，洗完再看嘛。”

我又没搭理他，但郝健一根筋硬要把我从沙发上拉起来，拽着我要往卫生间拉：“行了，明儿在网上看，乖，先洗去。”

打滚是我的必杀技，为的就是达到我的最终目的。所以也没管地上脏不脏的，反正等会儿要洗澡，直接把脚举起来像乌龟翻了面儿似的打滚：“不嘛，人家要看电视，人家不洗澡……”

郝健这下没了办法只好妥协：“好好，不洗澡，咱宝贝儿看电视。”

我瞬间就恢复原样，像弹簧一样从地上弹起来：“那你洗碗去吧。”

“你这翻脸也太快了吧？好歹要继续再演一会儿啊？”郝健无奈地摇摇头，往厨房一边走一边叮嘱我，“那你快点，等下我还要帮你把换下的内衣内裤洗了呢。”

打滚这招获得成功，我骄傲地把腿搭在茶几上，郝健又探出个头：“老婆你快点儿。”

等郝健洗完碗电视也终于放完，郝健又开始催我：“这下快去洗。”

“好的老公。”我当着他的面学电视里的模特那样，优雅夸张地扭动着身子走向卫生间，临关门前探头温柔地说，“老公，人家要洗白白了，精彩节目稍后继续哦……”

白天累了就想要睡个好觉，可到半夜就被厨房里传来老鼠的声音惊醒。要知道我从小到大天不怕地不怕，唯一怕的就是老鼠。我妈以前为了不让家里有老鼠，长期在各个角落都存放了各种鼠药，即使发现了老鼠也是她老人家冲上前第一时间拍死。

来成都租房这么长时间，倒是忘了放鼠药这档子事，加之今天晚上的碗筷都堆在厨房，还有鱼的内脏也都在垃圾桶里，估计是这些家伙趁着有吃的就出来乱翻。

我忍了好久试图不要去听这些可怕的声音，但还是越来越害怕，怕到直接睡不着。又不想在半夜把郝健吵醒，犹豫了很久打算自己起来先去看看，走到厨房门口打开灯，远远就看见在天然气管道上有两只硕大的老鼠，原本还想自己鼓足勇气去赶跑就算了，这下看到真材实料的个儿，我顿时就没了勇气。转身去把郝健摇了起来：“哥哥，快，厨房里有老鼠。”

一般在女人柔弱的时候，都希望身边有个英勇威武的男人揽过自己的肩膀说：“老婆你别怕，有我在呢。”可是郝健的反应让我失望到了极点，他迷糊中被我说有老鼠给惊醒，居然翻身下床，比我还要害怕的样子站在我身后怯怯地问：“老婆，老鼠在哪儿？”

我算是明白了，人有时候真不是被外界的东西给吓死的，而是被其他人给吓的。见郝健也害怕，我双腿开始打战，两个加起来超过50岁的男女，大半夜居然差点被两只小玩意儿吓尿，我顿时心情就不那么美丽了。

可就算郝健害怕，但他是家里的主要劳动力，这个时候还是只有靠他，我退后一步，缩到他身后挽着他的手说：“在厨房里，天然气管道上。”

郝健也意识到了这个时候他应该冲在前面，挽起袖子说：“我去。”

我以为郝健会去找个扫帚之类的，像我妈那样拿着扫帚就去把老鼠拍死。哪知郝健拉着我怯怯地走到厨房门前，就站在原地一边跺脚嘴里一边发出“嘿、嘿”的声音。

老鼠听到声音，立即沿着天然气管道不知道钻哪儿去了。

郝健像是立了大功似的，转头拍拍手说：“可以了，老婆。明儿去买个粘鼠板回来。”

我瞬间石化了好吗？这完全是治标不治本好吗？如果说要跺脚吓跑老鼠，这个事儿我也会干啊？装柔弱把郝健拉起来，结果他就这么吓跑了老鼠在我面前装英雄吗？

为了老鼠这事郝健还当真起了个早，等我醒来时他已经把粘鼠板买回来放好，还特神勇地指了指门边摆放的粘鼠板："老婆，今天晚上回来，一定会有成绩的。"

晚上回家，郝健自告奋勇地要煮面条给我吃，我想西北汉子吃了几十年的面总归比我煮得好吧？结果他在厨房忙活了半天，大叫着说："老婆你快进来，这面怎么煮成糊糊了？"

我进去一看，气得真不知道该怎么形容："水没烧开谁让你放面了？"

"我……"

"你是煮面呢还是煮面糊呢？"

"我……我不知道要等水烧开啊。"郝健连忙撅着屁股对准我，"老婆，你打我吧……"

我伸手在他屁股上用力打了好几下，一边打郝健一边很舒服的样子："真爽啊，老婆你再重点儿。"

看着郝健贱贱的样子，火气瞬间就不在了，只是我一看早上的粘鼠板，上面血淋淋地粘了一只硕大无比的老鼠，我吓得大叫："老鼠！你赶紧把它处理了！"

我敢料定郝健比我好不到哪儿去，只见他躲在粘鼠板旁边半天不敢下手，估计是做了很长时间的心理斗争，才别过脸将粘鼠板合起来，跷着兰花指夹着丢到阳台上，赶忙就跑进来："老婆，扔出去了。"

4.

结婚两个月，阴差阳错一直没来得及让郝健和齐鑫碰面，正好齐鑫就打来电话说要来成都："最近有没有很想我？下午我可要来成都了哦。"

"齐大爷我求你了，还是别来了吧，成都空气本来就不好。"

"你大爷的，算了不跟你贫。你现在和你们家那什么，健哥？还好吧？结婚后他有没有欺负你？"

"这世界上除了你，没人敢欺负我知道吧？"

"我还告诉你，这世界上除了我谁都不可以欺负你！"齐鑫特牛地说，

“我告诉你，我这次来成都面试的可是策划部经理了哦。”

齐鑫的能力我们都知道，只不过在淄贡那地方没有合适的发展机会，他玩心又重，那些日子就想着要先玩儿个够再上班。现在终于想明白要开始工作了，我心里替他高兴：“你就嘚瑟吧。”

“你在成都待的时间比我们长，找个好吃的地儿晚上聚聚。冷哥不是休假回来在看房的吗？还有笑笑，把她和叶子都叫上，咱争取把酒场转移到成都来。”

“得令，齐大爷。”

挂掉齐鑫的电话我那个激动啊，这俩月虽说有郝健的陪伴，但少了朋友的日子很憋屈，尤其是刚去新公司，做的还是行政，天天上班那个端着啊，得要让全公司人都知道，我苏菲是个淑女啊！所以我其实早就憋坏了，只是考虑到郝健不爱出去玩，为了以后的幸福生活，活生生地当了俩月的贤妻良母。

于是下班郝健来接我的时候，我就把齐鑫要来成都这事儿说了一通，同时征询他晚上吃什么。

他的兴致好像不高：“随便。”

我想他和我最好的哥们儿怎么也是初次见面，现在就摆出一副不咸不淡的样子，急脾气上来就想冲他发火。不过我还是忍了下来，想着这是婚后在成都的第一次聚会，以前在淄贡家里都有长辈喝酒放不开，现在自己租房子，不如就在家做饭好畅饮一番。

说要回家做饭郝健也没应声，一直默默跟在我身后，直到我去买完菜回到家，就自己打开电视看。

这让我尤其不开心，上前努着嘴没好气地说：“我做饭，你去买点酒回来啊？”

郝健默默地下楼买了4瓶啤酒回来，跟谁欠他钱似的把酒放在厨房的案板上。

我盯着酒：“就4瓶？”

“啊，我又不喝。”

我家的观念是客走旺门，有人来做客得好酒好菜招待，哪怕客人走了喝稀饭吃咸菜都没有关系。所以看这4瓶酒就觉得郝健没有诚意待客人："算了，我们还是出去吃吧。"

"哦。"郝健还是顺从。

我换了身衣服拎上包下楼，叶子说于施刚刚发了说说，好像心情不大好让我把她一块儿叫上。我拨通于施的电话，她心情确实不好，说明缘由后竟然拒绝了："我还有点事就不过去了。"

于施的声音一听就不对劲，而且以她的性格，像今天晚上这样的聚会，就是天大的事也会推了过来："什么事那么重要？姐们儿这可是婚后第一聚，怎么能少了你呢？"

"改天，改天我请你们。"

"哪儿来那么多屁话，赶紧过来！"

"我……我……"

于施这状态很反常，我打断她："你什么你，就这样说定了，我把地址发给你，你这就打个车过来。"

"我受伤了。"于施见我强行让她过来，一下就急了，"我现在没法出门见人。"

"我是别人？你什么我没见过？受伤又怎么了？"这下我是真料定于施出事了，心情也跟着急了起来，"行了，我打车过去接你。"

于施的房子在高档电梯公寓，是跃层的小套一室，进门之后就能感觉到和我租的老房明显不在一个层次。于施为我打开门看了下后面没人，就迅速地蜷回到沙发上缩成一团，我着急上火地坐在她旁边催促："换衣服下楼啊，叶子他们很快就到了。"

于施指着脸说："你看我这样，还能出去见人？"

她脸上有好几条被指甲划过的血痕，一看就是跟人火拼失败的杰作，我小心翼翼地问："你……和他打架了？"

"和他老婆。"

"你跟人老婆干上了？"

"是她找到这儿来的。"

对这事我表示无语，也不知道该怎么劝，只好说："行了，别想那么多，赶紧去换衣服下楼吧，晚上我和叶子陪你喝酒。”

“可我这脸……”

我把于施从沙发上拉起来往楼上推：“一个是我男人，一个是叶子的男人，齐鑫你就把他当成女人好了，今天晚上用不上你这脸。”

于施这事儿只是个插曲，在成都的首聚怎么可能不喝得嗨皮？菜还没上齐，桌子旁边就堆了大堆的啤酒瓶，但郝健好像完全不在状态，除了偶尔别人端杯来敬他，他就闷坐在旁边一声不吭，他这样子在我们这群见酒就嗨的人看来，简直有种不想带他出来的感觉。

不过到KTV大家喝出了感觉就更嗨了，尤其是齐鑫，他性格和我有共同点，在外面玩就希望每个人都高兴。吃饭的时候就看郝健闷闷不乐，一到KTV就坐郝健边儿上不停地和他套着近乎，手搭在他肩膀上就没放下来过，拉着郝健聊个不停，把曾经我指使他去做的坏事儿几乎都说了一遍。

最后一高兴齐鑫直接说：“健哥，我很喜欢你。”

“呵呵。”郝健完全没有不好意思，手揽在齐鑫的肩膀上，“我也喜欢你。”

“咱一人两罐，干了！”

“好，干了。”

齐鑫干完又逗乐郝健：“健哥，我想采访下你，你每天醒来发现是抱着个男人在睡觉，有什么感想？”

郝健居然也没尴尬：“好兄弟嘛，不存在的。”

我顿时感觉天空电闪雷鸣，一道闪电华丽丽地劈过，庆祝这对举世无双的好兄弟相见。我一直认为缘分只有男女之间才会有，直到郝健见了齐鑫之后，我才觉得这男人与男人的缘分更神奇。

总之齐鑫把郝健收拾得服服帖帖的，不知道灌了郝健多少酒，他终于摇摇晃晃地站起来直摆手：“不行，我得去吐。”

齐鑫还特周到地把他扶去厕所吐，吐完之后还叮嘱服务员拿热毛巾给他擦了脸，说什么都不让郝健再喝了，买了苏打水丢到郝健面前：“健哥咱说好，你不能喝就喝这个。”

郝健接过苏打水冲齐鑫咯咯直乐。

齐鑫拍拍我："苏大妈，你这找的可是个好男人，老实。"

"老磨刀石。"我心里在想，闷骚的典型特征不正好就是外表看起来老实吗？

然后齐鑫也趁着酒劲，开始教导我说："你得女人点儿、温柔点儿，对男人得好点儿，你要不对他好，这么好的男人留到别的女人对他好？"

我特意转头看了眼郝健，说："我说哥们儿，你是不是看上他了？要真是你就直接说，我让给你。"

"我的取向你不清楚？"齐鑫说着开玩笑冲于施努努嘴，"你觉得西施和我合不合适？"

"和我？"于施指指自己，"行啊，但说话算话可不许耍赖。"

"得……你这太熟，下不去手啊。"

于施明显有些醉了，齐鑫开个玩笑她就当了真，尽管脸上还挂着伤，依然一个劲儿地往齐鑫身上扑。齐鑫就不停地往我这边挤："苏大妈你去那边，我和咱们家健哥聊聊。"

我也习惯了当酒场的主角，自然挪到于施那边陪她还有冷哥和叶子，手舞足蹈地跟他们天南地北地随便侃，拿着话筒各种歌随便唱，唱完顺便再找冷哥他们吹两瓶。

到最后我肯定也是醉了，但意念支撑我在大家的面前得表现出没醉的样子，连上个厕所也要严格要求自己走直线。正是因为如此，多年来我在淄贡市有了个外号"酒仙儿"，很少有人见我在外面喝酒的时候醉过，因为我一般都是回到家后才醉得不省人事。

这次也是一样，外面撑面子只要是酒多少都逞能地往肚子里灌，回到家就凑到垃圾桶开始狂吐，胃里的所有东西都吐得干干净净，最后吐不出来了直打干呕。

郝健看我喝成这样，拍着我的背着急地说："喝那么多干吗？"

我无所谓地说："你没见我们都多久没聚在一起喝酒了吗？"

"再久不见面这么喝也不行嘛。"郝健嫌我晚上喝得太拼，不是很乐意地说，"你看你喝多了那样子哪儿还像个女的？我就见过单位那些老头儿喝多了才那样。"

喝多了的时候，郝健这话听起来就很伤人，于是我没好气地说：“我就这样子怎么的？你结婚前也知道我这样，那你干吗还跟我结婚？”

“行了，早点睡。”郝健递给我一杯水，然后就独自上床扯过被子睡觉了。

这样子很明显是在生闷气好吧？不久前才说过我们每天都要开开心心睡觉的，怎么一转眼的工夫又成了这样？

于是借着酒劲我端着水杯走到床边扯过他的被子：“你哪儿不高兴了起来说清楚行不行？”

郝健被我惹烦了，转头瞪了我一眼：“大半夜闹什么闹，睡了。”

我是个急性子，有什么问题一定要说清楚后才能睡觉，他一副有了矛盾就用睡觉来息事宁人的态度让我尤为不爽：“睡什么睡？你倒是说说清楚，我喝多的样子怎么惹你了？”

“什么样子你自己清楚。”郝健像是憋着什么劲儿坐起来说，“瞧你喝酒那豪迈劲儿，还真以为自己是纯爷们儿啊？还有叉着腰指点江山说话的样子，也不知道哪儿来那么多屁话。”

“我就这样。”我嘟嘟囔囔地说，“看不惯你别娶啊。”

“你……”郝健瞪了我好几秒钟。

我也不怯他，用比他更犀利的眼神瞪着他，像是在告诉他：你想干吗？老娘不怕。

几秒钟之后，郝健的眼神黯淡下去：“睡觉！”说完扯过被子把头捂住不愿意搭理我。

我用手拉扯了几下但他都不理，一时气急我索性坐回到沙发上，打开他下午买回来的酒继续喝。你不是嫌我喝酒吗？那我就偏要继续喝个够！

郝健翻身从床上起来，走到我面前夺过我手中的酒瓶：“还喝。”

我的意识比刚才更模糊了，倔劲儿也更上来，用力和他抢着酒瓶：“你管我……”

“大半夜发什么酒疯，赶紧睡。”郝健硬把酒瓶夺了过去，强行把我往床上拉。

一听郝健说我发酒疯，我在他手里用力地挣脱，扭打着大喊：“说谁发酒疯呢？”

郝健见我越来越疯狂，用力捏着我的手腕瞪大眼睛恶狠狠地盯着我。我从来没有见过他这么凶狠的眼神，不禁心里有点发毛，以为他是要动手打我。但不管怎样也不能在气势上输给他。我用同样恶狠狠的眼神盯着他，还咬牙切齿地说：“干吗，想打人啊！”

郝健反手从茶几上拿过另外一个空瓶扔到地上，随着“砰——”一声，啤酒瓶应声碎在地上，他大声地吼道：“女人家家的，大半夜喝多了回来还有理了是不是？”

来成都两个月，每天三点一线早就憋坏了，不过是有机会和好朋友喝个酒而已，我怎么了，就值得他这样发脾气？难道连我和朋友聚会也要装成他喜欢的样子？那不行，大不了老娘不玩儿了！然后我就拿出一副拼个你死我活明儿就要去离婚的架势，抓起身边的手机朝对面扔了过去，再把杯子、遥控器都扔了出去后，气喘吁吁地看着他：“砸啊，怎么不砸了？”

“不可理喻。”郝健吐出这四个字后，又躺回床上不理会我。

我坐在沙发上缓了口气，觉得心里很沮丧，这算是什么事儿啊？他这样管天管地还要管我拉屎放屁的态度，这日子真过不下去了，别以为我把后路断了就一定得跟他过下去。想到这儿，我索性破罐子破摔，恶狠狠地冲过去抓起郝健：“你给我起来！”

郝健烦躁地把我推开：“干吗啊你。”

我又拉了下：“起来说清楚，这日子还过不过？”

“发什么神经啊你。”郝健说完又把头蒙住，死死地抓住被子不给我机会再拉开。

我抓起包就准备往门外走，走到门口郝健猛地从床上坐起来，快速地冲到我面前一把将我抱住：“大半夜你上哪儿去？”

我在他怀里挣扎着：“这个家没法待了。”

他抱着我往床上移：“别闹了，睡觉。”

我已决心要离开这个家，用力在他怀里拼命地挣扎，在餐桌旁边你推我搡的时候，一个不小心摔倒下去，肚子正好抵到餐桌角。钻心的疼让我沿着餐桌蹲了下去，很快就感觉到下身潮乎乎的不对劲，我把手伸进内裤里摸了下拿出来，手上红红的一片血迹……

郝健以为我是被磕到了哪儿，当时就吓得扑通跪倒在我面前："老婆，磕到哪儿了？"

我举着手："我……我大姨妈来了……"

"啊？"郝健惊讶地看着我手上的血，"那……怎么办啊？"

我坐在沙发上感觉全身无力："都说女人的生理结构决定了女人正常的时间就只有一个礼拜，你明知道我要来大姨妈，还惹我生气……"

"嗯，我知道，都是我的错……"郝健小心翼翼地把我从沙发上扶起来，伸手握住我的手，"老婆你打我吧，都是我不好，以后你生理周期之前和之后，不管你做什么我都让着你好不好？你现在还有哪儿不舒服？要不要喝点热水？"

"其实刚才我也有不对，看你不搭理我我着急……"这么闹了一通加上郝健及时认错的态度，我的火也全消了下去，"睡觉吧。"

郝健这下好像没有了睡意，搂着我打开了话匣子："其实我也知道，我缺乏社交能力。有时候我也挺恨自己这一点，你们说话什么的我总插不上话。"

我也直言："我爸妈喜客，以前家里几乎天天都有客人来吃饭，在我初中那会儿就能端着酒杯跟客人喝酒了。"

"所以我就觉得你这点很厉害，不管什么时候你总能轻松地HOLD住全场。"郝健把我往怀里搂得更紧，"这个我要向你学习，我有时候也想和大家说到一块儿去，就是不知道该怎么说，总觉得说出来那些都是废话。"

"其实人和人沟通，就是用一堆废话堆积起来的。"我这人就禁不住夸，一听郝健夸我就来了劲儿，煞有介事地说，"要不，哪儿来那么多有营养的话？"

第二天早上醒来就浑身发烫，我摸了下自己和郝健的额头，初步确定是发烧了。郝健昨天晚上的愧疚感还没有消失，瞬间就慌了："我们去医院吧？"

我的抵抗力一直不好，动不动就会感冒发烧，对这种情况我基本都可以自己开药。也没去医院，就在楼下诊所开了点退烧药，请了假回家又昏昏沉沉睡到中午，习惯性地去厕所就发现不对劲，昨天晚上来的大姨妈，居然又回去了！想起上次来大姨妈还是在郝健来接我回他老家之前，我顿时像是明白了什么，提上裤子对郝健说："快去帮我买个试纸。"

郝健也意识到了什么，跑去诊所很快买回来试纸，我回厕所测试了下，看着试纸上清晰的两道杠杠，觉得脑子全蒙了……

"怎么样啊老婆？"郝健拿过我手上的试纸条，对照着包装盒上的说明书，"两根杠……啊！怀孕了？"

现在的情况是刚刚才吃了这么多退烧药，这不是作死的节奏吗？我气得狠狠地抽了自己一耳光："让你喝酒，让你吃退烧药。"

郝健扔下试纸把我搂进怀里："老婆这个不能怪你，我也有责任，是我没注意避孕。"

我基本已经做好了这孩子不能要的准备，但还是抱着一线希望去了医院。只是让我没想到的是，在医院检查之后医生告诉我们孩子是死胎。

我瞬间惊呆："医生，是不是因为我喝了酒还吃了药？"

"不完全是这个原因。"医生再次确认了下化验单，"怀孕后，你们还在同房？"

当着这么多人问我这个问题，我的脸刷一下就红了，点点头说："嗯。"

"你们怎么一点儿常识都没有？怀孕头三个月可是坚决禁止同房的。"医生开了张单子就递给我，"去缴费准备清宫吧。"

听说要清宫我就没了主意，商量一番后郝健决定还是向丈母娘求救。我妈正打着麻将，听我说完就咋呼开了："啊？那你们赶紧回来，这种手术要做不好会落下病根的。我现在去找你廖阿姨。"说完只听我妈说了句"好了我不打了"就挂了电话。

回了淄贡市，我妈找了个120的急救车等在车站，我们一下车她就让护士过来把我抬上了车，郝健跟在我身后大气都不敢出。

上车我妈就叽歪开了："我说苏菲，小健是个男的不懂，你自己也不懂吗？都两个月了你一点儿也没有察觉？"

郝健连声说："妈……你别怪菲菲，都是我不好。"

"这种事情男人不懂正常，要怪也只能怪苏菲。"我妈没有半点责怪郝健的意思，“你说明知道怀孕，怎么还……”

我怕我妈嘴不关门地当着郝健说这些，忙打断了她：“妈，你说那么多有用吗？事情不已经出了吗？”

“你还有理了？有本事出了事你别来找我这个妈啊？行了行了，你廖阿姨已经在手术室等着了，到了之后就可以直接做手术。你廖阿姨说了，你也不用太担心，就是个小手术。”

确实是个小手术，到医院后我打完麻药一觉醒来，就已经躺在了病床上，半个小时后就收拾东西回家。医院的走廊里摆着好多免费的避孕套，我妈路过时极不害臊地全部取了下来往郝健怀里一扔：“小健你把这个拿着，你们要不想那么快要孩子，还得采取措施才行。”

郝健脸一下红了，又不敢不接，脱下外套把它们都裹在里面，生怕被其他人给看到。

我妈还恬不知耻地在旁边笑着说：“你们俩以后可千万要注意了，知道吗？”

郝健头点得像捣蒜似的：“知道了妈……这次都是我不好。”

回家后郝健陪着我在房间看电影，我妈在厨房忙着炖我半夜要喝的鸡汤，我爸应该就在旁边打下手。先还听到他们聊麻将聊得好好的，没多久就听到我妈大声地说：“小健难得回家一趟，你还出去喝什么夜啤酒？”

“他们都睡觉了，我去去就回来嘛。”

“人家都是当官的、有钱的，你好意思去跟人喝吗？”

“这和当官有钱有什么关系？噢，等于说我没钱连喝酒的资格都没有？你规定的？”我爸说话的语气也开始不好了起来。

“你有脸去喝酒？别人都是靠自己的本事挣钱，你呢？天天在家里吃我的喝我的……”

我爸大吼着把我妈打断：“你再屁话多？信不信我抽你？”

“抽啊？你抽我今天晚上也不让你出门，你说女儿长这么大你付出过什么？到现在她躺在床上你还不陪……”

我妈话还没说完，就听到很响一声扇耳光的声音，郝健连忙冲出去，随后传来重重的关门声。我肚子还有点痛，躺在床上也没什么力气，在最脆弱的时候听到他们吵架，心里很烦也很难受。尤其是他们以前吵就算了，现在竟然还当着郝健的面儿这么吵。

郝健陪着我妈在外面聊到大半夜，估计是把我妈哄去睡了之后才进来，他坐在我床边把手伸进被窝里摸着我的肚子：“老婆，肚肚还疼吗？都怪我不好。”

“没事。”我心里不痛快，也不大想多说话。

“老婆，我知道你不好受，以前什么都是你一个人扛，现在你想哭就哭出来吧。”

我盯着他一愣，连我自己都忘了心疼是什么感觉，保持一贯坚强的微笑：“真没事，不就一孩子嘛。他来不过才两个钟头，走了有什么值得伤心的？”

郝健在我额头上轻啄了下：“我不是心疼孩子，是心疼你……”

郝健这句话触动了我内心深处从来没人碰过的那根弦，我鼻子一酸搂着他就哭了起来。各种生活把我压榨成了一枚坚强无比的女汉子，我从来都觉得生活是要笑着面对，因为就算你哭，也只会让别人看你的笑话，对你的未来毫无帮助。而现在，我就躺在郝健的怀里，在没有喝酒的状态下放肆地哭了起来。哭了很久郝健把我从怀里松开放了下来，起身接了一杯热水递到我嘴边：“来喝点水……”

接过水杯咕噜噜就灌下一大杯，喝完后觉得轻松了很多，擦干眼泪日子还得过：“好久没有这样痛快地哭过了……”

郝健拍着我的后背：“我知道宝贝受委屈了，晚上妈找我聊了很多。”

“她说什么？”

“也没说什么，就说了下家里的情况，说你性格不好让我平时多让着点你。”郝健怕我听到我妈说我不好上火，连忙补充说，“其实妈也是为你好。”

我忽然有种要倾诉的欲望：“我是她女儿当然知道她有多不容易，我念高中的时候我爸下岗，后来跟人合伙做生意又被骗了一大笔钱。当时债主都找上门来告我爸诈骗，是我妈把那些年家里买的房子和铺面全部卖了还债，才把我爸从监狱里赎回来。”

“嗯，宝贝受委屈了。”

“那两年是他们吵架吵得最厉害的时候，家里所有的开支都靠我妈的工资，我妈气得天天逼我好好读书考上重点大学为她争气，她越这样说我就越烦……”

郝健不怎么会安慰人，只知道不停地说：“别想了……老婆。”“老婆，你放心，我会对你好的。”“我不会再让你受委屈。”

我对他们吵架倒是习以为常，郝健却被吓得整晚上都没敢睡觉，怕我爸半夜回来又和我妈闹。可他这边还担心着呢，第二天吃过午饭我爸妈就高高兴兴地牵着手打麻将去了。郝健简直是惊悚地站在我床边：“爸妈……就这样又好了？”

“那你还想怎样？让他们吵一辈子啊？”

“太奇葩了吧……天，我终于知道你脾气为什么如此火爆了，敢情你们家的人都是火炮性格呀，这随便一点都能着。”

“所以你知道以后在我着急上火的时候该怎么做了吧？”

“明白，哄嘛，哄不好就使劲地哄，不要脸地哄，直到你气消下去为止。”

我满意地摸摸他的头：“嗯，孺子可教也！”

在我妈的精心伺候下，小月子坐得很顺利。一周后郝健来淄贡市接我回去，临走前我妈还惦记着她从医院收集来的避孕套，特意把它们装到了我包里，当着我们俩的面儿叮嘱：“菲菲这身体一时半会儿也恢复不了，等40天后你们一定得用这个哈。得注意，一定要禁满40天才可以，要不后果很严重的。”

我总觉得哪有身为丈母娘当着女婿面儿说这些的啊？一向不知道什么是害羞的我居然也臊得慌：“妈，这事你私下跟我说就行了。”

“这是你一个人的事儿吗？再说小健又不是外人。”说着我妈又转头对郝健说，“小健，菲菲从小自控能力就不好，你得看着她点知道吗？”

我瞬间对我妈极其无语，什么叫我自控能力不好？我的妈，你确定在这方面郝健的自控能力会比我强？而且你就笃定每次都会是女儿主动？

四月的成都已经是风和日丽，重新上班的第一天难得出了太阳，从衣柜里翻出去年秋天叶子硬拉着我买的一条黑色连衣包臀裙，换上之后配条黑丝，再踩上一双高跟鞋，郝健目不转睛地盯着我："老婆……你今天就穿这个上班？"

话说习惯了穿宽松舒适的衣服，偶然穿成这样还有点不习惯，我往下扯了下裙子："怎么？是不是裙子太短？"

郝健盯着我的眼睛都绿了："不短不短，刚好。"

我这才放心地把包递给他："走吧。"

穿上高跟鞋后的我从视觉上看显得比郝健还高一些，但走在路上他完全不在意，像是跟着公主的贴身奴仆，拎着我的包走在我旁边。一路上我时不时地扯下裙子："你快帮我看看，屁股露出来没有？"

郝健退到我身后："放心，还早着呢，这都快到膝盖了。"

老板王总是个50岁左右的半老头，在公司见到我就大惊小怪地问："小苏，你怎么穿成这样就来了？你这可是刚小产，怎么能穿高跟鞋还把大腿露在外面？你先回家换身衣服再来上班吧。"说着还摇头直叹气，"你们这些小年轻，总是这么不爱惜自己的身体。"

王总这么一说，我才确实感觉到身体有点虚，给郝健发了个消息："你回家帮我拿套衣服，顺便拿双平底鞋，他们说刚做完手术不能穿裙子和高跟鞋。"

郝健不到十分钟就拿着衣服来到我公司，等我拆开一看就没办法淡定了。郝健竟然给我拿了一件蕾丝花边的白衬衣和一条运动裤，最重要的是还拿双我配裙子穿的大红色单鞋！我没好气地把衣服递给他："赶紧回去给我换一身去。"

郝健特无辜地站在原地："你到底要穿什么呀？"

"你去翻件运动服，再拿双运动鞋。"

我以为向郝健交代清楚，他应该知道拿什么衣服了才对，但没过多久郝健的电话就打了过来："老婆，你是要穿蓝色那件还是白色那件？"

"随便。"

"那我两件都拿过去吧？"

“赶紧的。”

等郝健把衣服再拿过来，总算是成了套，我连忙换了衣服回到办公室，上周我请假公司又补充了不少的人，感觉公司慢慢地步入了正轨。只是这一切和我无关，除了偶尔有点杂事外，更多的时间是在网上瞎聊瞎逛。每天来上班就盼着下班，周一盼周三，周三盼周五，没有业务考核也没有业绩压力，纯粹就是上班来下班走混工资。

好不容易混到周五，一早笑笑在QQ上发来消息：“喂姨妈巾，你是不是要绝交啊？”

我回了过去：“绝你妹的交啊，有屁快放，姐还要准备上班呢。”

笑笑：“最近怎么样？你们家那研究生哥哥，有没有把你养得白胖红润？”

我：“红润个蛋，刚掉了个孩子。”

笑笑：“纳尼？这么大的事情你也不通知我？”

我：“通知你搞毛啊？难道你能帮我接生？”

笑笑：“算了不和你贫，姐就要和你一样夫唱妇随移居成都了，高兴吗？”

我：“你真准备放弃娱乐圈？”

笑笑：“不都跟你学呢嘛，有什么比两个人在一起更重要的？”

我：“太好了，你可不知道我在这儿上班都快把我憋死了，成天没人和我说一句话，明明是个汉子还得装得斯斯文文的淑女样儿，简直比坐牢还要难受。”

笑笑：“那姐晚上来安抚安抚你？今天先九眼桥狂欢下怎么样？”

我想也没想就回了过去：“行啊，太行了。不过什么叫‘先’啊？”

笑笑：“明天小帅公司开业，再继续啊。”

有这种连嗨两天的机会，我简直觉得太完美：“行，这几天我可就跟你混了啊。”

笑笑：“好说，我下午到了和你联系。”

等和笑笑聊完之后，我才反应过来自己现在怎么可能喝酒？但说出去的话就是吐出去的口水，怎么也不可能收回来不是？然后就思索着，这笑笑刚来成都邀请狂欢，也不可能不去那就只能让郝健晚上帮我HOLD住全场了。

考虑到上次在淄贡市郝健见到王小帅时那张引产的脸，我决定先让郝健心情好起来之后再说正事。于是在QQ上修改了自定义表情发送过去，附带了文字：“菲菲亲了下郝健。”

郝健反应还算快，马上回复我：“郝健亲了下菲菲。”

估计郝健被我逗乐了，我才试探性发送过去：“晚上笑笑约大家吃饭，明天王小帅公司开业。我不能喝酒，全靠你了啊。”

这招果然起了效果，郝健爽快地答应：“好，晚上我喝。”

笑笑到了成都后直接先去接了于施，再到我公司来接我，我一上车她就开始损：“姨妈巾，混了几个月的省城，还认得我这个小县城来的吗？”

“必须认得啊。”我推了下笑笑也没客气，“你是我孙子我还能忘？”

“滚。”笑笑发动了引擎，“我是你大爷！”

“还大爷呢？你倒是拿出点儿大爷有的干货让姐瞧瞧？”

几句玩笑话就让我彻底放松，觉得现在的我才是曾经的自己，刚才端端正正坐在办公室不苟言笑的那个人，滚一边去吧。好久没有这样畅快过了，我兴奋得手舞足蹈：“这才叫生活！”

前排的于施转过头说：“我就奇怪，这郝健又没车又没房长得也不怎么样，还是个破事业单位拿死工资的技术员，哪儿值得你死心塌地跟着他，把自己给憋成现在这副模样？”

笑笑一脚油门轰下去提了速，奸笑着说：“西施你是真不懂还是假不懂？”

于施秒懂，诡异地笑笑：“那什么也不能当饭吃的不是？”

和闺密在一起不用伪装的时候总是很快乐的，只是这样的快乐截至接上郝健，他一上车车里就没了玩笑。他规规矩矩地坐在我旁边，笑笑专心地开车，于施也是盯着手机玩游戏。好像大家都觉得郝健太过正经，在他面前开玩笑会亵渎了他。

到了吃饭的地方，王小帅和叶子先到了在等我们，大家都认识也就没那么多规矩，坐下后除了我之外的人都直接开喝。郝健今儿晚上表现还算不错，不时地端着酒杯去敬酒，只是到第二轮KTV的时候，他就醉倒在沙发上睡觉，而我们四个女人坐在一旁聊天。

于施在群里听说叶子买了房，迫不及待地就先问："叶子，你们房子买哪儿了？多大？"

叶子也如实回答："西二环。我说买个套二，但冷哥他家非得买套三，说是以后他们来带孩子时住着方便。"

我了解叶子说这话其实没有半点炫耀的意思，因为她和冷哥家里条件本来就好，可这话被于施听进去，就像是变了味："真羡慕，你可真算是我们几个里嫁得最好的了。"

我一听这话就有点不高兴，大家都是好姐妹，凭什么房子大点儿就算嫁得好了？只要大家幸福都该叫嫁得好，不过我没喝酒脾气也就没那么冲，岔开话题说："西施，你和那谁最近怎样？"

"还行吧。"于施闪烁其词。

笑笑一本正经地说："西施，你就打算一直这样过下去？"

"有什么不好？趁年轻积累点资本，以后什么样的老公找不到？"于施说着把头转向我。

我知道她又想说我，打断她说："你别拿我说事，我是有真爱的人。"

"真爱几分钱一斤？"于施笑着开始向我传授经验，"姨妈巾，你以前就是个男人，所以不去计较这些。但现在可不同，结婚可不比谈恋爱，房子车子票子哪样能少？"

"于施。"叶子在旁边都有些听不过去了，"人姨妈巾心里明白着呢。"

"这都是好姐妹我才说这话，别人我还不乐意说呢！"于施喝了口酒，"这女人最重要的就是身价？身价知道不？你看你领证的时候，可什么都没要求吧？但你们后面办婚礼可就不行，你得让他拿钱出来买房，而且还得写你的名字，还有钻戒婚纱出国度蜜月，这些一样都不能少，知道吗？要不人家说你廉价，上赶着嫁过去，以后会不珍惜。"

"行了，西施你快别说了，不如留着点儿精力等会儿勾搭齐鑫？"笑笑也试图岔开她。

于施吃惊地问："齐鑫要过来？"

我勾住她的下巴："怎么着？想他了啊？也是，齐鑫除了私生活乱点儿，其实还算是个爷们儿。要不是我们早在念书的时候就拜了把子，说不定我妈让我们试试的时候，我还真会打他的主意。"

于施这边刚说完，齐鑫就推开包间的门，打了个喷嚏指着我们四个："说，你们谁在想我？我可告诉你们，就你们这样儿的想我也没用，别惦记啊。"

我连忙把于施往他怀里一送："这儿除了她是单身，还能有谁？"

齐鑫一把将于施揽了过去："你们这样可不好，我要把于施收了，我们还能愉快地做闺密吗？"

全场哄笑……

王小帅见齐鑫到了，放下话筒主动走了过来，笑笑连忙拉过他对齐鑫说："王小帅，我男朋友，你们认识吧？"

齐鑫刚还笑的脸一下僵住，看了看王小帅又转头看了看于施，然后迅速地拍了下王小帅的手臂："小帅，你这可不厚道，什么时候把我们家笑笑给收了，也没告诉一声？"

"这不……好几次都和你错开了嘛。"

"行啊小伙子，我都舍不得下手的被你得逞。"齐鑫半开着玩笑地拿起桌上的啤酒，"怎么着也得先吹个三五瓶的吧？"

齐鑫和王小帅看样子是老熟人，加上冷哥也在，我们淄贡市的人在成都全部聚齐，喝起酒来简直就跟疯了一样。看他们玩得热闹，我其实心痒得不行，真想破戒开喝算了。几次凑到齐鑫的边上："齐大爷，给我尝一口吧？"

齐鑫就把杯子放在我嘴边："想喝是吧？"

我咽了咽口水："嗯。"

齐鑫张大嘴就把酒全部倒了进去："老子不给你，哈哈哈。"

我狠狠地踹他一脚："信不信我踢得你下半身残废？"

齐鑫转头看到正在睡觉的郝健，连忙扑了过去把他摇醒："健哥你快救我，你老婆要取消我当男人的权利。"

郝健迷糊中翻身起来："鑫哥，你什么时候来的呀？"

“这不刚到嘛，一来就被你家老婆欺负，都结婚这么久了，你还没把她给制服啊？”

“嘿嘿，我哪儿能制服得了她嘛。菲姐的嘛，可牛了。”可能是上次齐鑫特意陪郝健聊天的原因，他好像还挺喜欢齐鑫的样子，说话也不像跟王小帅和冷哥那样生疏。

齐鑫见郝健醒来，让他端着杯子去那边坐，郝健坐过去后齐鑫就耐心地教他划拳玩游戏，还问郝健唱不唱歌，郝健拘谨地说不会，齐鑫专门去点了首《朋友》鼓励郝健跟着他一起唱。在齐鑫的带领下，郝健慢慢放得开了些，靠着齐鑫的肩膀认真地盯着屏幕。

第二天是周末，我睡到半下午才醒，醒了就听到阳台上有人在唱歌：“我的爱如潮水……”

这声音一听就是郝健的，我轻手轻脚地起来走到阳台的门边，透过门缝往外看了看，只见郝健戴着有麦克风的耳机，手握成拳头状像是在KTV拿着麦克风的样子，对着电脑认认真真地在唱，我没忍住就笑出了声音，差点没笑到尿崩！

忽然出现的声音吓他一跳，他连忙取下耳机：“啊，你怎么起来了？”

我笑得叉着腰：“干吗呢你？”

郝健像是正在干见不得人的勾当被人识破了似的：“呃，在唱歌。”

我往电脑屏幕上一看，他还专门下载了一个模拟KTV的唱歌软件，最后唱完好像还有评分那种。我瞬间明白，郝健是觉得自己不会喝酒，也不会唱歌，趁我没醒在家里恶补呢！虽然他的出发点是好的，但我总觉得哪儿不对，我说：“唱歌哪是这样学的，下次再去KTV你别怕，多唱几次就会了。”

郝健尴尬地挠挠头：“你们都唱那么好，我不敢开口。”

“唱得好不好是一回事，敢不敢唱才是最重要的！”

王小帅的公司今天正式开业，昨天喝多了，王小帅当着大家的面，说要是今天中午谁不到场就是看不起他，郝健喝多了当时也答应了。可是我看了下时间，都快三点了，郝健居然醒来后就一直没有叫我起床的意思！

我连忙拿出手机想给笑笑打电话，才发现手机不知道什么时候被郝健给悄悄关了机，我举着关了机的手机，眼神犀利地盯着郝健，冷冷地问："怎么回事儿？"

郝健闪烁其词："没电了吧？"

"昨天上班我才充了一天，怎么可能没电？"

"我……我……"郝健吞吞吐吐地说，"我……不想再喝酒了。"

我继续盯着他问："你是不喜欢喝酒？还是不喜欢和王小帅喝酒？"

郝健看我这眼神也有点胆怯，总算吐露了实话，说："我不是很喜欢和王小帅接触。"

"人好酒好肉地请你还得罪你了？"

"不是，我只是觉得他……有点儿假，爱说大话……"

我也知道王小帅喝了酒之后是有点儿爱吹牛，可是人家吹人家的又没碍着我什么事儿，朋友之间这面儿上得要过去吧？于是没好气地说："王小帅为人怎么样我不管，他是笑笑的男人，就冲笑笑的面儿我们也不能不去啊！懂不懂啊你。"

郝健还是扭扭捏捏地低着头："老婆，我觉得道不同不相为谋，不喜欢的人也就没必要接触了吧？"

我只觉得他这样的做法简直幼稚到可笑，这太不懂事了吧？生活在这个社会，怎么可能从喜欢和不喜欢的角度出发，任何事情都得顾全大局才行。我把手机打开马上拨通了笑笑的电话，装得迷迷糊糊地说："笑笑，你们开始了吗？"

"你妹啊，我们都要完了好不好？"笑笑明显喝得有点多。

"手机被郝健掉厕所了，我们刚睡醒，这就过去啊。"

笑笑大着舌头说："你甭来了，绝交！"

我知道笑笑不可能和我绝交，在电话里撒娇："不嘛，要不我们绝一会儿再交？"

"噗——"笑笑马上笑了，"行了，不跟你废话，你丫赶紧过来，大家还没散呢。"

我合上电话满脸不爽地把手机递给郝健："愣着干吗？赶紧换衣服啊！"

"那……齐鑫在不在？"郝健试图找个说服自己去的理由。

“估计应该在吧。”

就这样郝健才肯换衣服跟着我出门，只是到了之后齐鑫已经走了，然后他在吃饭的时候又三下两下把自己灌醉，再去KTV就直接找准位置开始睡觉。

郝健一睡下去，刘宇飞就端着酒杯坐到我旁边：“你怎么不喝？”

我当然不可能把掉了孩子这事告诉他：“我上周去做了阑尾炎手术。”

“噢……”刘宇飞的手指在酒杯上拍打着，沉默了会儿说，“那你……还好吗？”

就算来之前在心里多次告诉过自己，把刘宇飞当成王小帅的兄弟就行。但他带着暧昧的说话语气还是让我做不到那么坦荡，我刻意装得平静地说：“很好啊。”

刘宇飞转头指指郝健：“他对你好吗？”

“嗯，挺好。”

“你喝这个。”刘宇飞从茶几上拿过我的绿茶，递给我碰了下杯温柔地说，“他要对你不好，记得告诉我。”

“不会，他对我很好。”本来就没有什么不好，我也没必要伪装，“他稳重老实又有责任心，我喜欢这样的男人。”

“嗯，我是说如果……”刘宇飞明显喝得有点多了，“他要是敢对你不好，我第一个不会放过他。不管什么时候，也不管我有没有女朋友，你要觉得不幸福，就回来找我好吗？我希望能有机会让我再爱你……”

刘宇飞说话温和又多情，女人听了，就算觉得不真实也很暖心，感觉就像是电视剧里灰姑娘遇上高富帅的场景。这话自然触动我，不自禁就想起和他曾经暧昧过的点滴。

两年前文昊结婚的那天晚上，朋友请吃消夜第一次见到他。婚礼狂欢结束后的文昊他们也到同一家吃消夜，估计是酒喝多了，那边就有人怂恿文昊过来敬我酒。文昊还真在他们的怂恿下端着酒杯摇摇晃晃地过来了。我当时觉得特尴尬，你甩我就甩我吧，凭什么还要一副胜利者的姿态到我面前来炫耀？我恼羞成怒端起酒杯就向文昊泼过去。文昊应该确实喝多了，恬不知耻地继续拉着我说些对不起之类的话。

然后就像韩剧里很狗血的桥段一样，刘宇飞把文昊给揍了，揍完之后特潇洒地喊了他滚。之后我心情不好就喝得特别多，回去的时候刘宇飞二话不说就把我扛到背上背回去，我在刘宇飞的背上一边哭一边痛骂文昊不是东西。

之后的很长时间里我们联系都非常频繁，习惯了他时时刻刻和我保持短信联系，每天下班一起吃饭喝酒。直到一个月后电话打不通，我才连忙适时刹车，删了他的QQ，也换了私人手机号。

但现在我是已婚，所有的可能与不可能全部都变成了不可能，他再说起这话，我除了尴尬真没其他感觉。正好不知道谁点了一首《向天再借五百年》，笑笑正跟冷哥争话筒。

我趁机逃离刘宇飞的目光，冲过去推开他们大喊："我来唱！"

这首歌每次在KTV必点，总觉得唱完之后浑身充满了力量瞬间变为勇士，恨不得明天就去维护世界和平。

音乐开始，我拿着话筒站到电视屏幕前面，运了运气用低沉的声音开唱："沿着江山起起伏伏温柔的曲线，放马爱的中原爱的北国和江南。"

唱到"我真的还想再活五百年"的时候他们仨就乐疯了，坐在沙发上把手举起来左右摇晃，学着演唱会歌迷那样尖叫着呐喊："姨妈巾……爱你爱你爱你……"

估计是我吼得太大声，唱完就把郝健给吵醒了，他坐起来迷迷糊糊地问："几点了？"

我看到郝健的脸色变得苍白，豆大的汗珠从他额头上冒了出来，我连忙坐过去："怎么啦？"

郝健表情很痛苦的样子站起来："我肚子疼，要不先回去吧？"

我想郝健肯定是听见了我和刘宇飞说的话，故意撒谎要提前走，也确实觉得刘宇飞在这儿尴尬，就干脆借着这个谎提前离开。回到家郝健也没再喊痛，只是睡到半夜我被他的呻吟声吵醒，翻身从床上起来打开灯，看到他已经疼得蜷缩起来，额头还在冒汗。

我心想这是真的啊，连忙穿上衣服把他扶起来："走，去医院吧？"

"疼，走不动。"郝健说着侧头趴在床头，不停地干呕。

我把垃圾桶递过去，想打120又怕给送到附近不好的医院。拨了几次齐鑫的电话想让他开车过来，可他睡得就跟死猪一样，只好拨通笑笑的电话，让她帮忙开车过来送郝健去医院。

不到二十分钟，笑笑就和王小帅一块儿到了我家。到华西进了急诊大家才算松了口气，一番检查确定是急性肠胃炎，大概就是这两天酒喝多了造成的。

我守在急诊室的床边，时不时看到拉进来重症病人，根本都不敢眯眼睛。尤其是凌晨五点的时候送来一个车祸病人，在郝健旁边的床上挣扎了两下医生就宣布死亡，更是把我胆子差点吓破。我靠意念支撑到天亮，郝健这才醒来，睁开眼睛，忽然就像没事似的说："咦，好像不疼了。"

晚上守夜时所有的委屈和不满，瞬间就爆发了出来，伸手一巴掌拍到郝健脸上："你终于好了！"

郝健捂着我的手在他脸上磨蹭了下："老婆，辛苦你了。"

回到家里郝健倒是活蹦乱跳，但我变得不好了——通宵没睡觉，又眼看着人在旁边死去，能好才怪！躺在床上就像丢了魂一样盯着天花板，脑子里还在感叹生命的脆弱，郝健把我搂在怀里用马克思主义哲学里的无神论安慰我，我才迷迷糊糊地睡了过去。

下午醒来我还躺在郝健怀里，见我醒了他才把手从我脖子下面抽出来，甩了甩说："睡醒啦？那我上个厕所去。"

他为了让我睡好，竟然大半天的时间都保持同一个姿势？而且为了不吵醒我，连厕所都没有去？我一时感动，起身跪在床上："老公我错了，你去尿尿吧。"

5.

来公司有几个月了，虽然很不适应这种朝九晚五待在办公室的工作，但我还是很珍惜并努力工作。知道自己是个新人，从来之后一直夹着尾巴做人，每天提前到公司把每位老总的茶泡好，偶尔看到花盆里有烟头什么的也都随手给捡起来。

经过三个月的考核期后，工作上也终于有了起色。白天我还在惆怅地和郝健说："这都三个月时间了怎么老总还没提让我转正的事儿？"结果快到下班的时候，王总让我去他办公室一趟。

我局促不安地敲开王总办公室的门："王总，您找我？"

王总笑眯眯地抬头看着我："小苏啊，来，坐。"

"谢谢王总。"

"这段时间也是我忙，没顾得上和你谈转正的事儿，你来的这段时间我观察了下，你非常不错，聪明伶俐，也很细致，非常适合做这个工作，所以啊，这试用期也就算过去了。"

"谢谢。"我嘴上这样说着，心里却在想我这可是装了三个月，能不优秀嘛？

没想到王总远不止让我转正这么简单，乐呵呵地说："你也知道我们这是新公司嘛，工资待遇肯定比不上其他公司的。我呢，就按2000元一月给你，没意见吧？"

能把我留下就不错了，我这个学历哪儿还能挑三拣四啊，连忙点头答应下来："嗯，好。"

"这个待遇也只是暂时的，以后随着公司的发展肯定还得慢慢涨啊。"王总端起茶杯喝了口茶，"另外你也知道，公司里股东多，现在我们的现金账是小刘在管，她是刘经理的侄女，我们其他股东肯定不答应的嘛。所以我就想啊，从下个月开始就由你来管公司的现金流水。"

对财务知识完全一窍不通的我，连现金流水是什么都不懂，我也直言："可是王总，我……我不会啊。"

"嗨，这个简单。下周我让小刘和你交接下，就是每月把备用金取出来你放着，平时的日常开支你记个流水账就成。月底拿给我们几个股东对对，没什么太大的问题。"

我面试的时候也和王总说过，如果公司觉得我这人还可以，希望能有空间供我上升，没想到我这么快就取得了他的信任。我想着这应该不难，学两天肯定就能会，也就答应了下来。

王总笑眯眯地继续说："平时我也不常在公司，我不在的时候公司你也看着点儿，有什么问题你就直接打电话向我汇报。"

"好的。"这几年的销售我学得最多的就是和人沟通，"只是王总，我还有个问题。”

“嗯，你说。”

“我这人说话比较直接，如果有什么不妥的地方，还望见谅。”我信心满满地说，“我在面试的时候就和您说过，我想有个稳定的工作，毕竟我已经结婚安家了。而且实话实说我阅历很浅薄，刚来成都、刚接触这一行，就能碰上您这么信任我，所以我想在以后的工作中，要有什么做得不够好让您不满意的地方，希望您能直接指出来，毕竟我还年轻，还想进步。”

王总一副很是欣赏的样子：“没问题，我也知道你们这些小年轻在成都闯荡不容易，我女儿年纪和你一般大，也是刚开始去北京工作。所以以后你有什么不懂的就尽管问我，只要我知道的就一定帮你。”

说完正事儿，闲着又和王总套了下近乎，一边拉着家常的同时，也一边表了决心，表示我会跟着公司一块儿好好做，和公司一起发展一起进步。王总当然喜欢我这样稳定的员工，下班了还问我住哪儿，要不要他开车顺便把我捎回去。

我谢绝了他的好意，在公司楼下见到郝建的第一时间，我就把这相当于升职的好消息告诉了他。为了庆祝这个好日子，我们商量后决定去洋气一回：吃西餐。

但我们似乎不适合吃西餐，先不说我们狼吞虎咽的觉得肉少，就说吃完后，我们都觉得肚子还空着。离开西餐厅我就开始感叹：“西餐真吃不饱。”

郝健像是找到了同盟，两眼放光地盯着我：“老婆，你也没吃饱啊？”

“嗯。”

“那我们再去吃碗馄饨？”

要不怎么说屌丝总是成堆出现呢？没想到吃完西餐还要吃馄饨的我，找个老公也都和我有相同的癖好！果断找了家路边店，点了一大碗馄饨吃下后，我们才特满足地回家。

按我妈的指示，小产回来的这40天都是禁令期，到家翻了下日历，发现差几天就到解禁的日子了。因为心情大好，晚上我和郝健商量着，要不把解禁的日子提前？

郝健说什么都不肯，把所有的想法都憋住，不停地说："不行，妈说了要40天。"

如我妈所料我是有些扛不住，诱惑着说："哎呀，就差几天没事儿。"

"真不行，妈说了40天，一天都不能少。"郝健一本正经地说，"以前我们导师说过，做学术要严谨，一分一厘都可能造成很严重的后果。这件事也是同样的道理。"

我向来有些叛逆，最讨厌的就是郝健这种对父母言听计从的"别人家的孩子"，他连着两次"妈说了"瞬间就让我不是那么痛快。40天的时间什么都不能做，不能吃辣、不能喝酒、不能穿裙子，你总得找点儿什么给我发泄下吧？

于是我带着点儿赌气的意思说："那喝酒行吧？"

郝健权衡了下，好像我妈没有说过不让喝酒这事儿，怕我真憋急了又和他吵，乖乖地去楼下买了两瓶啤酒和一听可乐。我见到酒就像是瘾君子见了毒品一样，拿起来直接用牙开瓶，没用杯子就饥渴地直接往嘴里灌。

"你慢点喝，我不跟你抢。"郝健小声地嘀咕道，"也不知道有啥好喝的，就跟猫尿似的。"

一大瓶喝下去，感觉就一个字：爽！我放下酒瓶："你喝过猫尿？"

"就打个比方嘛，还那么较真儿。"

"这下知道不较真儿了？那差几天的有什么区别？"

"我都陪你喝酒了你还说这个，可就真没劲儿了啊。"

长时间不喝酒，两瓶下去就开始话多了起来，关于认识郝健以前的很多事我都断断续续向他提过，包括文昊。只是刘宇飞出现得太突然，而且他毕竟还在我的朋友圈子里，偶尔两人还要碰面，就怕说多了郝健以后见到刘宇飞会不自在。酒一喝开平时有些不敢说的也敢说了，趁着酒劲儿就把老底给兜了出来，和刘宇飞的点点滴滴都跟郝健说了一遍，包括那天他睡着后刘宇飞给我说的那些话。

完了我问："你不会觉得我瞒着你吧？"

他举着可乐瓶子和我碰了下："这有什么瞒着不瞒着的，那是你认识我之前的事，说不说都是你的事，我没有参与也就没有知情权，只要以后有什么事你不瞒着我就行。”

“你不怕他把我抢走？”

“能抢得走，那就说明我终有一天还是留不住。”郝健认真地说，“你要是愿意跟他在一起，你随时说一声就行，我绝不拦你。”

“你不拦我？”

“啊，你都做出决定，那就说明心不在我这儿了呗。心都不在了，留人又有什么用？其实换个角度想都一样，谁还没有个过去啊？我和我前女友的事，不也没完全告诉你吗？”郝健又喝了口可乐，喝得很认真，看起来真真儿地像是在喝酒。

这个问题虽然我没问过并不代表我不感兴趣：“你要想说就说，不说我也不为难你。”

“我们俩婚都结了，还有什么不能说的？”郝健提起前女友，心情就没那么好，拿过我的那瓶啤酒喝了一口，“要不是她，我现在肯定还在念博士。”

我撇撇嘴鄙视地说：“你要念博了还能认识我？”

“也是。当时我已经跟着导师的项目学习了一年，准备去考试的。有天她让我去办张信用卡，然后就拿着卡刷了一次出国游，回来后不久我们就分手了。分手后没多长时间，银行来电话说我恶意欠款，让我马上还款，要不人家就要去法院告我了。”

我好奇地问：“那你去还了？”

“肯定还啊，当时我也没钱，又不敢问家里要，向同学东拼西凑借了些才还上。你想我这性格最怕的就是欠别人钱，这下就没心情复习去考博了。”

“你傻啊，不知道让她去还？”对于我这种不爱学习的人，可能理解不到郝健的痛楚，就是觉得他挺猪。

“分都分了，也没必要，谁让当初是我自己选的呢，也得认不是。”郝健说着话匣子就打开了，他其实不是在成都上学的，只是他前女友恰好和文昊一所学校而已。那天我们见面也属偶然，正好郝健从外地过来找她，她又说分手，就这样遇上了。

“你都那么讨厌她了，为什么还找个成都的单位上班啊？”说完我想起他之前跟我说过的话，阴笑着说，“嘿嘿，你是为了来找我吧？”

“嗯。”郝健点点头，“选单位的时候哪儿我都不熟，现在这单位感觉还不错，恰好你又……然后我就选了这儿试试运气。”

“没想到让你中头奖了吧？”我趁机嘚瑟起来，“你能娶到我这样的媳妇儿啊，真该回去看看你家祖坟是不是在冒青烟！”

“是是是，等过年回家，我一定得去上炷高香去。”郝健也不打击我，就顺着我说。

现在我们俩的状态完全像是哥们儿，我又喝下一大口酒：“说实话我觉得你挺亏的。你连本带息付了那么多钱，你说你连睡都没睡，这不亏大了嘛。”

“当时我没那胆儿。”郝健实话实说。

这种聊天的氛围是友好且融洽的，我吃饱喝足也就没闹着要破戒。

第二天是周末，一早笑笑来电话让我陪她去逛街。我问郝健去不去，他说他不是特别想去，想在家里玩游戏。我想他也就玩游戏这么一个爱好，就没有过分勉强他。和笑笑逛了一天，俩人都有收获，我又是个大方好客的主儿，逛完就拉着她一块儿到我们家吃饭。

笑笑和我回来的时候郝健还算正常，笑着和她打了招呼还主动下楼帮我们买饮料。但到吃饭的时候，王小帅抱着酒来了以后郝健的脸色明显就不那么好看了。

王小帅看郝健不怎么说话，就顾着跟我和笑笑喝也没怎么理他。郝健倒好，吃到一半我们还正喝着呢，他说了声“你们慢慢喝啊”，然后就抱着个电脑坐旁边打游戏去了。中途把王小帅买回来的酒喝完后，笑笑又让他去抱了一箱回来，喝到我们仨都有点醉了他们才拎上逛街买的东西离开。

他们一走，郝健就合上电脑不痛不痒地说：“早点睡，连着喝两天了。”

我本来对他刚才的表现就有些不满，怎么说人家王小帅当初也是半夜开车来把你送医院的吧，你再不喜欢，人家第一次来家里吃饭，也不能表现出这种样子啊。但我也知道晚上喝得有点儿多，理亏，就打算等会儿上床后去哄哄他。

可是我冲了澡上床抱住郝健，他立马转过去背对着我不说话。我耐住性子轻言轻语地哄了他好几次他也不转身，最后直接很不耐烦地把我推开：“别闹，睡觉。”

这态度瞬间把我堆积了40天的小火山给引爆。哄不好是吧？给脸不要脸是吧？那好，姐能给的面儿也只有这些。对不起，姐该生气了！

于是我火气腾腾地从被窝里钻出来把被子一踢：“你要搞哪样？”

郝健默默地把被子扯回去：“睡觉了，有什么事明天再说。”

这很明显就是有矛盾不想解决的节奏嘛，我不服气又把被子掀开。这样重复多次之后，他索性直接穿上衣服睡到沙发上去，好像还很得意和我唱反调：你掀啊？大不了老子不盖行不行？

我跳下床冲到沙发旁边大声说：“你生病的时候，是谁大半夜背你去医院的？怎么人家来家里喝个酒，你还遛旁边玩儿游戏？你这脸是摆给谁看呢？”

郝健依旧是那副死猪不怕开水烫的样子，侧对着沙发的靠背装着熟睡。

我就用力拉他的手，想要把他拉起来不让他睡，几番下来他也怒了，用力甩开我的手大声吼道：“让你睡觉啊！大半夜的，号什么号？”

什么？说我号？虽然我很火，但之前的保证我始终记得，摔坏了需要花钱买或者修的东西都不能摔。我转身拿起床上的枕头，狠狠地朝他扔了过去：“你对我今天的表现到底哪儿不满意你说，别不说话埋在心里放闷屁行不行？”

郝健也知道没法睡了，坐起来和我理论：“你看你现在这样，像什么？大半夜喝了酒就知道发酒疯。”

我在想王小帅到底哪儿得罪了他，怎么就容不下别人？我扑上前去抓住郝健的衣服：“是！我就是发酒疯了怎么的？”

郝健用力掰开我的手，狠狠地把我往外一推：“走开！懒得跟你说！”

我一个不稳就坐到了地上，郝健眼看着我摔倒也没过来扶我一下，就狠心地又躺了上去。看着他的冷漠，想着这段时间上班的压抑，我开始崩溃了。

心里想：到底还是动手了，我跟你来成都图什么？我放弃家人、朋友圈子、还有工作到底是图什么？不就是图你能对我好吗？不就是图用我们俩的双手和智慧让我们这个小家越来越好吗？这戏台子还没搭起来呢，你居然就要拆台了？

酒精在我体内发挥连锁反应，内心深处从来没有表现出来的阴暗情绪充斥了我，开始感觉到大脑严重缺氧，渐渐地变成一片空白。思维混乱后行为也开始不受我控制，我冲进厨房拿出案板上的菜刀，对准自己的手腕就大声喊：“你起不起？不起我就死在你面前你信不信！”

郝健转身跳下沙发把刀抢了过去，还是大声地吼：“干吗啊你！”

看他还凶，行为继续不受控制，我坐到地上狠狠心用力往自己手臂上咬了下去，我咬得很用力，也很疼，但这种疼永远没有郝健的冷漠带给我的心疼更严重。

疼痛让我有了莫名的快感和放松，我一边咬一边流泪。

这种偏执的性格有部分是因为家庭暴力给我带来的阴影，这是无论我怎么强迫自己翻篇儿都抹不去的记忆。也和与文昊分手有很大的关系，那段时间我很烦，而我爸妈又总是吵架，我妈老在我面前说我这儿不好那儿不好。夜深的时候我就躲在被窝里哭，哭着哭着就自己咬自己，觉得这样很解气，也会让自己好受很多。

郝健可能是真的担心我犯轴出事，两腿一软跪在我面前开始抽自己：“老婆对不起，都是我的错，我惹你生气了。你不要再折磨自己了行不行？要是不舒服你就痛痛快快地打我吧？”

我沉浸在自己的悲伤中，不搭理他。

郝健挽起袖子把手伸过来：“你咬我好不好？”

后来我那股拧劲儿也慢慢地就过去了，脑子也开始恢复意识，我松开自己的手臂不再钻牛角尖。只是还是止不住哭，哭到整个人几乎昏厥，头皮发麻还全身发抖。

郝健一直跪在我面前，嘴里念念有词：“老婆，我错了。老婆，我错了。”

我麻木地坐在地上只有一个想法：一切都完了，我的底线是只要动手就意味着结束。

最后我哭累了，靠在窗边目光呆滞地盯着前面，家里的气氛前所未有的诡异，我不知道自己想要什么，我想或许我就要离婚了，离婚之后我该怎么办？爸妈和亲戚都以为我在幸福地过小日子，我又该怎么面对他们？

最后连想问题也想累了，到凌晨四点，倒在沙发上睡了过去。下午醒来的时候，除了觉得脑子和手臂有点疼之外，人也非常没精神，郝健不知道什么时候已经起来了，正坐在沙发上打游戏。看我醒来，连忙放下电脑凑了过来："老婆，你醒啦？我去外面打包了鸡汤，你起来喝点儿吧？"

我没有回答他，回想起昨天晚上的一幕幕，只觉得心寒、心冷，酒醒之后我也觉得自己稍微过分了点，但该做的我已经做了，是最后他不给我台阶下才导致我情绪失控的。

我起来走到卫生间准备洗漱，郝健抢在我之前帮我把牙膏挤好、漱口水接好递给我。

现在不管他做什么都无法焐热我的心，昨晚他的冷漠和绝情我绝对不能原谅。我收拾好自己后默默地背上包准备出去走走，走到门口我冷冷地说："你别跟着。"

我独自走在街上，这事我压在心里不知道该向谁去说，想起在淄贡市没心没肺的日子心里更加难受。没结婚以前有笑笑、叶子和齐鑫，开心的时候大家一起乐和乐和，不开心的时候也是一起骂天骂地。而现在，受了委屈什么都不能做，只能在这破街上像个幽灵一样漂荡。正在想到底应该何去何从的时候，齐鑫的电话打了过来。

我接起电话就止不住想哭："齐大爷，你在哪儿？我想你。"

"吵架了？"

这一问我的防线即刻瓦解，哭了出来："嗯。"

"哭你妹啊。你现在来找我，我约笑笑和叶子陪你先搓一场。"

齐鑫太了解我的性格，知道现在安慰我也没用，只有先分散注意力。而我正愁没地方消遣，果断答应："好，我马上打车过去。"

"等会儿你先别和笑笑说，她那性子急。先把气消下去了。"

齐鑫现在在一家安防工程公司做销售，好在今天是周末大家也都不上班。我就打车先去了他家，进门就搂着他哭得死去活来，一把鼻涕一把泪地和他说昨天晚上我被欺负的过程。

男闺密的安慰方式和女闺密还是有区别的，平时我要不开心了笑笑和叶子就陪着我哭，而齐鑫就给我个肩膀等我哭。哭到声音小了，他才笑嘻嘻地问我："哭高兴了？"

我抱着抱枕就给他扔了过去："高兴你妹啊，姐被欺负了，你为什么不去出头？”

“哭高兴了就去把麻将桌摆好，她们一会儿就到，大不了下午我输点钱给你嘛。”齐鑫除此之外没给我出半点主意，也没安慰我半句，只是叮嘱我等会儿打麻将的时候，别告诉笑笑我和郝健是因为他们俩来我家喝酒吵的架。

厮杀了一下午，心情就美丽了许多，晚上吃饭的时候笑笑问我：“下午打麻将就看你不对劲儿了，说说，怎么回事？”

齐鑫不停地向我挤眼睛，示意我先忍住别说。

我把话给憋了回去：“老两口在家打着呢，心情不好。”

我本来就是个藏不住话的人，和笑笑她们也都是掏心掏肺，很少有像这样需要瞒着不能说的话。这可把我憋得不轻，想着想着就又想到郝健身上去了，要不是因为他，我怎么可能像现在这样做贼心虚，心里有什么不痛快都不敢大声说出来？

我怀疑早上是郝健给齐鑫打过电话，而且他还在电话里答应了郝健什么。晚上散场后送走笑笑和叶子，就要拉着我出门。

我说：“我不回去，晚上我就住你这儿。”

“怎么可能？”齐鑫用夸张的表情和音调说，“晚上我家还要来女人的。”

“来女人睡你屋啊，我不管，我就睡客厅。”然后我就死乞白赖地躺在沙发上不走。

齐鑫又过来拉起我的手把我往外面拽：“你走不走？不走今天晚上我可把你睡了啊。”

“睡你妹。”我虽然嘀嘀咕咕地不情愿回去，但还是被他拉出了门，然后打车把我送到我家楼下，“快回去，你也够了，耽误爷一天泡美女的时间。”

到家门口我拿出钥匙刚转动准备开锁，郝健就像是等在里面似的把门打开，满脸堆笑地说：“老婆你回来啦？吃饭了吗？中午的鸡汤还没喝呢。”

我差点就脱口而出问他“难道你没吃饭？”想起我们还在冷战赶紧绷着脸，洗漱完没说话就直接上了床。郝健也跟着上来，从后面把我抱住轻言细语地说：“老婆……别生气了好不好？”

不管他在我耳边怎么软磨硬泡，我就是不回应他也不理他，像昨天晚上他对待我一样，不管他怎样我都不动一下。郝健哄了大半天看我好像睡着的样子，也就搂着我睡了。之后早出晚归冷战了一周，刚开始几天郝健还来哄哄，到后来也变得不说话。

这样憋到周五我有些扛不住了，下午忙完工作上的事后，在网上找了份离婚协议修改了下，就QQ在线给郝健传了过去，敲下一排字：“这是离婚协议，你先看看。要是没什么问题的话，晚上我们回去签好字，明天去办手续。”

很快郝健回复：“老婆，周末民政局不上班。”

我回复：“那周一吧，下班后我回趟家，你就不用跟我回去了。”

“老婆……（一个哭的表情）你真的不要我了？”

“老婆，我真的错了。我不该动手推你，你要怎样才能原谅我？告诉我好不好？”

“老婆……对不起……”

我看得心烦，就直接把QQ关了。没过多久齐鑫的电话打了过来，我想应该是郝健又向他求助，接起电话小声地说：“齐大爷，是不是郝健让你给我打电话的？”

“屁话，你都闹着要离婚了还不让人打求助热线？还有离不离婚是你们的事，今天可是冷哥搬新家你别忘了。”

前天叶子在QQ上和我说过，他们在成都买的新房装修好，正是今天搬家，按习惯晚上是要大家过去暖暖房的。我担心郝健也去，问：“有哪些人？”

“就我们几个，王小帅晚上有事不来。”

“那他去吗？”

“郝健？他是你男人，你要带他来就来，不带就你自己来也行。”

这下我放了心：“行，那我下班过去。”

为了错开郝健，下班前给笑笑去了电话让她下午四点就来接我。等她接上我，我就立马把手机关了机，想下周就要离婚去了，今儿晚上怎么也得好好醉一次，以此来祭奠我短暂的婚姻生活。笑笑看我关机，奇怪地问：“郝健呢？怎么不一块儿去？”

“他出差。”

“王小帅今儿也有应酬。”笑笑手握着方向盘，阴笑着说，“晚上就齐鑫和冷哥，想不想收拾下他们？”

跟闺密在一起就是会放松很多，我脸上也难得有了笑容：“哈哈，怎么收拾？难道你还想对齐鑫……”

“滚。”笑笑拍了下我的手，“要不我们联手喝趴他们？”

就这样我和笑笑结成联盟，一副不把齐鑫和冷哥喝趴就誓不罢休的架势，不过我已经郁郁寡欢了一周，受心情影响没把他们喝趴，我很快就自己先醉了。醉了就容易稳不住话，把上周和郝健吵架包括我今天把离婚协议给了他这事，原原本本给兜了出来。

我以为笑笑在这个时候要骂爹，没想到关键时刻她还是劝和不劝分：“姨妈巾，你这都结婚了还想干吗？结了婚就好好过日子呗。”

齐鑫在旁边恨铁不成钢的样子：“瞧你这点出息，我先说好啊，你要离婚了我可不要。”

“你滚蛋。可我就想不通，他凭什么不让我喝酒？”

齐鑫又说话了：“人家也不是不让你喝，就是看你身体还没恢复让你少喝点。”

我懒得和齐鑫多说话，转头对半天不吭声的冷哥说：“冷哥，你是明白人。你也知道我们以前在淄贡市过的什么日子，你再看看我现在都给憋成内伤了，这样还不算好好过日子？”

“算算算……”冷哥顺着我的话说，“郝健这点儿确实做得不好。不过你也要理解，你想你在成都好歹还有我们，人背井离乡地来这儿，除了你和同事，还有谁？”

齐鑫连忙又把话接过去：“就是啊苏大妈，你吵完架我们能陪你打麻将喝酒，你想过人郝健在干什么吗？一个人在家也不会做饭，顿顿吃泡面还得为你担心。”

“你怎么知道？”我问。

“我是男的，能不知道？”

他们俩轮番这么一说，我心就软了：“可这事闹了这么大，能收场吗？”

“能啊！太能了。”齐鑫激动地拍手，“苏大妈，一会儿郝健过来，你别再和他吵，我和冷哥帮着你训他怎么样？”

笑笑也跟着说：“就是，我们都帮你训他一顿。他何德何能，让咱上得厅堂下得厨房，还进得了卧房的姨妈巾，这样死心塌地地跟着他？不感恩也就算了，还这样欺负人，我们一定帮你把他这毛病给拧过来！”

我心想这话私下说说也就算了，要真郝健过来跟个龟孙子似的被训，我肯定也看不过去。自己家的再不好也是自己说，不能让别人说：“我自己的男人，还是我自己来训吧。”

“就是，人家的男人，凭什么给你训啊？”叶子在旁边唱着对台戏。

正说着叶子家的门铃响了，齐鑫屁颠屁颠地开了门，好像在门边和他说了什么。郝健一进门就坐到我旁边，笑笑装着什么都没发生，递给郝健一瓶啤酒：“郝哥，迟到可是要罚酒的哦？”

“好好……我罚酒。”郝健像是见了领导似的，规规矩矩地站起来从笑笑手里接过酒，“罚一瓶够了吧？”

齐鑫上前拦着他：“她开玩笑呢，没事你就少喝点，这刚从医院出来不久。”

“没关系，我喝。”

我就坐在他旁边看着，心想喝完这瓶总应该端着酒杯来敬我了吧？这酒一喝台阶一搭，我不就顺着下了嘛？但我错了，郝健喝完后又敬了一圈，就恢复到原样坐在我旁边。

当然他若一直这样，我肯定是不可能主动去搭话的，也就当他是空气，继续和齐鑫他们聊起我们公司那些极品股东。这周上班后王总把财务上所有的流动资金都交给我管，而那些股东总觉得我不是自己人，哪哪儿都不放心，盯着我像盯着贼似的。

我说：“他们以为我苏菲是拿着十几万就能跑路的人？也太小瞧我了吧？”

叶子说：“那你要多少才跑？”

“多少也不能跑啊，这是原则问题。”我煞有介事地说，“从小毛主席就教育我们，不拿群众一针一线。”

“噗——”笑笑在边儿说，“你能不装C吗？”

“真的，我是一个很有原则的人。”

齐鑫接话：“没有原则的时候，就不是人了吧？”

大家说说闹闹笑得开心，郝健什么也不说就跟在旁边乐。

可这不对啊！我们现在还处于冷战状态呢，你不是应该先把我哄好再一起乐才对吗？不过好歹比之前要好点儿，至少还能跟上我们的节奏，能跟着乐也算是种进步嘛。你不主动来敬我酒和我说话是吧？那行，我主动找你！

于是我让冷哥递给我两瓶啤酒，打开递给郝健一瓶，不咸不淡地说：“来，吹了！”说完不等郝健说话，就拿起我那一瓶仰头往嘴里一塞。

郝健为难地说：“老婆，你少喝点儿，我错了……”

终于等来了这句话，可我还是觉得来得太晚了点：“你到底喝不喝？”

齐鑫和冷哥在一边帮他鼓劲儿：“郝哥，干了它！干完什么事儿也就没有了。”

“好……那我喝。”郝健这才拿起酒瓶开始喝。

这几天冷战让我都没看他一眼，到现在才得以仔细看了下他这周的变化：憔悴！就这么一眼心就动了下，看来就像齐鑫说的，这周郝健也不舒坦。

我想郝健喝完要是来亲昵地搂着我，然后嘚瑟地说：“要不要再来一瓶？”我就借坡下驴靠在他肩膀上：“算了，咱们都是自己人，今儿晚上就一致对外吧！”

可郝健根本就是根木头，而且还是根朽木！只见他喝完后把酒瓶一放，双手扣在胸前唯唯诺诺地说：“老婆……我喝完了。”

喝完了不起吗？喝完我就应该原谅你吗？难道就没有一句话？

这时候冷哥开口了：“行了，差不多你们就先回去吧。过两天咱们再好好聚一下。”

“老婆，我们回家吧？”郝健说着就要过来挽我的手。

晚上喝得不少，其实到这个时候我意识已经开始迷糊了：“别碰我，一会儿你又得把我推倒在地上。”

“不会的，老婆，等下回去我好好给你认错好不好？”

那股气已经下去了很多，而且这是在冷哥家，我要继续闹下去肯定不好。跟着郝健回了家，他连忙把我扶到沙发上坐着：“老婆，你先坐着，我去帮你打洗脚水。”

没过多久他就端着一盆水出来，脱掉我的鞋子和袜子之后，一边帮我洗脚一边说：“老婆，我知道这次我是真的错了，我不该动手推你的。”

心冰封了一周，在重新听到这句暖心窝的话时，我忍不住一下就哭了出来：“可是这种事情有了第一次就会有第二次的。”

郝健搓着我的脚说：“老婆你放心，真的不会有第二次了。我错了，你就原谅我好不好？”

我觉得郝健都说到了这份儿上，我要再不原谅他的话可就真显得矫情了，但我属于典型的鸭子死了嘴还硬的类型，不依不饶地说：“我要钻戒，我还要去买很多很多衣服，我要把你卡上所有的钱都花光，才能原谅你。”

“好好……买钻戒，买衣服。咱明儿就去买行不行？想买多少就买多少，要是我卡里的钱不够，我这儿还有信用卡呢，要再不够，我去向朋友借点行不行？”

我伸出手指：“拉钩……”

“好，拉钩。”郝健配合地在我手上拉了下，“只要咱宝贝儿高兴，让我做什么都行。”

郝健帮我擦干脚，知道我现在全身没劲儿，扶我上床后又去卫生间拧了毛巾出来，帮我擦了脸盖好被子，说：“先睡觉吧，明儿一早我们就去逛街。”

估计头一天晚上郝健都小心翼翼地没怎么睡好，第二天早上听到我翻身有了点动静，连忙跳下床去帮我调了杯蜂蜜水，走到床边把我扶起来：“老婆，好点儿没有？喝点蜂蜜水吧，能舒服点。”

趁我喝水的时候郝健从他包里翻找出来几张A4纸：“老婆，不要和我离婚好不好？我知道这次自己错得有点离谱，我是畜生，是浑蛋。这几天我想了很久，我不知道你要怎样才能原谅我，但是我也回想了一下我对不起你的那些事儿，你一个人大老远地跟我来成都，我还这样对你，我真不是人。”

说着郝健把手里的纸递给我："你看看，这是我写的家规，上面条条款款都写得清清楚楚的，以后我再犯浑，你就拿家规来约束我吧，如果我违反，要杀要剐随你便！"

家规

1.不管谁对谁错，LG必须先轻声轻气地哄LP，不许哇啦哇啦个不停，允许短暂地悄无声息。但如果LG已经哄了LP有5次以上，LP还不愿意冷静下来解决问题，LG可暂时沉默10分钟给自己和对方思考，再继续哄LP直到不再发脾气为止。反之，若LP哄LG5次及以上，LG必须无条件笑脸相对。

2.遇到矛盾时，在家里尽量不可一走了之，女方若是离家出走，男方必须在第一时间进行挽留，不仅要在人身上进行挽留，还要在话语上给予安抚，禁止以粗暴的肢体行为（如推、拉等）进行挽留，动作幅度不宜过大，避免给LP造成家暴的错觉。双方任何情况下外出不许不带手机和关机。

3.出现矛盾的时候，毋庸置疑！必定是双方或多或少都有错，双方冷静片刻，及时反思检讨自己，LG应第一时间为自己的冲动和错误道歉并请求对方原谅。待LP情绪稳定之后，双方再心态平稳地进行自我检讨，从而化解矛盾。任何一方不可得理不饶人。

4.要出气不准砸东西，只能吃东西，实在手痒可以挠地板。如若造成财务损伤，由摔坏方照价赔偿并记为情节严重之过失。

5.闹矛盾尽量不隔夜，晚上困觉觉时LG必须主动抱LP，LP生气百般推让LG也不能就此放弃，一定要哄到LP睡着，做上美梦。

6.闹矛盾时不得用狠话、脏话等挑衅的语言激怒对方，以免激化矛盾。LG不准挂电话，如果挂了要马上打回去并道歉，吵架时LP如果挂了电话，LG必须在1分钟内打给LP，不能气馁，屡挂屡打，但是LP也要给LG台阶，每次挂电话次数不大于5次。

7.如果不幸矛盾激化了，无论到什么时候，双方都绝对、非常肯定、万万不能够发生肢体冲突（包括对自己也是绝对、绝对不可以）！如若LG发生肢体冲突，LP有权不再遵守本规范。

8.各自的朋友聚会，原则上是另一方有选择是否参与的权利，但非特殊情况下尽量做到参与。如果另一方确实不愿意参与时，不得勉强之并不得为此生气，以免凭空引发不必要的矛盾。

9.LG对家庭卫生工作负主要责任，但是LP适当地也要提供帮助，不得偷懒耍滑。家务大致分配如下：做饭和用洗衣机洗衣由LP负责，洗碗、拖地和用手洗衣服等由LG负责，其他事宜双方相互协商合作。

10.对于喝酒的问题，LP作为女人应该注意，可以适当少喝，不得喝到酩酊大醉和影响身体健康的程度。但在此行为发生之时，LG不可以拉下脸或者用沉默等表现作为表达自己不高兴的方式，也不可以以此作为生气的理由。

11.LG切记勿在LP做自己的事情的时候，说一些例如“这个不好”“那个不行”之类的话，双方都有自己的生活习性和生活习惯。尽量不要用极其否定的语气去告诫对方。但在并非有意强行阻止对方行为的前提下，允许弱弱地提出善意的建议以供参考（并非有意否定对方之行为，而是凡事需三思而后行）。

12.以上内容由双方自愿协商后制定，望双方自觉遵守、相互监督，凡一方违反此规定，情节轻微（如违反其中不大严重之1~2条）罚抄此规范2遍，情节微重（如违反其中不大严重之2~3条）罚抄此规范5遍，情节较重（违反其中之一并造成严重后果，如有财产损失等）罚抄此规范10遍，情节极其严重（如违反其中之一并造成人员受伤等），先由双方自行商量处罚办法，不能达成一致时和规范一并移交丈母娘处解决。

男方签字：______年___月___日

女方签字：______年___月___日

看完家规的条条框框，我立马就乐了：“这可是你自己说的？”

"是，是我自己说的。"郝健像是在等待我的审判，"老婆，你看要没问题咱们就签字吧？我保证以后按照家规的要求严格执行，为建设我们和平的小家而奋斗。"

这上面的条款都属于不平等条约，不过受益方是我，我不至于傻到要维护和平地去指出上面哪儿不公平。接过郝健递来的笔迅速在上面签上了我的大名，这样白纸黑字摆着，下次再出问题可别说我是无理取闹！

郝健看着我签好名字的家规，乐着说："老婆，那你这下有没有原谅我？"

我勾勾手指："过来……"

郝健立马把脸侧过来："你是要打我出气吗？"

"死罪可免，活罪难逃，懂吗？"我轻轻地在他脸上拍打着，"记得答应过我什么？"

"记得，记得。"郝健连连点头，从包里拿出钱夹，一张张把卡抽出来递给我，"这张工行的是我的工资卡，里面还有三万块钱存款。这张交行的是我的信用卡，有两万的透支额。这张是我的公积金卡，这两年攒下来估计有三万，如果要取的话需要准备租房合同。"

和他结婚的时候我一无所有，所以结婚之后也没问过郝健有多少钱，现在看着这一堆卡摆在我面前，这应该就算他的全部家当了吧？顿时有种他把一切都给了我的感觉，我一感动鼻子一酸，就不知道该说什么。

"老婆……要是你觉得这些都还不够的话，我可以再借点。"郝健趁我感动拉过我的手，"只要你能原谅我，让我做什么都行。"

"那我要买1克拉的钻戒。"

"没问题。"

"我还要买LV的包。"

"没问题。"

"我还要买香奈儿的香水。"

"行。"

"我要去买衣服，跟了你这么久，还没尝到过上街想买什么就买什么的滋味呢。这次你必须付出惨重的代价，我得给你个深刻的教训。"

“好好好，深刻的教训。”郝健乖乖地答应着，把我从床上扶起来，“乖乖起床咯，咱们上街先去买个鹅卵石大的钻戒，再去买咱宝贝儿想买的包包香水和衣服，你看咱宝贝儿这么漂亮。哎呀，你看咱宝贝儿委屈的，来，老公给你穿衣服，乖乖的。”

既然郝健把卡都给了我，也答应要给我买那么多东西，我就应该狠狠心把他所有的卡都刷爆，以此来警告他：跟老娘吵架是很贵的，如果你给不起这个钱，那就趁早别激怒我。

抱着这种心态，和郝健手拉着手出门，很高调地直奔市中心最昂贵的钻石店，据说里面的裸钻都要1克拉起售，所以以前每次路过的时候都只是仰望。但今天不同，进店后我的目光停留在柜台里的钻石上，总觉得包里有五万块钱好歹也算土豪了吧？但看到钻石标签上的价格，我瞬间感觉自己穿越到了日本。然后我的心就开始颤抖，从一百多万慢慢往十万看，再从十万看到最便宜的两万，颤抖的心依然不能停止，往下可就真没再便宜的了。

我不顾销售员在向我们推销什么款，拉着郝健的手装得平静地笑笑：“谢谢啊，我们再看看。”

走出店和进去时的心情完全不一样，只觉得好放松啊！刚才那地儿，整个人就觉得晕乎乎地跟做梦似的，现在才感觉脚踏着了地，两个字——实在。

“老婆，怎么出来了？”郝健在我旁边问，“刚才顾问推荐那款，不还挺好吗？”

“好你妹啊。”我被吓得手心出了汗，“不吃不喝好几个月，就为了那颗破石头，疯了吧？”

“来的时候不都说好要买1克拉的吗？没关系的老婆，你不用替我省钱，买了我再赚就行了嘛。”郝健是怕我不买就不原谅他，拉着我的手就要再往里面走，“不都说好了吗？”

但我怎么也不肯再进去，拉着他说：“再去其他店逛逛。”

然后我们一直逛到天都黑了，大大小小的店几乎都被逛了个遍，最后在一家老牌的店看到有款标价2000元的钻戒，和我之前看到的标价10000元的款式好像差不多。这下心马上就踏实了，感觉这柜台才是我坐的。我指了指柜台里的戒指对销售员说：“麻烦把这个拿出来我看看。”

销售员帮我把戒指取出来，戴在我手上大小也刚好合适。

郝健看我特别满意的样子，在身边小声地提醒我说："老婆，这个太小了吧？"

"不小，刚合适。"从看到它的第一眼就感觉它是我的，最重要的是这钱掏出来也不心疼，我果断地拿出卡放在柜台上，特豪气地说，"就这个，刷卡。"

"等会儿。"郝健按住卡，盯着我看了好几眼，"要不咱还是去买那个一万多的？"

这会儿我是真没了出门时的豪迈，拍了下郝健的手示意他放开卡："就这个，刷了。"

商场人多，郝健不好意思上前抱我，要是在家我想他肯定会感动得把我举起来。其实我内心也在煎熬，觉得自己太没骨气，信誓旦旦地说好要狠宰一笔的，一出门就变成这副𡖔样！

不过到现在若是谁在我面前说我是裸婚，我绝对会跷着兰花指骄傲地让她看看，姐也是有钻戒的人，凭什么还叫裸婚？

买戒指已经是这样，到后面买包的时候就更舍不得进LV店了，最后买衣服也是花了一千多元钱勉强买了一身不打折的。大包小包的东西拎回家，所有东西的总价值不超过预算的十分之一。

郝健对我今天的不杀之恩是心存感激的，一边整理着买回来的衣服和钻戒的发票，一边说："老婆，这些票据我放在这儿，以后要用你得记着啊。"

我换上新买的衣服，不停地在他面前转圈说："好不好看？"

郝健头也不转地敷衍说："好看好看。"

我一脚踹到他屁股上："你都还没有看呢，怎么知道好不好看？敷衍谁呢你？"

郝健放好发票捂着屁股转身抱着我："刚才你试衣服的时候，我不都看过了吗？再说我们家宝贝儿这么漂亮，穿什么都好看。"

这周忙着冷战，发生的好多大事件我都没来得及和他沟通，心里也憋得不行。早早地洗澡上床后，郝健抱着我，我就说："老公，你以后要分清楚，我什么时候说的是反话。"

“怎么说？”

“就拿上次吵架来说吧，我让你起床和我说明白，你就应该陪我说明白。后来我要离家出走，其实就是想让你对我进行挽留，你得低三下四好言好语地来哄我。”

“但你……”郝健弱弱地说，“你发飙的时候，我觉得我用什么方式都哄不好你啊，我就想大家冷静下，第二天起来就没事了。”

“可我是女人，我不会这样去想啊。你越是冷处理，我就越要多想，你看最后失去理智，让你也损失这么多钱了吧？”

争吵之后的沟通，好像总是特别痛快。我很坦然地告诉他吵架时我内心的想法，并且告诉他下次遇到类似问题的时候我希望他怎么做。当然他也会说他的想法，他就是不喜欢王小帅，又不敢来制止我喝酒，不高兴了只好闷在心里，想等调节好再来和我说。

最后我们达成共识，以后要再有王小帅一起喝酒，就以他出差为借口让我自己去。这样既能避免他和不喜欢的人接触，又能避免看到我喝多酒心情不好。

6.

心情一好，公司里那些极品股东也就不叫事儿了，我坚持每天每笔钱在出去之前都耐心地一一告知他们。很快股东也和王总一样纷纷信任我，要求以后再买什么把票据留好一月对一次账。刚收到股东的这个消息，我就迫不及待地在QQ上和郝健分享：“正式获得股东信任，怎么样，厉害吧？”

郝健：“当然，老婆就是全世界最厉害的老婆。”

我：“那晚上回家，是不是要好好庆祝呢？”

郝：“刚才接到通知外地有个项目出了问题，我下午就得出差，正想给你打电话说这事，你就QQ上找我了。”

我：“那……什么时候回来？”

郝：“两天后。”

我：“那老公……我要想你了怎么办？”

郝：“得了吧，我出差你还不高兴？你不正好愁着没地儿撒欢儿吗？”

被人识破的感觉就是不好，我发出一个委屈的表情：“我哪有，你出差了我会乖乖的。”

郝：“行了你也别装，悠着点儿就行。我现在回家收拾衣服，车都等着呢。”

郝健出差可是难得才等来的可以放纵的机会，他下线后我第一时间就在闺密群里公布了这个消息：“天大喜讯！我家那木头出差了，晚上在哪儿碰头？”

叶子：“哟，瞧你，好像人郝健把你手脚绑起来了似的。”

笑笑：“那我老时间来接你，晚上正好王小帅没有应酬，咱好好喝一场。”

于施：“反正我一天24小时随时待命，说吧，晚上怎么玩通宵？”

看着姐妹们赤裸裸的引诱，我完全抛下了郝健要离开我两天的不舍：“那晚上我们先找个地儿吃饭，完了再找个地方通宵打麻将怎么样？”

这一号召得到了大家的响应。下班走出公司，笑笑的车停在门口正等着我，我也没注意就直接拉开副驾驶的门：“你妹的终于给机会让我潇洒下了。”

“你老公平时不让你出门喝酒吗？”驾驶位上熟悉的声音把我吓了一跳，抬头看到刘宇飞戴着墨镜，满脸笑容地看着我，“上车吧，笑笑临时有点儿事让我来接你。”

看到刘宇飞我心里就骂开了：笑笑这是要让我出轨的节奏？可表面上还得上车，装着波澜不惊的样子说：“直接过去吃饭？”

“嗯。”刘宇飞一边开车，一边转头看我，“听说你和你老公闹矛盾了，你受委屈了吗？”

我倒不至于傻到在刘宇飞面前说我和郝健吵架这事，于是反问：“你听谁说的？”

“王小帅呗。”

“呵呵，没有的事。”说完我就拿出手机玩上面的游戏。

吃饭的地方约得很远，车子到了绕城又开了好一会儿，最后在一个农家乐门前停下来。笑笑和于施还有叶子正在院子里把自己带去的菜穿成串，看样子晚上应该是吃烧烤，我走到她们中间斥骂笑笑：“你让刘宇飞来接我是几个意思？”

笑笑满手都是红油，一边穿一边说：“我下午在他们公司，他看到我的聊天记录硬要让我们先过来的。”

“你没想过要是郝健知道了会怎么想啊？”说着我也伸手准备穿肉。

“滚去洗手去。”于施拍了下我的手，“我说姨妈巾，你这人怎么这么拧呢？你说刘宇飞哪儿比郝健差？这都什么年代了还不兴骑驴找马啊？要你现在和他再好，这叫及时止损。”

“止你妹啊！你要觉得好你去，我又没拦着你。”

“我？”于施指了指自己，“你也不问问，人家看得上我嘛？”

“行了你们快别说郝健怎样了，人姨妈巾结个婚不容易，好歹有个男人愿意收了她，可别让她再折腾。”笑笑在旁边算是帮我说了句话。

等天黑下来后在院子里升了篝火烤着乳猪，这边由我们几个女的轮流烤烤串，其他人就坐在篝火旁边喝酒聊天。我是敏感性皮肤，经常会过敏而满身是包。到晚上十点多身上就开始有了反应，全身也都痒得难受。坐在对面的刘宇飞很快发现了我不对劲，端着酒杯坐到我身后：“你是不是不舒服？”

“嗯，我身上好像过敏了。”

“严重吗？”

“没事儿，过会儿就好。”我坚定地点头表示我不需要去医院，他见出力不讨好就回到了自己位置上。我跟他们闹着喝着也就没太去关注身体状况，直到最后全身大块大块地长包，我才意识到问题的严重性，我拉了下正喝得高兴的笑笑：“你送我去医院推个静脉吧。”

“刘宇飞已经开车去帮你买药了，他等会儿就回来帮你推。”笑笑说着还转头安慰我，“没事儿，你把他当成普通哥们儿就行。”

“得了吧，还哥们儿。”我满脸都是对笑笑鄙视的表情，“你现在和朱旭在一起，能当哥们儿对待吗？”

“少来，我和朱旭睡过，没睡过那就是纯洁的男女关系，你要把这事想复杂了可就没劲儿了啊！”

感觉笑笑说这话好像也有几分道理，等刘宇飞拿着针药回来，我就直接大方地伸出手，刘宇飞一边帮我消毒一边说：“你稍微忍着点儿疼啊，这一针下去不出半个小时，身上就不会再痒了。”

推完静脉过几分钟就没事了，笑笑的话我一直记在心里，这种时候我越显得闪闪躲躲，越会让刘宇飞有想法：“谢谢你刚才又是买药又是打针的。”

旁边突然传来王小帅呵斥的声音：“你再说！”

我转头一看，笑笑和王小帅两眼瞪在一起，笑笑不服气地说：“有陌生女人跑你空间留言说爱你，我说说怎么了？”

王小帅捏紧了拳头，气急败坏地说：“我说了那女的我不认识，你怎么就不听呢？”

“不认识？”笑笑的声音更大了，“不认识你回复人家的留言干吗？王小帅，你是不是当老娘瞎啊？”

王小帅已经气红了眼，抡着拳头就像要揍笑笑。冷哥连忙捏住他的手：“都冷静点儿，有什么事好好说就行了嘛。”

笑笑往前挪了下：“有种你就给我抡过来！我还不信了，这辈子敢打我笑笑的人还没生出来呢。”

叶子连忙拉住笑笑：“大家都在气头上，你少说两句。”

我一看王小帅居然还想动手，尤其还当着我们这群姐们儿的面，气得扔下酒瓶就冲到他面前：“王小帅，还想动手打人怎么的？”

吵起架来的人是不会听旁边人劝阻的，王小帅伸手把我往后一推：“闪一边儿去。”

我一个踉跄往后退了几步，正好被刘宇飞抱住。挣脱刘宇飞再次冲到王小帅面前：“你再给老娘推一个试试？对你好点儿因为你是笑笑的男朋友，别给层皮还当自个儿的脸了。”

刘宇飞上前拉住我：“菲菲，他们正气头上呢，你别跟着瞎掺和。”

我也不管刘宇飞的劝阻，再次冲上前指着王小帅的鼻子说：“王小帅我告诉你，你要敢动笑笑一根手指头，信不信我活劈了你！”

于施刚才一直坐在对面玩手机，收起手机懒洋洋地走过来：“姨妈巾，人两口子的事就别跟着瞎掺和了。”

冷哥见现场一片混乱完全控制不住，拿起一个空酒瓶往篝火中间扔了过去："行了！都别闹了行不行？"

篝火的中间瞬间升起零星火点，这下大家才算冷静下来。刘宇飞走到王小帅旁边拉着他说了几句，王小帅很顺从地就跟他先离开。王小帅一走笑笑蹲下就开始哭，我走到她旁边坐下，拍了下她的肩膀："哭什么？他不敢揍你，这不还有我们呢嘛？"

叶子也跟着坐了过来："就是，兴许他明儿酒醒了就得给你道歉。"

"笑笑不是我说你，还有你姨妈巾。"于施站到身后不咸不淡地说，"你们俩好好跟我和叶子学学怎么框住男人的心。就你们俩这样的，动不动在公共场合就让男人毛了，让谁面子上也挂不住啊。"

"你别站着说话不腰疼，再说了，扯我身上干吗？"我扭头斜了一眼于施。

于施盘腿坐到我旁边："你说要地上有坨屎是干的，人告诉你那是屎，你是装着没看见呢，还是拿根棍子去把它捅开看臭不臭？"

"去你妹的，不带你这么恶心人的。"

于施说："跟你俩说正经的，你说一坨屎它明明就不臭，没事非得把它捅臭有什么意思？你们俩就一德行，眼里就容不下半点沙子。"

"西施你少说两句。"叶子打断于施，"笑笑，你要觉得过不下去就分手，反正还没结婚还有选择的余地。"

"我凭什么分手？"笑笑抬头两眼无神地看着前面，"他不是有本事在网上泡美女吗？我凭什么就不能去钓凯子？"

我想笑笑说说也就完事儿："行，那你钓的时候别忘了把我带上。"

冷哥看笑笑的气也缓和得差不多了，在对面说："打麻将吧，好长时间没打了。"然后就在农家乐开个包间打麻将，平时我们也就是玩个5块，估计于施喝多了，一上桌非得要玩50。争执了大半天意见还是不能统一，我有些怯场地说："要玩这么大那就算了，今儿出来都是背着我们家郝健来的，要是输多了他肯定不高兴。"

"没事，你帮我玩吧。"刘宇飞推门而入，直接走到我椅子背后掏出他的钱夹放到我面前，"输了算我的，赢了算你的。"

我还没回答，于施在我对面就咋呼开了："就这样说定了，快开始吧姨妈巾。”

“算了，要不你们四个。”

刘宇飞把钱夹直接放到我的抽屉里：“没关系你玩你的，输了我又不怪你。”

于施说：“就是，这就是无本生意，你又不吃亏好不好？”

人穷志不能短，老娘输不起可以不玩好吧？我心里就不怎么舒服，把麻将一推：“就几个姐们儿至于嘛？让谁难堪呢？”推完我站起来准备往外走，笑笑和叶子连忙上前拉着我：“行了西施，就玩5块。”

于施这才勉为其难地说：“那就陪你玩5块吧。”

我觉得这种情况下，于施就是故意让我难堪。她总想把她的价值观强加给我，让我知道没钱寸步难行。可我就偏不吃这一套，甩开叶子和笑笑的手：“算了，我先回去睡觉，你们玩。”

这场下午还说得兴致高涨的聚会，也不知道到底是因为刘宇飞的加入，还是因为笑笑和王小帅的争吵，又或者是于施的挑衅，总之就这样不欢而散。回到家里心里发堵，响了好久电话才被接起来，郝健压低声音：“喂，干吗啊？不是说让你别半夜给我打电话吗？”

我没好气地说：“干吗半夜不能给你打电话？你旁边睡了谁啊？”

“我住的双人间啊。”郝健特小声地说，“有什么事明天回来再说，我先关机睡觉了啊。”

说完就把电话挂掉，再打果然是关机。但我还是气不过，就把晚上见到刘宇飞还有打麻将的事情编成短信给他发了过去。足足发了10条信息，才把我心里想说的话发完。

第二天中午被郝健的电话吵醒：“老婆……你起了没？”

“睡着呢。”

“我看到你的短信了。我是跟同事住一个房间，要是我自己住，你什么时候打过来都没关系。”

说的都是屁话，结婚那次怎么大半夜陪我聊那么久呢？结婚后出差有同事，结婚以前跟他一起住的是畜生？我说：“女人需要倾诉的知道吗？多少女人出轨，都是因为心情不好的时候没个人在身边说贴心话。你对我就那么放心？”

“知道你昨晚受委屈了，都怪老公不好，挣不到那么多钱给你玩50的麻将。”

听他说出来我的心马上就软掉：“倒不是麻将玩儿多大，是你出差我找不到人聊天你知道吗？你都不听我说，那以后我不开心没人聊天的时候，就真的只能去找隔壁老王了。”

“嘿嘿……我相信你不会的。”郝健说到一半转头和别人搭了句话，接着说，“你在家乖乖的，我很快就会返程回来了，大概两点就能到。别生气了知道吗？”

睡了一觉也就没那么轴了，换位思考下郝健确实也不容易，出差条件艰苦不说，要是同事半夜被吵醒，肯定心里会不舒服。想开了也就没事了，既然醒了那就起床吧，昨儿也逍遥了一晚上，郝健回家得好好犒劳下他。

结果下午两点郝建回来连脚都没歇就又要出差，而且这次一走就要一周，我虽然不舍，却也没办法。等郝健走后我想起昨天晚上的不欢而散，就给叶子打了电话：“你现在在家吧？”打算晚上在叶子家再聚聚。

“行，我这去买菜。”叶子直接拍板。

对昨儿于施当众下我脸这事我气还没消，我叮嘱叶子说：“别告诉于施，就我们仨。”

给笑笑打了电话约好，她倒是装得跟没事儿似的答应来接我，等我收拾好东西下楼上了她的车，看到她趴在方向盘上，我上车拍了她几下也没反应，我大吼：“装蒙娜丽莎呢？”

笑笑这才把烟丢到窗外，发动车子说：“我也跟你去叶子家住段时间。”

这明显不在状态，我问：“回去他还动手了？”

“等会儿再说，开着车呢。”笑笑强忍住眼泪不想让自己分心。

看她的样子我就知道昨天晚上还有后续，拿出手机就要拨王小帅的电话。笑笑一脚急刹停住，抢过我的手机说：“别给他打，等会儿我慢慢和你们说。”

到了叶子家笑笑吧嗒吧嗒几滴眼泪就掉了下来：“他动手打了我。”

我和叶子同时不敢相信地盯着笑笑："什么？"

"昨天我回去的时候他本来已经睡下了，半夜不知道谁给他打电话，我听是个女的，而且就是给他留言那女的，就随口又问了下她是谁。"笑笑哭着说，"然后他就冲我吼，还是跟昨儿晚上一样说不认识。"

我首先激动了："放他娘的屁！不认识人家怎么会有他号码？"

叶子按住我："别着急，先听下笑笑怎么说。"

"后来我也冲他吼，两人吵着吵着就闹起来了，我收拾了东西要回淄贡市去，他把我抓过去就扇了我两耳光。"笑笑越说哭得越厉害，"我没想到过他居然真的敢打我。"

听笑笑说的这些我就气不过，拿出手机拨通王小帅的电话。笑笑这次也没阻拦我，电话接通后我按了免提，上来就不客气地说："王小帅，你和笑笑怎么回事儿？"

王小帅的态度倒也端正："我昨儿晚上喝多了，可能是有点冲动。苏菲，你帮我劝劝笑笑，让她原谅我好不好？"

"原谅你个头！王小帅，昨儿我有没有警告过你让你别动笑笑？"

"我昨儿真喝得什么都不记得了，今天早上起来要不是看笑笑在生气，我真不知道发生了什么。"王小帅显得特无辜地说，"我保证下次不会再这样，求你帮我劝下笑笑吧。"

"SB！"我骂骂咧咧地挂了电话，问笑笑，"他喝多了都会断片？"

笑笑点点头："是，每次都是这样。以前只是脾气臭点但不会动手，昨天也不知道哪根筋不对。但他今天早上起床，又跟没事人一样，给我下跪哄我求我原谅。"

叶子说："他是喝了酒有暴力倾向吧？"

笑笑说："估计是，平时看起来也挺正常的，就喝了酒才那样。"

"正常你妹啊！赶紧趁没结婚分手。"

笑笑沉默了许久，才说："怎么分啊？现在他们公司还有我20%的股份呢。"

"股份怎么了？该你分钱的时候去拿就行。"我苦口婆心地劝着笑笑，"就算暂时不分手，我觉得你还是另找个公司做主持，不能一天到晚跟王小帅搅在一起工作生活不分开，这样你所有的重心都在他身上，不管分不分都不是一件好事。”

叶子附和说：“姨妈巾说得对，你应该要有自己的圈子。你主持的水平又不差，好歹在淄贡市也算金牌一类的吧？在成都这地方，随便找个婚庆公司混混没问题吧？”

我和叶子轮番劝说了笑笑一晚上，她才答应跟叶子去公司转转，另外找下合适的婚庆公司，晚上就回叶子家我们几个女人同吃同睡。据叶子说，自从王小帅动了手之后，白天在公司对笑笑那简直是百依百顺，就像个跟班似的在身后端茶递水，笑笑要出去办事的时候，王小帅还会亲自把笑笑送到停车场为她开车门。

因为有了这两个女人的陪伴，郝健出差的日子里我也没有感觉到多空虚，好像又回到了婚前在淄贡市的时候。只是偶尔夜深人静荷尔蒙要排泄的时候，会觉得要是被郝健搂着该多好。好几次早上醒来被笑笑和叶子奚落，嫌我半夜把她们抱得太紧。

笑笑最终还是原谅了王小帅，搬了回去，虽然心里不服气，但也不至于硬要让他们分手，只是在笑笑临回去前提醒她如果王小帅再动手，一定记得和我们说。

一周后郝健出差归来，我提前搬回家做了一桌子丰盛的晚餐等着他，他回来的时候在门外敲了下门，我明知是他，却站到门后故意问：“谁啊？”

他捏着鼻子说：“修水龙头的。”

我把门打开看到他风尘仆仆地站在面前，心里一激动扑到他的怀里，佯装娇弱地在他肩膀上轻轻拍打：“一通粉拳我砸死你。”

估计他知道出差这段时间晚上关机睡觉是罪孽深重，回来又是逗又是夸的。见我心情好了才开始教育我：“以后你不要半夜给我来电话了好不？要不被同事知道会说我耳根子软的。回来的时候在车上我已经被笑话了，他们都说我怕老婆，半夜睡觉还不敢关机。”

我拧住他的耳朵：“你耳根子不软吗？怕老婆的男人才会幸福知道吧？”

“软软软。”郝健被拧得疼了，求饶道，“在家里倒是无所谓，我给你下跪干吗都行，可是在外面的时候我得绷个面子吧。”

我放下手说：“那以后你也得保证，睡觉不准关机，调成静音也比关机好啊。”

“行……”郝健像是逃过一劫，“你想啊老婆，现在同事都夸我眼光好，说你年轻漂亮、懂事、做饭又好，他们都羡慕着呢。你就让我演下去好不好？”

“不过你承不承认你就是耳根子软？”

“我承认，这个必须承认。一切听从老婆指挥，我是新时代耳根子最软的男人。”

“这还差不多。”我满意地点点头，把手放到郝健的肩膀上，“你放心吧，都是好兄弟咱也不见外，在外面我会给你足够面子的。”

郝健马上小鸟依人地往我肩膀上一靠，装作娇羞的样子：“谢谢老婆，你放心，只要在人前的时候我让你受了委屈，回家我就跪遥控器，保证不换台。”

估计是这段时间在外面吃得不规律，郝健一回来急性肠胃炎又犯了。之前有过去医院的经历，我没有上次那么惊慌，只是到医院挂上点滴后，我忽然莫名其妙地害怕有天我的世界里没了郝健，我该怎么办？

等点滴输到快结束的时候，郝健终于不痛了，我抓住他的手说：“老公，你以后一定不能比我先死，知道吗？”

郝健伸手摸了下我的脸：“说什么胡话呢？”

“我受不了你离开我那种痛苦。我要自私一点儿，把这种痛苦留给你。”

“不还有隔壁老王吗？还有你的情人1到10号呢？”

“不要，我只要你。”

“你放心好了，要真有那么一天，我在临死之前一定会帮你找个帅小伙。你这么害怕寂寞的女人，生命里怎么能少得了男人呢？”

我一巴掌拍在他脸上，压低声音说：“我这叫怕寂寞吗？我这叫需要。”

第二章

奋斗过的就是婚姻

1.

我们俩的磨合渐入佳境，周末没事儿就约上齐鑫或是笑笑和叶子，下午找个茶坊先打一场麻将，齐鑫时不时怂恿郝健帮他打两局，他就在旁边指导，郝健也打得很高兴。然后晚上谁赢了钱就请客吃饭，之后再找个酒吧或者KTV喝两杯。

六月初的一个周末，我们俩因为前一天出去嗨得太晚还在睡觉，我妈打郝健的手机。

郝健忍住醉酒后的不适接了起来："妈。"

"你们还在睡觉？苏菲呢？"我妈的声音大到手机不用开免提就能听到。

"嗯，准备起了。"郝健坐起来摇了摇头，"她睡着呢。"

我在旁边笑，这下知道头疼了吧？谁让你昨天晚上和齐鑫拼酒来的？自己几斤几两还不清楚，找齐鑫拼酒那不是找死嘛。

"把电话给她。"我妈命令道。

郝健把手机递给我，就听到她在那头情绪激动地说："这几天的新闻你看了没有？都在说下个月房价可能要猛涨，要不你和小健商量下，看能不能凑点钱在涨价之前去把房买了？"

一听我妈又老调重弹这个话题，我心就紧绷起来。成都的房价不比淄贡市，三环内随便都要在七八千一平方米，就郝健的两万块钱存款还想买房？

"跟你说正事，听到没有？"我妈见我半天不吭声，又开始絮絮叨叨地说，"每次说到这事儿你就不吭声，都说有房才有家，你们这婚到底是结了，但你们的家在哪儿？"

“妈。”我不耐烦地打断她，“谁说要有房子才叫家？租的房子就不是家了？”

“你别跟我贫，等房价涨上来之后后悔都来不及。”

“行了，你以为成都是淄贡市呢？你知不知道这儿房价多少？就我们俩现在这点儿工资，你觉得能买得起吗？”

“买不起也得买，咱过日子的老百姓，一辈子不就图个窝吗？”我妈根本都不听我解释，“再说，买房又没说只让你们俩掏钱，你问问小健他们家能凑多少？我们家也再凑凑，大家齐心协力先买个小的，等以后你们条件好点再换。”

“你说得轻巧，付了首付不要月供？你让我们买了房每天不吃不喝就啃房子那砖头去？”

“少跟我说这些，你想想那几年，我一个人又要还债又要供你上学，还有全家人的吃喝拉撒都怎么过来的？咱拿死工资的人，可不就得一分钱掰成两分钱花吗？”

“我知道你是功臣，知道你伟大行不行？可是你不能要求每个人都过和你一样的日子啊！我只是想等几年经济宽裕了再买，你干吗非得把我们的日子逼得那么拮据啊？”

郝健在旁边看我和我妈好像又快要吵起来了，抢过我的电话说：“妈，您别听菲菲瞎说，买房这事儿我们考虑着呢。等年底拿了年终奖，我再和我爸妈商量下，凑吧凑吧也要先买的。您别着急，啊……”

我妈在电话里被郝健三句两句就哄好了，然后很愉快地挂了电话。

我无奈地看着郝健：“你干吗答应我妈买房啊？”

“这不本来就该买的嘛……”

“我可告诉你，中国的房价历来就是我妈这样的丈母娘给抬高的。怎么着，你也想让你的丈母娘为成都的房价做点儿贡献？”

“妈的意思是让我们先看房，钱的事儿大家一起凑。”

“怎么凑？咱现在就两万块钱，就算买套首付至少也得十万吧？你是去偷、去抢、还是去卖能凑来这些钱啊？”

不知道郝健是不是一向这么乖巧听话，从挂了电话开始就在我耳边劝说："老婆，我觉得妈说得也有道理。她经历得毕竟比我们多，就像她说的，要是等攒够了钱再去买房，说不定到时候房价就上涨了呢。"

我强烈反对："呸！买了房我们吃什么喝什么？"

"就像妈说的，我们都还年轻不能总想着吃吃喝喝的，虽然我们现在没孩子，可总有一天得要吧？要是年轻的时候把钱挥霍了，等我们孩子出生后怎么办？"

"那就什么时候有钱什么时候生！"

"老婆，你这可就是在说胡话了。就像妈说的，我们是拿工资又不是做生意，钱都是省出来一分才有一分。我知道是我不好，我没那么多钱买房子，还要害你跟我过苦日子。但我相信，苦日子也就这两年，等明年我评了职称还要加工资呢，到时候公积金年终奖都得跟着上调。我们趁现在价格低的时候买房，到时候涨的工资可不就是纯赚了吗？"

听郝健一口一个"就像妈说的"我就气："她是你妈还是我妈啊？你到底是跟谁亲呢？"

"咱妈……"

郝健说的这些道理我其实都明白，但买房就意味着天天去菜市场讨价还价，一年半年舍不得去商场买衣服，不敢旅游、不敢社交、不敢打麻将，把每一分钱都省下来补到那个生不带来死不带去的房子上。

结了婚脱离我妈的管控，手上有足够的钱让我支配挥霍，干吗这么快又给自己压力？

我妈不知道是抽了什么风，晚上又打来电话说下周五来成都，趁周末我们就去看房。接完我妈的电话，郝健就像是接到了老师布置的作业，我在沙发上看电视他就抱着个笔记本认真研究成都的楼盘。

"老婆你看，这是我刚刚找出来最近在开盘的小区，网上都说性价比特别高。"郝健滑动着鼠标指着电脑上的页面，"你看这个，在三环内，离市区还不远，周围的规划看起来都还不错，房价才六千多一平方米。"

我敷衍着说："你看差不多的话，明儿妈来你就带她去看吧。反正买房是你们俩的事儿，和我又没什么关系。"

郝健认真地把楼盘信息记录好之后，看我满脸惆怅就开始安慰我说："老婆你别这样，人都是要经历这一关的，咱们咬咬牙挺过去不就好了吗？”

我结婚是冲两个人能幸福来的，真心觉得房子没那么重要，我懒得理会跟我妈站在同一条战线的郝健说些什么，转头对着墙继续惆怅。

“老婆……开心点嘛……”

“来，给哥乐个两块钱的。”

“快点儿。”

“不笑是吧？那哥给你笑个一百的。”郝健逗了我很久我都绷着脸不理他，估计他也是急了，说着就咧嘴大笑，“哈哈哈，我笑了一百的你得给钱。”

这种低级趣味的笑话根本治愈不了我，郝健拿出他的杀手锏：“老婆我给你变个魔术怎样？”说着，学热播剧《裸婚时代》里刘易阳那样，举着双手，“你看啊，现在什么都没有是不是？”

我以为他会像刘易阳那样，把手放在下巴下面变出花来，无感地说：“无聊……”

“来，再确定下是不是什么都没有？”郝健像模像样地举着双手，好像真能马上从手里变出点儿什么似的，然后他迅速转头不知道弄了什么再转过身，“当当当当……”

看他涂得满嘴都是口红，我笑得直不起腰，郝健索性站起来搔首弄姿：“爷，玩吗？”

我伸手推了他一下：“玩个蛋，要是去看房看中了妈让买，你有钱来买吗？”

“没问题。”郝健特自信地说。

我真心不知道他的这份自信都是从哪儿来的！可他自信我不能自不量力啊，于是试探性地问：“要不你先问问你家里能拿多少钱吧，好歹我心里也有个数啊。”

郝健看了下时间不算太晚，就拨通了他家里的电话，他和父母用土话交流，我一句也没听懂，等他挂了电话，我连忙凑上前像是见了钱似的说：“快说说，他们拿多少钱？”

“三万。”郝健怕是担心我嫌少，连忙补充，“他们其实也不容易，供我们兄妹仨念书这么多年。”

听到他报出这个数字的时候我其实压根儿没嫌少，我能理解他家拿出这么多钱真的已经是尽了全力。只不过这三万加存款也只是杯水车薪，即使买50平方米的小套一室，算下来首付也还差一半。

我决定再去探探我妈的底，拨通我妈的电话，悲惨的是她也只能给我们五万，而且还坚持让我们最少买套二，要是钱不够她拿出房产证帮我们去银行贷款。我妈为了打消我的顾虑，在电话里一再让我不要有心理负担。贷款她负责还欠的利息，本金由我们俩和她一起来还。而且还说，只要看到我买了房，她就可以安享退休后的生活了。

郝健在电话里大概也听到了我妈说的话，等我挂掉电话就跪在我面前："老婆，我没用。"

看他这副㞞样儿我就想问：刚才的自信去哪儿了？这下听到我妈说要套二，瞬间就㞞了吧？但我心软，小手一挥大气地说："平身吧。丈母娘可说了，买房对咱小老百姓来说是大事，咱们得三家人齐心协力把它给拿下来！"

按理说买房应该是件高兴的事，但我偏偏是个扛不住压力的人，这事就像是一座大山压着我。整整一周心情都没好过，每天就想着姐要成房奴了，姐不能喝酒不能打麻将了。到周五的晚上，郝健准备充分地把这周看好的楼盘都打印了出来，但我紧张得一晚上都睡不着，最后也不知道几点才睡过去。我妈打来电话说下高速的时候，我感觉自己才睡了五分钟，迷迷糊糊地把郝健摇醒："赶紧起来，妈到了。"

"啊……"郝健从睡梦中惊醒，翻身坐起来四处看了下，"妈到啦？在哪儿？"

"已经下了高速，问我们怎么坐公交。"我把手机按了免提递给他，就听他说："妈，你在哪个车站下车？我现在去接你。"

在没有和郝健结婚以前，我和我妈对生活的定位就是万事靠自己。像这种去陌生地方的事儿根本没想过需要人来接，我妈习惯性地说："不用，告诉坐几路就行，我自己坐车过来。"

"那怎么行呢？就这样啊妈，我现在出门。"一晃眼的工夫郝健已经穿戴整齐，看我压根儿没起床的意思，说，"算了，你再睡会儿吧，我去车站。"

郝健走后我果然又睡过去。

“你说说你，这么懒怎么行呢？大清早地让小健来接我，你居然在家睡大觉？”我妈一进门就大声地念叨，“哎呀你看这，能叫家吗？连狗窝都不如！不是我说你苏菲，小健大老爷们儿的不会收拾，你也不知道收拾收拾？”

郝健连忙抢在我妈前面，把沙发上的脏衣服抱起来扔到旁边的衣服篓里：“妈，你别怪菲菲，我们家务是分了工的，都怪我这几天犯懒没整理。”

“你别帮着她说话。”

我实在是听不下去了，加上又有点儿起床气，坐起身来大声说：“大清早的干吗啊？收不收拾家里又没让你来住，你急个什么劲儿啊？”

郝健拉住我，在我妈面前献媚地说：“妈，平时我们俩都要上班，也没什么时间收拾家里，你先坐着，我这就收拾。”

“行了，我来吧。”我妈推开郝健，一边帮我收拾脏衣服一边说，“瞧瞧，这还像是人住的地儿吗？这么乱的家里，住着能舒服？”

“没事的妈，只要还有地方放脚有地方坐着就行。”

我妈终于给逗笑了：“哈哈，苏菲可是咱们家懒出了名的，我老说她这么懒不收拾家里没人受得了她，看来你也不是个讲究的人。”

郝健跟在我妈身后连声说：“是，是。”

我妈足足花了两个小时帮我们把屋子彻底收拾出来，吃过午饭她把衣服放洗衣机后，才风风火火地让郝健带她去看昨儿选出来的房子。

去的第一个楼盘是郝健说的性价比超高才六千多一平方米的房子，到了地儿跟售楼小姐聊了很久才知道是小产权的房子，我们一听是小产权连余地都没留果断离开。因为和租房子一样有了对比，在看到稍好的楼盘时就觉得真心好得顶了天，再加上售楼小姐经过专业训练，在面前夸夸其谈，我妈和郝健就彻底信服，瞪大眼睛认真地被售楼小姐营销着。

“我们小区三年之内要连通三条地铁，周围有从幼儿园到大学的配套学校，附近有大型商场、医院和多家银行，门前就是规划的超大市政公园……”

我妈听得特别认真，售楼小姐就知道这老太太上了心，继续吹捧楼盘的各种好，开发商的各种强大，并告知这套80平方米的套二本次开盘只剩最后一套，其他都是40平方米的小户型，如果看中的话得趁早下手，要不下批次开盘这个价格绝对买不到。售楼小姐说话那语气感觉就像是房子压根儿不要钱，你不要后面要的人多着呢。

我妈一听下批次房价要涨，瞬间就不淡定了："你们俩觉得怎样？"

郝健说："还行，就是只剩一套选择的余地是不是少了点儿？"

我妈又问我："菲菲你觉得呢？"

我知道这不是买衣服，我怎么着也得稳一手吧？于是小声地说："要不，再想想？"

这时的售楼小姐完全显示出她高大上的一面，礼貌地起身欠腰不卑不亢地说："不好意思三位，我那边的客户还在等着看房，不如你们先商量下，要是决定了您再来找我。"

郝健也跟着起身，好像是他卖房子给售楼小姐似的说："好，谢谢，麻烦您了啊。"

"不客气的，你们先请便。"

售楼小姐一走，我们三个人就像个土鳖似的炸开了锅，现在有机会摆在我们面前，要是不马上做决定，下次开盘真涨了价那还不得后悔死？再涨价还买得起吗？

"菲菲，你觉得如何？"我妈再强势，在这种决定性的时刻也不敢妄自下决定，"我是觉得还行，可就剩最后一套，选择面儿太窄了点。"

我说："成都也不是就他们一个楼盘，要不咱再看看吧？"

郝健说："昨天我都在网上查过的，就数这个楼盘的地形条件和价格还在我们能接受的范围之内。"

我说："你有没有想过，这儿房价可是八千多一平方米？况且现在就剩下一套，就算我们要买也只能买那套40平方米的不是？"

"小健，你的意思是觉得这儿可以？"我妈试探性地问郝健，"我觉得要买还得要80平方米的，40平方米的实在太小，以后你们有了孩子根本住不开的。"

郝健听到80平方米，马上脸色就不好了："妈，可是80平方米的……"

我也不爽地抢过话："妈，你当着是大白菜呢？80平方米就得65万你算过没？我们手上也就五万块钱怎么买？"

我妈倒是不介意钱的事儿："要是咱都觉得还行的话就可以定下来。钱这边你们不用操心，妈还有房呢，不行就去银行抵押贷款。"

郝健面露难色："妈，这……"

"现在先不说钱这事儿，先说房子行不行？你也不用觉得不好意思，结了婚就是一家人，买房这种大事就得一家人努力。"

"我……我……"郝健没有魄力直接拍板，"我还是觉得选择面太窄。"

我妈说："但是要是真错过，下批次涨价可就亏大了呢。"

我最讨厌的事情就是做选择，这也都是钱闹的，要是有钱的话还纠结个屁啊。多年的营销经验告诉我，在被洗脑后一定得腾出时间思考，因为在这儿所有思维都会跟着销售走，于是我说："要不咱不这么着急吧，先回去再想想，要是钱能凑齐咱们明天来定也不迟啊。"

我妈看着户型图还在念念有词地说："其实这户型真的好，坐北朝南方位又正。而且我以前找人给你们俩看过，这楼层啊号数什么的，都挺符合你们的生辰八字。"

我很鄙视我妈作为优秀的人民教师，居然长期受到封建迷信的毒害："行了吧你，那你赶紧找人给看看下次开盘到底会不会涨价。"

郝健一时也犯了尿，愣在那儿也不说走也不吭声。

我妈见我们都不说话，站起来说："要不咱再去看看样板间吧？你想既然人家开盘卖得那么好，说明也是有一定优势的。"

我很无奈地说："你们去看，我在这儿再纠结一会儿。"

郝健心里肯定也在发痒，站起来附和我妈："妈，那我们再去看看吧？"

看他们俩果真屁颠屁颠地又去找售楼小姐让她带去看样板间，我也开始慌了，我真的还没做好当房奴的准备好不好？我正烦躁的时候，身后传来刘宇飞的声音："菲菲，你也来看房？"

在这儿碰到刘宇飞，我尿了。要是他看我们连买个80平方米的房子都这么纠结，还不得给他笑话死？我尽量装得像是兜里有一百万现金似的，底气十足地说："是啊，你也来看？"

"嗯，现在房价还不算太贵，想着再买一套来投资。"刘宇飞坐在我对面的椅子上，露出他手腕上的劳力士。

现在我们三家人凑钱还付不起首付，他居然从容地说买来投资。我尽量镇定不仇富地说："呵呵，这楼盘都是小户型，投资正好。"

"你们看中什么户型了？这儿经理是我朋友，我可以让他给你们打折。"

我有点底气不足地说："谢谢，我妈妈和我老公正在看样板间，暂时还没决定要不要。"

刘宇飞多半已经从笑笑或者王小帅那儿了解过我和郝健的情况，坐在对面无心地说："菲菲，你如果真喜欢那套房，要不要我买来送你？就当我送你的结婚礼物。"

这话让我觉得这简直就是赤裸裸的侮辱，人要脸树要皮，我有些生气地站起来，说："不用了，我们自己能买。"

刘宇飞看我生气，就拉着我的手说："我心疼你这样，你不应该过这样为了钱算计着日子的生活，你知道吗？"

我甩开他的手："我已经是结了婚的人，老公有钱没钱这都是我自己的选择，你要再这样的话，咱以后可真连哥们儿都没得做了啊？"

"抱歉。"刘宇飞谦和有礼地说，"刚才我有点儿激动，实在是因为觉得，你本来就不是应该过这种生活的女孩，干吗要把自己作践得这么累呢？"

我双手抱在胸前："那你倒是说说，我该过什么样的生活？"

"你本来就是一匹脱缰的野马，就应该给你一片宽阔的草原让你驰骋。"刘宇飞也不知道是发了什么癫，毫不客气地说，"可是你看看现在，你完全就被关在笼子里，再也没有以前在草原上驰骋的气概了，我真的替你觉得遗憾……"

这话其实也有点说到我心坎上，真买了房我就是被关进了笼子，但我不可能在他面前承认："生活是我自己选的，是笼子还是草原只要我高兴就好。"

"可是你明明还可以选择草原的不是吗？"刘宇飞动情地说，"刚开始我觉得只要你老公对你好就行，可是看看现在，我真的是心疼你……"

我正不知道该怎么和刘宇飞说下去的时候，我妈带着郝健满面春光地回来了，她没见过刘宇飞，指着他说："菲菲，这是你朋友？"

郝健微笑着和刘宇飞打了下招呼，腼腆地说："你好。"

"你好。"刘宇飞就显得很大气，伸手和郝健握了下手之后，又对我妈笑着说：“阿姨，我叫刘宇飞，也是淄贡市的。”

“真的呀？”我妈压根儿就不知道里面的利害关系，大大咧咧地说：“真是巧，没想到在这儿还能碰到老乡。”

“是呀阿姨。”刘宇飞并没有要走的意思，继续和我妈聊着，“正好这儿的经理是我朋友，你们要是决定好我让他给你们打折。”

“那真是太感谢你了，我们其实看中了那套80平方米的，就是觉得选择面太小，而且可以考虑的时间太短。说实话这时间太仓促，我们首付款都还没完全确定下来呢，要是能有几天考虑的时间，我们确定好这件事并且把钱凑齐再来定才是最好的。”我妈这人比我还自来熟，一听刘宇飞是淄贡市的人就什么话都往外抖。

“呵呵，阿姨要不您看看需要考虑多久？我去跟经理说说，让他给你们留几天，等你们决定好把钱凑齐之后，再过来定怎么样？”

我妈高兴地就差握着刘宇飞的手了：“真是谢谢你啊小刘，要不我们可有得纠结呢！你也知道咱老百姓买房得慎重，这就剩一套让人马上做决定，总觉得心里哪儿不舒服。”

“是是是……阿姨您说的我特能理解。”

我妈很不好意思地说：“我们尽快做决定吧，免得耽误了你们卖房。”

虽然我相信我妈不是势利眼的丈母娘，但我感觉这场面还是有点儿狗血。我挽住郝健果断制止我妈继续说下去：“妈，我们再回去商量商量。”

不等我妈再说话，我又对刘宇飞说：“那我们先走了啊，再见。”

回去的路上我妈一直在絮叨这个楼盘周围以后发展如何好，房子有什么优点缺点，到了家她第N次问我和郝健：“你们觉得怎么样嘛？”

在售房部刘宇飞说的那些话让我心情莫名不好，心情不顺听多了就会烦，直接爆发和她开了火：“我还觉得别墅好呢！”

我妈看我莫名发火，也跟着火了起来：“你个不知好歹的东西。我这都是为了谁？都跟你说了钱这事儿大家一起想办法，我都没怕你们怕什么？你们拿个死工资又不做生意，不得把死钱变成硬货，不得是先欠了钱再慢慢攒的吗？”

“你是在嫌你女婿挣不到多少钱是吧？”

“我什么时候嫌我女婿了？我比你清楚小健的潜力。现在不吃苦老了哪儿来福享？你以为就像你这样天天胡吃海喝的，以后就能过好日子了？你别忘了，你妈我都是一点点苦过来的！要不是你那个不争气的爹……”我妈说着情绪就特别激动，哽咽着提高了嗓门，“妈现在随便卖套房子也能来这儿给你全款买房。我都没嫌苦嫌累，你还嫌我多事儿了是不是？”

“妈您别生气，菲菲就是这臭脾气。”郝健一看我和我妈开战，站到我妈旁边拍着她的背轻言细语地说，“她其实心里不是这么想的，她也没有怪您的意思。别生气了妈，都怪我不好，现在挣不到多少钱，还让您跟着操心。”

郝健这么软话一说，我妈的语气也跟着软了下来：“小健你可千万别误会，妈没有觉得你挣不到钱，你比起菲菲已经算很不错了，妈就是希望你们能早点有个家。”

“妈，我知道……就按您说的，您去帮我们贷款，就是苦了您还要帮我们还利息。不过您放心，我明年开始就努力考各种资格证，只要考过一种我们就有补贴。等以后我们条件好了，我再报答您。”

我发现郝健实实在在就是个灭火器，我和我妈针尖对麦芒的时候，他总能用他的方式来无声地化解矛盾。我妈都说得这么动情了，我自然不能再纠结于做不做房奴这事儿上：“你们要觉得好，那就买嘛，我无所谓。”

“其实我觉得这房除了没选择其他都好，最重要的是从去看房到现在都特别地顺。”我妈信奉迷信的劲头又上来了，“房子是根基，只要顺了以后还有什么事儿办不好？而且我都给你们算过八字的，你们俩都是辣椒命。”

郝健无知地问：“什么是辣椒命？”

“呵呵，就是越老越红。”

“妈，您走过的路比我们多，我相信您看过的一定不会差。您觉得那房子还行，要不咱们就去给定了？”

我妈得到了支持，最终拍板决定：“那行！明天就去交订金！反正我觉得这房子给我的感觉特别好，顺风顺水的。”

郝健在旁边借风答应：“如果菲菲觉得没问题，我也觉得可以去定了。”

于是我们三个人在出租屋里，火速做出重要的决定：这房子，买了！

然后我妈就拿着计算器算，如果所有的钱到位的话还差十二万。接下来就是她和郝健分头打电话，她打给银行的同学问淄贡市拿房子做抵押贷款能贷多少，利息是多少，最快什么时候放款等等。

而郝健则给家里打，告诉他们我们已经把房子定下来这事。话说到一半，郝健走过来把电话递给我："我妈想要和你说话。"

在此之前我和郝健已经领证的事他爸妈还都不知道，平时打电话我也都是叫的叔叔阿姨。现在想到他们要给我拿钱，开口就无耻却卑微地说："妈……"

"欸欸……"婆婆听到我居然叫了妈，激动得不行，"今年卖了苹果还有点儿钱，我让你爸明儿就给你们打过去。"

"谢谢妈。"

"你不要有那么大的压力知道吧？等明年卖了苹果的钱，妈再帮你们俩攒着。"

说来也奇怪，按理说我妈帮我们的是大头，我倒没觉得多感激我妈，反而是我婆婆这两句质朴的话，让我鼻子有点酸。脱口而出："妈，谢谢你。"

"说什么谢不谢的，妈就这么点儿能力帮你们，你没嫌弃我们家买不了房，委屈你了啊闺女。"

"小苏，就像你妈说的压力别太大了啊。"他爸在旁边抢过电话，叮嘱我说，"明天我就把钱打过去，你们俩在外面好好的就行。"

我差点就要忍不住哭出来了："爸，我知道。"

挂了电话郝健就在旁边笑话我："你还真是现实啊，这不要钱的时候就是叔叔阿姨，要钱的时候就成爸妈了？"

"滚一边儿去。"我推了下郝健，"你爸妈把所有的积蓄都给了我，我要再不叫声爸妈给宽宽心，他们万一把我当成了骗子怎么办？"

我妈也拿着手机从阳台上走了过来："我都说好了，贷款十二万本金三年内还完，要是急的话一星期就能放款，要不咱们明儿就去定了？"

我心里扑通一下：这下我真成房奴了……

晚上郝健把沙发搬到阳台上，一个人关上门就睡在沙发上。而我和我妈睡在里屋，等我妈睡着后，我却怎么也睡不着了。郝健刚工作，每月工资到手也就2500，而我现在工资也才2000。如果按照白天售楼小姐所说每月房贷3000

算，我们俩的工资全部加起来除了房贷给了房租就剩下700块钱，明年交房还要给税还要装修，三年之内还要额外攒够十二万，我们这日子该怎么过？

我妈听我不停地翻身，迷迷糊糊地说："怎么了你？"

"妈，我睡不着。"

"房子的事？"

"嗯。"

"你说你平时胆儿也大，怎么一到关键时刻就㞞呢？晚上我不都给你算清楚了吗？你们俩只要还房贷就行，平时日子过紧点儿700也够花了吧？当年我买完房一月就花200块钱，省吃俭用这么多年不也把账还完了嘛。你们还有郝健的年终奖和公积金，加起来得有四五万吧？三年加起来还银行贷款还能不够？实在不行我还有退休工资呢，除了还贷款能余下点儿也帮你们一块儿还啊！"

"说得轻松，明年交房不给税？房子不装修就能直接住？"

"没钱装修就简单点儿，还有三年时间呢你急什么？实在不行妈还可以去借，反正工资是单位按月发放，只要它不拖咱就能还完债。"我妈不知道哪儿来的信心，"所以妈一直让你找个有单位的就是这点好，每月虽不多但至少心里有个数。总不至于像你爹一样，做点儿生意还要赔本不是？"

不管我妈怎么宽我心，我还是不能在短时间内接受这个事实，瞪大眼睛数着时间一直到早上七点半直接起床。到售房部我妈又一次要求售楼小姐带她去看样板间，我想起昨天光顾着钱的事儿，忘了买房这事刘宇飞也帮了忙。我坐在郝健旁边拉着他的手，有些担心他生气，怯怯地说："哥哥，跟你说个事儿呗。"

郝健因为我妈出手相助对我也感恩戴德，一副把我捧上天的样子："宝贝儿怎么了？"

我脑子里飞速在转，到底要不要把刘宇飞说送我房这事告诉他。思索再三，还是觉得不要说为好，我忍了忍说："刘宇飞帮忙让经理给我们优惠，你不会生气吧？"

"人家帮我们要了优惠，我生哪门子的气？他愿意帮我们这个忙，不管是看谁的面子都是一件好事。你放心宝贝儿，我不是心胸狭隘的人。"

我有些看不懂郝健了，正常男人不是应该在这种情况下觉得不好意思吗？毕竟帮忙的是曾经喜欢过自己老婆的人，可郝健不同，他一脸坦荡完全不在乎。

等我妈回来，郝健把卡里的钱都刷完交了订金，这套房也就正式被我们预订，姐接下来漫长的几十年，可就真正地沦落成了房奴。不过钱一交我反倒踏实了不少，再也没有昨天那样的忐忑，因为我知道忐忑也没用，只能闭着眼睛往前冲。

我妈要赶回淄贡市贷款，从售房部出来没回家吃饭就匆匆忙忙去了车站。我是习惯了我妈这样对我觉得不算什么，但郝健看着大巴车离开，搂着我的肩膀说："老婆，我看妈这样操劳，心里好难受。"

我依偎在他的怀里："不用难受，你以后加倍对我好就行，她老人家要的也是这个。"

郝健拍拍我："放心，我一定会对你好的。"

我以为事情就会这样很顺利地像预期的那样进行，哪知晚上回到家吃了饭，我妈就急匆匆地打来电话，在电话里咆哮着说："菲菲，这次你可不能拦着妈，我要和你爸离婚！"

我对我妈说要离婚早已习以为常，说："我的妈，你又犯病了？"

"你才犯病！"我妈今天的状态和以往都有些不一样，气急败坏地说，"你爸趁我不在这两天把我卡里的钱都放进了股市，你说他不管你也就算了，在这最紧要的关头还把家里的钱拿去赌！我再不和他离婚，指不定哪天把房子卖了我都不知道。"

我妈不懂股票，她只是片面地理解股票就是赌博，所以她一直觉得我爸是不干正事，每天就在家里赌钱。不过我爸把家里的存款全部投进股市还没和我妈打招呼这个事儿确实让我有点生气："我爸人呢？"

"死沙发上喝酒呢！"我妈应该把电话递给了我爸，听到她说："给你，看你怎么解释！"

我爸接起电话不紧不慢地说："菲菲……"

"爸！你怎么能这样呢？这钱不都说好是给我买房的吗？"

他"吱"了口酒，慢悠悠地说："现在谁买房还是女方家里出钱的？小健他们家没钱吗？”

我看了下郝健，担心我爸说的话会被他听到，起身走到阳台上压低声音说：“爸，人郝健他爸妈把所有的积蓄都给了我们好不好？人家里就那么大的能力，你这是要逼他们去偷去抢，还是要逼郝健和我离婚？”

“苏大权我告诉你，这钱明天你要给我取不出来，我就和你离婚！”我妈估计也被我爸气得不行，大声地吼道，“房子是我买的，离了婚你自己就给我滚出这个家！”

“管吧！我就不信你还有能力管他们一辈子！”我爸说完就气冲冲地挂了电话。

我看着手机心里直抓狂，现在这个点忽然少三万让我们怎么付首付？我走进去有气无力地说：“我妈为我们准备的钱被我爸投到股市上去了。”

郝健肯定也被惊了下，但毕竟不好多说：“没关系，反正还得半个月之后才去签合同呢，我再想想其他办法。”

大概是我爸妈狠狠地大吵了一架，我爸被我妈赶出了家门，半夜我爸给我打来电话又好言好语地说：“菲菲，爸其实也不是自私，就前段时间看了一支股票觉得肯定能赚，就想着满仓进去能多帮你挣点儿。”

“我的爸，这钱到底是你什么时候偷来放进去的呀？”

我爸有些吞吞吐吐地说：“被套大半年了吧，不过很快就能解套。”

对股票我虽然不像我妈那样存在偏见，但我觉得那玩意儿得用闲钱去玩儿，我非常生气地说：“我不用你挣多少钱，你就自己管好自己不行吗？”

“这不被套着呢嘛，你妈让我明天必须取出来。但你也知道要是明天去取，得亏掉不少啊。要不菲菲你和你妈说说，让她贷款的时候多贷一点儿？小健工资不是挺高的嘛，你们俩到时候慢慢还就行。”

“你现在在哪儿？”

“在街上喝酒，你妈让我取了钱才能回家。你说这大半夜的，就算要想取股市也没开啊？”

我爸一说完，我眼前就浮现出他一个人坐在街头烤几个肉串再喝着啤酒的身影，大半夜的一大老爷们儿为了三万块钱无家可归，怎么说也都是我买这破房子给惹的祸：“行吧，我跟妈说声，你也早点回去。”

郝健盯着我弱弱地说："老婆，要不给妈去个电话，就说钱咱想到办法了吧？"

"你能想什么办法？"

郝健躺在旁边想了会儿才说："你别管了，就这样跟妈说吧，这钱我来想办法。"

他有几斤几两我是再清楚不过，能想到什么办法？别说三万，就是现在让他拿出三百块都困难。我忽然灵机一动，连忙拨通我妈的电话："妈，你还在生气啊？"

"怎么不生气？你那个爹你最好让他死在外面算了！"

郝健翻身起来示意我不要提让我妈多贷款的事儿，我抽出另外一只手捂住他的嘴然后装着很着急的样子说："妈，你就别再逼我爸了好吧？那钱取不出就取不出吧，你去贷款的时候问问能不能多贷三万？"

我妈态度特别坚决："别帮着你爸说话，他要给我取不出来他就去死好了。"

"妈……郝健他刚刚接了个电话就出了家门，我感觉他像是去借高利贷了。"我太了解我妈的性格了，我只有这样说才能让她不再逼我爸，继续说，"郝健可能打算到时候直接告诉你是家里给的。"

我妈着急上火地说："什么？这孩子怎么这么傻呢？行了我给他打个电话。"

"他电话关机，你别和我爸闹了好不好？这样闹下去郝健心里肯定也不舒服的。"

我妈明显被郝健去借高利贷这个事儿吓得不行，连声说："好，我这就给你爸打电话让他回来。你也赶紧出去找找小健，告诉他钱我从银行贷，可千万别让这孩子去做什么傻事。"

"嗯，我知道，你先让爸回家吧，我先去找郝健了啊妈。"

挂掉电话我立即把郝健的手机关了机，冲他眨巴下眼睛："借高利贷的哥们儿，知道等会儿手机开机该怎么和我妈说了吗？"

"这样骗她不好吧？"

"这叫善意的谎言知道不？要不这样说，她非得和我爸闹到离婚不可。

难道你想眼睁睁看着我家庭破裂？”

郝健这才似懂非懂地点点头：“那老婆，我到底该怎么说啊？”

“你过一小时再开机，肯定有我妈给你来电话的记录。你就照着拨过去说钱借到了让我妈别操心，我妈肯定会强烈要求你马上把钱还回去，这样你就顺水推舟答应下来就行。”

郝健用手指戳了下我的脑袋：“你这脑子里都装的什么呀？哪儿来这么多鬼主意！”

我嘚瑟地说：“你不知道了吧？这是我25年来和我爸妈斗智斗勇的成果，要不然他们俩婚都得离一百遍了！”

“老婆你放心，我这辈子都不会离开你。”郝健担心我是触碰到了什么敏感神经，伸手搂住我表态说，“我要爱你爱到你不要我那天。”

我把他的手从我身上取了下去：“你放心，我从来都没爱过你……那你是不是应该早就离开我了？”

郝健不气馁地重新把我抱住：“不嘛……人家就不离开你。”

我又把他推开：“滚……”

“不滚啊。”

“滚！”

“不啊！”

郝健死皮赖脸地说：“你要还是坚持让我滚，我就脱光了衣服去大街上裸奔。”

听着这么幼稚的话从郝健嘴里说出来，我就乐得不行：“那你滚去啊，你滚的时候我就躲得远远的，人家也不知道你是谁。”

“哼……”郝健学我的样子嘟着嘴说，“我边滚边大声说我是苏菲的老公。”

我看到郝健这贱样儿就想笑，一巴掌拍在他脸上：“谁知道苏菲是谁？”

“我举着你的照片，照片上写你的名字。”

一个小时后我妈打来电话，郝健按我说的原话说：“妈，钱的事您不用操心。”

“不是，同学借的。”

“真的不用，别为了买房让您和爸闹矛盾，年底发了奖金我就能还上。”

“妈，买房这事本来就应该我出钱的，只是我现在刚工作没什么钱。”

“贷款？那也行，只要您和爸别吵架就可以。”

“那就让妈您费心了。”

2.

想着从此重重的房贷和欠款压力就扛在了身上，我把说说改成：“从今天开始，姐彻底退出酒坛麻坛。”

说说一发出去，后面的留言跟着就起了串儿：

“有了？”

“你被妖怪抓走了？”

“退出酒坛麻坛？那你干脆戒掉空气。”

笑笑在空间留完言又在群里问：“姨妈巾，你昨儿出轨了？”

我：“去你丫的。”

叶子：“那就是你脑子抽了。”

我：“姐把房给订了，从今以后就是房奴。房奴你们懂吗？一分钱得掰成两分钱花知道吗？”

笑笑：“房奴和喝酒打麻将有什么关系？”

我：“那打麻将要输了钱，你们能把钱退给我吗？”

叶子：“以后喝酒不让你买单。”

我：“要碰上笑笑喝多不能开车的时候，我总得打个车吧？要我喝多了抢着买单你们能拦得住我？”

虽说这俩姐妹经济比我宽裕，就算我成了房奴她们也能保证我好酒好肉地跟上，但我好意思老这样跟着她们混吃混喝吗？所以要少花钱唯一的方式，就是从今往后压根儿不出门。

聊到中途于施冒了出来，估计是看完了我们的聊天记录：“姨妈巾，你就是匹野马，郝健压根儿就不能给你草原，你这又是何苦呢？”

我盯着这话看了半天，半天转不过弯为什么于施会和刘宇飞说同样的话。在键盘上敲着：“在别人的草原上跑总不自在，还是自己种草踏实点。”

于施：“你就是倔，再过10年别人的孩子上贵族幼儿园，你还为上不起私立幼儿园跑关系的时候，你就知道今天的选择到底是对还是不对了。”

我：“你怎么就知道10年后我的孩子就上不起私立？”

于施：“刚看了下聊天记录，就连首付20万也出不起，还得你们家倒贴才能买。按我的说法，趁你们现在还没有孩子，赶紧拉倒吧。你没见网上这种男的发达之后就抛弃糟糠之妻的吗？别等郝健有本事的那天，甩了你落得个人财两空。”

于施：“我也是看你这样替你着急多说了几句，你还别不爱听。”

我看到这话就生气，感觉就像是被于施给揭了短儿，脑子一发热回了句：“于施你丫傻×吧？没事天天劝我离婚，你是不是见不得我好？还朋友呢？没见几个朋友像你这样天天希望别人离婚的。”

说完我就把QQ群给退了，道不同不相为谋，你是宁愿坐在宝马车上哭也不愿意坐在自行车上笑的女人，凭什么也让我去找个宝马开？再说了，谁能确定开宝马的会开一辈子？又有谁能确定骑自行车的就不可能开宝马？

下午快要下班的时候笑笑打来电话，她应该才看到我和于施吵了架退群的消息，说话的语气很是小心：“姨妈巾，下班后聚聚呗？”

被于施奚落后心情非常不美丽，憋一肚子火又没地方发，听笑笑这么一说就特别想聚，但一想等会儿出去要花钱就泄了气：“算了，我明儿还上班呢。”

“晚上看是在你家还是叶子家，我买菜买酒，你给我们当厨子就行。”

笑笑这话真是体贴，我一时感动就答应了下来：“行，那就在我家。”

下班后我告诉郝健笑笑和叶子晚上要来我们家，他居然破天荒很高兴的样子，说：“行啊，那去菜市场买菜吧？”

“不用，她们自备酒水菜品。”

郝健竟然说：“这怎么行，哪儿有上别人家还自备酒水菜品的，你赶紧给叶子和笑笑打个电话，让她们俩直接来吃饭就行。”

我斜眼盯着他：“你……你没事儿吧？”

“没事啊。”郝健拉着我的手，“走，买菜去。”

我吃惊于郝健对我和闺密聚会的态度变化，以前不是一说到要聚会喝酒什么的，眼睛鼻子都愁到一堆儿了吗？今儿这是抽什么风，我甩开郝健的手：“等等，你今天……没犯什么错误吧？”

“呵呵……”郝健笑笑，“喝个酒又怎么啦？以后只要你想喝哥就陪你。”

要不怎么说我也是个贱坯子呢，以前喝酒的时候郝健总是愁眉苦脸，我逆反心上来反而喝得更多，现在他光明正大地让我喝，我总觉得心里不踏实。将信将疑地拿出手机拨通笑笑的电话，让她不用买菜我自己去买，买完菜回到家里我才明白郝健今天的表现是因为什么。

原来，今天中午有同事请了他们办公室的几个人吃饭，吃饭的时候纷纷向郝健问起我们的情况。郝健也老实，就把我们家买房什么的给大家通报了下。

这下可不得了，刚分手的哥们儿就拍着郝健的肩膀说：“郝师兄，这个年头，能陪你一起按揭买房的女人可没几个了。我前几天分手那女朋友，她妈非得逼我全款在二环内买100平方米以上的才能结婚。你说我这才工作几年？哪儿来那么多钱全款的？结果临要结婚，却在房子这事儿上谈崩了。”

另外一哥们儿也苦大仇深地说：“我买房倒是丈母娘给的钱，可我现在过的是什么日子啊？总嫌我家一分钱没出，在家对我说话都是趾高气扬的。”

郝健也不是圣人，这种场合当然也会有虚荣心，估计以前还没觉得有什么，这下有了对比和参照，就觉得我做的这些事绝对够他把我供起来。回到家郝健没像以前那样躺在沙发上看电视等饭吃，而是拎着菜跟在我屁股后面走进厨房：“老婆，我帮你择菜吧？”

我也不推脱，直接把蒜和葱扔给他说：“那你把这个剥出来。”

“好的。”

郝健接过蒜和葱就蹲在垃圾桶旁边，我悄悄地走到他身后，只见他把蒜放在地上，专心地剥着葱皮，而且剥得特别认真，沿着一层一层地撕掉，连葱叶也都被他清理了放进垃圾桶里，葱白只剩下最里面那层。估计是被呛的，时不时还拿手揉揉眼睛。这场景看得我是又心疼又好笑。你要说他没剥好吧，人家可是比谁都剥得仔细认真。你要说他剥得好吧，挺大的一根葱被他剥得就剩下了一小截儿。

饭菜上桌后，郝健的表现就像个小媳妇一样好，在旁边帮我们倒酒。这场景别说是笑笑和叶子，就连我都特不习惯。

她们俩都知道白天我和于施吵架的事，所以喝酒的时候没人主动提起这茬儿。倒是郝健两瓶啤酒下去，就满脸通红主动举起酒杯要敬我们仨：“来吧，走一个？”

笑笑莫名其妙地看着郝健：“健哥，你行不行啊？”

“行。”郝健指了指旁边的沙发，“大不了喝醉了我就躺旁边睡嘛。”

这杯酒下去后郝健又挨个儿举杯敬酒，到最后居然端酒杯向我敬：“老婆，咱俩走一个呗？”

“你丫疯了吧？”

“感谢你能嫁给我，陪我度过这段最贫穷的日子。”郝健像是在向我表白，说得特别认真，“今儿叶子和笑笑作证，以后我郝健要是有对不住你的地方，要杀要剐就随你便。喝完这杯酒，我们就是风雨无阻的患难夫妻。”

郝健放下酒杯就恍惚着说：“我不行了，得去躺一会儿……”说完就溜到沙发上，临睡着之前还迷迷糊糊地说，“笑笑、叶子，你们慢慢喝啊，我睡一会儿起来再陪你们。”

郝健睡下之后，叶子不可思议地问我：“姨妈巾，快说说你是怎么调教的？怎么郝健完全就变了个人似的？”

这个时候的郝健，总算第一次让我在姐妹面前挣了点儿面子，我骄傲地说：“嗨，他这人就这样，熟悉之后话就能多点儿。”想起白天于施说的那些话，有些气愤地在她们俩面前发牢骚，“你们俩说说，于施在群里说那话，搞笑不搞笑啊？”

笑笑端起酒杯：“别想了，她说的也不完全是错的，只是一味认钱让人接受不了。”

叶子也附和：“其实我觉得健哥挺好啊，有时候人哪，不能只看现在。”

我说：“我就烦她老说。”

笑笑说："姨妈巾，这是性格问题。像咱俩这种性格，要找个特有钱的主儿，万一嫁过去还得吃几顿受气饭，你甘心不甘心？"

"就是，为了钱让人家在后面指指点点地说攀了高枝儿。"说起这个我就来了劲儿，絮絮叨叨地说，"与其让人在背后戳脊梁骨，还不如自己光明正大地去挣。"

之后我在她们俩面前愤愤地发誓，以后再也不和于施有半点往来。但过了一周气也消得差不多了，于施又给我来了电话，看到是她的号码的时候就觉得也没什么大事儿，毕竟是从小玩到大的朋友。不过接起来的语气还是不大好："干吗？"

隔着手机都能感觉到于施满脸堆笑的样子："哟，还在生我气呢？"

"我没生气。"

"没生我气就好，我想你也不至于这么小气的。"于施把我的话给听真了，顺嘴就接了过去，"要没生气的话，下午陪我去个地儿呗。"

"我要上班。"

"请个假嘛，反正你们公司现在也不怎么忙。"

"请不了。"

"你忘了今天我过生日？"

我确实不大能记得朋友的生日，往年也都是她们提前告诉我。既然是她生日，我也就不好再拒绝："那好吧，一会儿你来接我。"

下午请好假下楼，只见于施开着一辆崭新的宝马停在我面前。这车太扎眼，按我所知道的，于施的财力是无论如何也买不起的。上车后她就炫耀地说："这车怎么样？刚收到的生日礼物。"

我咋舌，我收到的最贵的生日礼物也不过是笑笑送给我一颗转运珠，于施过个生日，别人出手就是一辆宝马。我问："谁送的？"

"他啊……"

"你和他还没断？"

"干吗要断？"于施完全是好了伤疤忘了疼。

不过碍于她过生日，我也没有像上次那样多说。都被人原配打成那副样子了还不长记性，我想我说再多也是没用。

生日聚会还是在上次吃饭的凯亚酒店，暴发户大叔包了个豪华包间，外面是吃饭的，里面是唱歌的，再往里走还有麻将室。到之前于施带我换了套礼服和高跟鞋，还化了个比较精致的妆，她说下午好多在成都认识的姐们儿要来，得打扮漂亮点。

半下午的时候暴发户和其他几位大叔也跟着到了，而其他几位大叔的身边，也都带着一位和他们年龄差距特别大的女人。他们到之后就直接去了麻将室，于施拉着我跟那几位女人去了唱歌的包间。

于是我开始经历漫长的无语过程，因为她们所聊的话题我一句也插不进去。动不动就是什么牌子的衣服又出了新款啊，什么牌子的香水特别好用呀，这些跟我半毛钱关系都没有。她们聊得起劲，但在我看来就是虚伪。除了于施谁都不认识我，还上来就叫我“宝贝儿”“亲爱的”，我听起一身的鸡皮疙瘩。到晚上喝酒之前还一切正常，我觉得别扭也没怎么去敬酒，就坐在于施身边。

中途有个单身大叔端着杯子过来找我喝酒，暴发户见这男的过来，连忙站起来向他介绍我：“赖兄，这是鱼儿的好朋友。”

从下午见面起我对这群男人就没个好印象，尤其是看到眼前这个姓赖的男人，长得像个癞疙宝不说，一双眼睛色眯眯地盯着我看了半天，才不紧不慢地说：“肉乎乎的，我喜欢。”

听他说出这话我就想抽他，老娘肉乎乎的关你什么事，就这肥头大耳一脸的疙瘩，你喜欢我还觉得恶心呢。

癞疙宝和我干了杯酒也没走的意思，径直靠近想要揽过我的腰。还好我反应快，迅速地一闪躲到于施身后，癞疙宝问：“鱼儿，你这朋友多少钱？”

于施怕我开溜，抓住我的手笑着对癞疙宝说：“赖总，您太直接啦，我朋友是已婚的。”

“已婚的好呀，已婚的还没后顾之忧。”癞疙宝盯着我看了又看，“鱼儿你就说个数吧。”

要不是念着于施和我是这么多年的朋友，现在这种情况绝对一杯酒就泼癞疙宝脸上，顺便告诉他：“老娘又不是商品，你以为有俩钱就了不起？”

于施还在不好意思地说："赖总，这个……真不好意思。"

癞疙宝又把咸猪手伸了过来，问桌上的其他人："你们觉得这妞儿多少钱合适？"

我的火已经冲到了脑袋顶上，用力甩开于施的手，狠狠瞪了一眼癞疙宝，把手上的酒全部泼到他脸上就往外冲。其实我不怕惹事，我光脚未必怕你穿鞋的。但现在毕竟是结了婚，要是真出了什么事，郝健得在家里担心我了，所以头也不回就往门外走。

"不好意思，赖总。"于施在身后连声向癞疙宝道歉，然后三步并作两步在出门电梯口追上我，"菲菲，不好意思啊。"

我不知道于施葫芦里卖的是什么药，一肚子气就冲她撒了过去："西施，你有没有考虑过我的感受？你过生日就好好过你的生日，瞧瞧来的都是你们圈儿的人，干吗非拉上我呀？"

"我没这个意思，就想着借这个机会让你别生气了。"

暴发户也跟着从包间里走出来，拉开于施站到我面前："苏菲，就是出来玩玩而已，你用得着这么正经吗？"

我狠狠瞪了一眼暴发户，心里早就骂开了，于施不正经连累着我们在他面前也变了个样子。看电梯半天不上来，又担心等会儿癞疙宝也出来，脱下高跟鞋光着脚撒腿就从安全通道往下跑，一口气跑到底楼顾不上歇气，就径直往酒店外面飞奔。

刚跑出酒店大门，就被刘宇飞叫住："菲菲，你跑什么？"

我顿时觉得像是遇到了救星："你开车了没？"

"开了啊。"

"赶快送我离开这儿。"

"好。"

刘宇飞带我去停车场坐上他的车，我才终于可以好好地喘口气。平静下来回想了下刚才的情况，我越来越笃定是于施把我给卖了。给郝健打电话问他在哪儿，他说还在单位加班，我想也没想就让刘宇飞把我送去郝健单位，此刻我最想见到的人还是他。

刘宇飞把我开车送到郝健单位门口："是这儿吗？"

“是。”我完全忘了身上穿的还是晚礼服，直接穿上鞋就跳下车，“谢谢啊。”

下车一看，郝健正站在单位门前看着我，隔着老远就看到他的脸色开始变化，腮帮子是鼓了又鼓，拳头也捏得紧紧的。本来还想着过去拉他回家，顺便把下午的事情告诉他，但看他现在发怒的表情和动作，加之下午受的委屈让我倔劲儿上来，也站在原地不动。

就这样远远地站着愣了半天，郝健居然转身就走，我冲上前追上他：“干吗啊你？”

郝健也不回答我，甩开我的手气冲冲地加快了脚步。

我再次小跑追上他抓住他的衣服，不顾是不是在大街上，大声地说：“干吗啊！”

“走开。”郝健像是在努力克制自己的怒火，再次把我的手甩开冷冷地说，“离我远点。”

连问都不问我发生了什么事，就直接给我甩脸？恍惚间郝健已经走了很远，我干脆脱下高跟鞋就向他扔了过去：“你给我站住。”

高跟鞋砸中郝健的肩膀再掉到地上，他从地上把鞋捡了起来，转头怒气冲冲地快步冲到我面前。我看他的架势以为是要动手打我，我昂首挺胸地盯着他：“干吗，你要干吗？”

迟疑了几秒，郝健的拳头最终还是没有落下来，他把鞋往我面前一丢：“穿上鞋回家。”

家不应该是受了委屈会有安慰的地方吗？现在差点就挨了拳头还回什么家！我从地上捡了鞋穿上，伸手拦了个出租车准备去找笑笑和叶子。扭头想看看郝健会不会追上来，只见他还站在原地，出租车开出很远之后才看到他转身往家的方向走了。

叶子正好和笑笑在家，见我落魄地回来，笑笑奇怪：“怎么了你？”

我走到叶子家冰箱前，从里面取出一罐冰冻的啤酒灌了下去：“齐大爷呢？把他叫出来，我们找个地儿喝酒去。”

“他出差啊，还没回来吧？”笑笑收回放在茶几上的双腿，“给我一罐。”

我又取了两罐，扔给笑笑和叶子一人一罐："妈的，于施把我给卖了。"提起于施我又来了气，我上班上得好好的，被她拉出去参加什么狗屁聚会，聚她全家啊！我把脚放在茶几上躺直身体，把下午发生的事情前前后后详详细细地给她们俩复述了一遍。最后恶狠狠地声讨了于施，发誓从今天开始和她势不两立，老死不相往来！

笑笑听完后的第一反应却是："郝健动手了？"

"没有，捏了拳头没打。"

"没动手那你跑什么跑？"叶子喝了口酒，"你这一走，性质就变了知道吗？"

"爱变不变，我还以为他像个爷们儿，今天才知道，做事真不够男人！"事情发展到现在，最让我生气的并不是于施卖我，而是郝健对我的态度。

"怎么不够男人了？"笑笑挑着眉问。

我猜她就在往邪恶的地方想："去你丫的。说是没动手，但你们没见到当时他看我那眼神，就像是恨不得把我给生吞了。"

"没法想象……"笑笑不以为然地耸耸肩。

叶子也不相信："你生吞他还差不多吧？"

我觉得郝健平时伪装得真好，我要说他对我凶，连我最好的朋友都不相信。如果有天他真打了下来，估计别人看着我的伤也不会相信是郝健打的。接着就又像在淄贡市一样，她们俩骂骂咧咧地陪我喝酒，借酒消愁。

喝着喝着我就有点醉，心里还是惦记着郝健为什么不打电话来找我。我抱怨着说："你们看看，这郝健到现在还不给我来电话，是不想过日子了还是怎么？"

笑笑说："那我给他打？"

我想了下："行，但千万别说是我让你打的。"

"关机。"笑笑拨打了几遍，才得出这个最终结论。

我不服气地拿自己的手机打，结果还是一样。这下把我气得不行，我拿起桌上的啤酒一连又喝了两瓶，慢慢地就醉了，开始进入了死胡同，觉得自己特不值当，要是我性子没有那么急，当初不那么冲动地换了号码，现在跟刘宇飞会不会完全不一样？想起刘宇飞，破天荒地第一次觉得是种遗憾，拿出手机神秘地对叶子和笑笑说：“姐们儿，我把刘宇飞叫过来喝酒怎样？”

笑笑拍手赞成：“行啊，他晚上和王小帅在应酬，估计你叫他他肯定来。”

叶子多少还有点理智：“这样不好吧？”

“有什么不好的？他郝健不是不相信我吗？我非得潇洒给他看看，让他有点儿危机感。”做出这个决定我瞬间就不淡定了，果断拨通刘宇飞的电话，他应该是正和王小帅在歌城，电话那头非常吵：“菲菲？”

“过来喝酒。”

刘宇飞想也没想就答应下来：“好，你在哪儿？”

“我和笑笑在叶子家，你赶紧过来。”

“行，我马上过来。”

挂了电话不到十分钟，叶子家的门铃就响了，叶子把门一打开，我往门口看了一眼整个人瞬间就傻了，站在门口的人不是应该来的刘宇飞，而是关了一晚上机的郝健。只听郝健礼貌地问：“叶子，菲菲在吗？”

“在呢。”叶子往里面指了指，“进去吧。”

“好的，谢谢。”

郝健幽幽地走到我面前，萎靡不振地躬着背把手垂在两边，完全没有了下午要揍我时的意气风发。笑笑看场面尴尬，热情地把郝健往我旁边拉：“健哥，坐下喝两杯吧。”

郝健也不说话，就乖乖地坐在我旁边，我一心想要和他拉开距离，赌气地往旁边挪了下，郝健也跟着挪了下屁股，保持刚才和我一样的距离。这让我憋的气根本没地儿撒，你是要解释要哄我还是要赔礼道歉，倒是说句话行不行？

我起身就往外走，郝健也不来拉我，就跟在我身后，我快步甩开他走去准备打开门，打算马上把门关上就开跑。刚打开门，一大束红色玫瑰闯进视线，刘宇飞躲在玫瑰后面温柔地说：“菲菲，知道你今儿心情不好，这是安慰你的。”

我尴尬地站在两个男人中间，刚才喝下去的酒早给吓醒了，低身想先从玫瑰花底下钻出去再说。我刚低下头，身后如闪电似的伸出来一只手把玫瑰花夺了去，然后就是重重地摔在地上。没等我反应过来，就被郝健抱起来扛在肩上，郝健就像是屠宰场里的屠夫扛死猪肉一样扛着我，在刘宇飞和笑笑还有叶子的注视下，气冲冲地往楼下走。

郝健的表现让我吃惊，把偶像剧男主角放在他身上幻想了那么久，他终于做了一件有血性的事。他把我抱下楼我就开始在他肩膀上笑，最后没忍住笑出了声，还越笑越大声。郝健还是没说话，走到街上拦了辆出租车，打开后排座的车门把我扔了进去。

下了出租车我就不生气了，伸手在他鼻子上刮了几下："老公，嘿嘿，生气了？"

"别生气了嘛，回家听我解释好不好？"

看他的样子我又主动挽起他的手："真生气了？"

他终于开了口："菲姐，现在混得不错嘛，备胎可是随时准备着哪？"

虽然这话听起来酸不溜丢的，但好歹还是说了话。我立马就犯贱地贴了上去："那是当然，世界男人千千万，你要对老娘不好，老娘天天都可以换。"

用大腿想都知道我是在开玩笑，但是郝健听到这话就又不说话了，闷着头回家给我开了门，我习惯性地伸手去开灯，开了几次灯都没亮。

"别按，家里停电了。"郝健摸黑把我牵进出租屋，拿出手机借光找出他准备好的蜡烛点燃后坐到沙发上先妥协，"晚上我去办公室上网，看到叶子在QQ上给我的留言了。"

一听郝健先妥协，我走到他面前扑通一声就给跪了下去："哥哥你打我吧，我不该交于施这样的朋友，不该跟她去参加狗屁聚会，不该在别人问我价格的时候泼人家酒，也不该让刘宇飞送我回家，更不该在你关机没人安慰我的时候，找刘宇飞过来和我们喝酒。"

"赶紧起来，地上凉……"郝健被我几句话给说服，赶紧伸手来拉我。

但我心里还是没什么底，万一把我拉起来他闷头闷脑地躺上床睡觉，心里气一不顺俩人还得开火。索性躺到地上，也不管地上脏不脏，就在他面前滚过来滚过去："不起，今天你那么凶对我，我就躺地上打滚。呜呜呜……我老公对我一点儿都不好，老婆在外面受了欺负，回来还差点挨打。"

这招尤其管用，郝健连忙跪到我旁边："老婆，我求你起来吧，都是我不好，我不该对你凶的。”

我甩开他拉我的手，继续在地上滚：“那你相信我是清白的不？”

“我从来都没有怀疑过你啊。”

“那你干吗看我从刘宇飞车上下来就发那么大的火？”

“你说你浓妆艳抹地穿成那样从一个男人车上下来，我怎么能不吃醋嘛？”郝健跪着挪到我身边，又想要把我拉起来，“好了老婆，都是我错了，以后有事我一定要先问问你好不好？你说什么就是什么，我百分百相信你。”

我这才得逞地从地上起来，瞬间换了副嘴脸傲娇地说：“跟我玩儿，你还嫩了点儿。”

郝健点头哈腰地说：“是是是，都是老公不好，惹我们家小乖乖生气。”

我叉着腰说：“你得抄家规。”

“啊？哦……”郝健赶紧从柜子里找出上次指定的家规，“现在没电，我先念5遍好不好？明天我到单位上再抄，到时候让所有的同事都知道我犯了错误，我耳根子软好不好？”

我装腔作势地跷着二郎腿：“念吧，我给你数着。”

“好嘞……”郝健认真地跪在我脚下，“家规……”

听郝健念完家规，隔阂算是彻底消除，我们平静地讨论起今天的事情。

郝健首先总结：今天晚上我不在家的时候他也反思了自己，应该选择完全相信我，至少应该先把我带回家问问到底出了什么事，而不是不分青红皂白转身就走。

我总结：事发后第一时间我就应该向郝健打电话汇报，我应该换位思考站在郝健的角度想，而不是只觉得自己受了委屈，当时更是应该主动上前拉着郝健解释。

郝健保证：以后坚决杜绝类似的事情再发生，有什么事一定要先选择相信，再来询问我。

我保证：以后坚决不会隐瞒任何情况，外出参加聚会什么的，尽量两个人一起去。

3.

周六一早我妈卷着从银行贷款出来的十五万屁颠屁颠地来了成都，把所有的钱如数交给开发商，收回属于我们俩的购房合同，摸了下空荡荡的包我才真正感觉到了压力。

我妈倒是兴奋，拉着郝健站在售房部的门口，指着那栋才起来两层的房子说："这地儿真不错，以后交通什么的都便利，我觉得这房子买得值。"

郝健说："妈，以后房子装修好了，你没事儿的时候就过来。"

"好啊，等你们有了孩子，我就专门来伺候你们俩。"我妈脸都笑得快要烂了，"你说说，上哪儿找我这样的妈？还带着退休工资来给你们俩当用人。哎呀，不过只要你们过得好，让我做什么也都是值得的。"

听她这样说我就不乐意了，好不好我们心里还不清楚吗？非得要说出来邀邀功，难道我们逢人就得说这多亏了我妈，要不我们俩这辈子也买不起房？我扭头小声地说："谁让你拿着工资来给我们当用人了？"

"你这个不知好歹的东西。"我妈被我这话一点就着，"我这么掏心掏肺地对你们，你居然还说这种话？你跟你那爹一样，没良心还自私。"

我一句话又给我妈顶了回去："我就不信，要没你我还活不下去了？"

"妈……妈……"郝健看我和我妈呛了起来，连忙挽起我妈的手，"您别跟苏菲一般见识，她心里可惦记着你对她的好哪。"

我说："谁惦记啊？"

"别生气妈……"郝健打断我，笑盈盈地探过头说，"妈你有高血压不能生气，苏菲这人你还不了解吗？就嘴上能逞强，心里什么都明白。"

我常跟郝健说我妈就是一碗海水，几颗盐就能放咸的。郝健几句话一哄，我妈的火气也就消了下去："苏菲是我生的，我还能不了解吗？"

"是是，她其实没有其他意思，就是嘴快了点儿。"

我妈拍了下郝健的肩膀，语重心长地说："她跟她爹脾气一样臭，以后可就苦了你了……"

我又不咸不淡的一句话给扔了回去："有本事把我塞回去你肚子里，重新找个脾气好点的爹生出来，这样就不会和我爹一样的臭脾气了。"

"说什么呢你？"郝健连忙抢过话，"我不苦的妈，菲菲平时对我不这样，你放心吧。"

成都已经进入了夏天，家里又没有空调，我妈想晚上要是住在这儿还得再买个风扇，为了减少不必要的开支，她打算吃了饭就回淄贡市。看着这么热的天，我妈还不顾疲劳地来回折腾，心里多少有点感动。

淄贡市那套房子是我妈唯一的财产，我也自私地担心如果有天和郝健分开，贷款没还完牵扯上我不说，还得把我妈给牵扯进去。另外还觉得现在我妈出了这么大份力，如果不说清楚以后郝健在我们家会不会有些挂不住面子？

于是提议："我说妈，要不我和郝健给您打个借条吧？这样要是有天我不和他好了，也不能让你一个人来还这个钱不是？"

我妈傻乎乎地说："打什么欠条？都是一家人，一起借一起还不就完了吗？"

郝健也附和："是啊妈，这样我也能安心点儿，您放心，本金由我们来还，您还的利息我们也把它写在欠条上，等稍微宽裕的时候再给您，您看行吗？"

我妈就像是陪小孩过家家似的说："行……你们俩要打就打吧，反正我也不着急，你们有钱再还也行。"

我让郝健拿出纸和笔，认真地把欠银行的钱给我妈打了借条，末了还按上手印递给她。我妈连看都没看就随意地把借条放进包里，我提醒她说："陈老师，要不你还是看看吧？万一金额什么的写错了，你就亏大发了。"

"生了你，我何止才亏这点儿？"

"以后我们还的每一笔钱你就给记到上面去，等还完的时候告诉我们一声就行。"

送走了她我就在心里暗暗地想，这三年一定要把欠银行的钱全部还完，我不能再让她为我担心了。从车站回来，我全身是汗地躺在沙发上："哥哥，接下来我得制定一个三年目标。"

郝健完全像个没睡醒的娃："什么目标？"

我甩手敲在他头上："还钱啊！还我妈欠银行的钱，还每个月的房贷，还要攒钱在明年交房的时候装修房子。"

"哦……"郝健摸了下头，"我会努力的老婆。"

压力真正被我扛到了身上，我反而不觉得沉了，像打满了鸡血似的："上次你不是说九月份有个什么考试吗？"

"我知道的老婆，我现在就去网上买书，今年必须一次性通过。"

对于郝健的专业知识我不懂，只知道考试过了就能有一万块钱奖金，明年开始还能涨工资。趁郝健在网上买教材的时候，我就在一边儿按着计算器："老公你看啊，咱俩工资一月就能只剩700，省吃俭用每天买菜回家做饭应该是够的。你年终奖一般是多少来的？"

"三万。"

"好，年终奖三万，公积金一年一万五，三年总共能有十三万五。"算着算着我心就开始慌，"可是老公，我们三年得还十五万呢。"

"我这考过了不还有奖金嘛。"

"对，奖金一万，这个钱用来交房的时候交契税杂税。那装修呢？装修怎么办？"

郝健装死不理我，我自言自语地念叨："那今年底就先不还银行，把年终奖和公积金攒起来等交房后就装修。要是买家具不够呢？不够就刷信用卡，到时候办个分期每月再还。可是每月还了信用卡的分期哪儿来生活费呢？哦对，要是你考过了今年的考试，明年还得涨工资。"

不过不管我怎么算，靠我们现在的工资是根本还不完债的，最好是在工作之余还能找个兼职。我把所有能赚钱的方式都想了个遍，最后觉得去批发市场买点小饰品回来，利用晚上下班的时间去天桥上摆地摊这个方式最靠谱。想到这儿好像眼前就摆着一堆白花花的银子："哥哥，我们现在去天桥看看，要摆地摊生意好，我们就把身上的钱拿去进货怎么样？"

"只是我们卖什么呢？"

"我们先去看看，什么赚钱卖什么，我还不相信就我这眼光，挑出来的东西会没人买？"我只知道地摊投入成本少见效快，如果我们出摊勤快点儿，应该能贴补点儿生活费。

"好。"

我说什么郝健都说好。

吃过晚饭我们来到平时散步会经过的一个天桥，那上面摆地摊的特别多。可到那儿一看，平时密密麻麻摆地摊的，今儿晚上一个都没出来。

“怎么没人呢，老婆？”郝健拉着我的手问。

“我怎么知道。”说着我往天桥另外一边看了下，几个穿着制服的人正站在那儿。

郝健估计也看到了城管，还没出摊儿呢就有些发怯地说：“老婆，有城管。”

我甩开郝健的手，大步向前快速地走到城管面前：“同志你好。”

“你好。”

“请问以前在这儿摆摊的人，以后都不会来了吗？”

城管满眼疑惑地看着我：“有什么事儿？”

“我昨天在桥上买了条裤子今天穿上过敏，正想来找他们麻烦呢。”

“嗨。”城管笑了笑，“现在成都正在创建全国文明城市，以后他们都不会再出现了。”

我失望地转身回到郝健身边，郝健愣乎乎地问：“城管怎么说？”

“成都创卫，不准在这儿摆摊儿了。”我低头一脚踢飞地上的石子，“妈的。”

郝健搂住我：“没事的老婆。”

我不知道郝健是真傻还是装傻，经常就是一副大爷的样子，好像天大的困难都难不倒他。可事实上呢？根本就是脑子里不装事儿的二愣子。看来制定目标和实施计划这事儿还真靠不上他，顶多就是我想好他再跟着执行。

看我闷闷不乐，郝健拉着我的手往河边走，安慰我说：“老婆，我保证考试一次性考过嘛。然后明年我再去考其他的，你别不开心了，要是到时候实在没钱，我向同事借点儿不就行了嘛。等考试通过加上年底的年终奖，我们也能先还上一部分的。”

郝健劝了我没几句，我就想通了，心里满满的都是希望，大不了就靠借钱度日。我妈买房的那几年，不也都是工资一到就还债，平时生活都靠借的嘛。

摆地摊这事儿就被扼杀在摇篮中，但东边不亮西边亮。

银行按揭办下来是七月了，我们第一次用工资还完房贷，正为卡上的余额发愁时，王总再次把我叫进了他的办公室。

“小苏，今天电销部的主管忽然来找我辞职，我琢磨着你以前不是做过销售吗？不知道你愿不愿意暂时接手电销部？”

电销对我来说是小菜一碟，在电话里跟陌生人沟通是以前做销售的时候我最擅长的。尤其是我现在正缺钱，我想也没想就答应下来：“没问题王总。”

“那好，等下我让经理和你办交接手续。”

走出王总办公室，我兴奋地差点儿就跳了起来，电销就是机会，只要我肯带团队去冲，每个月就不再是做行政这点儿死工资，等部门上了路，我就是坐在办公室收钱啊！

借上厕所的工夫我来到楼梯间，拨通郝健的电话兴奋地说：“老公，汇报个好消息。”

“这么巧？我也正好有好消息告诉你。”

凭今天踩狗屎的运气，我已经预感郝健说的好消息可能会和钱有关：“那你先说？”

“呵呵，我涨工资啦。”

“涨了多少？”

“本来是涨得挺多的，结果公积金和养老保险也跟着涨了，实际拿到手的没有那么多。”郝健巴拉巴拉说一堆，“我算了下……”

“说重点。”我不关心什么狗屁公积金和养老保险，“就说拿到手能多多少钱。”

“哦，呵呵，700。公积金还涨了300。”

“真的？那岂不是就涨了1000块？”

“嗯，是啊，这次是全国事业单位统一上调。”郝健呵呵乐着，“现在不用去摆地摊了吧？”

“摆什么地摊儿啊，今儿老王让我去管电销部，将来有业绩我就有提成。”我学着广告台词的语调说，“妈妈再也不用担心我们还房贷啦。”

想着起码以后每月生活有了保障，下班后一高兴就去了海鲜市场，奢侈地买了几只大闸蟹。郝健心情也倍儿爽，还主动去超市买了几瓶果啤。对于这段时间的我们来说，绝对算是开大荤了，要知道最近我们连买菜都不敢买太贵的。

我们俩就舒服地坐在家里，吹着风扇一边吃海鲜一边喝冰冻果啤。郝健吃到一半热得汗流浃背，果断地把背心脱了端起酒杯要和我碰杯："老婆，咱走一个。"

我看他脱了衣服，也把身上的T恤脱掉："好哥们儿，一大口。"

郝健学着偶像剧男猪脚的腔调，夹着舌头说："哇……"

我把脚放在凳子上，特爷们儿地拍了下他的肩膀，挑了挑眉头说："哥们儿，喝酒就是喝酒，不谈其他。来，好兄弟走一个。"

郝健光着膀子揽过我："好兄弟，一辈子。"

我满足地喝了一口啤酒："今儿双喜临门，以后有什么打算啊？"

"什么什么打算？"

"钱啊，不能涨了工资就这么天天胡吃海喝的吧？"

"哦，你说了算。"

我在脑子里转了下，说："要不这样吧，以后我们每个月的工资都攒起来，平时的开支就用我的提成。要是提成多的时候就多花点儿，少的时候就少花点儿。这样也不至于让我们太拮据，一年下来固定存款就能多两万，你觉得怎么样？"

郝健认真地剥着蟹："行啊，我都可以。"

正当我们喝得嗨皮的时候，我的手机响了起来。郝健立马放下手上的蟹，屁颠屁颠去帮我拿过手机，也没看是谁的来电就递给我："老婆，你情人给你来电话了。"

来电显示是齐鑫，我接起电话特随意地说："齐大爷，逍遥回来了？"

"都结婚的人了说话注意点儿，别把健哥教坏了。"

"谁教坏谁还不知道呢。找我干吗，喝酒啊？"

"喝你妹，我这段时间出差都没上网，今天才看到，你房子定下来了？"

"对啊，你什么时候回来？我都快要穷死了，赶紧回来请我吃顿大餐。"

"暂时还回不来啦，储备干部实习兼培训要三个月啊，怎么样？"齐鑫特牛地说，“哥这次再回来，可是市场部实习主管了哦。”

“傻×你就嘚瑟吧，你就是董事长老娘也不能嫁你了。”

“得……我没你们家健哥的重口味。刚才你说缺钱是吧？给个卡号，我给你打点过去。”

“你以为有钱就是大爷啊？老娘不用，你留着去泡妹妹吧。”

齐鑫也就是问了下我们房子的情况，末了还叮嘱我要是缺钱就告诉他，最近他手上还有点闲钱可以借给我们。我不是个喜欢跟人借钱的人，因为我想让我们朋友之间的关系变得纯粹一点儿，尽量不和钱扯上半点关系。所以齐鑫就是主动借给我我也不打算要，欠银行钱总比欠别人钱心里要舒坦点。

我们俩吃着海鲜喝着啤酒，正在无限展望美好的未来，郝健的电话又响了。我装得烦躁的样子说：“这谁啊这么不懂事，不知道咱俩正恩爱地享受晚餐吗？”

“估计是小四或者小五吧，这也太不懂事儿了，改明儿我得骂……”郝健说着看了下来电，连忙向我比了个不要说话的手势，“罗哥你好。”

“这个周末我没事儿啊。”

“啊，你辞职了？”

“呵呵，行，周末两天能干完吗？”

“没事，我闲着也是闲着。”

“那你把草图给我，我周末赶出来。”

郝健叽里呱啦说了一堆我听不大懂的专业上的东西，挂了电话踩到餐桌的凳子上：“老婆，我发了！”

“什么发了？”

“以前在我们单位上过班的一同事辞职了，现在自己开了公司在接项目做。最近他忙不过来，周末让我帮忙画画图。”

我刚把蟹剥好往嘴里塞，马上就停了下来：“多少钱？”

“没说，不过应该也有两三千块钱吧？”

“这么多？就画一个周末？那你让他多发点儿啊，咱下周接着画呗。”我贪心地说。

“想什么呢你，人家是甲方急着要图纸才把活儿让出来的，你以为有钱谁不知道自己挣啊。”

我们俩正愁着这月还完房贷钱就所剩无几了，郝健接的这个私活儿也算是雪中送炭。

看到郝健能额外挣钱也激发了我的斗志，从电销部接管过来之后我几乎都没在办公室待过，每天一早一晚两个会，盯着他们抓住手上的客户，一个也不能松懈。每周两次的培训，我把以前在溜贡上班时学到的销售技巧、看过的销售培训光碟，都和他们一块儿分享。目的只是尽快地让销售业绩提升到另外一个新的台阶，我每月也能多点儿销售提成。

一个月下来，销售部果然就完全变了样，销售额比之前多了一倍不止。而我拿到手里的提成也有四千多，完全抵我两个月的工资了。发工资这天我激动得很，特意拿着六千块钱现金回家嘚瑟。

估计郝健是觉得委屈了我，盯着我的钱："老婆，秋天了，要不你去买两身衣服吧？"

我按着手机计算器，在清点还有多少签单的客户没付款，我还没拿到的提成："不用。"

"可是看着你这样我心疼。"

"心疼顶个屁用啊？俩人勒紧裤腰带挣钱才是正事。"我顺手把他丢在沙发上的书递给他，"还有一个月就考试了，从明儿开始你也甭在家里看书，每天晚上吃完饭就找个学校看去。"

"遵命，老婆。"

"等你考过把债还完，咱不是想买什么就买什么。"

"好。"郝健说着就往我身上靠，手也开始不规矩，"老婆，你真好。"

我正在算账，一巴掌把他的手打开："好你妹啊！你说我现在跟你过苦日子，等你以后有钱了，也跟其他男人一样去找女人怎么办？"

"老婆我不会的。"

"我怎么知道你会不会？你说要是你找了别人，我省吃俭用买的房子难道给别人住？"

郝健特认真地把我的手拉了起来："要是你不相信我，等把债还完之后，我们就去把房子公证成你的名字。"

我随口答应："这样也好。"

其实我是随口说着玩儿的，没想郝健就答应了下来，我要的也就是一句话。以后的事谁也说不清楚，但总不至于从现在开始就杞人忧天地过吧？婚姻在我看来和合伙开公司没区别，公司还没开始壮大呢就想着以后拆伙后怎么分钱总是不好。只要大家齐心协力创造更多，就算真有分开的那么一天，俩人一起创造的作为共同财产，拿到手里的也不会少。

这样的日子虽然过得穷点累点，但我们都特别快乐，每天睁开眼睛都有为之去努力的动力，想想再过一年就可以搬到写着自己名字的家，家里所有的东西都是靠我们奋斗而来，没偷没抢没去献媚向父母讨要，总还是很满足的。

电销部的工作在顺利度过第一个月的培训整合期，第二、第三个月的市场开拓期之后就越来越顺手，到后来提成也越来越多。郝健考完试之后，罗哥那边也不断地丢些单子过来。于是不得不改变计划，把还完房贷后的工资用来零花，提成和郝健接私活儿的钱死存起来。

存钱的时候我们近乎是在玩儿命，每个月底都会乐此不疲地拿着计算器，算这个月我能有多少提成，加上十号发的工资又能攒下多少钱。

国庆节之前提前发了工资，终于盼来了让我们俩都兴奋的事儿，通过这段时间的拼命挣钱和省吃俭用，我们除了还房贷居然有了两万块钱存款。这些钱虽然不多，但对于我和郝健来说都是靠运气和努力，在短短三个月之内，一边还着房贷一边存下的钱。

趁国庆放假，把两万块钱如数给我妈转了回去还银行，这样算下来也就剩下十三万，离我们的目标又近了一步。虽然卡上没了钱但我很高兴，从银行回来特意去菜市场买了饺子皮和肉，准备回来亲手给这个北方爷们儿学做一顿纯手工水饺。

对我来说包饺子是为了节约，可对郝健来说，这简直就是过年啊！而我凭借在做饭方面特有的天赋，没给婆婆打电话求救，就靠自己在网上搜索和琢磨，也做出了一顿让郝健吃得津津有味的饺子。

我数着郝健吃完第五十个，问："还要吃吗？还有……"

"嗝……"郝健打了个饱嗝，"还想吃，但就是吃撑了。"

结婚以来这是我看到郝健吃过的最香的一顿饭，我顿时母爱泛滥轻抚他的头："以后每个月我都包顿饺子给你吃，我再学学擀面条，我要变成最会做面食的南方女人。"

"老婆。"郝健应该是想表扬我来着，但话没说完他手机就响起来。他放下筷子接起电话，大半年来天天待在他身边听他和家里打电话，对他们的土话我已经能听懂部分了。

就听他说："刚吃，吃的饺子，你吃了吗？"

"菲菲自己包的。"

"她挺能干，什么都会做。"

我承认自己有虚荣心啊，郝健接电话的时候，我在旁边打哑语让他一定要说我这两个月挣了不少钱的事儿，另外还要提提我是如何节俭的。

但郝健偏偏又不会说这些，电话接了一半就按了免提递给我："妈让你接。"

我马上变成乖儿媳，亲热地叫着："妈，吃饭了吗？"

和婆婆通电话更像完成任务，每次都是千古不变的那些话："吃了没？""吃的什么？""你们要注意身体。""要是累了地里的活儿就请人做。""想吃什么就去买，要热了就开电风扇，别不舍得花那两个钱。"

这套对白基本成了我和婆婆的标准对白，但对婆婆来说我说什么都不重要，她要的是听听我的声音就好，所以每次打电话都高高兴兴地回答我同样的问题。

标准对白说完之后，婆婆忽然说："菲啊，你们俩商量下，看什么时候把婚结了吧？"

在婆婆看来结婚就是办酒席，跟扯证半毛钱关系都没有，可在我看来婚礼就是烧钱，下午才刚把钱给我妈打了回去，卡上余额还是零。余额为零的人有资格办婚礼吗？

好吧，我承认自己特傻，从结婚开始我压根儿就没想过婚礼的事。

郝健是个孝子，还是个自不量力的孝子，没多想就答应婆婆："妈，你们看看日子，什么时候合适就什么时候办吧。"

"浑蛋。"婆婆在电话里骂着，"这是我们一家人的事吗？你得先问问苏菲妈妈，她们那边儿的风俗彩礼要多少？"

“哦。”

“你这就问问，问好了我跟你爸好筹钱。”

说完婆婆就挂了电话，郝健说：“宝贝儿，要不你问问彩礼多少，我妈还等着回话呢。”

我哪儿知道结个婚还有这么多破规矩，在我一直以来的观念中彩礼就是封建，就是人家女儿嫁到你们家，然后给人父母点儿补偿，感谢含辛茹苦养大。我认为要了人家的彩礼钱就是嫁了，以后就要听人家父母的摆布。连忙摆手说：“什么彩礼？我又不嫁你们家去。”

郝健听说我不要彩礼，一下就急了：“不行，我妈说这是风俗，说什么也要给的。”

“那你妈说要给多少？要不让她多给点儿，帮我们把银行的债还了吧？”

郝健想了想说：“要不你还是打个电话问问？你要知道婚礼这事和领证不一样。”

我想郝健说得也在理，拨通了我妈电话问，哪知我妈和我一样一听彩礼就连说不要，我们不是嫁也不是娶，只是我和郝健单独安家而已。

我挂了电话耸耸肩：“我比你了解我妈吧？和我一个意思，把钱给我们去还债。”

然后郝健又像个传话筒一样，打通他妈的电话把我和我妈的意思转达。婆婆思想固执到有些偏激，这下轮到她急了，好像我们不收彩礼就是我不愿意和郝健结婚似的：“不行，彩礼肯定是要的，多少你问问菲菲妈，我们在家准备好就去提亲。”

什么？还要提亲？反正我是不答应他们现在来成都的，从陕西来成都得花费不小一笔吧？于是因为这事儿在电话里就争了起来，婆婆是个倔强的老太太，坚持风俗上的事儿一定要走到，不然到时候会给人看笑话。

我完全不能理解结婚和被人看笑话有半毛钱的关系，最后大家都坚持各自的意见谁也没妥协。

挂了电话郝健开始忐忑了：“老婆，我妈其实是好意，她怕你嫁我们家去委屈了你。”

“谁嫁你们家去？啊？”这事让我心里也不那么好受，其实我不是不愿意他们来，就是不想他们在这个节骨眼上来增添不必要的开支，“你不会算账啊？你看看咱们家这地儿，他们俩来不得出去开房？来了你不带他们到处走走逛逛？算下来这一趟得花多少钱？”

“可是老婆，咱一辈子也就结这么一次婚来着。”

“你倒是站着说话不腰疼，咱们提前多还一万，我妈每月就能少还一百多利息。”

这事儿谁也没错，都是没钱给闹的，郝健沉默了一会儿，说：“要不这样好不好，他们也不是说来马上就来的，我考试的成绩十二月份不就出来了吗？要是能通过的话就按妈的意思办，让他们元旦的时候来成都，如果没过，就等我们搬了家再让他们来。”

这个建议算比较中肯，反正奖金也属于计划之外的钱。只是我们这头还惦记着查询考试结果，公婆那头第二天就打来电话，说已经买了晚上的火车票。

接完电话我简直给气坏了，口无遮拦地埋怨了他爸妈一通，等冷静下来后立即打开电脑开始在网上找酒店。打开网页一看，现在是国庆大假期间，加上成都正开着什么狗屁峰会，房间比平时都要贵一倍不止，而且大部分都没空房。

在网上找了一通，发现我们租的房子附近有那种私人开的家庭旅馆，每间屋里有好几张高低床。最重要的是人家按天按床收费，一张床一晚上大概也就在20块钱左右。

我就像是占了便宜似的拉上郝健，立马动身准备去交钱把房定好。虽然对环境已经做了心理准备，可是到了那边一看，只见在一个筒子楼10平方米不到的房间里挤着放了5张高低床，一共能住10个人。而且由于空间狭小人口密集，进去后各种狐臭味、烟味、尿味、大姨妈味、泡面味都混在一起。

房东随便找了一间屋打开，很不耐烦地说：“20一晚上，洗澡间和厕所公用，24小时有热水。”

郝健在身后拉了拉我的衣角，小声地说：“走吧老婆，我们到别处再去看看。”

房东在前面催促我们：“每个屋都这样，你们看行不行吧？要行就交100

块钱订金，到时候我把铺位给你们俩留着。”

我心里一万头草泥马在奔跑，想着40和400的差距，我咬了咬牙：“行吧，就住这儿。”

“等等。”郝健这回胆子终于大了一次，“老板不好意思，我们回去再商量商量。”说完不顾我反对，就拉着我的手往筒子楼外面冲。

走出筒子楼，空气不知道清新多少倍，但我还是很烦躁地甩开郝健：“干吗啊你？不住这儿住哪儿？谁让你妈坚持这个时候来成都，她不知道正开峰会呢吗？”

郝健想了下，拉着我的手唯唯诺诺地说：“要不你去跟叶子住吧？”

“那你呢？”

“我把沙发搬阳台上去睡。”

郝健这话提醒了我，齐鑫他家里买给他的小公寓，这段时间他都不在肯定是空的嘛。果断拨通齐鑫的电话，他让我直接去办公室取备用钥匙，随便住，住多久都行。

住的问题解决了，不用出去花钱开房，三号公婆一到我就摆出优秀儿媳妇的嘴脸，从他们进门就跟看到钱似的笑着没停过，一口一个“爸妈”叫得他们脸都笑烂了。

晚饭前他们一家人在外面聊天，我自己默默进了厨房做饭。吃过饭又规矩地洗碗拖地，把公婆换下来的衣服给洗好晾好，做完这些陪他们聊到十一点，然后匆匆忙忙地去齐鑫家。

从小到大我哪一天内干过这么多活儿啊？虽然不上班也累得我想哭。估计我表现太好郝健整个晚上在外面坐得也不踏实，出门就搂着我的腰：“宝贝儿辛苦啦。”

这话听得心里暖暖的，我在公婆面前积极表现，还不是为了让郝健开心点以后能对我更好吗？不过离开了家里我就原形毕露，揪住郝健的耳朵说：“等你爸妈走了，你得补偿我。”

“好好好，以后家务都由我来做，你就在家当大爷。”

郝健老家的爷们儿一辈子也不会进厨房，进了会被人家笑死。这种观念在我看来就是要被淘汰的陋习，但公婆是第一次上门，我也只有先装成好媳妇儿的样子，可我想了想还得把家务这事儿给郝健叮嘱下，免得以后万一公婆来住个十天半个月我得一直这样。

我说："我告诉你啊，明天去我家里，你记得好好让你爸妈看看我在家里的地位，可别以为我像你们那边的女孩儿一样天生就是干家务的。"

"他们知道的老婆。"

"我只是提醒下你，别以为我现在装得挺贤惠，就好像这些是我本身就该去做的。"

"懂的，懂的。"

我扭住郝健的耳朵说："这些是我自愿做的，他们不能认为是我应该做的而来要求我必须去做知道了没？你得让他们明白，我在家是滴水不沾的千金，做这些都是因为爱他们的儿子。"

"知道了知道了。"郝健被拧得有些疼，"老婆你轻点儿……"

四号回到淄贡正是中午，看到家里干净得一尘不染，简直是亮瞎了我的眼。跟我妈生活二十几年，我就没见过她什么时候把家弄这么干净过。

双方家长寒暄了一阵，婆婆就拿手肘不停地拐公公，公公好不容易抓住个间隙开口："亲家，我跟娃他妈是粗人不会说话，你要见谅啊。我们对菲菲很满意，就是不知道您这边儿……"

我妈倒是没有公婆那么激动，因为领证她知道，为了显示这事的严肃性，她清了清嗓子拿出她在讲台上的架势说："郝健这孩子很不错，这桩婚事我跟菲菲他爸也很满意。"

我看着这四个老人说客套话就想笑，我和郝健都领证睡一起大半年了，你们要不同意不满意能行吗？

只见公公从内层包里掏出一个信封，有些激动地递给我妈："既然都满意这桩婚事，这是我跟娃儿他妈的一点儿心意。一万零一，代表菲菲是个万里挑一的好媳妇。"

婆婆在一旁拘谨地点头附和："对，好媳妇。"

之前不都说好不要彩礼吗？而且他们刚给了我们钱买房，我真心不知道这钱他们是上哪儿凑的啊！看着这对朴实的老人，觉得这辈子要不对他们好，我会被天打雷劈啊！

我妈也愣了下，伸手接过钱说：“你们的礼数还真是周到，不过在我们这边倒是没有彩礼这个说法的，这钱我就给孩子们放着，等他们结婚后我再添点儿给他们。”

我悄悄地冲我妈竖了个大拇指，小声地用公婆都听不懂的四川话说：“把这钱还银行去。”

我妈点点头算是同意。

公公见我妈接下了钱，就像是完成了一件大事儿：“那亲家，你看看婚礼……”

我妈这人洒脱：“毕竟隔了这么远，婚礼就各办各的吧？”

“日子什么的，你看看和娃儿他爸有没有什么要求？”婆婆在旁边小心翼翼地说，“你们说什么时候办，我跟娃儿他爸就回去准备。”

我妈做什么都要看个日子，婆婆也就是句客套话，她居然就当了真：“行，要不我们这会儿去找个算命的，给算算看什么时候的日子好点？”

这事儿就被愉快地定了下来，看过日子定在公历的一月二十号。晚上做饭的时候，郝健谨记我在车上给他说过的事，拉着他爸妈指着厨房说：“爸、妈，人家这边儿一般来了客人，都是男人下厨做饭的，跟我们不一样吧？”

婆婆还好奇地凑到厨房面前去看，估计她这辈子都没见过有男人在炒菜。看完回来拉着我的手，有些害怕地说：“菲菲，你去让你爸别做了，做那么多。”

在饮食上回来之前我都叮嘱了我爸妈，做点小米粥买点儿馒头就行，所以我爸在厨房里忙活的菜，压根儿都不是为公婆做的。

“没事儿，妈，你不用管。”

“你这孩子怎么不听话呢？快去，做那么多肉也吃不了。”

我抬头向郝健投去求助的目光，郝健马上说：“妈，平时只要菲菲回家都这样吃，没有特意为你准备。”

婆婆这才作罢，否则凭她那小心翼翼的性格，肯定会愧疚得晚上都吃不下饭。我拉着郝健回我房间关上门，担心地说：“你妈这么小心的人，以后要跟我待久了可怎么办啊？”

“我不都跟你说了吗？他们不会来和我们长住的，要是真长住的话她气得回了老家，恐怕你还不知道哪儿把她给得罪了。”

当牛做马累了整整一周，公婆终于满意地收拾行囊回了老家。在火车站送走他们，我立马换了副嘴脸，把包往郝健手里一丢：“从现在开始，谁是大爷？”

郝健接过包牵起我的手讨好地说：“你是大爷……”

“大爷累了，背爷去坐公交车。”我说着毫不客气地退到郝健身后，“蹲下。”

这要搁在平时郝健一定不会答应，他觉得大街上丢面儿。但这次不同，我当牛做马地伺候了他亲爸亲妈一周，让两位老人满意而归，他马上就蹲了下去：“来吧老婆。”

4.

齐鑫拖到国庆节快要收假才回来，回来的当天正巧是他过生日，晚上邀请了成都所有的朋友聚一下。定的是六点开饭，我和郝健五点半就到了包间，除了齐鑫一个人都没有。

“哈哈，苏大妈。”齐鑫一见到我就先来个熊抱，“你怎么越来越丑？”

“你嘴怎么还这么臭？小心这辈子不举。”

齐鑫再转头和郝健抱抱：“健哥，这段时间你受苦了，我特意回来犒劳你。”

郝健傻笑了下，和齐鑫一起开起了我的玩笑：“哎呀，有什么办法嘛，只有委屈点儿了。”

然后他们俩就彻底地把我冷落在一边，拉着坐沙发上聊得起劲，聊DOTA的战略战术，聊LOL和DOTA的区别。总之就是挑着郝健感兴趣的话题聊，时不时逗得他哈哈大笑。

到六点齐鑫的哥们儿和同学也陆续到来，也总算结束了对我来说完全无聊的话题。齐鑫拉着郝健热情地介绍给他的朋友认识，几乎向每个人介绍的时候，手都是搭在郝健的肩膀上，很得意地说：“这是我们家健哥，以后有事儿多关照啊。”

直到笑笑和叶子捧着花过来，才总算把我从这堆男人中解救出来。包间里正是其乐融融的时候门被服务员推开，传来于施娇嗲的声音：“鑫鑫，想死我啦。”

我脸色一变，之前齐鑫打电话通知我的时候，我还叮嘱他千万别叫于施来。电话里齐鑫保证不会叫她，还安慰我说哪天得去把她吞了，以解我心头之恨。

我眼里容不得半点沙子，好的时候在一起说什么都可以，只要心里有了隔阂就不行。所以从于施进门到落座，我都低头玩手机一言不发，于施也没主动来和我说话，坐到齐鑫旁边和他那些哥们儿打得火热。

笑笑明显是站在了我这边，耸耸肩在我耳边小声地说：“她怎么来了？”

“不知道，齐鑫叫来的。”

齐鑫把酒挨个儿发给大家伙儿：“都到齐了吧？大家都是朋友，也就不用见外哈。”

“干杯干杯。”于施把酒杯在桌上敲得啪啪响，俨然她像是个女主人似的。

我这人藏不住事，要是于施不在这场面我绝对分分钟HOLD，但现在我也就只是举杯表示下，随便喝了点就把杯子放下去，觉得今天这酒喝下去就是不对味儿。

恰好这表现就被于施给盯住，她一口把杯中酒干完后说：“干了啊，第一杯必须干。”

我抬头斜了她一眼，心想还真把自己当成角色了。不知道是想要来借机和我说话还是真的在抓我小辫子，她竟然不依不饶地说：“菲菲，你是瞧不上咱们鑫哥是吧？”

这下我怎么可能忍得住？齐鑫是我的好哥们儿，我把买冰棍的钱给他去泡幼儿园妹妹的时候，她于施还不知道和哪个男人搂在一起呢！于是我噌地一下站起来指着她说：“我给不给齐鑫的面子，关你糗事！”

叶子一看我认真了，赶紧把我拉坐在凳子上，小声地说：“认真你可就输了啊！”

说完就和笑笑拉着我劝，意思是这在表面上，人家都不知道我们俩发生了什么，要是我跟于施呛起来没人会说我对。

我想了想也是这个理儿，但心里还是不服气，要不是齐鑫把于施给叫过来，我也不至于这么生气。然后拿过一瓶酒就走到齐鑫的身后，一把揽过他的脖子："齐大爷，来吹一瓶。"

齐鑫大喊："健哥，苏大妈非礼我，快来帮忙。"

"别喊！"我掐住他的脖子，看于施走到笑笑那边敬酒去，才说，"说，你叫于施过来是几个意思？"

"我不都说了吗？我要把她给吞了。"齐鑫说话总是没个正形，"天将降大任于斯人也，必先忍气吞声。"

郝健在旁边看我和齐鑫闹，竟然没有半点吃醋，就好像是我在和笑笑开玩笑似的，冲着我们傻乐着说："是天将降大任于斯人也，必先劳其筋骨饿其体肤。"

"听到没，你男人多有学问，怎么就找了你这么个莽妇呢？"齐鑫用力把我的手从他脖子上取下来，缩到郝健旁边装柔弱地说，"健哥，你快管管你老婆，她都欺负我二十几年了。"

"我管不了。"郝健摆摆手，"我还正受着欺负呢。"

看着郝健在齐鑫的带领下，越来越朝我希望的方向发展，我很快就忘了于施带来的恶心。而他喝了没几杯，居然还主动端酒杯去敬齐鑫的哥们儿，说些不见外的话，让我都惊讶。

"姨妈巾，过来我们拍张照。"笑笑在对面拿出手机正在摆造型。

原本是我们三个人拍照的，正在笑笑要按快门时，于施从后面凑了过来趴在我们凳子上："咱们一块儿。"

我也没想刚才叶子叮嘱我的话，就觉得和于施之间有隔阂，立即躲开："你们照。"

奇怪的是郝健晚上吃饭居然没醉，一直到了KTV还很有战斗力的样子，跟着齐鑫后面端酒杯四处敬酒，我因为和于施的隔阂总放不开，就坐在沙发上发愣。郝健敬了一圈回来，坐到我旁边和齐鑫一哥们儿聊天，这应该是郝健第一次主动找陌生人聊天，我顿时就来了兴趣，侧耳听他们到底在聊些什么。

只听郝健问人家："你叫什么名字呀？"

"李磊。"

"哦哦……我叫郝健。"郝健朝我这边儿指了下，"你是齐鑫同学是吧？他和我老婆是铁哥们儿。"

"嗯……"

"你是做什么的呀？"

"婚庆。"

"哦，我是做勘察设计的。"郝健指了指李磊身边的女人，"这是你老婆啊？"

"嗯。"

"你老婆叫什么名字呀？"

"陈彦彦。"

"哦，那你们有孩子了吗？"

"有了。"

郝健好像来了劲儿："孩子多大了呀？"

李磊估计被郝健这查户口的问得有点尴尬，但又不好不回答，勉强地说："两个月。"

我想郝健怎么也得问点儿有技术含量的问题吧，哪知他接着问："你孩子叫什么名字呀？"

李磊忍了几下想笑，硬是给憋住没笑出声："小名叫牛牛……"

"哦……那谁帮你们带他呀？"

"我爸妈。"

我怕郝健再问下去，该问李磊爸妈叫什么名字了吧？赶紧笑着打断他："行了，你在这儿查了半天户口，等下李磊该以为你是派出所的，他昨儿去干吗被发现了呢。"

陈彦彦见我终于打断了这无聊的问答，这才笑出声。

估计郝健是酒喝多了，依然不管不顾地说："哎呀，我就是随便问问嘛。"

郝建这样子看起来无辜又可爱，其实他说得也没错，就是随便问问。就跟他上次在家拿着话筒练习唱歌一样，看起来好像真的没问题，但总觉得哪儿不对。

唱到中场，郝健终于跟不上节奏了，华丽丽地躺在沙发上醉了过去。

“苏菲。”于施扭着身子走到我旁边，许久以来第一次叫了我大名儿，让我还不怎么适应，“上次就怕你不听一直没敢来和你解释，你还生我气呢？”

其实过了这么长时间，早就没有当时那么生气了，但话没说开心里总还是别扭，就含含糊糊地随便和她说些无关紧要的。于施和我说了一堆乱七八糟的就开始梨花带雨：“我外表看起来风风光光的，要不是我们关系好我怎么可能带你去？让你看到我在男人面前低三下四的样子？只是我没想到……”

于施两句话就把我给说得心软了，觉得她说得也有道理：“我知道你也有难处。”

“你还记得以前那谁打我那次你是怎么帮的我吧？还有一次在网吧通宵，有个小女孩来找我麻烦，你不脱下木屐把人给拍跑了吗？你说说就凭这些，我怎么可能会是故意的？”于施拉着我的手盯着我，“苏菲，别生气了，我们和好吧？”

念高中的时候，于施和校草高调恋爱，引发了一大批女粉丝的不满。经常会有女的半路拦截于施找她麻烦，很多时候都是我出面帮她打架。以前我一直认为于施会和校草走到最后，但这次见面她的变化让我咋舌，也没问过她这两年到底发生了什么。

“别生气了……”于施摇晃着我的手，撒娇地说，“我自罚三瓶当向你赔罪好不好？”

齐鑫把手搭在我肩膀上：“苏大妈，你瞧瞧人于施，态度算诚恳吧？”

我一直认为友情和爱情同样重要，这段时间和于施闹得不开心，就像我跟郝健吵了架之后那样难受，现在话都说开了，大家又恢复了以前的状态。

玩到凌晨四点，大家才喝得醉醺醺地离开。回去的路上在出租车上摇了几下，下车我就觉得胃里在翻涌，我甩开郝健的手蹲在路边的树下就开始翻山倒海。郝健一开始还能稳住帮我拍背，后来估计是闻着了味儿，蹲在我旁边：“哇……”

然后在凌晨四点钟，街头就出现了龌龊的一幕，两夫妻蹲在同一棵树下，不停地帮树浇灌营养液。吐完之后郝健就清醒了，揽着我的肩膀："走吧，回家。"

我从郝健胳肢窝下伸出手揽在他肩膀上，醉醺醺地唱了起来："朋友的情谊呀比天还高比地还辽阔，那些岁月我们一定会记得，朋友的情谊呀我们今生最大的难得。"

郝健很配合地接了下去："像一杯酒，像一首老歌！"

第二天在家里窝着睡了一天，晚上九点多接到笑笑打来的电话，我接起来就听到笑笑在那边哭得稀里哗啦，半天也不开口说句话。心里一惊："笑，怎么了？"

过了好半天她才哭得没那么厉害，抽泣着说："你们在家吗？"

"在家，你说你怎么了？"

笑笑也不回答我，就顾着自己说："那你家有酒吗？"

一听这状态就是跟王小帅闹了矛盾："你是不是和王小帅吵架了？在哪儿呢你？"

"那我去买酒上你家来喝，叶子进货去了我又没地方去。"

说完笑笑就挂了电话，我连忙摇了摇就快要睡过去的郝健："快起来，笑笑要过来。"

"她怎么了？"

"不知道，应该是和王小帅吵了架。"

郝健不情愿地穿上衣服："老婆，要不你给齐鑫打个电话让他过来陪你俩喝吧？我明天要去投个标，怕连着喝两天明天又胃疼。"

郝健能对笑笑来我们家喝酒表示欢迎已经是很大的进步了，我也不可能再为难他和我们一样连着喝两天。而昨天晚上笑笑铁定没睡好，我也担心她开车不安全，我拨通齐鑫的电话把他叫起来，让他立刻、马上、必须打车去和笑笑会合，然后跟笑笑一起来我们家。

半个小时之后，笑笑和齐鑫敲开了我家的门，我看到笑笑的第一眼就给吓到了，这不是吵架闹矛盾好吗？这根本就是家庭暴力。只见笑笑的脸上全是青一块紫一块，大腿的丝袜也被扯破拉了丝。我咋呼着让郝健去接过笑笑手里的酒，把她拉进屋站在灯光下："他打的？"

"嗯……"此刻的笑笑看起来比任何时候都要脆弱，"姨妈巾，你明儿要上班了吧？要不请个假陪我去搬东西？世上男人千千万老娘高兴天天换！他王小帅算什么东西。"

齐鑫坏笑着看着笑笑："天天换你不怕肾亏啊？"

"亏了我就找你。"笑笑听这话，还流着眼泪就和齐鑫打趣，"你肾也好不到哪儿去。"

"行。"齐鑫把手往笑笑肩膀上一揽，拽着她坐沙发上，"要是你真没人要了就来找我，我把外面的女人都断干净，让你瞧瞧肾到底亏不亏。"

郝健帮我们拿过来酒杯，傻乐着说："鑫哥，你都断干净专心伺候一个，肾当然不亏。"

"瞧，健哥是内行。"齐鑫笑着帮我们把酒打开，一人一杯倒满，"健哥，你不喝酒就喝水吧？只要感情有，喝水也是酒不是？"

郝健当真呵呵地笑了笑，又去重新拿了个杯子接上矿泉水："行，那我喝水陪你们。"

齐鑫一贯处理这些事情的态度都是先不问原因，上来就找笑笑连喝了三大杯："笑，我们先陪你喝高兴，完了再好好睡一觉，以后你要哪一款的告诉爷，爷帮你挑个好的。"

"你挑的能用？拉倒吧你。"我举着酒杯和他们碰了下，打趣着齐鑫。

"怎么了？当初要笑笑和王小帅好之前就告诉我，也……"齐鑫似乎发现说多了话，把酒杯放在茶几上敲了敲，对笑笑说，"算了，这些都是过去式，从今儿开始，整片森林都属于你了，来，干了！"

齐鑫说得洒脱，就跟被蚊子咬了挠挠就能好似的，但女人和男人怎么可能一样？笑笑几杯下去就开始梨花带雨地哭诉王小帅的罪行。她说王小帅其实并没有外表看起来那么大度，心眼小得要死，笑笑在外面多看个男的两眼，他回去就得找她说道说道。她说王小帅很多事情都是表面不说，喝多的时候就借题发挥，完全就像个酒疯子。

然后说着说着，又开始哭了起来："我从来没想到过他会是借酒装疯的人。他每次清醒之后就给我认错，扇自己耳光拿头撞墙什么的，我以前都觉得其实他还是爱我的，只是喝多的时候控制不住自己而已。”

“控制不住而已？哪天他心里郁结多了没解开，控制不住把你给办了怎么办？为了个男人你把自己的命给丢了，值得吗？”

“所以现在我想通了。”笑笑抬起头，坚定地说，“这手分定了。”

“我觉得不能轻饶了那孙子。”在我看来分手是必须的，但这口气咽不下去，好端端一女的给你睡就不错了，还给你打？凭什么啊？火已经在我脑子里蹿了又蹿，我拍着茶几说，“干吗不早说？早说老娘弄死他。”

“苏大妈，你现在是结了婚的女人，斯文点儿行不行？”齐鑫捅捅郝健，“健哥，你让她有点儿女人的样子嘛。”

郝健乐呵呵地用半生不熟的四川话附和齐鑫：“就是，这样怎么嫁得出去！”

笑笑被郝健逗乐，齐鑫趁机清了清嗓子，说：“你们俩都说完了吗？说完了我来说两句。第一，我认识王小帅比你们时间都长，他是什么人我最清楚不过，笑和他在一起本来就是个错误。第二，宁得罪君子不得罪小人，多一事不如少一事。”

我愣愣地看着齐鑫：“你说什么呢齐大爷，今儿是忘了吃药来的吧？”

齐鑫瞪了我一眼：“明天你们先去把东西搬我那儿去，下午我去找王小帅谈谈，晚上约个局让他来道个歉，这事儿就算过去了。以后笑笑你再找男人时擦亮眼睛好好看清楚，别跟饿狼似的见个男人就上。”

喝到凌晨郝健困了，就倒在床上先睡，留下我和齐鑫继续陪着笑笑解闷。一直喝着聊着到了第二天早上，我请了假陪着笑笑先睡了一觉，下午跟着她回家收拾东西。

醒来再看到笑笑脸上的伤心里都是气，告诉自己晚上见到王小帅，绝对是二话不说先上前扇他两巴掌。但笑笑好像已经平静了很多，回到家就默默地收拾东西，等所有的东西收拾完了准备走的时候，笑笑看着一堆行李坐在地上就大哭了起来。

笑笑谈过很多男朋友，从初恋到王小帅，少说也有四五个，每次都是赴汤蹈火爱得轰轰烈烈，恨不得向全世界宣布她是最幸福的女人。分手也是闹得沸沸扬扬，找我们喝一场哭一场再把前男友痛骂一场，完了擦干眼泪说：

“明天起来，姐又是一条好汉！”

所以这次，我依然是抱着这种心态安慰她：“分就分嘛，旧的不去新的不来。”

“我以为王小帅是我最后一个男朋友，没想到还是分了。”笑笑转头抱着我，“姨妈巾，我特羡慕你你知道吗？我怎么就没你运气好呢？一下碰到个人就把我给娶了。”

我轻松地拍了拍她：“没合适的嘛，总会遇到个合适的，不小心就把你收了。”

然后笑笑还是一如既往地痛哭了一场，只是没有打电话给王小帅哭闹，而是站起来擦干眼泪：“走吧，先冷静两天我再去公司退股。”

我随口问了句：“对了，你们股份是怎么算的？”

“我20%，王小帅和刘宇飞各40%。”

“那出资比例呢？”

“我和刘宇飞各出了40%，王小帅出的20%。”

听笑笑这么一说我觉得不对：“为什么你比王小帅出的钱多，他却要比你多占20%？”

“他做设计啊，刘宇飞要跑业务关系，而我平时在公司也就是打打杂，当时我们俩正好着呢，就随口说了下没谈那么多。”

“没签协议？”

“没有……”

我隐隐地觉得笑笑这手恐怕没那么好分，挑了两包最重的：“走吧，齐鑫和王小帅应该谈得也差不多了。”

出了门才发现该死的齐鑫都没把他家的钥匙给我们，我和笑笑商量还是先把东西放回我家去。回到我家，发现门居然半掩地开着，郝健正在房间里一边哼小曲一边收拾我们昨天晚上喝完酒的战场。我看时间还没到下班的点儿，转头对笑笑做了个安静的手势，轻手轻脚地走进去大吼一声：“嘿，干吗呢！”

郝健正一手端着装花生米的盘子，一手擦着茶几，被我这一吓盘子就掉了下去：“你们怎么回来啦？”

我把笑笑的行李往地上一丢："齐鑫没给我钥匙。"

"健哥，不好意思啊，给你家弄这么乱。"笑笑跟着进门，没精打采地顺着走过去就坐在沙发上，"辛苦了……"

"不辛苦。"郝健笑眯眯地擦着茶几，问笑笑，"心情好点了吧？"

"谢了健哥，好多了。"

我看地上都被清理得差不多了，郝健也换了家居服，一看回来的时间就不短，我问："怎么没上班呢？"

"我上午不是去投标吗？想着晚上还得出去，指不定大半夜才能回来呢，所以投完标就先回来，把家里给收拾收拾。"

我心里一暖，要是笑笑不在现场的话，我绝对是上前抱着郝健就猛啃一顿，这是新好男人啊。但笑笑现在正是受到刺激的时候，我也就随意地说："那你回来多久了？"

"下午三点多就回来了。"

"回来就一直在收拾？"

"嗯……"

我看了下时间，现在都已经五点了，两个小时的时间现在才开始擦桌子，我不得不对郝健的龟速佩服得五体投地。上前拿过他手里的桌布："我来吧，你歇会儿。"

"没事，我来。"郝健夺过桌布，继续认真地擦着粘在茶几上的花生米皮。

从我们进门他就保持这个姿势，一直到现在也没把那点儿皮给擦干净，我这急脾气一上来哪容得下他这种速度，二话不说抢过桌布："行了，就你这样弄到天亮也弄不好。"

我虽然平时很懒，以前在家的时候我妈老说我属于懒得晒蛇吃的类型，而且还得把蛇晒在路边，过路的人顺便就踹一脚给翻个面儿。但我认为我懒只代表我不勤快而不等于我不能干，只要我下定了决心做，三下两下就能收拾好。

趁我收拾屋子郝健就坐在笑笑旁边陪她，也不知道该怎么安慰，就一个劲儿地翻找家里的零食，一会儿给递上去一样：

"吃薯片不吃？"

“吃苹果不吃？我帮你削？”

“那你吃糖不吃？”

“瓜子要不要？”

我在旁边一边扫地一边笑，这种搭讪和哄人的方式估计是郝健的独创。笑笑也确实没什么胃口，被问多了就把郝健递过来的东西都放在旁边的沙发上：“健哥你别忙活了，我要吃什么自己拿就行。”

“好。”郝健总算沉默了一阵子，估计是想和笑笑找话说，半天又开口，“你喝饮料不喝？我去给你们买。”

“不用了健哥。”

“哦。”郝健坐立不安了几秒钟，只好悻悻地把遥控器递给笑笑，“那你看电视吧。”

我实在是忍不住想笑，好不容易撑到我把家里收拾好，我甩了甩手说：“健哥，你给齐鑫打个电话，问他那边儿好了没。”

说起给齐鑫打电话，郝健拨电话的时候都笑眯眯的：“哎，鑫哥，菲菲让我问你们那边好了没？——行，那我们现在过来。”

我们赶到吃饭的地方时，齐鑫正带着王小帅坐在包间里。我看到王小帅就恨不得冲上去，齐鑫冲我眨眨眼睛示意我要冷静，紧跟着王小帅就耷拉着脑袋径直走到笑笑面前：“笑。”

“滚开。”笑笑把王小帅的手甩开。

“饿坏了吧？咱们先吃饭。”王小帅试图再去拉笑笑的手。

“他看起来挺正常的啊。”郝健在我耳边小声地说。

我转头也压低声音说：“那你现在也挺正常啊。谁能想到半年前你也能对我动手不是？”

郝健揽住我的肩膀：“宝贝儿，咱能别提这事儿了吗？”

“健哥。”为了缓和包间里的尴尬氛围，齐鑫走到我们面前夸张地和郝健打招呼。

郝健倒是很熟络：“鑫哥。”

我实在听不过去郝健这人前人后一口一个“鑫哥”，大声地说：“你不害臊？齐鑫比你小两岁好不好？”

“嘿嘿。”郝健挠了挠头，“人家心理年龄更小嘛。”

“是你女人更少吧？”笑笑根本都不理王小帅，加入到我们开玩笑的阵营里说，“这样的话，健哥你得叫他师父。”

齐鑫拍在郝健的肩膀上：“改天带你去见识几个，你是没见过更好的，上苏大妈的当了。”

我一脚给齐鑫踹过去：“你不怕嘴上长尖锐湿疣啊？”

吃饭的主要目的就是让王小帅跟笑笑道个歉，然后把这手和平地给分了，看找个时间再把股份退掉。酒喝到一半这歉倒是道了不少，可王小帅只字不提分手的事。最后是笑笑先稳不住，把酒杯往桌上一撂：“你看哪天有空把刘宇飞叫一块儿，我把我的股份退了。”

王小帅一听要退股份，把脸凑了上来拉着笑笑的手：“笑，你再给我次机会好吗？我保证不会有下次，股份你要退随时可以退，但你别跟我分手行不行？”

笑笑甩开他：“对不起，我们从昨天开始就已经没有关系了。”

“你别这样，笑。”王小帅说着扑通一声就跪在笑笑的面前，“我知道我喝多了犯浑，要不咱结婚吧笑。咱像苏菲他们一样结了婚就有安全感，就不会再担心什么了，好不好？”

本来我对王小帅就有火，听他竟然拿我和郝健来做参照，也太不要脸了吧？“王帅哥，健哥可没动手打过我。”

“你闭嘴。”王小帅忽然就冲我翻了脸，“你是生怕拆不散我们俩是吧？”

我急脾气一下上来，站起来就不管三七二十一地指着王小帅骂：“闭什么嘴？老娘忍你好长时间了，我没见过哪个男人像你这么㞞的还动不动打女人。”

郝健拉了拉我：“别说了菲，让他们俩好好谈。”

王小帅被我给说起了火，马上就不再跪了站起来，端着桌上的酒就开始喝。

笑笑还是很平静地说：“王小帅，你别有气往别人身上撒，分手是我要和你分，跟苏菲有什么关系？”

过了一会儿，王小帅又凑到笑笑面前去，死死拽住笑笑的手：“笑，再给我一次机会吧，最后一次好不好？”

笑笑大声嚷道：“放手，你放手听到没！”

郝健完全不搭理发生了什么，我忍不住冲上前就拉开王小帅：“你放开笑笑听到没！”

王小帅反手：“你闪开。”

这反手正好拍到我眼睛上，冷不丁的还有些疼，我气得伸腿放在王小帅两腿中间，用力往上一抬：“你向谁动手呢？是不是打女人打习惯了？”

王小帅举着拳头还要向我打过来，郝健这才眼疾手快地放下筷子，冲过来把王小帅的手抓住：“你打谁呢你？”

齐鑫也过来和郝健一起把王小帅制服，王小帅还在他们俩的怀里扭动：“放开，你们是不是商量好来欺负我呢？我知道你们都不想我和笑笑好，做朋友怎么能这样呢？”

“你要对笑笑好点儿，谁不想你们好好过日子啊？”

“苏菲，别以为你就是什么好货色。”王小帅斜眼瞪着我，“告诉你们，想要笑笑和我分手门儿都没有，还跟我谈股份，你倒是拿出股份的证据来啊？”

王小帅终于彻底变成了无赖，我甩手一巴掌给他扇过去，提高了声音：“你要当无赖是吧？好，看你能无赖到什么时候！”

“苏菲别闹！”齐鑫腾出一只手来抓住我，“健哥，你带她们俩先回去，这儿交给我。”

笑笑看闹成这个样子，在旁边一个劲儿地哭，我想可能是王小帅说的关于股份那句话确实伤着了她。别看笑笑平时说得热热闹闹的，真到这种时候就变成了孬人一个。郝健递给她纸巾小心翼翼地说：“别哭了，我们先回去吧。”

“现在该看清楚这人的本质了吧？就是个无赖。”我拉着笑笑气冲冲地往外走，“把车停在下面，我们打车回去。”

回到家后我想着先给刘宇飞去个电话，但还是征询了郝健的意见，他同意后我才拨通了刘宇飞的电话：“王小帅和笑笑的事儿你都知道了吧？”

刘宇飞见是我的电话有些高兴的样子：“知道一点儿，怎么了？”

“怎么了？笑笑是和你们一起入股的吧？她现在要退凭什么不给退？”

“噢？这事我倒不是很清楚，当时细节也都是他们俩在谈的。”

“别跟我打马虎眼，你最好转告王小帅，如果笑笑这股份不退，我就天天坐你们公司里一哭二闹，看你们还开公司，开个狗屁！”

我说完挂了电话，就觉得很解气。进屋笑笑已经不哭了，正拿着包站起来准备走。

我问：“大半夜上哪儿去？”

“齐鑫刚打来电话，说王小帅在河边要跳河，我得去看看。”

我走到她面前夺下她的包：“你丫疯了吧？他要跳河你让他赶紧跳，要是半小时还没勇气跳下去，我再去推他一下。就他那傻样儿，活着就纯属浪费空气。”

“姨妈巾。”笑笑就是个㞞货，把包往回拉着说，“我……我还是去看看吧，要他真跳了我也脱不了关系对不对？”

对笑笑一番教育外加阻拦她都铁了心要去，最后没了辙我说：“那我陪你一块儿去？”

“不用，你去该真的推他下去了。”笑笑把我往郝健怀里一推，“你们俩忙吧。”

“我……”我还要上赶着跟笑笑一块儿，郝健把我拉了回来，等笑笑关上门之后说：“两个人的事你就别跟着掺和了吧，万一笑笑想通了又要和好呢？你去她不也拉不下脸吗？”

“放屁。你懂什么啊？笑笑再和他和好，那不是又往火坑跳一次吗？”

郝健看我气得气喘吁吁的样子，拍着我后背安慰我说：“别生气了，万一笑笑要回去就算你不答应能拦得下来吗？操心好咱们的事儿就够了……”

正在气头上，郝健这么一说就点着了我的雷：“哦？敢情人活在世界上，就只管自己就够了？那要朋友做什么？那还能叫群居动物吗？”

“你瞧你，火大了吧？”郝健把手放在我腰上，“你得降火了，姑娘。”

第二天早上去公司，刚打开QQ就看到笑笑的签名在昨天半夜被她改成了："说好要携手的，不是吗？"

我心里咯噔一下，笑笑真是脑子抽了又回去了是吧？忙拿出手机拨笑笑的电话，居然是关机。又打通齐鑫的："齐大爷，你脑子是少了根回路是吧？笑笑都被打成那样了，你还让他们俩和好？"

"我哪儿让他们好了？"

"放屁。"说完我才反应过来这是在办公室得保持淑女的形象，于是压低了声音，"王小帅那儿是火坑你知道吧？你就忍心看着笑笑往下跳？"

"跳不跳也是她愿意的不是吗？等她跳下去再烧会儿，要不怎么知道疼呢？"

"齐大爷有你这么说话的吗？"

"行了我先不跟你说了，公司等着我去开会呢，先这样啊。"齐鑫知道我在火头上要骂他，找借口挂了电话。

我顿时更火大了，有种使命感告诉我不能看着姐们儿陷入这种水深火热中。

在公司行尸走肉地上了半天班，笑笑这事就像块石头堵在我心里过不去。到中午打笑笑的电话还是关机，我决定去找刘宇飞谈谈，让他劝劝王小帅。打通刘宇飞的电话时他说正在公司谈客户，笑笑和王小帅今天都没来公司，如果我有急事的话可以直接去公司找他。

约好去找他的时间，我在QQ上给郝健发了消息："下午我要去找刘宇飞，你跟我一块儿去吧？"

"找他做什么？"

"睡觉。"

郝健发来一个委屈的表情："老婆不要啊，你跟他睡觉去了，我怎么办？"

"我去找他谈谈笑笑的事儿。怎么样？你跟我一块儿去不？"

"我就不去了吧？"

"你就那么相信我？"

"相信，你不会真傻到要和他睡觉还提前向我汇报的。"

我下午请了假往刘宇飞公司赶，到的时候刘宇飞正在会客厅谈客户，前台通报把我领进刘宇飞的办公室。刚好王总又打来电话让我查下卡里有没有客户打款过来，我看了下刘宇飞的电脑正开着，就走过去用他的电脑。

我打开网银查完余额准备关浏览器，看到右下角有QQ头像在闪动，条件反射地点开："他们分了吗？"

等我反应上来这不是我的QQ时，正好就瞧见了发件人的昵称竟然是于施。我不厚道地打开聊天记录，而内容真是雷坏了我。

脑子里正一团乱的时候，刘宇飞打开门谦和地笑着说："抱歉啊菲菲，让你久等了。"

我吓得连忙关掉聊天记录："呃，没事。"

"是王小帅的事儿吗？"

脑子里全是聊天记录上于施说的那些话，一时不知道该怎么和刘宇飞说。刘宇飞见我不说话，跟着走过来坐到我旁边："怎么了？是不是又和他吵架了？"

我还是学不会把事情藏在心里："你告诉我实话，王小帅和笑笑这事，是不是于施在中间挑拨呢？"

"什么意思？"刘宇飞揣着明白装糊涂。

"你给于施打个电话，让她现在到这儿来。"

"这……"刘宇飞还不知道我到底知道了什么，多少还有点顾虑，"到底是什么事？要不你先和我说说？"

"刚看完你和于施的聊天记录。不错嘛刘宇飞，真没想到你会是这样在背后捣鬼的小人。"我斜眼瞪着他缓了口气，"是，我确实要感谢你，在我最失落的时候陪在我身边，在我买房的时候帮我要折扣，只是缘分这东西错过了就是错过了。更何况我已经结了婚这是不能改变的事实，所以你们再认为什么样的生活对我来说是好的都没用，我就觉得现在的状态和生活才是我想要的。"

"我也没想过要破坏你和他，只是有时候看你受到委屈，就莫名其妙地想要来保护你。"刘宇飞走到我身边小心翼翼地说。

"保护我？在背后和于施搞鬼算是保护吗？"

"菲菲，你听我解释。"

"还有什么好解释的？嗯？上次参加聚会那事儿都是你们安排好的是

吧？目的是想让郝健误会，然后闹起来就离婚？”

“于施她也是一片好心来着，她和我的想法一样。”

“一样那你们俩好去啊？扯着我干吗？”

“别生气，菲……”

我担心在办公室他会对我图谋不轨，抱胸站到离他比较远的地方：“我承认你很优秀，年轻有为开好车住好房，每天吃西餐进出兰桂坊。以前我觉得这种生活很好，但是结婚后我才知道，自己不是那根葱，我不喜欢吃西餐，也不喜欢住在别人买的房子里，我喜欢吃路边摊，喜欢在小酒吧喝假的百威。所以，我们根本不是一条路上的人。”

刘宇飞沉默了下：“实话实说，以前在淄贡市的时候，我真的就只是欣赏你的性格，有点喜欢你，但你结婚之后我看到你身上越来越多的优点，那些闪光点一直以来都是我对另一半……”

“但这些闪光点是别的男人打造出来的。”我大概明白了刘宇飞的意思，打断他说，“你觉得一块没有雕琢过的玉，落在哪个人手里都能雕出来一样的效果吗？”

“我知道，那天你、叶子和笑笑对我说了很多。”刘宇飞有点歉意地说，“所以这段时间我不都没联系过你了吗？”

“那于施和王小帅又是怎么回事？”

刘宇飞想了想：“这个，你还是自己去问她吧。”

因为在办公室有了新发现，我完全忘了今天来找刘宇飞的真正目的，抓起包急匆匆地去了于施家。

敲开于施的门，她穿着睡衣揉揉眼睛：“怎么了？这么急急忙忙地找我。”

我也没客气，冲进去就抓住她的衣服把她往沙发上拽：“西施，我和笑笑对你都不差吧？你为什么要在背后做这些事情？”

“大白天的说什么呢？我怎么没听明白？”

“好，那我一件件地说。”多年的朋友，我也不想跟她绕什么弯子，我脱掉外套向上捋了捋袖子，“第一，上次在农家乐打麻将那事儿，是不是你故意的？第二，跟你参加聚会那次是不是你和刘宇飞商量好的？第三，笑笑和王小帅分手这事，是不是你在中间挑拨的？”

于施听我说完，整个人都僵住了。

我看她这副柔弱的样子就想抽她，咬咬牙说：“西施，我苏菲和笑笑扪心自问没什么对不住你的地方吧？这么多年，我什么时候不拿你当朋友过？你做这些事儿就不怕以后遭报应？”

于施低下头不说话。

我这急脾气就见不得问什么她都不说，拽住她继续说：“咱其他都不说，就说你以前被打的时候，哪次不是我帮你出头？为了帮你打架，到毕业我身上还挂着处分呢！”

“我知道。”于施要么不说话，要么一开口就哭，“我知道你对我好，但你要相信我也是为了你好。”

“为我好？你别逗了成吗？”我实在不理解于施脑子里都想的什么，为我好就是要想方设法地让我和郝健分手，为我和刘宇飞制造机会？

于施抽泣着说：“我们都是小老百姓家里出来的孩子，你还没过够数着钱过一辈子的日子吗？可你现在这样，不是又在延续我们上一辈的生活是什么？”

“是，但老百姓就得脚踏实地地走，捷径绕过去你心里就踏实？行了别说我，说说你和王小帅吧？怎么回事儿？笑笑好赖也是同学加朋友吧？你怎么窝边草吃到她身上去了？”

“呵呵。”于施冷笑了下，“什么叫我吃窝边草？要不是我家没有笑笑有钱，王小帅压根儿就不会和她在一起。”

“什么？”

“你回淄贡市后不久我就和学校谈的那小子分了手。当时分手的原因就是他家里瞧不起我们家是农村的，瞧不起我当农民的爸妈。”于施说起往事都还有些气愤，“后来和王小帅好了一年，他对我很好，我们也很相爱，没想到他家里还是为了同样的原因不让他和我在一起。”

我猛然发现于施的价值观转变并不是没有原因的：“然后你就为了让王小帅家人瞧得起，给人当了三儿？”

于施擦了擦眼泪：“是，王小帅他家里人特别喜欢笑笑，所以他是为了家里人，你懂吗姨妈巾？他并不是真那么爱笑笑的。”

我无法理解将钱牵扯进去的感情，耸耸肩说：“那你还想和他好？”

“当然。”于施见话说开了，索性也就不再隐瞒，“你以为王小帅是真心爱笑笑？脾气不好抽烟喝酒哪里像是个女人的样儿？王小帅根本就不喜欢那款儿好吗？只是要没有笑笑，他王小帅根本开不起来这个公司。”

“不还有刘宇飞吗？”

于施好像什么都知道似的：“刘宇飞？他能出80%给王小帅投资个公司？你以为他真是钱多了烧得慌？”

凭我今天去看他们公司的规模，少说要好几十万才能启动起来。我问：“那你为什么不一早告诉我？”

“告诉你？我也是从他们来成都后才知道的，再说就你那急性子能压得住不告诉笑笑？你去拦她，她会相信吗？”

“王小帅都那样你还一门心思要和他好？你脑子抽了吧？”

“我才没抽。”于施完全不觉得王小帅有什么问题，“他那样也是因为家里，谁的家长不希望自己的孩子好？他现在这样，不也是让自己更有能力吗？”

“就算你和王小帅重新和好，你确定他家里能答应？”

于施笑了笑：“他家里不就是希望儿子能出息吗？我现在在淄贡市给我父母买套房子的钱还是有的，你也知道我们那边的观念，能在城里有套房不也是城里人了嘛。到时候我再把笑笑的股份买下来，我来跑业务他做设计，他家里还能说什么？”

我已经不知道该怎么和于施说下去，她已经彻底改变了我心里对她的看法。这不仅仅是和我价值观不同的问题，而是于施的心理已经扭曲到有些阴暗，动不动什么都不说在背后玩儿阴的。

我第一次对她有了想要远离的想法，我一向没有弯弯肠子，这样的人我玩不过。只要改变了心里的看法我就一分钟不想多待，起身说：“那你就想办法让笑笑和王小帅分手。”

对待朋友我喜欢黑白分明，要么是掏心掏肺对他好，要么就老死不相往来。和于施是好姐妹的日子，也真的就停留在念书的时候了。

受这件事的影响，回到家里情绪特别低落，郝健看我精神头不高，主动提出要去买菜回来做饭。

我拉着他没精打采地说："吃面条吧，懒得做。"

"哦。"郝健也没多问我什么，溜进厨房忙前忙后地煮出一碗清水面端到我面前。

我接过来一看，真的不忍心说这是面条，别说油荤和辣椒，就连青菜也没有，满满一碗只有面。郝健也端着一碗这样的面条，坐在旁边的小凳子上吃得津津有味。

我也试着吃了一小口，连忙就吐了出来："你放作料了吗？"

"放了啊。"郝健含着的面条半截还在外面，"放了点盐和香油。"

"就这两样？"

郝健哧溜一声把面条吸了进去："嗯，怎么？少了什么味儿？"

"少的味儿多了去了。"我把碗放到茶几上，"你吃完去给我买麻辣烫吧，这个没味道。"

郝健也放下碗："面先搁着吧，我去买了回来再吃。"

过了十几分钟，郝健打包带回来麻辣烫，还另外买了一听啤酒和一听可乐。他把麻辣烫放到我面前，又把啤酒递给我，自己打开可乐说："我陪你喝一个。"

"哥哥。"我终于忍不住感动地哭了出来。

"别演了啊，赶紧吃东西。"郝健笑着帮我解开塑料袋子，打开啤酒推到我面前又把筷子递到我手上，这才端起可乐，"来，好兄弟走一个。"

"你喝可乐不公平。"

"嗨，只要感情有，喝什么都是酒。"郝健和我碰了下，"一大口，不许耍赖啊。"

我点点头一口把整罐啤酒喝了下去："干了。"

如果说刚结婚的时候，我对郝健的喜欢只是因为他符合我很多的条件，觉得他这人踏实可靠能交付终身，带着赌的心态冒失地踏出结婚这一步，现在经过磨合我已经彻底抛开了这些。就拿今天面对刘宇飞的心态来说吧，我没有了一丁点儿惋惜的感觉，内心最深处都没有。我想这就是郝健用他特有的方式，润物细无声地一点点钻进我心里，占据我心里所有的位置，把那些可能的不可能的统统给清理出去，女汉子的心就这样一点点被融化。

郝健把原来自己的那碗面条吃完后，又端起我只吃了一口的那碗继续吃。看他吃得专心，我心里接二连三地被撞击，放下筷子紧紧地把他抱住：“哥哥，我爱你。”

郝健听我声音有点颤抖，连忙放下碗筷也把我抱住，一边拍我一边说：“怎么了？哦哦哦，宝贝儿不哭……”

我趴在他肩头一边哭一边把今天发生的所有事情都告诉了他，等我说完后郝健拿过纸巾帮我擦干眼泪，认真地说：“老婆，我觉得这事儿就不能太在意，他们谁跟谁走到最后都还不一定呢。”

“我知道……可是我就接受不了最好的朋友在我背后动手脚。”

郝健安慰我说：“嗨，每个人生活的环境不同，遇到的事情不同，就会造成性格不一样。也许有的事情在你看起来是罪不可赦的，但别人也许会觉得是对的，所以只要自己问心无愧就行了。”

“你知道以前我对于施多好吗，掏心掏肺地没有半句怨言。我觉得我跟她谈得来，为她做什么都愿意。”

郝健拍着我：“我知道宝贝儿受委屈了，可是你对别人好了就不应该去惦记着回报知道吗？要不然你付出之后总想要索取，得不到你想要的结果就会不高兴，为什么做了那么多事情却让自己不开心呢？过得单纯一点儿不好吗？”

“可我还是觉得于施这样做不对。”

“对和错其实是没有绝对的。相对论不都有讲，看你的参照物是什么，杀人犯在我们看来是错的，那是因为我们对比的是道德和法律，如果站在他的角度追究其原因，他就认为他自己是对的。”

“可王小帅和笑笑……”

“别可是了，这是他们的感情问题，顺其自然吧，别为了这个把自己弄得不开心。而且再好的朋友随着年龄的增长都会有自己的家庭和孩子，都不会再像念书的时候那样心无旁骛地在一起。”郝健刮了下我的鼻子，“菲姐，你不再是念书时候的那个大姐大啦……”

郝健这么安慰了我一通后，我的心情已经趋于平和，第二天上班打开空间看到笑笑发的她和王小帅在海边合影的照片，默默地关了浏览器。

5.

郝健“考神”的称谓也不是我白给的，九月份的注册考试不出意料地擦边通过。郝健在QQ上把考试结果发给我的时候，我差点就在办公室喊了起来。不过还得克制，我是代营销部主管，我要矜持。忙在QQ上回复：“老公你真牛，么么哒。”

“厉害什么呀，你没看到成绩单有两科都是擦边60过的吗？”

我再看截图，果然有一科60，一科61，不过这又有什么关系呢？于是回复：“你懂什么啊？这叫60分万岁多一分浪费。”

只是考试结果出来已经是元旦节后了，我们这两个月又攒了一万。原本还想着还银行，这下要办婚礼，考虑到拍婚纱照和去陕西来回路费什么的，也只能不甘心地放在卡里了。

好在笑笑对淄贡的婚庆公司熟，我们拍婚纱照也便宜，而且是在婚庆公司有新人来成都出外景的时候，摄影师和化妆师顺带着帮我们在成都拍的，好几套衣服的全外景也才两千块。

在陕西的婚礼由郝健爸妈全程操办不用我们担心，在淄贡的婚礼有我爸妈操办也不用我们担心。于是我开玩笑地对郝健说：“哥哥，我怎么觉得，结婚就跟参加别人的婚礼一样呢？咱俩就是打酱油的啊。”

“哈哈，我不就是酱油哥吗？”

“酱油哥”这个绰号是笑笑给郝健取的，因为不论什么场合郝健都当不上主角，比如在家做饭，或者是出门吃饭唱歌打麻将，郝健全程就跟打酱油的似的。

陕西婚礼的日子靠着春节了，我们俩休了婚假提前回到陕西，到家还没下车就发现他们家门口已经搭起了戏台子，在戏台子旁边还有几个老头儿没事在那儿摆弄乐器。

这也太夸张了吧？别说我，就连我爸妈也一个劲儿地问我："他们这边结婚都这么热闹？"

我也是第一次嫁到这边好不好？我又怎么会知道？

然后等我们一下车，戏台子旁那几个老头儿就开始吹唢呐打鼓的，把我吓得够呛，往郝健身后一缩："不会是今儿结婚吧？"

"呵呵，我们这边都是提前就开始热闹的，没事儿。"

婆婆带着公公还有其他的亲戚从家里迎了出来，完全是迎接国家领导人的模样对我爸妈说着客套话。我顿时觉得当新娘子的感觉很好，所有人的目光都聚焦在我身上。

把我们安顿下来大家又出去开始忙活，就留我和郝健陪我爸妈嗑瓜子聊天，这感觉完全就是我来参加别人婚礼的好不好？我们烤火所在的两间平房是几个月前公婆特意为了我们结婚盖的，当时他们打来电话说要盖房，我和郝健极力反对，觉得平时又不回家住完全没有必要。但倔强的两位老人就是不答应，说到时候我爸妈去了一看，连多余的房间都没有怎么可以？这次回来看到新房心里很感动，虽说他们家不算有钱，但我能感觉到一种倾尽所有的重视感。

我站在院子里，屋里屋外的每个人都忙成了一团，特别是婆婆，连走路都带着小跑。偶尔走到我面前就叮嘱我说："进去烤火，外边儿冷。"

按照他们的风俗晚上是郝健去山上祭祖，然后在家里弄点什么仪式，反正就是没我什么事。前前后后忙完都快要十点，婆婆匆匆忙忙地跑到屋里来："菲菲，亲家，让娃他舅开车先带你们休息去吧？"

舅舅担心我和我爸妈瞧不上这边的条件，在旁边乐呵呵地说："菲菲啊，舅可是帮你们找的咱县城最好的宾馆。"

我一听"最好的宾馆"立即把郝健拉到旁边："爸妈他们开了几间房？"

"两间吧。"

"开两间干吗？"

"你跟爸妈三个人呢，不开两间怎么睡？"

我想这领证都一年了也不讲究这些破形式，能省则省就行："要不退一间吧？就我跟我妈去住，让爸住家里？"

这话刚好被出来的婆婆听到，立马就给我骂了过来："开什么玩笑，明天小健来接你的时候，你爸妈可不得陪着？"

被婆婆一顿训斥，我也只好跟着我爸妈和小舅一起去县城。住下之后我妈才说，我婆婆这叫礼数周全，孩子结婚就这一次，省钱也不是这个时候。

虽说是合法夫妻了这么久，但想着郝健明儿是真的要戴着大红花来迎娶我，心里还是有点小激动，把第二天要穿的大红色呢子穿了脱、脱了穿。

我妈显然和我一样，絮絮叨叨个没完："菲啊，今儿我跟你爸都看了，这可是户好人家，虽然家庭不宽裕，但都通情达理。妈以前就怕你找个不讲道理的人家，现在来看了一圈妈就放心了。你以后脾气要改知道不？你婆婆一看就是个本分人，你得对人家好，听到没有？"

我妈说多了我就有些不爱听，不痛不痒地甩给她一句："还好你生的是个女儿，要是生个儿子，我都没法想象哪个儿媳妇能受得了你。"

我妈心情好，特不要脸地回了句："嘿嘿，郝健可不就是我的儿吗？"

"好好好，他是你的儿，我是你的儿媳妇该对了嘛？"

一早家里来人接我去化好妆后，把我送回宾馆让我等着，说是郝健和车队一会儿就来接我。我和我爸妈坐在宾馆里左等右等终于听到大门外在放鞭炮，我以为是郝健，打开门自己就冲了出去，眼瞅着另外的新郎把新娘从隔壁房间背走，关上门回到房间对我爸妈失望地摇摇头："不是……"

"哪有结婚还新娘子亲自去开门的？等会儿鞭炮再响我去开。"我妈都看不过去了。

外面鞭炮又响起来，我想着应该还是别人，就去开门想看看热闹。结果刚把门打开就和郝健撞了个满怀。没等外面闹亲的人涌进来，我转头朝我爸妈喊："走，他们到了。"

屋外的人哄堂大笑，站在最外边有人在问："鞋呢？新娘子的鞋呢？"

我大声回答："鞋我穿脚上呢？干吗？"

"哈哈哈……"又是全场哄笑。

郝莉看我莫名其妙地看他们笑，走到我旁边善意地提醒我："嫂子，咱们这边儿结婚都是要找新鞋的。”

“什么是找新鞋？”

“就是你的鞋子应该藏起来，让我哥来找。”郝莉哈哈大笑着说，“嫂子你真可爱，刚才自己就来把门儿给打开了。”

估计现在所有的人都觉得我特傻，可能他们这辈子都没见过像我这样的新娘，说不定还在想我这是有多愁嫁啊？

不过反过来想又有什么关系？我第一次结婚，哪儿知道有这么多破规矩？本以为郝健来接上我出门游街，然后回家办了婚礼，这事儿就算完。况且睡都睡一年了，是自己去开门还是郝健来求着开门又有什么区别？

接我的婚车一共12辆，都不算太好，更没有豪车，主婚车也就十多万。但我一向对婚车无感，觉得它再好也不是我的。所以还是乐得屁颠屁颠地被郝健抱上了婚车，然后就像来打酱油似的，在完全不认识的路上逛了一圈，参加了一场完全听不懂的用地方方言主持的婚礼。只是听司仪发号施令，一会儿跪祖先一会儿跪父母，我跟着跪就好了。

办完婚礼我爸妈也就完成了他们的终极使命，临近过年也来不及多待两天，第二天一早就匆忙回了淄贡市，留下我独自在这个新家过年。不过我感觉还好，唯一的区别就是我能和郝健睡在一个炕上。

一切看起来都很平静，我也尽量做一个贤惠乖巧的儿媳妇，感觉这种幸福生活会一直进行到最后。可是所有的一切，都被大年三十给改变了。

除夕夜的团年饭还是和去年一样——丰盛的饺子宴，由于我已经有了思想准备，倒也还能勉强接受，虽然已经痨肠寡肚了，也不会再像去年那样矫情地跑去屋子里抹眼泪。

但是吃到一半，婆婆忽然开口说：“菲，明儿一早可得早起啊，大婶明早来带你认亲磕头去。”

“认亲磕头？”我咬着饺子盯着婆婆，“认什么亲？结婚的时候不都见过了吗？”

郝莉怕婆婆说不明白，替她解释说：“嫂子是这样的，我们这边的新媳妇新年都要去认亲的，就是去每个亲戚家给长辈磕头。”

我一口饺子差点给喷了出去，什么？让姐去磕头？在我的观念中膝盖是上跪天下跪地，再不然就是跪父母和去世的先人。尤其是还让姐在新年第一天，去给那些压根儿都不认识的人磕头。我想也没想就直摇头，这叫什么事儿啊！

婆婆压根儿没想过这段时间都表现乖巧的儿媳妇，会在这个问题上反应这么大，还是按照她固有的思维说："不去怎么行呢？新媳妇可都是要去认亲的呀。"

郝莉也在一旁继续劝我："嫂子，这是我们这边的风俗，每家的新媳妇都要去的。而且去了之后，还有红包拿呢……"

搞笑！我拉下脸去给人磕头就为了那俩钱？我是穷疯了还差不多。再说这种风俗本就是陋习，就应该取缔的。都什么年代了，谁膝盖下没俩尊严啊？我又不是没男人要，嫁你们家对亲戚朋友笑笑做做面子工作就得了，现在还想要骑到头上让我去磕头，门儿都没有！

我尽量不说话，想着万一说话语气不好把婆婆给得罪了，毕竟婆婆不是妈嘛，哪有随便向婆婆发火的道理。

"先吃饭，等会儿再说这事儿。"郝健生怕我一急起来甩筷子就闪人，又是一副息事宁人的态度让郝莉和婆婆不要再说。

我斜眼狠狠地瞪了眼郝健，桌下平底鞋踩到他脚还用力地踝了几下，以发泄我现在心中的极度不满，外加让他在这要紧的时刻站出来替姐求饶。但是郝健没有，装得跟没事儿似的继续吃他的饺子。我强压住要冒出来的火随便扒拉了两口，想着明儿磕头的事儿心里就堵得慌，晚会也没看就说要回屋玩电脑去。

我想着这不高兴的神情已经摆得很明显了吧？要是在成都，郝健肯定是丢下碗筷就屁颠屁颠地进屋哄我来了，但我在炕上躺了大半天，都没人进来安慰下我。

偶尔听到婆婆在外面说："去看看吧？"

郝健总是轻描淡写地说："不用，她没事儿在玩电脑呢。"

玩你妹啊！听到这话就来气，我明明躺在炕上翻来覆去在生气好不好？但又不能拉开门冲上前去找他理论，只有自己委屈地蒙着被子难受。

我在家滴水不沾的大姑娘，来你们家累死累活地干活，从新婚第二天起穿着围裙除了睡觉都没有脱下来过，每天做饭洗碗扫地哪样不是我？现在可好，我气得要死不活的，你们一家人在外面嘻嘻哈哈。有了娘在身边撑腰，马上就不再是成都那个跪在我面前扇耳光的郝健了。

我一个人在炕上，是翻来覆去怎么都想不通，拿出手机拨通笑笑的电话，对面传来乱哄哄的声音，一听就是我们淄贡市过年的年味儿，听到这熟悉的声音我忍不住“哇”一声就哭了出来。

笑笑一听我大过年地打电话哭，忙着急地问：“咋了？跟郝健吵架了？”

“没有……”我带着哽咽把新媳妇要磕头这事给笑笑说了下，“你说说，我跪他父母也就算了吧，凭什么要去跪都不认识的亲戚？”

“这也太恶俗了吧？都什么年代了还磕头，让郝健来，我和他说道说道。”笑笑立马就出头为我撑腰。

旁边传来齐鑫的声音：“苏大妈打来的？”

然后齐鑫就把电话抢了过去：“喂，苏大妈快回来喝酒了。”

“喝你妹啊。”我高声给齐鑫吼了过去，心想姐肚子里的蛔虫都在想酒的味道了，你还拿这事儿来引诱我。

齐鑫偏像是在整蛊我：“真的，有麻辣兔有凉拌鸡有……”

“滚蛋。”我气得直接挂了电话，这些东西可都是我在郝健家里这几天——尤其是过年的时候想到都会流口水的东西啊。

被齐鑫这么一恶作剧，我的思维就彻底转移到吃的上面去了。自己又冷静了下，刚才那股劲儿好像就下去了点儿。也是，这事儿就跟孤身在外遇到坏人似的，除非以后日子不过了，否则不管怎么反抗都得去适应顺从。

其实也不是没有商量的余地，要是郝健低三下四地哄哄我，可怜兮兮地求求我，说不定姐一高兴就去了。但从吃完饭到现在，别说哄我求我，连进屋来看都不带看一眼。

凌晨放完鞭炮，郝健溜进屋压根儿都没觉得我在生气，跟往常一样准备钻进被窝。

敢情我气了大半个晚上，他居然还不知道？等他上来我一脚就给踹了出去：“滚，后院小屋睡去。”

郝健疑惑："你怎么啦？"

还问我怎么了，你说我怎么了？难道真是按你们的风俗媳妇娶过了门自己就得当大爷？我转头甩给他一个背影懒得搭理。

郝健后知后觉地想了半天，才搂着我："老婆，你还在想明天磕头的事儿？"

"屁话。"话是他提起来的，我转身理直气壮地就冲他嚷嚷，"我长这么大连我父母都没给好好磕个头，更别说你那些八竿子都打不到的什么狗屁亲戚了。我嫁给你对你爸妈好还不够？凭什么还这要求那要求的？"

"这是我们这边的风俗，没什么的。"郝健完全不把这事当事儿，"明儿也就是做个样子跪一下，跪完收了红包闪人就是。"

"你说得轻松，就你们这边儿的人膝盖骨软，见人就磕头啊？我们可没这个习俗。什么破习俗，你既然娶了我，婚礼我就按你们的风俗尽了孝道，这磕头说什么我都不会去！"

这话说得声音挺大，郝健连忙抱紧我："宝贝儿你小声点。"

"凭什么小声？我就要和这样的恶习抗争，坚决反对！"

郝健掀开被子就跪在我面前，拉着我的手说："老婆，我求你了，你就看在我妈为我们操办婚礼的份儿上，明儿就去帮她撑这个面子好不好？你不知道，我们婚礼前一天晚上家里亲戚太多，我妈忙得都没有睡觉，在路边火堆旁坐了一晚上。老婆……"

郝健这么一说我心就软了，婆婆那么大岁数盼的不就是儿子娶个媳妇回来，再按照他们当地的风俗，去各家亲戚家里认一番，给人夸夸心里乐呵乐呵吗？在我有点动摇的时候，郝健又摇晃着我的手说："老婆，只要你明天去了，回成都之后我给你当牛做马。"

这就是一针强心剂："那我还要买很多金银首饰。"

"好，没问题。回了成都咱就去买大闪闪。"

"我还要出去旅游，跟了你一年我都没出去玩过。"

"没问题，咱去马尔代夫……"

"这可是你自己说的？"我斜眼傲娇地盯着郝健，就算妥协了。

郝健认真地点点头："是我说的。老婆你真好，你是世界上最漂亮最贤惠的老婆，你要说是天下第二贤妻，就没人敢说是第一！”

早上也不知道郝健是几点起来的，我迷糊中听到郝莉在叫我：“嫂子起来了，咱婶已经到啦，都等着你呢！”

没睡醒往往就有起床气，睁开眼睛看着郝莉笑眯眯地看着我，我忽然就反悔了，苏菲你就这么贱吗？现在叫你起床的人不应该是郝健吗？不应该是他跪在炕上求你去吗？现在郝莉来叫你算怎么回事？好像这事就是你应该做的似的。

逆反心理一下又上来，我扯过被子任郝莉在旁边怎么说就是不理她。郝莉看我装睡不理，转身出门去向他哥求救。

我蒙在被窝里眼泪刷地就流了下来，这叫什么事儿嘛，结个婚还这么憋屈。

郝健进来蹲在炕边又是拉又是哄，可一旦哭开了我怎么都稳不住。越哭越伤心，心想着自己真的好可怜，要是在家过年这个时候应该是我妈端着汤圆在床头，哄我起床吃两口再睡。我要高兴就张开嘴巴吞两个，我要不高兴把手一挥让我妈端开。可是看看现在，全家人一大早就来逼我起床，还让我去跟陌生人磕头！

郝健接连哄了我好几次，正碰上我思维钻进牛角尖的时候，见怎么哄我也哄不好。索性丢下还在哭的我摔门出去，大声地对公婆说：“别管她，她爱怎么怎么。”

见郝健居然这种表现，要不是最后一丝理智告诉我要冷静，我绝对穿上衣服就离家出走回淄贡市去，这破地儿，大不了姐不待了！这些天来吃不习惯面食睡不习惯土炕的委屈全都涌了上来，干脆也不管家人听不听得到，放开嗓子就大声哭了出来。

第一次我妈和郝健见面的时候，我妈还千叮咛万嘱咐：“小健啊，菲菲被我跟他爸宠成了个反毛驴。你要跟她反着来她绝对不会买账，所以还得委屈你遇到什么事的时候就顺着他走，那她自然就规规矩矩的了。”

当时郝健可是点头哈腰向我妈保证的，现在看我哭看我不愿意去，难道不应该坚持不懈地继续哄我吗？就这样摔门走了是几个意思？反正我不去，为他家的风俗磕头，好话都舍不得多说几句，我凭什么去？他们也不可能找个绳子来绑我去吧？

于是大年初一的早上，我就躺在炕上哭得昏天暗地。为了保全面子不能冲气走，为了不让我妈担心不能打电话向她诉苦。没有任何反抗的办法，就只能躺在炕上哭，死命地哭，以此来发泄心里的不满。

过了很久，大概是婶在外面催得着急，婆婆推开卧室的门，蹲在炕头还没开口眼眶就红了，忍住没让自己哭出来，拉着我的手哽咽着说："菲，妈的好女儿，村里的人可都夸你又懂事又勤快，好歹这次你给妈个面子好不好？"

"好媳妇，你今天要不去，妈以后在村子里可就抬不起头了。乖，咱起床啊。"婆婆虽然极力忍着，眼泪还是落下来掉在我手背上。

被婆婆的眼泪一惊我清醒过来，这不再是我家，面前这个动之以情的女人也不是我妈，如果我再执拗下去不仅会让婆婆难受，更会直接影响到我和郝健以后的感情。我伸手擦掉婆婆的眼泪，哭着说："妈你别说了，我去……"

我能说这是我长这么大以来，第一件妥协的事吗？以前我都是以自我为中心，高兴做什么就做什么，不高兴去做的事谁都劝不动。

可是现在不同，我结婚了。

不就是磕头吗？不就是什么狗屁尊严吗？他们这地儿把这事看这么重，我自认为所谓的尊严又值几分钱？不就是一个思想转变的问题吗？婆婆大把年纪还泪眼婆娑地来请我，我再不去不是不孝是什么？

我穿好衣服，在婶的带领下当真就挨家挨户地给陌生人下跪。从村头开始，每到一家婶就向我介绍长辈，我冲他们笑笑就觉得膝盖软了，见人就跪，跪下磕头。完了婶把我扶起来，亲戚再给我个红包就算是认了亲了。

我记不清楚到底磕了多少家，总之就不停地走路——微笑——下跪——磕头——起身收钱——再出门走去下一家。

磕完头回到家，全家人就像是迎接皇后那架势，站到门口迎接我凯旋。

婆婆满脸堆着笑拉过我的手："冻着了吧？快进屋烤火。"

公公乐呵呵地冲我笑着："好姑娘，好姑娘。"

郝莉也嘘寒问暖地安慰着我："嫂子，磕完就没事儿了啊。"

郝健在旁边接过我手上的红包：“我去帮你打水泡脚，在雪地里走了半天该是冻着了。”

我进屋坐在炕上不知道哪根筋没对，眼泪又开始吧嗒吧嗒地流。郝健提着一桶洗脚水进来放在我旁边，蹲下去帮我脱着鞋和袜子，抬头看我又开始哭一下就慌了，还拿着我的袜子就直接伸手要帮我擦眼泪，正好碰上我张嘴准备哭的时候，袜子就给塞进了嘴里。

“呸——”

“对不起宝贝儿。”郝健连忙把袜子放在一边，伸手帮我擦着眼泪，“不哭不哭，等回了成都，你要我怎么补偿你都可以。”

“你这一辈子都欠我的！”

郝健把我冰冷的脚捧在手心里，一点点浇着热水帮我洗：“好好，欠你一辈子，我的乖乖宝贝儿受委屈了，不哭啊。”

“你向我保证，明年春节得回我们家过年。”

“好好，回你们家。”郝健从水里拿出一只手举起来，“我向宝贝儿保证。”

郝健做了保证我的气也就消了下去，不过我又嘀咕着：“我真心不喜欢在这儿过年，又冷，生活也不习惯，最重要的是不能喝酒还没肉吃。”

“咱宝贝儿是想喝酒吃肉了不是？等回了淄贡市，咱天天大碗喝酒大口吃肉好不好？”

这件事儿的阴影来得快散得也快，到第二天我又变成那个乖巧儿媳妇，穿上围裙屁颠屁颠地去灶头炒菜。反正跪也跪了钱也收了，不能总捏着这事儿不放对吧？

好不容易熬到正月初三，终于收拾行囊打道回府，回到淄贡市准备家乡的婚礼。对我来说这个婚礼才有感觉，我对它充满了无限的遐想和期待。

因为来参加婚礼的都是从小看着我长大的亲朋好友，通过结婚我想要告诉他们，你们认为嫁不出去的苏菲终于嫁了。顺便让我妈带着郝健正式炫耀一番，那些老师相互打听下郝健的情况，以后八卦的时候肯定就会说：你看陈老师那女儿，找个老公怎么怎么好之类的。

婚礼的伴娘是笑笑，伴郎是齐鑫，婚礼也没有郝健他们那边那么多的风俗，就是换上婚纱直接去酒店等客人到场。

早早的我妈学校那群退休老师结伴过来，我一眼就看到了赵娇娇她妈走在人群的前面，见到我妈热情得恨不得贴上来："哎呀陈老师，恭喜恭喜。"

"呵呵，同喜。"在赵娇娇她妈面前，我妈难得把头仰了起来。

"这就是你女婿吧？"赵娇娇她妈妈走到郝健面前，"还真是郎才女貌。"

"小健，这是妈学校的张老师，快叫张阿姨。"

郝健恭敬地从伴娘笑笑手里拿过糖果，递到赵娇娇她妈面前："张阿姨。"

我妈往后拂了下头发，提高了声音："张老师，以后去成都咱俩就可以结伴了哈。"

我自然明白我妈的意思，就想趁机让后面的人问郝健在哪儿工作嘛。她这话一出后面果然有人问了句："陈老师，小健在成都什么单位啊？"

我妈连忙把话接了过来："在省上的××设计院。"

"小健是外地人吧？"

我妈生怕有一个人听漏了郝健的工作单位和学历，估计恨不得拿个扩音器在这儿广播下："对啊。哎呀说来这也是缘分，研究生毕业后他就偏偏选了四川，还就和我们苏菲认识了。还好苏菲没有固定工作，结完婚跟着就去了，也方便。"

"你就这一个宝贝女儿，苏菲不在你身边，该不习惯了吧？"

"习惯，习惯。明年他们的房子下来后，我没事儿就去给他们做做饭。"

我想这群退休老师聚在一起，用群口相声来形容绝对不为过。旁边马上就有人来捧哏："呀，这么快就买房了啊？"

"张老师，你们家娇娇和文昊在成都也好几年了吧？房子定下来了吗？"

我明显看到赵娇娇她妈妈脸色有点变了，我妈偏偏又抢在这时补了一刀："成都的房价可真是贵得离谱，小健他们订的那房，单价8000，还在三环边儿上。"

“成都房价是贵，订的多大的？”又有人问。

“80平方米的，算下来总价六十五万。”我妈还极为伪装地叹了口气，“唉……欠着银行一屁股的债，每月房贷都要还3000呢。”

“3000呢？啧啧……”

退休老师们不停地感叹，我妈也达到了自己的目的，热情地揽过赵娇娇她妈妈的肩膀：“张老师，快进去坐着吧，二楼棋牌室打会儿麻将。”

等她们进去后，我妈侧头小声地说：“菲菲，你瞧见张阿姨那脸没有？哈哈……以前不总说自己早早地当了外婆怎么怎么嘛，现在听到买房子就尿了吧？”

在整个接待客人的过程中，我妈就像个复读机一样不停地重复几句话：“在省上设计院工作，买房啦，单价8000，研究生。”

我怕郝健觉得我妈虚伪，趁着我妈说话的间隙拉着他说：“哥哥，你别在意啊，老人都这样，好面儿。”

“呵呵，能有东西给妈去炫耀也算优点嘛。”

郝健除了最亲的亲戚之外，几乎都不认识其他来的人，不过好在有笑笑和齐鑫，我的朋友来了他们俩总是热情地拉着郝健介绍。尤其是齐鑫，对每个我邀请到场的朋友都会说一句话：“这是我们健哥哈。”

郝健就站旁边呵呵一乐：“这是我们鑫哥。”

然后快到中午的时候，我正转身要进去准备等会儿上台，文昊和赵娇娇就走了过来：“苏菲，新婚快乐……”

笑笑看不过去，走到他们面前不阴不阳地说：“哟，你们俩今天是来送超大红包的吧？”

我不知道他们为什么会齐齐出现在我的婚礼上，但我能肯定的是我没有请他们。不过像赵娇娇这样的，我妈请了她妈，她也保不齐就跟着过来。

郝健应该也发现了我的不对劲，尴尬地冲他们浅浅一笑，就被我拉着往里面走去。

婚礼正常进行，有着主持人的煽情和穿婚纱的喜悦，我并没有因为文昊和赵娇娇的到来而影响心情。婚礼结束后，我和郝健走马观花地敬了一圈，就准备回到朋友和同学那两桌主喝。

有同学就开始起哄："新娘子，快过来喝啊。"

文昊和赵娇娇坐在同学那桌，文昊满脸通红，看样子应该喝了不少。我让齐鑫和冷哥带郝健去朋友那桌先喝，我独自端了酒杯跟笑笑一块儿走了过去，挨个儿满满一杯地打圈。敬到文昊那儿的时候，他提前端了酒杯："新婚快乐。"

赵娇娇也端着酒杯站起来靠在文昊旁边，比我笑得还要开心："新婚快乐啊，菲。"

我冷笑了一声，把酒杯在空中举了下，压根儿就没和他们俩碰就一口干了下去。笑笑看我尴尬，忍不住端着一瓶酒走到赵娇娇面前，明知她不怎么会喝酒，还故意递给她一瓶啤酒说："娇娇，好久不见。"

文昊起身接过笑笑递去的那瓶酒说："我帮她喝吧？她不能喝。"

"不喝酒上这儿来干吗？"笑笑也没见外，指着桌上的其他人说，"你们倒是说说，苏酒仙儿结婚谁能站着回去？"

赵娇娇的酒量我再清楚不过，读书的时候就是出了名的娇小姐，每天一副林黛玉的样子惹人怜。她要是把这瓶酒全部喝下去，保管马上就能躺着离开婚礼现场。

"笑笑，你又不是不知道我真不能喝。"赵娇娇拿过一瓶豆奶，"要不我喝这个？"

桌上的其他朋友也怕笑笑再闹下去大家出丑不好，都纷纷劝说笑笑要不算了。但笑笑刚才跟着这圈喝下来，难免也有不少认识的朋友老师，已经喝得差不多了，非就不依不饶地逼赵娇娇："你自己几斤几两不知道？这点酒都不能喝，还上这儿给人添堵？"

赵娇娇也不说话，就站在文昊旁边拉他的衣角，意思是让文昊帮忙给说说。看她这副装柔弱的样子，我就有点看不下去了，从笑笑手里抢过酒瓶："那我和你喝。"

文昊赶紧劝我说："苏菲，你也少喝点儿，今天结婚喝酒的地方还多着呢。"

赵娇娇她妈妈和其他老师正好吃完准备去打麻将，经过我们这桌时看我端个瓶子，连忙就上来劝我说："哎呀菲菲，我们家娇娇可不能和你比，她可是滴酒不沾的。”

在长辈的眼里始终是不会喝酒的女人才是好的，尤其在这堆退休老师固执的思维中，更是觉得赵娇娇这样的才是大家闺秀。

场面顿时就有些僵了。

我趁着酒劲儿还是不松口，伸手挽着赵娇娇乐呵呵地说：“张阿姨，娇娇没事儿的，你赶紧打麻将去吧，啊！”

估计是看到我和赵娇娇关系有所缓和，她妈才没有说什么：“那行，你们少喝点。”

然后我就听到后面有人在议论：“这苏菲真像个男孩子，不过她老公看起来倒挺斯文。”

我妈恰好过来听到了这话，可是不得了，提高声音说：“可不是嘛，我们家苏菲啊，就是长了副女人的长相，生了个男人的性格，耿直豪爽。这样的性格啊，让她走到哪儿都能混得开，这不到成都还没多久嘛，老板就可器重她了。”

我妈是生怕在某一句话上输给了赵娇娇她妈妈，明知道赵娇娇毕业后在那家上市公司混了好多年，也不过是个小小的前台，非得要把这事儿再拿出来比比。虽然上市公司和私企没可比性，但因为有郝健的衬托，加上我妈口中老板的器重，也让那些老师不停地夸着我出门。

他们离开后，酒精上头让我心里就更来气了，见赵娇娇半天不喝就自己仰头把那瓶酒喝完，然后重新把酒递到赵娇娇手上：“来，喝了。”

赵娇娇还是拉着文昊的衣角，不接我的酒，也不说话，就这副样子让谁看着都觉得是我在欺负她。文昊尴尬得也不好再多说，场面有些僵持。

齐鑫在旁边那桌大声地喊我：“苏大妈快过来，半天还在那边磨蹭什么呢？”

结婚就是要照顾周全，为了不让那边的朋友久等，我把摊子撂给笑笑先回了郝健那边。

一到那边齐鑫就开玩笑地过来揽住我举杯对郝健说：“健哥，感谢来参加我们的婚礼，敬你一杯啊。”

郝健也配合，喝得满脸春风地举起酒杯：“恭喜恭喜。”

齐鑫居然恬不知耻地说："同喜同喜。"

这边嘻嘻哈哈的氛围，可就比那边有文昊在场要轻松不少，在齐鑫调动的氛围下，我很快就把旁边还有文昊这事儿给忘了。直到喝得晕乎乎地上了个厕所回来，看赵娇娇捂着头躺在文昊的怀里，笑笑还站在她面前趾高气扬地说："姓赵的，我想收拾你不是一天两天了，今儿你跑这儿来装林黛玉，可是找错了地儿。"

齐鑫怕笑笑再动手连忙把她拉开："怎么了怎么了？喝个酒还闹起来了？"

赵娇娇就躲在文昊的怀里不停地哭，本来文昊还想冲笑笑吼两句，看我过去也没多说什么，只是说了句："我先带她去医院，你们慢慢喝。"

"等等。"半天没怎么说话的郝健，忽然叫停了文昊。

文昊转过头："还有事？"

郝健居然在众目睽睽之下走到文昊旁边，拍了拍他的肩膀："哥们儿，你和菲菲的事儿我都知道，只是我觉得你今天这事儿做得不够爷们儿。"

"哦？"

"今天是我们大喜的日子，你说你们俩上这儿来添什么堵呢？你是觉得她哪儿对不起你，还是觉得她度量大结了婚就能原谅你们？"

"我是觉得你们结婚，大家朋友一场应该来祝贺下。"文昊如是说。

"谢谢你的好意。"郝健重重地捏了下文昊的肩膀，"我们不需要你的祝福。"

我真心不敢相信这些话能从郝健的嘴里蹦出来，简直觉得他太帅了好吗？别说是我，就连冷哥和齐鑫，还有笑笑、叶子，都在一旁惊得张大了嘴巴看着郝健。

笑笑冲郝健竖起了大拇指："文昊，你眼睛是长在屁股后面的，你瞧不上的绝对是宝，你瞧上的才是棵草。"

文昊脸色煞白地扶着赵娇娇尴尬离开，齐鑫作为我们共同的朋友跟着要去送他们。

笑笑把他叫住："齐大爷，你不准去！"

齐鑫无奈地停了下来，对文昊说："耗子你送她去看看，以后有事儿先给我电话啊。”

“行，你们喝着。”

我和文昊的事在场的朋友同学几乎都知道，刚才的场景估计把他们也弄得很尴尬，离开后我装得没事儿似的挥挥手：“没事儿了啊，来咱接着喝。”

碍眼的人都走了，大家也就甩开了膀子越喝越疯狂。奇怪的是郝健全场居然不倒，在齐鑫拉着我四处装着新人敬酒的时候，他也被笑笑拉着到处敬酒。最后他潇洒地转身对齐鑫说：“鑫哥，来喝酒。”

婚礼就是不停地喝，从中午喝到晚上，从酒店喝到KTV，所有的人都在包间里抢话筒，为我找到幸福哭着祝福的时候，也就差不多到位了，而郝健撑到这个时候才终于倒在沙发上睡了过去。我们正抱着回忆过去哭着闹着的时候，服务员走到我身边说外面有人找。

我擦干眼泪去打开包间门，见到文昊醉醺醺地依靠在包间门外的墙上：“菲菲，我是一直觉得亏欠你，现在你终于找到了幸福，我也替你高兴。”

我趁着酒劲，向他咆哮：“你滚！”

但是说完，还是忍不住落泪了。离开文昊后，我甚至都以为自己的生活里将不会再出现男人，把自己不当人地拼，工作上、生活上，完完全全当成个汉子来周旋。然而今天，终于还是找到了依靠，让我妈扬眉吐气地在所有亲戚朋友面前炫耀，让所有的朋友和为我祝贺的同事都纷纷小声告诉我郝健比文昊更适合我。

“菲，你别哭啊。”文昊没精打采地倚靠着墙，“我……对不起。”

今天的文昊看起来比两年前他结婚那时明显衰了很多，感觉像长期郁郁寡欢导致的精神萎靡。但我忍住了对他的可怜，推开他的手用袖子擦干眼泪：“还有没有事儿？没事我要进去了。”

“苏菲……我……”文昊拉住我的手一副欲言又止的样子，几秒钟之后才松开，“没事，你进去吧。”说完就转身进了隔壁的包间。

说实话刚开始我还以为他是真的来找我说对不起的，看他进了旁边的包间，我才知道自己又一次上了他的当，他明明就是来这儿玩，碰巧喝多了来找我发泄下而已。

我在心里鄙视了下自己：苏菲你还真当自己是根葱了！

喝到回家的时候我虽然没醉得倒下，但意识基本上已经模糊。都不知道自己到底是怎么睡着的，总之第二天中午醒来只感觉下身冰冰凉：我居然尿床了！

我赶紧把郝健摇醒：“老公老公……”

“怎么了？”

“我……”毕竟都结婚的人了，跟男人睡在一起还尿床，这事儿确实有点难以启齿。但下面湿了那么一大片，郝健早晚也得知道，我铆足了劲儿说，“我好像尿了。”

“呵呵。”郝健居然不觉得奇怪，还笑着说，“我知道啊，昨儿半夜我就听到声音，打开灯看见你尿来着呢。”

原来你半夜看着我尿，还忍心把我推到打湿的床单上，让我在上面睡一晚上？我一脚给他踹过去：“你真狠心。”

“这不让你长长教训嘛。”

我尿床这事儿对我妈来说早已司空见惯了，起来后我就淡淡地说了声我尿了，我妈埋怨了几句就去把床单换下来丢进了洗衣机。

昨天喝得太多导致全身软得哪儿都不对劲儿，正好想起来参加婚礼的一哥们儿给了我一张他新开的浴足城体验卡，干脆就拉着郝健出门去泡个脚再醒醒酒。浴足城在齐鑫家楼下，到的时候我往小区里指了下告诉郝健齐鑫家就在里面。

郝健一听：“那让他也来洗呗！”

“你请客啊？”我指了指手上的体验卡，“这只免20块钱呢。”

“我请就请嘛。”

于是我拿出手机拨了齐鑫的电话，但响了半天都没人接，准备挂电话的时候里面居然传来了笑笑的声音：“喂，谁啊？”

我以为是我拨错了号码，还特意把手机翻过来确认了下，确定拨的是齐鑫的号码，可笑笑这声音一听就是在睡觉，我再次对着电话确认：“笑笑？”

“新娘子，有什么事儿？”

笑笑和齐鑫都是用的水果机，我想我有必要提醒下他们俩的奸情已经被我发现：“笑，你这可是拿的齐鑫的手机？”

“啊——”笑笑在电话里一声尖叫，匆忙地说了句“我等会儿给你打过去”就挂了。

郝健问我：“刚才你打过去是笑笑接的？”

“嗯，他们俩昨儿估计滚一块儿去了。”我笑着说，“齐大爷这孙子太装了，我早就看出来他对笑笑有意思。”

“可是这样不好吧？这样笑笑算不算劈腿？”

我可不这样认为：“王小帅不仁在先，笑笑不义在后。”

郝健大概无法来评价这件事，只是长叹了一声：“贵圈真乱……”

别看淄贡市这地方小人均收入不算太高，但论对生活的享受远比在成都要好很多，以前在家的时候我几乎从不在家里洗头洗脚，都是约着笑笑和叶子固定去洗头店和浴足城。但去了成都大半年，几乎没有去过这样的场所。

可在旁边的郝健就明显不适应了，服务员刚捏着他的脚，他就像杀猪似的尖声叫：“轻点儿……痒……”

枕头旁边的手机响了起来，我接过来一看是笑笑：“昨儿爽翻了吧？”

“去你丫的，在哪儿呢你们？”

“在齐鑫家楼下，知道你也在他家，赶紧下楼吧。”

十分钟后笑笑和齐鑫手挽手出现在我面前，都是熟人倒也没觉得不好意思，只是我不道德地笑了：“狗男女。”

齐鑫坐到郝健旁边的凳子上：“健哥，要不我带你去做个大保健？”

我说：“齐大爷，你这刚战斗了一宿，还有力气？”

当着齐鑫面儿当然不好直接问笑笑打算怎么和王小帅坦白，就只追问了齐鑫昨儿晚上的过程。齐鑫和笑笑应该是统一了口径，一致表示昨天喝得断了片，具体怎么回去滚到一块儿的，谁也说不清楚个所以然。

我说：“齐大爷，你这吃干抹净了就不打算负责？”

“啊——”齐鑫夸张地叫了声，“怎么负责？”

“就是，都什么年代了还负什么责？”笑笑在旁边说，“不就拼个伙食吃了顿肉吗？他出筷子我出碗，谁也不欠谁谁也不吃亏。”

郝健被笑笑这话给逗乐了：“那笑笑，鑫哥的筷子配你这碗，到底合适不合适？”

第三章

一起创造的才是幸福

1.

过完年就是情人节，也是我们领证一年的纪念日。去年我和郝健过生日，为了省钱都没有声张，去菜市场买了点儿菜回来自己做了一顿饭，就算是过生日了。那也是我第一次过生日没有蛋糕，但因为有郝健，我也没觉得少什么。

所以结婚纪念日对我们来说也很平淡，同样是逛逛超市把冰箱填满，顺便炖了一锅猪蹄雪豆汤，再烧个肥肠就两瓶啤酒，在出租屋里也吃得不亦乐乎。

酒足饭饱后房东打来电话，问我们有没有回成都，她下午要过来收今年的房租。

我们租房合同是一年一签，房租也是一年一交，这次是因为房东出国过年才推迟了这么几天。我想我们的新房四月交房，加上装修再搬进去的时间，盘算着为了省钱要不就跟房东商量商量看能不能只租半年。

知道郝健最讨厌和人讨价还价，我有意想要把这个问题交给他，在房东来收钱之前和他大概说了下，房东来了后我就刻意坐在旁边装没看见。就听郝健特实在地说："阿姨，我们的新房就要交房了，这次能不能只租半年呀？"

房东是个很有原则的本地老太太，去年交全年房租时有个零头两块五，她当时没零钱找我们，还专程去楼下银行排队换了零钱找我们九十七块五。现在听说我们今年只租半年，她说什么都不答应了："那可不行，我们签合同说好的，一年一年地整租，房租也得是按这个收。"

"可是，我们住不满一年啊怎么办？"

"这个我也没有办法。"房东完全不近人情，"要么我就收一年的房租，要么就扣下你们的押金，你们三天之内去另外找新房子。”

“阿姨，能不能宽容下？”

“小伙子，这真不是阿姨不宽容你们，谁都知道半年后七月份肯定没有现在刚过完年的时候房子好出租对吧？这房子出租这么多年，都是在这个时候签合同交钱的。”

郝健就被这话给噎住了，来去就那么一句话：“可是我们住不满一年啊。”

本来是下决心让郝健来解决的，但看他们说了半天还没说出个所以然，我这急脾气又上来了，走到房东面前低声下气地说：“阿姨您看这样行不行？我们先交半年的房租，到期的时候我保证提前帮您把房子租出去，如果没有租出去或者在中间有空当，那段时间的房租就继续算我们的怎样？”

“这……”

“阿姨，您等会儿写收条的时候，可以把这条附加到合同中去。您想啊，反正您这房子租谁都是租，只要我们保证它能被租出去不就行了吗？”看房东开始动摇，我招呼郝健帮她倒了杯水，动之以情晓之以理地说，“阿姨您也有儿女的吧？您看啊，我们年轻人来成都生活不容易，现在买了房又是房贷又是房租，确实经济上有点困难，要不您就通融通融？我到时候尽量把房子租个好价钱，至少比现在每月多50吧，您看行不行？”

听说我能把房子租高价：“真的？”

我也不见外地拉着房东的手：“阿姨您放心，我提前几个月就挂网上去，到时候您就只管来改下合同就好。”

“那行吧，就当帮你们个忙。”

我连忙拉着郝健点头哈腰地说：“谢谢，谢谢阿姨。”

然后郝健把半年的房租交给房东，她又啰唆地叮嘱了一番要注意水电什么的，就拿着钱屁颠屁颠地离开了。等她一走，郝健立即贴了上来：“老婆，你真厉害……”

我还在为房东那副高高在上的嘴脸鸣不平，拿着房东打的收条，愤愤地说：“不就有套房子嘛，有什么了不起！再过半年，老娘也是有房子的人，再不用租房子了怎么地！”

“是是是。”郝健怕我一激动把收条给撕了，附和着我小心翼翼地把收条从我手里取下来，“老婆英明神武，这个我放到盒子里去了啊，就这个盒子，记住了吗？”

我们家类似发票合同之类的东西，都是由郝健在妥善保管，我从来也不会去管它们到底放在哪儿。但郝健不知道怎么回事，每次放的时候都要让我知道什么什么东西放哪儿了，一般他说完也就忘，我也从来不会去记。

为了犒劳我刚才立了一大功，郝健拿着银行卡跪到我面前：“老婆，下午我们去逛街吧？”

我知道郝健是想要补偿我大年初一去磕头那事儿，虽然我也认为自己是受了屈辱，但想着刚刚交出去的一大笔房租，还有将来交房时要缴纳的各种税、装修房子的钱、银行欠的那么多首付款，自己瞬间就没了底气。收回他的银行卡放进钱夹：“算了，回家睡觉。”

郝健满脸笑容地盯着银行卡：“走吧老婆，咱发财啦。”

“发什么财？”

“早上年终奖打过来了，三万块钱呢。”郝健大气地拍拍银行卡，“等会儿上街你想买什么哥就给你买什么。”

现在满脑子浮现的都是房贷、装修钱、欠款，他越说让我去，我心里就越打退堂鼓：“真不用，你有这份心就行。”

“走嘛。”郝健拉着我的手，完全无顾虑地说，“不都说好了给你买大闪闪的吗？”

“不行。”我收回郝健手里的卡，惦记着早点还钱我妈就能少付点利息。

“那好吧。不过老婆，你以后别念叨说是我不给你买东西，这可是给了你机会，你自己不买的。”

不得不说郝健真精明，挑这个时候让我去逛街，明明就是这钱还有其他的用处，却好像是他硬要给我买东西我不要似的。但今年的首要任务是装修房子，我们除了还房贷之外，还必须得在交房之前把交房和装修的钱攒起来。

想着钱就头大，眼睛鼻子都愁到一块儿去了。但郝健好像完全不在意，就在我按计算器算我们这几个月可能会入账的钱时，他还时不时在我身上揩揩油。

我甩手把像牛皮糖的郝健推开："你也跟着想想，钱还没着落呢。"

郝健无所谓地说："天无绝人之路，你愁也愁不来的，不是吗？"

道理是这样，可到时候要真金白银拿出来才能装修不是吗？想来想去也没找到生财之道，我随手把沙发上昨天参加婚礼翻乱的衣服一股脑全塞到衣柜里去，嘟嘟囔囔地说："看这破房子就不想收拾，赶紧挣钱，等搬了新家，我一定把新家给收拾得美美的。"

郝健阴阳怪气地说："我打赌，就算搬了新家你也不会收拾。"

我关上衣柜的门："赌什么？如果搬家之后把家里收拾得很好，那我就把你睡了！如果搬家之后家里还像现在这样，那你就把我睡了吧！"

"切。"郝健打开电脑准备玩游戏，"横竖都是我吃亏是吧？"

郝健在我看来除了DOTA几乎没什么爱好，不抽烟不打麻将不喝酒，平时除了同事也没几个朋友。有时候我觉得他没自我，急得我老教训他："你这样没爱好没自我，就不怕有天我把你踹了？"郝健一般都会贱贱地看着我："老婆我的爱好就是你。"

家里有两台笔记本电脑，平时各玩各的我一般也不会看郝健的电脑，更不会关注他玩的什么游戏什么角色。今天心里想着钱发堵，没事儿就随意往他电脑上瞄了一眼，这么一眼，就看到他刚打开的游戏界面上的用户名写着："姑娘你奶挺。"

作为郝健最亲密的女人，我当然一直都知道他很闷骚，但我从来没有想过他骚到了这种地步，取个游戏名字还如此屌丝和猥琐。看他打得入神，我又不敢去破坏他唯一的爱好，就坐在旁边目不转睛地盯着他："老公，你打完这局我问你点事儿。"

郝健正在激战，完全不管我是不是看到了他的游戏名："好。"

二十分钟后郝健兴奋地合上电脑，抱住我一顿猛亲："老婆，我赢啦！哈哈哈……"

我淡淡地指了指他的电脑："那姑娘，指的是谁来着？"

郝健这才发现我已经看到了他最屌丝的一面，慌里慌张地向我解释："老婆，我……这是同事的号。"

我其实在心里早就笑开了，但脸上还是很严肃地说："哦？那指的谁？”

郝健低下头怯怯地说：“指的是谁，你还不清楚吗？”

“呸。”唾沫星子瞬间布满了郝健的脸，“你别以为我不玩儿DOTA就好欺负，你不是说同事起的吗？你同事又没见过我，怎么知道？”

郝健伸手在脸上抹了下：“真润啊老婆，你怎么知道我早上还没擦脸呢？”

我知道吐口水不是个好习惯，但我这样恶心地对郝健，他居然也能附和我，那可就别怪姐不客气了啊？

“呸呸呸……”又是一脸，“快说，是不是你取的？”

郝健擦了把脸：“老婆我错了，以后我再也不取这么猥琐的名字了。”

在我的拷问下，郝健终于承认这是某天他们在办公室没事儿的时候，一群大老爷们儿取的集团用户名。还有几个更奇葩的名字，分别是：姑娘你臀翘、姑娘你唇红、姑娘你齿白。我可不可以说，技术宅男的世界我等完全不懂？

玩了几把游戏郝健都是输，他气得摔鼠标退了出来：“靠，一放假游戏里全是些小屁孩儿，根本都不会打，不玩儿了。”

我懒得理他，继续抱着电脑看我的电视剧。

然后就感觉到郝健在旁边不停地敲字，过了很久他忽然大声地喊我：“老婆有活儿了。”

“啊？”我探过头往他电脑上看，“真的？在哪儿？要做多久？有多少钱？”

这噼里啪啦的一通问把郝健给问愣住：“都还没说好呢，你激动什么？”

“这叫生活处处充满希望。”

“那要没谈成呢？”

“再找下一个希望呗！”我把脸凑过去，像是电脑里马上就能蹦出钱来似的催促，“快问问，要是谈好的话这几天你还能趁不上班去挣一笔。”

郝健在工作上属于一丝不苟的人，就连报价格的时候也是算了又算问了又问。郝健说利用空闲接私活，一要保证价格公道，二要保证不扰乱市场，三还要保证自己有钱赚。我懒得听他说这些道道，直接问：“你就说，这活儿要做下来能拿到多少钱？”

“两三万吧。”郝健在电脑上描着图，淡淡地说，“不过要去新疆。”

现在这节骨眼正是缺钱的时候，别说让郝健去新疆，就是让他去南非能抱回来装修钱我都是很乐意的。一听到有那么多钱，我顿时心花怒放主动凑了上去：“哇，我老公真厉害。”

郝健得意地把我推开：“你知道找我这哥们儿是谁吗？”

“谁？”

“去年找我做了图没给钱的那哥们儿。”郝健像是解恨似的说，“我就说你妇人之见不可取吧？当时要听你的，找人要了那几百块画图的钱，今儿能有这么大的活儿吗？”

去年郝健接了不少画图的私活儿，其中有个小活儿当时那人要求帮忙画画，等郝健把图交过去之后很久也没说要给钱。我有点不乐意，觉得既然付出了劳动就应该有所收获，郝健倒是不以为然，觉得要能给就给，不能给的话闲着也是闲着，就当卖个力气多认识个朋友。为了这事我还和郝健争论了几句，骂他脑子不灵光。

眼看自己狭隘的思想差点就断了我们家的财路，我开始醒悟自己有时候是不是管得太多。我在心里默默地想：以后郝健的事就放手让他自己去，我可别再瞎掺和了，要不去年他真去问人要了钱，这次可就没挣这么多钱的机会。

活儿最终在晚上的时候谈妥，第二天就得出发去新疆，保守估计要待一周左右，干完正好回来接着去他们单位上班。

第二天早上我还睡得正迷糊郝健就出发去和甲方会合，临走前我睡得正香还没反应，等关门声传来我就觉得心里空了下，连忙坐起来大喊：“老公，你回来……”

郝健本来已经走到了楼下，听到我的声音又转身折回来：“怎么起来了？上班还早，你再睡会儿？”

“吻别一个呗？”

郝健在我脸上亲了下，学着电视剧上的台词，抚摸着我的头说：“哥哥走了之后你要好好吃饭、好好睡觉、好好上班知道吗？乖乖的，我一个礼拜就回来，听话啊。”

"嗯。"我赶紧吐了点口水放在手指上，往眼角的地方抹了抹，抽泣着说，"哥哥，我会好好吃饭、好好睡觉，你在外边儿可得注意。"

好好的一场分别苦情戏，就被我俩给演成了喜剧。看着郝健真的转身越走越远，我觉得越来越空，抹了下眼泪起床开始收拾自己准备去上班。

今天是年后第一天上班，保持最好的状态到了公司，泡好茶打算等会儿给电销部开个会对工作做个计划。我正在认真整理等会儿要说的要点时，王总领着一个和我差不多年纪的男人走到我办公室："小苏啊，这是我儿子王林辉，等会儿你忙完把电销部的工作和他交接下。"

"你好。"王林辉和我想象中纨绔公子的形象不一样，很礼貌地向我点点头微笑着说，"以后请多关照。"

我脑子里瞬间就炸开了，我千算万算就没算过会让我把电销部交出去。

去年电销部在我的带领下业绩也是有目共睹的，我的收入也因此增加了不少，现在我就要把辛苦累积的聚财盆拱手让给他儿子，搁谁身上也不能接受啊。更何况我还一直惦记着今年要靠这部分提成好好装修我的新房呢。就是今天到公司的路上，我还在想今年电销部的业绩我得争取再上一层楼，尽量让我的收入再多点，保证在装修的基础上还能挤点钱出来还债。可是现在这财路一断，我该到哪儿挣钱去？装修房子的钱又从哪儿来？

王总又说："小苏啊，等会儿你先把人召集好开个早会，以后这电销部还要你多协助下林辉才是，他刚从学校出来，很多事情都不懂。"

"好的王总。"我嘴上是服从地在说，但我知道自己的脸已经僵了。

我终究还是太嫩，就这样被人坐享其成还没法说出来。如果搁在以前我绝对会和王总要个说法，凭什么我打下的江山要让他儿子接管？就算没要到说法，此处不留姐自有留姐的地儿，大不了姐不伺候了！可现在不行，如果真的闹掰了辞职，别说过几个月装修，就是下个月的房贷和生活费都是问题。

我把心里所有的不满给忍了下来，装得很热情的样子对王林辉说："走吧王经理，我们开早会去。"

小半年的时间，我已经为电销部制定了整套的电销计划和业绩考核制度，除了偶尔遇上难缠的客户之外，几乎已经不怎么用人去管理，最多也就是平时在他们打电话的时候，纠正下他们和客户沟通的术语或者语气。所以就算是王林辉刚接手电销部，他也不用怎么去适应，和同事认识交接下，我就彻底地退出电销部的历史舞台了。

我的工作又变回了按时上班下班，到点拿工资闪人的状态。如果没尝过提成给我带来的甜头，可能我还觉得拿这点儿工资勉强满足，但明明就让我拿了大半年的提成，现在忽然说没就没了，我心里还是接受不了这样的落差。

下午王林辉到我办公室，问我员工的工资等级和一些提成制度，趁机和我沟通了下电销部的其他事。当着他的面我还得表现出大度的样子，尽可能地把我原有的想法毫无保留地告诉他。等他一转身我就烦躁地想要哭，这种被人釜底抽薪的感觉让我抓狂，我实在忍不住心里的烦躁，拿了手机去消防通道准备给郝健打电话说说。

电话接通后郝健也不知道跟谁在说话，半天才对着电话说："我这在太阳底下忙着呢，有什么事儿晚上回去再说，啊，乖……"然后就匆忙地挂了电话。

我烦躁却找不到地方发泄，到下班的时候想着回到家连个说话的人也没有，更是觉得不是滋味。到家里煮了点面条也没食欲，又跑出门买了几瓶啤酒，回家躺在沙发上一边看电视一边喝酒。喝着喝着喝晕了，睡到迷迷糊糊的时候郝健的电话打来，接起电话就真的哭了出来，郝健在电话那头手足无措："怎么了宝贝儿？今天刚上班，谁欺负你了？"

我哽咽着把白天发生的事告诉了他："哥哥，从现在开始我只能拿死工资了，你会不会嫌弃我呀？"

"哥哥这不还在挣钱呢嘛。"郝健安慰我说，"这边工期抓得紧，早上下了飞机就直接来了工地，你白天打电话的时候我正忙着呢。"

"嗯，可我心里就是不爽。"

"我知道，可这也没办法不是？谁让我们没有个当老总的爹呀？没事儿啊宝贝儿，今天到现场看了下，估计最后的总工程量不止昨天谈的那么多。"

说到底电销部的事其实也都是钱给闹的，现在听郝健说还可能有更多的钱挣，我的气也消了一半："真的？那能多多少？"

"等最后统计了才知道，至少得多几千块钱吧？没事儿，一步步来呗，反正日子总会越来越好的，不用担心啊宝贝儿，有哥在呢。”

郝健安慰了我大半天，让我暂时把没了电销提成这气给消了，挂了郝健的电话心情也好了不少，翻了个身准备美美地睡上一觉，以后家里挣钱这事就彻底交给郝健算了。刚翻了个身电话又响了起来，我以为是郝健还有话没说完，也没看就接起来把手机放在脸上：“干吗，刚挂电话又想我了？”

电话里传来笑笑的奚落声：“大半夜想谁呢？”

“想你二大爷。”听着笑笑那边声音挺吵，估计又是在喝酒，“你什么时候回来的？”

“刚到，在你家楼下老妈蹄花消夜，你快下楼。”

正好白天的事儿也闹得郁闷，我穿上衣服麻溜地收拾好自己就往楼下赶。齐鑫和笑笑还有叶子和冷哥都在，点的菜和酒刚端上来。晚上的面条对我来说确实少了点油荤，我先不客气地啃了只蹄花：“齐大爷，你这是打算负责的意思？”

齐鑫搂着笑笑说：“她的事儿处理好了。”

“什么处理好了？”

笑笑接话：“我和王小帅啊。打今儿开始，我谈笑笑是齐鑫的女朋友了。”

我一块猪蹄还没吞下去：“不会吧？你们真打算苟且一辈子？”

“你会说人话不？”笑笑手拐了下我，笑得无比开心，“是齐鑫去处理的，这两天也就忙着这事儿，要不然早就回来了。”

我怀揣一颗八卦的心接着问：“怎么谈好的？钱都退了吧？”

“有我出马，还有什么事儿谈不好的？”齐鑫嘚瑟地说，“就王小帅那样，只要我愿意收拾他，还不是分分钟的事？”

看着这两人还真像是一对的样子，我心里多少也替笑笑有了点安慰。齐鑫这个曾经我们圈子里的妇女之友，在外面扫了一地的女人之后，最终还是回来把笑笑给收了。

“你们家健哥呢？”半天不说话的冷哥，也一边吃东西一边说。

“出差去了呗。”我就像找到垃圾桶似的，把今天白天公司的事一股脑地给他们倒了出来，倒完之后就舒服了很多，“唉，以后我每月到手的工资连还房贷都不够，算是彻底沦落成健哥的寄生虫了。”

“姨妈巾，要不你跟我学开网店吧？”叶子顺着就接话说，“我看现在网上的代购都挺火的，要不是我的店已经上了正轨不想改行，我都想要再开个代购店。”

“对啊姨妈巾。”笑笑听到叶子这建议一下来了精神，转头对齐鑫说，“你不是出国溜了一圈儿回来的嘛，有没有还在联系的同学？给姨妈巾铺铺路，也没枉费人家给了你那么多零花钱啊。”

叶子无意识的一句话立马就让大家展开讨论，都觉得现在代购是大趋势，反正我上班也是一天对着电脑，要是能在网上把销路打开，每月赚的钱肯定不比电销少。

齐鑫更是当场就拿电话出来：“姨妈巾，你想好干不干，要干你就负责在网上销售，我马上帮你联系人拿货，要哪个国家的？”

在场的人家里条件都比我好，但以前我在他们面前很少自卑，因为我一直以来都没占过他们钱上一点点便宜，就是纯粹的朋友之间的相处。这一刻看他们忙着我挣钱的事儿，才多少心里有种受挫的感觉：“我再想想吧。”

笑笑怕我不答应：“想什么想？就知道你是觉得大家伙帮你心里不踏实。我告诉你，齐鑫找人帮你进货也不是白帮的，以后赚钱了你得请他泡妞。”

“有了你他还用去泡？”叶子说。

笑笑抬杠：“有我怎么了？就齐大爷，再来一打笑笑都不够他使。”

“少废话你。”齐鑫推了下笑笑的头，“就你这身功夫，我还有力气找？”

“行了，你们俩别相互吹捧了，谁不知道这是在嘚瑟什么啊？”叶子笑着说。

目前的情况我确实需要钱：“齐大爷，你找同学拿货这个得给人说清楚，每件货上面让人加点钱，别让人白帮忙不是？”

“放心，肯定会加钱的。”

被他们一撮合，我脑子一热就答应下来：“那行，我明天上班后先研究下。”

风风火火绝对是我的特点，第二天上班就开始学习开网店。加上叶子的店开得正红火，向她借了些经验，花了三天的时间把店注册好，又在网上扫了一圈现在比较火的代购产品，最终确定做韩国的化妆品。因为齐鑫表妹前年去了韩国留学，我把货源确定好后齐鑫就和表妹联系了下，那边毫不犹豫地就答应帮我进货发货。

周末笑笑来接我去了叶子家，让叶子手把手地教我怎么拍照修图，我悟性也不低，一天下来就掌握了简单的技巧，叶子让我买个相机练一段时间就会娴熟得多。

刚把郝健的年终奖打我妈卡上还了首付的贷款，现在别说买单反，就连首次进货的钱都得等着工资发下来，才能给齐鑫表妹打过去。晚上在叶子家里吃的饭，闲聊的时候我就说起前几天刚还了我妈三万，笑笑马上接过话："是不是进货没钱？我借你啊。"

"不用，我等工资发下来再拿。"

笑笑顾着我的自尊心，没有继续说要借钱给我的事儿："我家里还有个不用的单反，你先拿回去用着，反正放家里也差不多该生锈了。"

于是回去之前就先去了笑笑家里，把相机拿回去在家逮着什么都用微距拍，拍完又自己学着修。第二天下午郝健回来的时候我正在阳台上拍一只虫子，他悄悄地走进来站在我后面，猛拍了下我的肩膀："嘿！"

我吓得连忙转身，久别重逢的亲切感和被吓到的恐惧感瞬间袭来："作死啊你！"

郝健来不及放下双肩背包捧着我的脸："想我没宝贝儿？"

孤独寂寞了一个星期，要说不想完全是骗人的，尤其是抬头看到晒得跟非洲难民似的郝健："想……"

"可想死哥哥了。"郝健满脸兴奋地从包里掏出一个厚厚的信封，跪到我面前双手呈上，"老婆，我回来了，这是为了犒劳你这段时间独自在家的辛苦费。"

我捏了下信封的厚度，笑着把钱从里面抽出来，跳到沙发上学着土鳖样儿往手指上吐了点唾沫，夸张地数着："一百，两百，三百……"

一共是三万。

"这钱够你进货了吧？"郝健在旁边乐呵呵地看着我，"你打电话告诉我要开店后，我可就是拼命在干活呢，白天去工地晚上回酒店加班画图。还好甲方这次爽快，我昨天把工作量统计好，图纸一交，人家当场就把钱结给我了。”郝健邀功似的汇报着说。

“能干！”看着这真金白银到手的钱，我心里美滋滋的，觉得自己的眼光没错。我把钱放进钱夹，拿过计算器一边算着一边说，“老公，你那奖金什么时候发？”

“什么奖金？”

“去年考试通过的啊。”

“得上班之后吧。”

“好。”我在计算器上按着说，“那一万我们就拿来交税，之前年终奖不攒下来准备用于装修了吗？咱就把这三万给妈先打回去，去年爸妈拿过来的彩礼我妈说帮我们还银行了，这笔钱还上咱可就剩八万了。”

“什么？只有八万了？”

“对啊，你看啊咱这样，今年平时工资再努努力争取到年底能存两万，到年底就能取公积金了，你这几年得有三万吧？再加上今年底的年终奖，嘿，咱好像能把债都还完呢。”

我算出来这个结果让自己都不敢相信，半年前还愁着还完房贷生活费都没有，转眼连贷款的钱都要还完了。只是我沉浸在幻想中的时候郝健把我的美梦打破了：“妹子，咱装修三万块钱也不够啊？你还没算买家具的钱呢。”

“噢，对哦，还有买家具的钱。那不行，我的网店还得努力，争取每月能有两千块钱收入，这样再算上你干点私活的钱，存三万没问题吧？家具的钱嘛，还是刷信用卡办分期，等先把银行这个还完再想办法还卡。”

账被我越算越糊涂，我总是把以后有的没的都算进去，乐得郝健在旁边哈哈大笑，伸手勾住我的下巴吊儿郎当地说：“老婆，你别太能干啊，这样我有压力。”

“不对，你九月份还有考试呢，那考试要过了明年还有奖金吗？”

“把资质挂靠到单位有补贴的吧。”

“多少钱？”

“听他们考过的人说，一年好像是两万还是三万。”

我激动地拍手："那不就得了！就这么愉快地决定了，明天你去公司先转三万到妈的卡上。"

有了钱就不用再等发工资，我当天晚上加班选了一批产品报给齐鑫的表妹。半个月后第一批货也终于到了我手上，看着满茶几的商品我感觉都是满满的希望。为了让商品早点上架卖成钱，货到的当天我就拿着相机在家里找角度，再熬夜把图片修出来传到店里。

忙到两点郝健实在按捺不住了，拉着我的手摇晃着说："姐姐，睡觉了好不好？"

我毫不客气地推开他："你先睡你的，我弄完再睡。"

郝健妩媚地摆出S形把手放在唇边："姐姐不嘛，人家想要和你一起睡了啦。"

"乖啊，你先睡你的。"我忙着编辑商品属性，再次把他推开。

"哦。"郝健看我是真忙，装得很委屈的样子，"那姐姐，我先睡了。"

郝健偶尔俏皮起来的样子，就跟三岁小孩没有半点区别，不过往往这种时候，会让我有种母爱泛滥的感觉。至少，我是喜欢这种感觉的。

我一直忙到天亮，才把第一次要销售的商品摆放在网店的货架上。看着被我编辑好的成品，除了累就是满足感，幻想这些商品在短时间内销售一空变成现钱，然后再用这些钱进下一批货，如此累积。

接下来的很长一段时间，我的心思完全都扑在代购上。上班就四处找打开销路的宣传方法，下班匆匆回家扒拉两口饭就又窝在电脑前，大多数店家夜里十二点就下线了，我本着不错过任何一单生意的原则，每天都要守到凌晨一点左右才关电脑睡觉。

经营了一个多月，我在宣传的时候看到好多招代理的店，又开始不安分了。仔细研究起这个代理的事儿，发现好多都是兼职，找能直接拿货的卖家谈个最低价，再借用卖家的图片去另外加价宣传，这样对一级卖家来说虽然薄利但能保证多销。

我马上察觉到这应该是个商机，如果我能发展几个二级代理，那岂不是还能增加我的收入？于是我从好友里找了几个以前玩游戏认识的大学生，问他们愿不愿意做我的代理。就是用我的图片去宣传，一旦有人在他那儿下订单，他就上我这儿来拍货。

他们都是在校学生，很多时候泡在网上没事儿做，兼职做代理不过是把我的图片挂在空间或者微信里，做身边朋友同学的生意。况且又是无本，他们只需要定期上传下图片就可以赚点零花钱，都纷纷答应下来，并且短时间内就把货品图片上传到了自己的空间微信里。

有了代理的协助，网店又步入了一个新的台阶，订货量也一天天地多起来。到交房的时候我盘算了下，这两个多月网店挣了有接近三千块钱。再加上这两个月攒下的工资和郝健挣的外快，也有了近四万，这笔钱除开我们需要交的税，开工先进行基础装修是没大问题了。

因为预算就是不含家具四万必须全部装完，所以肯定没办法去找装修公司，笑笑帮忙联系了个认识的包工头，我们打算自己设计、自己买材料，只把人工交给他做就好。

也许有人不能理解这种贫瘠的幸福，也许有人觉得满屋堆着名牌才算是快乐。可我觉得有个心爱的男人，和他一起携手冲向我们的目标，一点点达到我们的计划，这种快乐和幸福是再多钱都不能满足的。

或许这就是宁愿坐在自行车上笑，不愿意坐在宝马车里哭吧，可我坚信我不会永远坐在自行车上，终有一天我会坐在由我挣来的宝马车里，肆意放声大笑。

交房我们俩也完全没经验，把钱一付钥匙一拿屁颠屁颠地就去开门看房了，打开房门的一瞬间，我忽然矫情地哭了起来。就在这一刻，我觉得这段时间以来所有的辛苦和节省都有了归属和回报，我抿嘴擦干眼泪："老公，我们有自己的家了。"

"会越来越好的。"郝健把我抱住，我能感觉到他身上也在颤抖。

从小到大，家里每天都充斥着我爸妈的争吵和打闹，我真的太想有一个温馨的家了。就算它面积不够大地段不够豪华，甚至装修也特别简陋，但只要有能包容我的男人在身边就足够。我站在大门的入口，矫情地抱着郝健足足激动了十分钟才缓过劲儿来松开郝健，径直走到阳台上，像神经病似的冲楼下大喊："这是姐的家！"

郝健吓得以为我激动得要跳楼，赶紧走过来把我往回拉："小心点，别掉下去。"

"怕什么，有栏杆呢。"

"不行，往回站点。"郝健把我拽进客厅，"好，就站在这儿感慨。"

"感慨你妹啊。赶紧看看，这家里要怎么装？"

"我不知道啊，你知道的，我又没住过楼房。"

我虽然也没有自己装修过，但从小也见我妈装过好几次房子，所以基础比郝健要好那么一点儿。看着空荡荡的屋子，我来来回回指手画脚地说："这儿得做个书桌，这儿要做一整面柜子，还有这个房间也要有书桌，不能让孩子在客厅做作业。"

郝健就跟在我身后："好，好，就按你说的办。"

逛了一圈说得累了，郝健始终也就这两句话，我有些不满意："你能不能提点儿建设性的意见？"

"嘿嘿，咱家你说了算，反正我又不懂。"

不都说装修这事儿一般男的比女的热心吗？怎么到了郝健这儿好像完全一副事不关己高高挂起的姿态？但是收到新房的喜悦冲淡了我的抱怨，既然你不懂那就我来吧！

收完房的第二天就约了包工头，将我之前在网上搜集的意见大概转达给了他，他认真地在墙上做了记号，装修这事儿也就爽快地敲定了。

签完合同我们本来是打算先去买河沙水泥这些材料，但郝健被一个紧急电话召回了单位。我只好一个人留在新房里，就近在楼下把要急用的基础材料定好，又赶回家发今天网店的货，顺便把之后要买的每一项材料预算做出来。

对于包里米少的我来说，预算绝对是最最关键的一步，到了建材市场之后也坚决不可以受影响超预算，否则每样超点儿到最后绝对承受不下来。

郝健晚上六点多回来的时候我正在累计预算最后的总和，他进屋就坐在我旁边，也不问我下午买材料的事儿。我以为他在看预算也就没当回事儿，等忙完手上的事转头想问问他，才发现他整个人有些不对劲。这种不对劲和上午去收房的兴奋完全是反差，活脱脱的大姨爹要来的前兆。我开玩笑摸了摸他的额头："怎么了？装修还把你大姨爹给憋出来了？"

"老婆……我……"

郝健吞吞吐吐说不出个所以然，我一下就急了："你什么你？做什么错事儿了？"

"我……"郝健脸都给憋红了，半天才说，"郝莉下午来电话说，要给我们一万块钱装修。"

"郝莉？她不刚上班没多久吗？"

"她读研的时候帮导师干活还攒了些，就说先给我们。"

"那怎么行，家里都是她在照顾也花不少钱呢吧？你是当哥的我是当嫂子的，怎么着也不能用小姑子的钱啊？"

"可是……她已经转过来了。"郝健把手机递到我面前，"喏。"

我这是真真儿地被感动到了极点，郝莉去年毕业后就分到了离家不远的国企，工资和郝健不相上下，但是平时家里大到冰箱彩电，小到公婆的袜子都是郝莉给买回去的。

我有时候都觉得我们俩一味地忙着还房子的债不管家里，已经很过意不去了，没想到这节骨眼上郝莉还寄钱来，我更是感动得当场拨通了她的电话，梨花带雨夹带着感激之情表示我一定要好好和她哥过日子。

但是和郝莉通完电话，郝健的脸色依然难看。我逼问他："你不对吧？郝莉借我们钱你不应该高兴的嘛？这副样子好像你借了她钱似的，到底怎么回事儿？"

郝健这才吞吞吐吐地说："下午单位紧急开会，有可能会借调我到非洲的项目上去。"

"去哪儿？"

"非洲。"

什么？现在房子正要装修的紧要关头，你不懂装修也就算了，但临阵你告诉我要去非洲？我虽然知道自己具有女汉子的特质，但我没法想象郝健去了非洲这房子我一个人该怎么才能装下来。不满瞬间转变成怒气冲他大喊："你不知道马上就要装房子了吗？这个节骨眼上你告诉我要去非洲，我一个人怎么装房子，啊？"

“老婆你别生气。”郝健还是低着头，小声地说，“早上非洲那边的项目部出了点儿事故，单位临时决定增派技术人员过去的。这……这是特殊情况。”

“你们什么破单位啊？领导都吃屎的吗？”我站起来就冲郝健咆哮，“你们单位的人都死完了？你没告诉他们家里要装修房子啊？”

“说了，可是没用，这是总院的决定。”

“决定他二大爷啊！”我挥着手烦躁地说，“实在不行，你不会告诉他们我重病住院了？”

“不行，和我一起去的有个同事，下个月他老婆都要生了也必须去。”

我满肚子怒气实在不知道往哪儿发，光着脚在屋子里来回踱步，手到处指着乱骂，郝健也不说话，就乖乖地坐在沙发上任我发泄。等把该骂的不该骂的都骂完了，我也知道这是不可能改变的现实。谁让我这么悲哀，选了个做技术的建筑男？工地在哪儿他就在哪儿，哪儿需要他就得上哪儿，就算家里有天大的事也不能改变。

冷静下来的我坐回到郝健身边，深呼吸了好几下，问：“有没有补贴？”

“有的有的。”郝健好像终于找到了一个能让我心情好点的理由，“说是去三个月，每月的补贴折合人民币有一万的样子。”

一月一万？去三个月岂不是就有三万？我们原来还打算刷信用卡买家具，现在岂不是就可以直接付现金？我忽然发现郝健去非洲这个消息，真不是个噩耗而是个好消息好不好？我马上恢复了财迷的本性，两眼放光地盯着他：“真的？有三万？”

郝健肯定地点点头：“嗯，这次是总院的项目。而且我听以前出去过的同事说，回来之后等资历到了，单位一般会考虑优先升职的。”

“升职？”这是我在郝健这儿第一次听到这个说法。我一直以为郝健这样做技术的人跟仕途是没有任何关系的，按照他结婚前所说的根据年龄增长，混到教授级高工入专家库，就是终极目标了，一般情况混到个高工也就够了。

“嗯。”郝健一改刚才的阴霾，“你看啊，我现在已经是工程师了，资历已经够了。如果院里有人提拔，下一步就应该是主任工程师，或者是分院院长助理了。”

提拔不提拔这事儿对我来说太遥远，我只觉得能拿到补贴就是极好的。虽然接下来我可能要克服很多困难，但有钱挣我怕什么啊！我的脸也由阴转晴：“那什么时候去？”

“现在还在办手续，也就这一两周就得出发。”见我没了怒气，郝健马上嬉皮笑脸地说，“别生气了老婆，我也不想离开你的。”

本来我就已经不生气了，但郝健一来哄我，我就想要摆点谱：“不生气？你让你们那些领导来试试？你以为装房子是你在电脑上画图？动动键盘鼠标就可以的？”

对这种完全没有震慑力的牢骚郝健早就习惯了：“宝贝儿，要不我们还是找个装修公司吧？反正现在有补贴，多给点钱少出点力没关系。”

听郝健说要找装饰公司我马上就妥协了：“算了，还是我自己来，我就不信凭我苏菲的聪明能干，还不能用最少的钱办最好的事儿。”

“那是，那是，我老婆是既聪明……”郝健诡异地挑了挑眉头，“又特别能……干……”

2.

郝健考虑到他去了非洲，我自己上班又发货还装修，来来回回坐公交不大方面，就商量着去买辆电瓶车。我无所谓地说买辆二手的就行，没想到郝健义正词严地批评我：“二手的怎么可以？现在偷车贼那么多，要是买到了贼货怎么办？”

我倒没想那么多：“贼货就贼货呗，反正人不卖给我们也会卖给别人。”

郝健居然板着脸骂我：“不行，咱再没钱也不能干这种事儿，这不等于给贼机会吗？万一买了又被偷了呢？咱少买一辆贼就少偷一辆。没钱刷信用卡，大不了就办分期。”

我真心觉得郝健的境界比我高好吗？至少他这样说我就没了言语对付，想着也是这个理儿，不能给坏人销赃提供渠道。所以就跟着他屁颠屁颠地去了专卖店，刷信用卡拿下了这么一辆电瓶车，还办了分期。

回家的路上我又巴拉巴拉地算账，言下之意趁着卡上有钱，就把郝莉那一万先还回去。反正基础装修的预算是已经控制在了四万之内的，另外家具就等着郝健从非洲把补贴带回来再买。

郝健只有同意的份儿，于是我俩骑车去了银行，又转走了卡上的一万块钱。钱转过去我妈的电话马上就打了过来："菲菲，你又转钱回来啦？"

"嗯，除了装修还能剩点，就先转回来吧。"

"也好，我都给你们记着呢，现在银行还剩七万咯，我利息也能少还点儿。你们也不用那么着急挣钱了，到年底我攒点和你们一块儿还，这装修完了看看差不多，就准备孩子的事儿吧？"

我当时就毛了："陈老师，你这一步步把我逼得够紧啊？让我喘口气儿行不行？"

"行行行，你先喘气儿，妈得做饭去了，晚上还约了麻将呢。"

坐在郝健的电瓶车上，我看到前面真的满满的都是希望啊。现在买了车，我可不可以说我和郝健的婚姻到目前为止已经算幸福美满了？有钻戒有婚礼有房有车，虽然还欠了很多债，虽然车只是两个轮子的。

周五这天，我到公司习惯性地登上QQ，许久没有联系过的于施头像竟然在闪动，我点开一看："姨妈巾，明天晚上有时间吗？我想请你吃个饭。"再看发消息的时间，是清晨五点半。

于施这个点在QQ上发消息请我吃饭，让我觉得有些诧异。店铺有顾客上门，手上又堆了点邮件，忙了一上午也没顾得上多想这个问题。到中午吃过午饭才稍微闲了下，又点开于施的对话框，再去了好久没关注的她空间溜达了一圈，看到昨天下午两点，于施发了个说说："好忐忑……"

于施的性格不算太直，就算发个说说也不会像我和笑笑那样有事说事儿，通常都只有她才能看得懂。联想到凌晨发的消息我脑子里就开始胡思乱想，抱着好奇和解密的心态，挨个查看她空间来访的人，居然发现了王小帅的另一个号。

我现在QQ里王小帅的号当时是笑笑给我的，也就是说连笑笑加的都是王小帅的新号。在这个旧号上，他和我认识的很多人都往来频繁，而且内容远比他加我的号要丰富许多，里面有于施大量的回复留言，就连他和笑笑好的那段时间，于施也在空间里和他互动频繁。

看到这个情况顿时让我火冒三丈，气得我扔下鼠标拿起电话就拨了齐鑫的号码，这样渣的男人，不好好收拾一顿，真不解气。

“齐大爷，王小帅现在在哪儿混呢？”

齐鑫听我莫名其妙地问王小帅在哪儿：“你要干吗？”

“干吗？有人玩了你的女人，你不知道？”我气得头顶冒烟也就没想那么多，把我发现王小帅和于施空间的事，全都告诉了齐鑫。

“都过去的事还提他干吗？都是成年人，这事儿还不是你情我愿的。你就把那孙子当个屁给放了就好，那种人眼不见心不烦。”齐鑫反倒来安慰我，估计是怕我做出什么出格的事，安慰我说，“别想了，晚上一块儿吃饭吧，最近笑笑有点不舒服。”

“晚上于施约了我吃饭，我现在还没想好去还是不去。”

“你问下什么事吧，要没太重要的事情，于施那人能不接触就别接触了。”齐鑫提醒我。

我总觉得齐鑫像揣着明白装糊涂，他从小就这个德行，整天吊儿郎当不务正业的样子，其实什么事儿心里比谁都明白。于是也就听了齐鑫的劝告，这事儿眼不见心不烦，别说王小帅就连于施现在我也不想见。

拨通于施的电话，装出自己生病在家的样子：“于施，我看到你消息了，晚上吃饭可能不行，你有什么事儿吗？”

于施停顿了下，才说：“也没什么，就是好长时间没见面，有点想你。”

“要没事就改天吧，我重感冒都起不了床。”

“重感冒？那严重吗？”于施很关心地问，“要不我过去看看你？”

“我妈来了，家里人有点儿多。”怕演技不到位显得不自然，我连忙又说，“要没什么事儿我先挂了？医生等着给我打点滴呢。”

于施马上又说：“菲菲先等等，我结婚你会来参加我的婚礼吗？”

这话多少让我惊讶，惊讶的原因不仅仅是她这么短时间就要结婚，而是她邀请我参加婚礼时的这番婉转，昔日念书时两小无猜的姐妹现在却形同陌路，就连邀请我参加婚礼也说得这么底气不足。

"是和王小帅？"

于施又问："你会来吗？"

"在哪儿办？"

"淄贡。"

"噢……"我随手点开电脑的日历，看了下那天正好不是周末。我犹豫了下，"到时候再说吧，要是没事我就来。"

"好。"

我想起我忘了说恭喜，不管于施做过什么，她最后这样的选择还是让我替她有些惋惜，这种惋惜或许就像是她觉得我嫁了郝健而不选刘宇飞一样。我补了句："恭喜啊，新婚快乐，早生贵子。"

"我已经怀孕了。"于施忽然说。

"噢？"她结婚的消息已经来得如此突然，怀孕这事我也就没那么惊讶，"几个月了？"

"六个多月。"

如果她说两三个月我可能还会觉得没什么，可是现在于施就已经怀孕六个多月？那么这意思就是其实并不是笑笑先劈腿？而是早在年前王小帅就在于施肚里给种上了？

我心里早就已经骂开了，就算你和王小帅过去是牛郎织女，不管什么理由被人给拆了，但你和王小帅上床的时候他是别人的男人好不好？最重要的是这别人也不是真的别了多远，还是从小到大的姐们儿好吧？我尽量装得平淡地说了再见挂掉电话。

不知道为什么就想哭。于施这种行为又让我想起了赵娇娇，闺密真的是防不胜防，走了一个又来一个。就像是两年前看到赵娇娇和文昊牵手那一幕又浮现在了我眼前一样，那种自己的东西被人掠夺，自己付出信任却被背叛的感觉瞬间又回来。庆幸的是笑笑比我幸运，她在知道真相以前就有了齐鑫在身边，就算难受也不会像我两年前那样。

齐鑫的电话很适时地打了过来，我深呼吸了下："齐大爷，晚上订好地方了？"

"订好了，下班我让笑笑开车过来接你们俩。"齐鑫在电话里显得特别兴奋，"晚上有重磅消息宣布。"

齐鑫和笑笑在一起后别的没学会，就学会了神经兮兮地吊胃口。对于他们俩的重磅消息我早就失去了兴趣，把刚才于施说怀孕的事告诉了他，末了提醒他："你可别告诉笑笑。"

"你说的屁话，我要这点儿耐力都没有，怎么搞定她。"齐鑫乐呵呵地说，"下午还有个会要开，晚点我让笑笑联系你们俩。"

下班笑笑来接上我，我看到她的第一眼就有些心疼。不敢想要是她知道于施肚子里怀了王小帅的孩子，而且已经六个多月大了会有什么想法。所以一路上说话我都小心翼翼的，生怕哪句话给说漏了嘴。

笑笑也没发现我有什么异常，开着车转头问郝健："健哥，齐大爷说你要去非洲？去多久啊？"

郝健本来还靠在椅子上懒散地坐着，看笑笑回头问他问题，马上坐端正认真地回答："说的是最少三个月，还不知道到底要多久呢。"

"噢，那什么，你走之前最好瞄准目标，把孩子给她种上。"

郝健早就习惯了我们几个之间毫无节制地玩笑："呵呵，怕我水平没那么好哦。"

"没事儿，我相信你，一击即中。"

除去在市中心堵车的时间，出了城笑笑开车还开了近一个小时。对郊区我不熟，只觉得周围风景都很好而且也没什么人，爬了近十分钟的山，笑笑把车停到一个小破木门前，天已经麻麻黑了，但还能看见木门旁长满青苔的木板上用很不端正的字写着："笑笑客栈。"

我的嘴顿时张成"O"形，转头对在锁车的笑笑说："你开的？"

"你齐大爷弄的。"笑笑满脸都是幸福的笑，"走吧，你们俩是这儿的第一拨客人。"

我完全不敢相信齐鑫会这么浪漫，居然在山头修了这么一个古色古香的客栈，我很兴奋，蹦蹦跳跳地在前面不时回头问："齐大爷什么时候弄了个这玩意儿啊？怎么一点儿消息都没透露呢？”

“这是什么地方啊？开这儿生意能好吗？”

“对了，开这个得花多少钱啊？没看出来啊，这齐大爷泡妞可真舍得花血本。”

笑笑半天才插句话：“后悔了吧？早知道，你妈让你找齐大爷的时候，你就该克服左手牵右手的对吧？”

我接她话说：“那是，早知道齐大爷对女人这么上心，左手牵右手又算什么？”

笑笑走到郝健身边挽起他的手：“现在后悔还来得及好吧？要不，今儿晚上健哥给我，齐大爷给你，让你们俩再培养培养？”说完还问郝健：“怎么样健哥？我也不比姨妈巾差的。”

郝健对笑笑的玩笑也都如数接招，伸手揽过笑笑的肩膀：“当然没问题，只要齐鑫不让我赔价格差就好。”

笑笑熟练地打开房间门，把我们引领进屋。屋子里所有的东西都是原木做的，我东摸摸西摸摸：“啧啧，齐大爷的觉悟就是不一样，我和我们家健哥拼死拼活地要往城市里挤，你们倒还回归山林来了。”

笑笑从随身带来的包里取出饮料递到我和郝健面前：“姨妈巾，到底感慨完了没有？”

“没有，等会儿齐大爷上来，我还得念。”

“什么回归山林，这是齐大爷姥姥家的山头，齐大爷想着离枫林雪山近，就给开了出来准备以后经营的。本来想开张之后再让你们来玩，这不健哥要去非洲嘛，齐大爷就提前开放了。”笑笑指着墙上的木板，“你瞧，这还没上旧漆呢，现在看起来感觉还没到位。”

原来这儿就是著名的枫林雪山，冬天滑雪夏天滑草，早就让它成了响彻全国的名山。齐鑫有生意头脑，修建个这样的地方确实和枫林雪山风格符合。

没过一会儿，就听到冷哥比我还要夸张惊叹的声音：“齐鑫，你这地儿要火啊！”

我大声地冲外面唱着：“笑笑客栈欢迎你……”

因为这地方很多设施都还不齐全，所以吃的只有来的时候带上来，齐鑫和冷哥分别扛着几大箱子吃的，郝健见了连忙冲上前去帮他们接下来，三个男人忙碌地把东西搬进屋准备开饭。

以前笑笑和王小帅在一起的时候，我们也是三对人这样玩，那时候的郝健并不合群。现在齐鑫替换了王小帅，这三对人在一起总感觉那么和谐。我们仨坐在木屋门前，像农村妇女似的闲聊着。

叶子说："笑，这客栈都以你命名了，你们俩也差不多该结婚了吧？"

"嗯。"笑笑不自禁地摸了下肚子，"快了，也不知道这儿什么时候能弄好，齐大爷说用婚礼作为客栈的开业典礼。"

"瞧你急的。"我好不容易逮住个机会就数落笑笑，"你当初说我着急，现在你比我更急了吧？"

"时间过得真快。"叶子触景生情地看着前方，"姨妈巾认识健哥的时候你还没着没落的呢，当时还哭着喊着什么时候能嫁出去，没想到这一晃我们仨都成已婚妇女了。"

我说："已婚妇女怎么了？允许未婚享受已婚待遇，就不能已婚享受未婚待遇了？"

笑笑忽然发神经地说："你说，我们是三对，等我们以后都有了孩子怎么办？"

我和叶子一起问："什么怎么办？"

"要是仨孩子同性别还好，万一是两男一女或者两女一男，他们会不会吃醋打架啊？"

"这好办。"我说，"你们生俩女儿，我生对双胞胎儿子。"

齐鑫在里屋大喊："女人们，开饭了。"

上桌发酒的时候，郝健把酒打开递给笑笑，齐鑫连忙阻拦："你不能喝。"

"凭什么她不喝？"我拍掉齐鑫的手，"别拿大姨妈当借口。"

"不是……她过两天要去做阑尾炎手术。"齐鑫说。

"说了能死啊？"笑笑埋怨着齐鑫，"我有了，不能喝酒。"

除了齐鑫和笑笑外，在场的人所有动作都停止，目光静止在笑笑的肚子上，齐鑫最先打破僵局："我妈说笑笑身体不好，孩子太小比较娇气，前三个月先不让说。”

在我们那边确实有这个说法，觉得要是没有稳胎之前就到处说，怕孩子太小保不住，我没想到她会这么快，而且我听到这个消息居然是和于施怀孕的消息一块儿，惊得我半天没回过神。笑笑倒是不信齐鑫他妈那一套，说："其实我早就想说来着，就是她妈不让。"

"齐鑫，你这是典型的先上车后买票啊！"冷哥低头喝了口酒，"准备什么时候补票？"

"等这儿弄完开业吧，估计也就下个月。"齐鑫说。

郝健皱了下眉头："下个月？那我不能参加了。"

我们三个女人在结婚以前都觉得是亲密无间的朋友，一起哭过一起笑过一起醉过，彼此的每一段经历几乎都没有错过。我从来都没有觉得我们之间会有距离，就算我和郝健结婚依然觉得会和婚前一样。我认为怀孕和结婚有本质的区别，结婚是两个成年人结合，就算有磨合不过也是时间的问题，但怀孕是孕育新的生命，必然要经历身心的彻底改变。而现在笑笑比我们先一步跨入了另外一个行列，就感觉有好朋友要远行似的。按理说闺密怀孕，应该是件值得高兴的事，但我忽然就有种说不出来的不舍。

然后这个还没有开始营业的小木屋就彻底地疯狂了，没有话筒音响，就站到前面去像是在舞台上一样唱歌，没有骰子扑克就划拳，再不行就是剪刀石头布。早早地郝健就喝多又提前去睡觉，笑笑因为在安胎到晚上十一点多也被大家吵着让她先睡去。我憋不住事，笑笑刚去睡我就把于施的事说了一遍，然后骂着王小帅。

这次齐鑫比在电话里还要严肃："姨妈巾，白天我说的那些，你都当我是放屁是吧？有的事真的不要追究太多，揣着明白装糊涂有什么不好？像健哥，别以为他什么都不知道，人是典型的面带猪相心里嘹亮。"

"我知道，但我就是咽不下那口气。长这么大就没见过那么渣的男人，你说文昊和赵娇娇吧，那好歹文昊和我在一起的时候没目的。可王小帅这样的，算怎么回事儿，啊？"

"咽不下这口气又怎样？你还以为是念书那会儿，看不惯谁就约到学校后面收拾一顿？"齐鑫用从未有过的正经样子说，"不单单是王小帅这事儿，我说的意思是你这性格要是不改变的话，以后保不齐你和健哥会出什么岔子。”

“你不盼我好是吧？”

“神经啊你，谁不盼你好？”齐鑫有点生气地说，“我就是盼你好才说，健哥再怎么样也是男人，哪个男人心里没有点自己的想法？该怎么做该对谁好，那心里都清楚得很。就算有时候有事儿瞒着你，那也是不想让你知道，你非要打破砂锅问到底，要生气了好事还得变成坏事，你怎么就不明白呢？”

每个人性格都有缺陷这是事实，我有郝健也有，但我觉得改变是基于郝健对我好，我自愿地去改变，而不是齐鑫现在来要求我，因为我是郝健的女人就必须要去为他改变。所以他这样说我就不服气：“齐大爷，你别把你那大男人主义的思想驾驭到郝健身上，郝健压根儿就不是那种人。”

齐鑫今儿不知道犯了哪根神经，听我不停地唱反调忽然声音就大了起来：“苏菲，你这人做哥们儿任何问题都没有！但做女人你还真的需要好好学，你想文昊为什么会和你……”

“齐鑫。”在旁边的叶子听齐鑫提起了文昊，大声呵斥他，“说什么呢你？”

我也是第一次听齐鑫发自内心地说还有其他原因，也不顾忌叶子的好意，站起来大声地说：“叶子，让他说。齐大爷，今儿你得好好说说，文昊是为什么和我分手？”

我和齐鑫从来没有像今天晚上这样严肃地去探讨性格这么有深度的话题，更没有像今天晚上这样两个人都大声地喊话。齐鑫站起来指着我的鼻子说：“好，那我今儿就告诉你。”

我挑衅地把脚放到凳子上，说：“行，有种你就给我说个道道，我要看看渣男劈腿这事儿跟我有几毛钱的关系！”

“别把气氛搞得这么严肃好不好？你看此时此景多浪漫，要不我们睡去？”叶子实在不忍心看我们这样呛，又开始打圆场说，“齐大爷，后面那些帐篷都能睡吧？”

“睡觉先等会儿。”齐鑫完全不理会叶子的劝说，“苏菲你不是什么都想要问到底吗？那行，今儿晚上我把什么都告诉你。但是我希望你听完后，得反省下你知道了你想要知道的事情后，是不是如最开始那样畅快！”

“好。”

齐鑫点了根烟不紧不慢地说：“苏大妈，你和文昊所有的事我都一清二楚，你还记得他和你分手的时候，直言说你不像个女人这事儿吧？”

我点点头：“知道。”

“这话是我让他说的。”齐鑫就知道说完这话我要急，“你先听我说完，赵娇娇喜欢文昊的时间并不比你短，但她就是耐得住性子，人家最后就留住了自己喜欢的人。当然我这话不是说她好，只是凡事你要从中看到它的优点去吸纳优点总结教训。你不得不承认在这事儿上赵娇娇就是比你干得漂亮，人家就是成功了对吧？”

赵娇娇能抢走文昊，一定是有她的优点和手段。这道理早在我妈在我面前念叨的时候我都已经明白了，可齐鑫把话说到这分上我也没必要端着面子：“是。”

“那再回头说说你和文昊在一起我看到的听到的，文昊对你也不差吧？当然，肯定是没有健哥那样迁就你就是。那为什么大学就变了呢？你真的以为仅仅是距离的原因？你自己回头想想，你是不是凡事都要争个高低知道个清楚？就连你QQ留言文昊打游戏去了没及时回你消息，你都得马上打电话过去问清楚。”

我忍不住吐槽：“你懂个蛋，这是关心，是爱的表现好吧？”

“男人有时候很烦这个的，你逮着点儿理就不饶人，挂了你电话你能一遍遍地打，打到最后你先失去理智了，然后谁也别想过了。男人和你在一起是想要放松，不是让你每天来盯梢的，是个人都想要自己的空间，你总是不给人留怎么行？所以文昊最后选赵娇娇，绝对是你也有问题的。”

我没有再抬扛：“嗯，是。”

“你看，这就对了嘛，凡事你都要争个赢，有谁敢和你说真话的？所以你现在和健哥结了婚，就得在性格上有所改变。”齐鑫又说，“王小帅这事儿我明确告诉你吧，他和于施从分手后就根本没有断过，即使于施在成都跟别人在一起，偶尔也会回淄贡找王小帅，而王小帅和笑笑在一起的根本原因，就是想利用笑笑叔叔的关系包点工程。你大概不知道，王小帅和笑笑在一起的时候，他们家是以找到了笑笑而自豪的。”

叶子听到这个也完全不淡定了：“他们俩压根儿就没断？”

“呵呵。”齐鑫笑得很自信，“喜欢了笑笑这么多年我该从来没有和你们说过吧？”

我们同时都很吃惊：“不会吧？”

“有什么不会的……喜欢和在一起是两码事儿。她身边不缺男人，我身边也不缺女人，干吗要在一起？现在不挺好，俩人都疯过了玩过了再决定在一起过日子，这不比提前在一起成为试验品要好多了吧？”齐鑫意识迷糊地说，“苏大妈你好好想想，有些事情是不是不知道还要更好？”

我好像重新认识了齐鑫，他就像他说的什么事情心里都清楚，但就不会和我一样整天嗜嗜嗜地说。他拥有的城府完全不是我这种肤浅的人所能敌的，听齐鑫说久了我精神也开始越来越不好，没有脑子再去思考这些话，只得先听着放一边等明儿醒来再慢慢去想。但我心里明白，他站在男人的角度说的这些绝对不是没有任何道理的。

第二天醒来已经是下午三点半，院子里齐鑫、冷哥和叶子正在耐心地教郝健打麻将，笑笑在旁边的草地上铺了垫子，正躺在上面晒太阳。

我懒洋洋地走到郝健身边：“让姐来。”

“哦。”郝健连忙起身准备让我，齐鑫伸手按住他：“别，就你打。”

郝健怕我生气，不敢继续摸牌，转头愣愣地看着我：“要不，还是你来吧。”

“算了你打吧，我看看订单去。”我坐到笑笑旁边，拿出手机一看有好几单都直接付了款。我把旁边的笑笑拍了起来，“开车带我下山，我要回去发货。”

齐鑫听我差使笑笑，推了麻将说：“要不先不玩儿了？你们仨女的休息，我们去帮你发货，顺便买点晚上吃的东西上来。”

我把要发货的订单发到郝健手机上，然后就和叶子、笑笑一块儿躺在草地上晒太阳。太阳照到身上整个人都软，叶子躺下没几分钟就睡着了，笑笑也跟着眯起了眼睛，剩下我一个人难得用心想想昨天晚上齐鑫说的那番话。

很多时候我都固执地用自己觉得舒适的模式去生活，我心里也很清楚很多时候都是郝健在服软，不管他心里是不是觉得自己有错。而这种服软是因为我们还处于新婚，如齐鑫所说，谁也不能保证这样的激情会持续一辈子，一忍再忍可以，最怕就是到了忍无可忍时爆发。

携手就是一辈子，或许我真的应该做些改变。

如果我的改变能减少我们之间的争吵，换来的是郝健对我更多的爱；如果我的改变能让我们感情长期稳固，为以后的孩子带来稳定的家。那么这种改变就不会是我以前所认为的妥协，而是一种成长的付出，为的是换来更多的东西。也许婚姻真的是牵制，但在牵制的同时也会为你带来另外一种快乐。

想明白了这些，我就觉得我以后和郝健的相处应该有所克制，克制自己急起来就不管后果的急脾气。

齐鑫他们回来的时候没再买酒，晚上吃饭就象征性地问了下还喝不喝，大家都说不喝，也就没人再坚持。在座的除了郝健之外，几乎都是在酒里度过了最癫狂的岁月，过了25岁就能明显感觉到精力不再如从前。

郝健去非洲的日子确定在下周三，为了节约时间，我们和师傅商量就把开工的时间改到星期一早上。这样我们利用周末的时间想办法把主材订下来，再向公司请两天假，开工后可以和郝健一起看看有没有其他没有买到的东西。

周末一早我们骑车去了成都最混杂的建材市场，里面东西的质量也都参差不齐，得凭运气和眼光在里面淘些价廉物美的材料。之前让广告公司帮我做了一盒名片冒充装修公司的设计师，为了试探到底是不是拿着名片去订材料会更便宜，我和郝健特意找了一家装成不认识分别去询问价格。结果我递去名片说是帮客户选材料，得到的报价果然要比郝健低不少。

逛了大半天，想尽量用最少的钱买最好的材料，我第一次没有像以前买东西那样爽快，对着预算单看了又看。到后面郝健逛得都失去了耐心，每到一家都是我去问价格他就直接坐在凳子上等我。到下午四点多郝健见我还是没有下订单，耐不住性子向我发起了牢骚："哪有你这样买东西的？又想钱少还想东西好，就是想马儿跑又不喂草。"

其实我逛得很累了，听郝健这样一说心里就怨气一堆，也不顾在建材市场人多，冲他吼过去："要有草给它吃，你以为我不想给啊？"

郝健看我生气，赶紧伸手揽过我："宝贝儿别生气，我就是随口说说。"

他这么随口一说我就委屈得直想哭，我到每一家店都去讨价还价，时不时还要遭受批发老板的白眼，觉得我不像是正经来谈合作的。要是卡上钱够的话我至于这样吗？我还想要随便找个商场认准某个一线品牌，直接用手一指就拿下呢。

被郝健哄了半天，我意识到必须在今天用最低的价格把它们都定下来，擦干眼泪甩甩手，埋头冲进店铺扯着脸对老板说："老板你好，这是我的名片，今儿来给客户选点儿东西。"

最后天都黑了才终于把前期的东西确定下来，虽然很累，但回到家心情却特别美丽，我拿着假名片转了这么一天，砍价砍到最终所有材料定下来的价格都是我的预期价格。

开工绝对是个高兴的日子，它意味着我和郝健的第一套新房很快就能装好，意味着我们即将结束苦逼的租房生活，意味着我们再也不用担心门外的脚步声。早早地到了新房和师傅碰了头，希望好的心情能让装修的过程变得顺利一点儿，可是没想到开工第一天就状况百出。

师傅先检查了水压之后，拿着测压表愁眉不展地说："你们这房水压好像不大够呢。"

郝健一脸茫然地站在旁边，我冲上前去看着水压表，问："那怎么办？"

"你们得去找找开发商。"师傅收起水压表说，"另外刚才也试了下，你们家的总阀门好像关不大严，等会儿你们下楼也要一并给物业说清楚的。"

刚准备下楼，师傅又让我们去外面买点儿螺丝之类的东西，于是我和郝健骑上电瓶车去了物业门口，打算先问阀门的问题。结果物业办公室已经堆了不少因为房屋质量问题而来的业主，什么这儿裂缝啊、那儿漏水啊，甚至有一家卫生间连管道都没有！

我的心紧了下："这是遇到黑心开发商了吗？"

郝健跟在我后面不敢冲上前去质问，牵着我的手说："老婆，你看这儿人好多的……"

"多又怎样？"我甩开郝健的手推开人群使劲地往里挤，最后终于在门外找到了一个戴着工作牌的工作人员。我快步向前盯着他胸前的工作牌，一看是开发商的人，受大家情绪的影响马上就激动了："你好，我们家今天开始装修，工人师傅测了水压，但好像不够。"

这工作人员一看就是施工方的，满脸黝黑，说话嗓门还特别大："怎么可能？我们水压都是经过专业测试的。"

这语气让我听得瞬间就不那么爽，但先礼后兵的道理我还是明白的："要不麻烦你们找个师傅跟我一块儿去看看吧？这个我也不是特别懂。"

"不用看，水压不可能不够。"施工方特自信的样儿。

这个时候我的火气已经开始酝酿了，但我还是耐着性子说："还有，师傅说我家总阀门也有点儿问题，好像关不严。"

旁边刚和别人说完话的另外一个胖子走过来，接过话说："怎么可能关不严？我们用的可是最好的铜阀门。"

老娘在这儿阐述问题，你们一个又一个的"怎么可能"就把我拍死是几个意思？我火一上来说话的语气也没有刚开始那么好了："可能不可能，你们找个人上去看看不就知道了吗？"

"不用看。"死胖子还是特别自信，"我们这阀门绝对没有问题。"

我有种很强烈的预感要和眼前这俩男人干起来，于是转头寻找郝健，想要他站在我旁边帮我加油打气，可这一回头他居然不见了！

我撑起面子只得独自作战，大着嗓门说："有没有问题你说了就算啊？上去看一眼又怎么了？再说，我们家水压还不够呢！"

"水压不够？你们还打水压了？"

"怎么不打水压？要不打怎么知道你们的不够呢？"

"水表装好之后是不可以擅自测试水压的知道不？要到时候把水表打坏了怎么办？"胖子说完嬉笑着和旁边的人嘀咕了句，"哪儿请来的师傅，到底还想不想在小区混了？"

我哪儿是能听这些话的人，愤怒的小火苗就直接从头顶蹿成大火，忍无可忍的时候就无需再忍，我把手往腰上一叉，嗓门一下就开了：“你说什么？我们检查下水压，水表打不打坏是我的事儿吧？什么叫我的工人想不想在小区混，你是黑社会？我花钱买的房子，花钱请的师傅，凭什么你不让他在小区混！”

胖子声音也大起来：“你们哪儿来的歪师傅，水表打坏了谁负责？”

“打坏了也是我负责，不用你管！现在的问题是水压不够，还有你刚才威胁了我，要是我的工人在装修期间出了什么问题，我绝对找你们算账，别以为你们是男的我就怕你们。”

旁边其他施工方的人听见声音，也跟着来帮胖子指责我的不对。

面对一群男人我丝毫也不怯场，我不爽的是他威胁我的工人，不服气的是他这种态度，我就不相信他们光天化日之下能把我怎样。于是我推开其他人，抵到胖子的胸前再提高了声音：“你给我说清楚，我的师傅凭什么要你说在不在小区混？”

胖子满眼怒火地看着我继续狡辩：“本来就是，请不起专业的师傅还买什么房子啊？自己不懂还瞎逼逼……”

我实在忍不住了但又不能动手，只能继续在嘴上逞强：“你是哪儿来的傻×？你修房子靠谁赚钱？要不是我们买房子，你们吃屎去吧！”

我越吵越激动，激动到最后差点躺在小区大门口，让大家看看开发商的一群爷们儿是怎么欺负一个女人的。不过我不能那样子做，不管怎么说他威胁我工人我就占理，往门口一躺我就不占理了。唇枪舌剑了好久，物管经理终于出来把我们俩人拉开，问我：“怎么回事？”

看到物管经理，我气势持续上涨，指着胖子大声地说：“他威胁我师傅！”

物管经理极力安慰我，让我消消气，他马上派人跟我上去。虽然还有一肚子怨气，但问题终究还是得到了解决，我也就没再继续和胖子吵，跟着物管经理去办公室登记了问题。经理让我先上楼，他五分钟之内就让师傅上来。我走出物管办公室打算还是先相信物业，要是五分钟之内师傅不上来，我再下来新账老账一起算。

刚走出人群不远，就看到郝健站在电瓶车旁边嬉皮笑脸地说：“嘿嘿，老婆，你刚跟人吵架啦？”

我刚有点消下去的火瞬间又被点燃：“你干吗不过来？”

“我……我在这儿守着电瓶车啊。”郝健小声地说着上前来挽着我的手，“怎么样了后来？”

我气得大声吼了过去：“你都听到我在吵架怎么不来帮忙？我被一群男人围着吵，你还在旁边看热闹是吧？”

郝健吞吞吐吐地说：“车没人看的嘛，小区里来来往往人多，要是被偷了怎么办？”

我说：“那要我被打了你也不打算过来帮忙？”

“你不会动手的，再说他要真敢动你，我立马就飞过来揍死他。”郝健又上前牵着我的手，“你别生气老婆，都是我错了，以后你吵架的时候我就站在你旁边好不好？”

我不理会他，他就跟在我屁股后面一句句地解释：“我是真的不会吵架，这个你又不是不知道。就算我进来了，也说不出几句道理的是吧？”

“我老婆是最厉害的，真的，我特别佩服你，又能干在外面又能撑得起。有这样的老婆真是我郝健几辈子修来的福气，过年回老家，我就去烧高香……”

请假两天基本上把装修前期需要的材料买齐了，也把该安排的事儿都安排好。不过因为其他的问题，比如我们楼上漏水啊，还有外墙瓷砖脱落等等，和开发商及施工方的人又争论了好几次。郝健终于感慨我的强势其实还是有好处的，你不去争那些人就是一拖再拖。你去闹上两次人立马就来给你弄好，还得小心翼翼地道歉说工作没做好。

一个人装修真的是件很苦的差事，更何况我还一边上班一边开网店。每天从早到晚像个骡子一样地转啊转，转到下班还得赶紧去新房看下装修进度。我以为自己足够坚强可以扛下所有的事，但我还是高估了自己的能力，终于在装修进行到第二周的时候，我彻底爆发。

郝健离开之前，我们就在小区门口定了所有的防护栏，开工后工人师傅就不停地催我赶紧装上防护栏，要不阳台上不敢搭楼梯，毕竟我们楼层太高。我和安装防护栏的师傅联系了好多次，最终确定在周末两天他们找时间来装。

周末我特意抽了时间全天都在小区等，结果等到星期天晚上还没有人来联系我，我跑到店里质问他们，他们又敷衍我说周一安装，第二天吃过午饭我就请了假，专门挪出下午的时间办这事儿，等我到他们店里一问，他们居然又敷衍我，承诺明天一定装我们家的。

这下我是真的不能再等了，两个星期以来所有压抑的情绪瞬间爆发，我站在防护栏的店门前大声地哭了出来，一边哭一边说："你们这不是欺负人吗？我一个女人又要上班又要装修，天天来回地跑，你们要不能装就别答应我啊！"

刚开始我的哭声还没引起他们的注意，后来我忍不住越哭越大声，导致进出小区的好多邻居都围了过来问我怎么回事儿，我一边哭一边说这家防护栏的老板言而无信，说好来帮我装，好几次了也不来，现在不装木工根本不敢在阳台上做吊顶。

这时才有个老板模样的走过来，笑嘻嘻地说："呀，怎么还哭了呢？"

我懒得搭理，压抑让我哭得根本停不下来，也顾不上丢不丢面子就只管哭个舒服。老板最后去里面找到我的订单出来："别哭了好不好？我亲自去帮你安装怎么样？"

我抹了把眼泪，转头看着他："你说的是真的？"

老板递给我一张纸巾："当然是真的，只要你别哭了，今天就是加班我也得去帮你装好。"

听到老板的保证，我的心情才好了起来，接过纸巾把眼泪擦干："那什么时候去？"

"看，你不哭挺漂亮的嘛。"老板转头安排其他的人，"你们去把这个美女的材料找出来，我现在去帮她安上。"

最终在我流下不少眼泪后，这群大老爷们儿被我给吓到，老板亲自上门替我安装。安装好天又黑了，老板怕我委屈讨好地说请我吃晚饭，我付款后谢绝了他的好意，自己又默默地骑上电瓶车回家。

骑出小区不久电话就响了起来，我按下耳机上的接听键："你好哪位？"

郝健在电话那头嬉皮笑脸地说："嘿嘿，老婆，下午你哭了呀？"

"你怎么知道？"

"防护栏老板给我来电话了呀，他让我打电话安慰下你。"

防护栏老板给你打电话，起码是半下午的事儿了吧？现在天都黑了防护栏也安好了，你的安慰才送到？我语气不算太好地说："那你怎么才打过来？"

"我知道你用的是苦肉计，所以就没给你打电话。"

我也没顾在街上，大声地说："滚，你以为老娘是泼妇啊？上哪儿都玩一哭二闹三上吊那套？"

3.

又是一个周末大批量收了货，我拍照修图上传一直忙到凌晨三点多也没弄完，正打算先去煮点消夜接着再弄，结果手机响了起来。拿起来一看是我妈，顿时就有点儿不好的预感了，我小心翼翼地说："妈，你怎么还没睡？"

"呜呜呜，我要和你爸离婚。"我妈经典不变的开场白。

我按了免提把手机放在桌上，盯着电脑心不在焉地问："又怎么了？"

"这次是真的要离。"我妈也知道我可能会不相信，先是肯定了要离婚的决心，"你爸居然在外面养女人！菲菲啊，你说妈含辛茹苦地照顾这个家，照顾你和你爸，眼看你结了婚好日子就要来了，他居然拿钱出去养女人。"

我妈这些话说得我耳朵都快要起老茧了，我实在懒得说太多，就含糊地敷衍她："妈你别瞎想，早点睡，要是心情不好明天就过来。"

"菲菲啊，不是妈瞎想，这次可是妈亲眼看见的呀。"我妈这一说就停不下来，"上次你爸偷我的钱买股票那事儿你还记得吧？我告诉你，他根本就没去买股票，而是把那钱给野女人的孩子上学了。”

“谁说的？”

我妈听我不相信，马上就激动了起来：“你们装修虽然没开口问我要钱，但我这个做妈的心里要惦记啊。一个月以前我就让你爸把上次那钱取出来，就算是股票亏也要取，你爸就总是说再等等。昨天你舅来家里，我看你爸不在就让你舅去看他电脑，结果你猜怎么着？”

“怎么着？”

“他从去年到现在根本就没有新买过股票，也没有他说的补仓这事儿。”我妈说着说着又开始忍不住哭了起来，“菲啊，你说妈图你爸什么啊？他吃我的用我的住我的，我没说过什么吧？可他现在居然拿我的钱出去养女人！他既然要去管别人的孩子，那就离婚让他管去！”

除了我爸没买股票这事是新闻，其他的话我真的都听腻了，也没怎么重视：“那我爸人呢？”

“刚吵完架出去了，就让他死在外面吧。”我妈又絮絮叨叨地说了很多，听得我都快要睡着的时候，她才说，“好了宝贝儿，妈和你说说心里也就舒坦了不少，你先睡觉吧。”

挂了电话忙到凌晨才把所有货品更新上去，刚睡着我妈的电话又打了过来，我接起来也尽量语气很好地说：“妈，你是要过来了吗？”

“菲，你今天回来一趟吧。”

我翻身坐起来，神经紧绷：“什么事？”

“你先回来再说吧，反正这事我得带你亲眼去看看，要不这么多年，你还以为我都在编瞎话。”

老妈的话就是圣旨，我只得拖着困倦的身子起来，整理好昨天下的订单拿到快递公司去发完货，再去了趟新房问下装修师傅这几天有没有事。做完这些我才往车站赶。

回到淄贡市正是中午，家里聚集了除我爸以外的所有亲戚，我妈坐在人群中哭诉我爸的种种罪行，我悄悄地坐到舅舅身边也没敢打扰她。我妈哭诉的不过都是一些陈谷子烂芝麻的事，我饿着肚子在旁边听了近一个小时，我妈才抬起头擦干眼泪发现我已经回来，也没问我吃没吃饭，就说：“你回来得正好，你爸昨天就搬到那女人家住去了，你说这还没离婚呢，要说这个家什么不是我在操持，就算要找也轮不到他先去找啊。”

我妈是特别不容易，大家都看在眼里疼在心里，但老拿出来说事儿不就惹人烦吗？郝健经常说：“一个人不快乐，往往不是因为他得到的太少而是因为他要求得太多。”我觉得我妈过得不开心很多时候就是因为她要求得多了点。她希望我爸变成有担当的男人，还希望他能在家里洗衣服做饭拖地伺候她。俩人生活了几十年，本性如此肯定是没有办法去改变的，所以导致她每天都骂我爸，这儿那儿都不好，骂完日子还是那样接着过。

不仅仅是我不说话，坐在家里的舅舅、姨妈都没一个人说话，估计他们的想法和我也差不了多少。我妈看大家都不理会她，又开始提高嗓音说：“你们都不相信我说的，那就一起出门去看看吧，看看他苏大权在别的女人家里生活得有多么自由自在。”

二舅舅点了支烟，沉重地说：“大姐，你得想好，这婚到底是离还是不离？”

“当然是离啊。”我妈气急败坏地站起来，“走吧，现在就让你们看看，这个狗杂种到底是个什么东西。”

除了我妈以外的其他人都坐在原地不动，或许是在思考，或许是因为我妈的情绪装得沉重。我心里有自己的想法，就算我爸真的住到了其他女人家里，我并不想这样大动干戈地找上门去，如果真的心死了要离婚，又何必要目睹再给自己一次伤害？

“走啊！都愣着干吗？”我妈招呼大家起身。

“大姐，我觉得还是不去了吧？让苏菲给姐夫打个电话，让他回来问问到底是什么态度，家里有什么事情关着门说不是更好点吗？”

三姨妈也跟着说：“是啊大姐，这大白天的，就算他在别人家，也不过是在吃饭或者看电视，你又不能抓到什么证据，闹了也是白闹。”

我妈见大家都不站到她这边，火气上来又开始大哭：“你们还是不是我的亲人，啊？你们都知道我这辈子是多么不容易，我从嫁给他苏大权第一天开始我过过安心的日子吗？”

我真的很烦我妈说这些，见她越闹越厉害，我也没忍住心里的火气：

“你别闹了，你说吧你想要达到什么目的？我去帮你解决。”

我妈完全没听懂我的意思：“什么？你说我闹？你爸都跟别的女人跑了我凭什么不该闹？”

我也不管她的情绪，继续吼道：“你就在家里待着，我出门把这事儿给弄清楚！”

说完，我摔门冲了出去。

我好不容易把情绪控制下来，拿出手机拨通我爸的电话：“苏师傅，你在哪儿呢？”我一般心情不好的时候，就会称呼我爸为苏师傅，心情好的时候就是老头子。

“在茶馆喝茶。”我爸估计预料到我妈会向我告状，“你回来了？”

“说你在哪儿。”

听我语气不是那么好，他反倒笑嘻嘻地说：“怎么？你妈让你来找我回家啊？”

“你不说是吧？苏师傅我告诉你，现在的淄贡市已经不是你混的天下了，后浪已经把你拍在沙滩上了，你要再不告诉我，我就算是花钱把淄贡市翻个遍也会把你找到。”

都说一物降一物，我爸谁都不怕就怕我，连忙说：“你没跟你妈在一起吧？”

“没有，你快说吧。”

“那你来河边茶馆，就是我经常喝茶的那地儿。”

“好，三分钟到。”

挂掉电话，我以最快的速度赶到河边上的茶馆，到的时候我爸已经沏好了茶坐在路边儿了，笑着说：“请假回来的？”

我没理会他，坐到他旁边伸手揭开茶杯看了下里面泡的茶，这显然就是一分钟之内泡下的。我黑着脸盯着茶水说：“刚才你不都在喝茶了吗？怎么茶才泡好？”

“我也是刚到。”

我也不和他闲扯：“说吧，你和那什么阿姨是怎么回事？还有你买股票那些钱。”

"什么阿姨？"

"苏师傅，你要找女人能不能先和我妈把婚离了再去找？"

我爸好像对这事并不以为然："你妈这样说的？"

"废话，我妈都知道你们住哪儿了！"

"那你说说，我们住哪儿？"我爸斜眯着眼睛笑呵呵地盯着我，"你妈没拉上你们一块儿来捉奸啊？"

看我爸这吊儿郎当的样子不像是真的，我低声下气地哄着他说："那苏师傅，你说说怎么回事。"

"唉，你妈说什么就是什么吧，反正这日子也过不下去了，爱离不离。"

"狗屁。"这番不要脸的话把我的火点燃，"淄贡市才多大点，就算是你要做什么事情能不能把脚背给盖上？别让所有人都知道行不行？"

"我做什么没盖住脚背了吗？你妈不是天天闹着要离婚吗，每次说到去民政局她又找这样那样的借口不离。以前她说你小等你再大点的时候离，后来又说你还没结婚等你结了婚离。拖到现在这不还没离得了吗？这么多年我早就受够了，你又不是不知道她那张嘴。"

我作为他们的女儿也是唯一的桥梁，当然不希望他们离婚，谁愿意没事儿管陌生人叫爸妈的？但这次的事好像比以往都严重，我知道不能硬来只能软攻，于是稍微妥协了点说："那个阿姨是干什么的？你给我说说她的情况，我得听听她配不配给我当后妈。"

我爸转身指了指里面正在泡茶的阿姨说："就是她，怎么样？比你妈温柔多了吧。"

不是我看不起泡茶的，只是觉得她比起我妈确实差得太远，我靠近我爸小声地说："就这种女人你也瞧得上？"

"她可比你妈脾气好。"

我爸这么淡淡的一句话，就把我妈所有的好给抹杀了。我还是不能接受这事实，好想冲上前去抓住那个女人问问到底知不知道这老头儿是有家的。但我觉得现在去闹太早。起身很无力地说："我知道了，我先回去，有什么事给你打电话，手机不准关机听到没？"

回到家里我妈还在哭，我径直走过去问："陈老师，你在这儿哭起什么作用？你到底想不想离婚？要离就直接离，不离我就想办法把他给你弄回来。"

"离，怎么不离，你去把他叫回来，明天就去离。"

"要离就明天拿户口簿直接去民政局。"

"不行，你得把他叫回来把问题说清楚，这些年他花掉我的得在离婚前全部还给我。"

"知母莫过女"这话不假，从她说出这话我就知道这婚怕也是离不掉的，让我爸还钱最后的结果就是还人。我说："想好了？"

我这么一激她马上就原形毕露："你刚是不是去找他了？他跟你说什么了？昨天晚上他是不是在那个女人家里？"

"没有。"我不想在这个问题上纠结，岔开话题说，"那我把他叫回来？"

我妈点点头："嗯，先让他回来把钱还了再离。"

我拨通我爸的电话让他现在回家，一开始他还不乐意，最后我急了："苏师傅你要不回可别怪我和你翻脸。"我爸被我这么一吓，才答应下来。

我了解我妈，当着这么多亲戚的面儿，我爸回来就算她不想离婚也不可能低头。于是我和二舅舅商量让他们先回去，随后其他人找了个理由都先回去了，家里就留下我和我妈。我这才坐到她身边："妈你说实话，到底想不想离婚？"

"唉……"我妈重重地叹了口气，"想，怎么不想？但你都这么大了，要是再离婚，不给别人笑话死吗？要是你爸愿意改好回来，我还是愿意原谅他好好过日子的。"

我拍了拍她的肩头："我知道了妈，不管你离不离婚，我只想要你过得开心点。"

我妈一听感动得眼泪又要掉下来："其实只要你和小健好好的，就算你爸再怎样妈都没有什么想法。毕竟老都老了，吵了打了也有一辈子了。"

"妈，你真的没想过离婚吗？"

"怎么没想过？"我妈苦笑着摇摇头。

“那你为什么不离？现在我也结婚了，要是你离婚就来成都跟着我们，郝健爸妈在老家短时间内也不会来成都。”

“你们现在还没孩子，我去掺和什么啊？等你怀孕了我再去帮你带孩子。”

我们正聊得好好的，我爸嬉皮笑脸地走了进来：“哟陈老师，这次这么大的动静叫我回来，是要来真的了？”

我狠狠地瞪了我爸一眼，让他说话适可而止，别得了便宜还卖乖。但我爸这次好像就是铁了心要闹，根本不管我，走到我妈面前，拍了拍她的肩膀说：“是现在去离还是明天去？”

我妈哪受得了这种奚落？推开我爸的手就破口大骂：“苏大权你个狗杂种！你在外面逍遥舒服了是吧？你不要脸，得给女儿留点脸吧？”

“又来了又来了。”我爸转头盯着我，“菲菲，你把我叫回来，就是听你妈骂的啊？”

“骂你又怎么样？就你这种不要脸的男人，要我打得过你，打死你都绰绰有余！”我妈气得站到我爸面前，“苏大权我告诉你，就算离了婚我也不会让你有好日子过！这次给野女人那钱是我给菲菲买房用的，你既然给了别人的孩子，你就是死在外面我也不会让菲菲来替你收尸！”

听他们又吵，我也习惯性地跑进卧室，准备给郝健打电话说说心里的难受。刚拨通郝健的电话，外面就传来我爸的声音：“你嘴是不是还要臭？”

“我嘴臭怎么了？你干的那些事情就不臭了？”

这种对话我早已经见惯不怪，接通郝健的电话就捂着耳朵说：“老公，我在家里。”

“哦？你怎么回去了？”

“我爸妈在家里闹离婚，我回来看看。”

“一把年纪还离什么婚啊。”郝健对我家的情况也是了如指掌，“那现在说好了没有？”

“还没呢，在外面吵架。”

我话音刚落，就听到我妈在外面一声惨叫：“啊——”

我来不及挂电话就拿着手机冲了出去，只见我妈捂着鼻子倒在沙发上，手上已经开始渗出血了。我妈见我出来松开手也不顾流血的鼻子，掀起衣服又贞烈地说："苏大权你个畜生，这儿的伤还没好，你又要当着女儿的面打我是不是？"

我这才看到我妈胸口上青一块紫一块的，这些年我从来没看到我妈伤这么重。还没等我反应过来，我爸的拳头又实实在在地落了下来："我是回来和你离婚的，不是听你骂人的。"

我忍不住了，瞬间就失去了所有的理智，冲到厨房拿出菜刀对准我爸："苏大权你是不是要打我妈？你再打我就把你手给砍下来，我就不信我砍不死你个老不死的。"

我妈看我拿了刀，反应过来在后面抱着我："菲菲你要干吗？"

"你再打我妈一下试试，啊？"

"干吗？还反了天了！"我爸还横。

我挣开我妈要往前："日子过不下去了是不是？"

"把刀放下。"我妈看我完全失去了理智，要来抢我手上的刀，嘴里喊着，"苏大权你先走！"

慌乱中我爸还是听了我妈的话往后退了几步，刀也被我妈给夺了过去，毕竟是有血缘关系的，慢慢冷静下来我也就没那么激动了。我爸见暂时安全，才又抽着烟走了过来，朝我笑了笑："脾气越来越大了嘛！"

我斜眼瞪他一眼："你到底想要干什么？你看我妈被你打成什么样子了？"

"你妈她嘴臭。"

被这么一闹，我妈也不再骂人了，就在旁边哭："我上辈子是做了什么孽嘛！"

家里瞬间又安静了下来，三个人坐在原地谁也不说话。到天黑的时候，我肚子实在是饿得难受，我妈看我饿得可怜，才擦干眼泪反应过来，说："你还没吃饭吧？"

我点点头："嗯。"

"那我做饭。"

我妈几下调整好了自己的情绪，挽起袖子就一头扎进厨房，客厅里就剩下我和我爸，我说："苏师傅，今天这事儿，你干得不够男人。"

我爸本来也不是话特别多的人，估计下午说多了闹够了，现在也不怎么想说话。

但我不管他继续说："你以为你够混是吧？但你不要忘了，我身上流的是你的血。你要把我惹毛了，我是不会管你是不是我爹的。"

"哟，翅膀长硬了要飞了？"我爸吸了口烟笑嘻嘻地说。

我爸虽然对我妈、对这个家庭不怎么尽责，但他很爱我，从小到大他不骂我不打我，经常把我扛在肩头上到处跑。小时候他常年在外，但每年过生日一定要给我带生日蛋糕回来，所以每年生日无论多晚我都要等他。从高中开始我就不怎么认真念书了，我妈气得要死，我爸每次都是这样笑嘻嘻地摸下我的头："你是翅膀硬了要上天了是不是？"

所以血缘是种很奇怪的东西，刚刚还提刀想要砍死他，现在听他说这话觉得又温暖又遗憾。要是我爸妈相亲相爱的，我们这个家该是有多幸福美满？我语气有所好转："你是真的想要和我妈离婚啊？那个泡茶的女的，有哪点儿好？"

我爸说："她脾气比你妈好。"

我说："她能给你生个苏菲吗？"

这话一下就把他给呛住了："你不讲道理。"

"我哪儿不讲道理了？"我拍了下我爸的肩膀，"都说少来夫妻老来伴，你这大半辈子都没能逃出她的手掌心，难道你现在还跑得掉？行了老头子，我已经知道那女的在哪儿了，我还是劝你凡事不要做得太过火，要是过分了，我能去把她打残你信不信？"

我爸摇了摇头："信，你有什么不敢去做的？"

家里的气氛算是暂时缓和了下来，晚上吃饭的时候我妈特意下楼买了两瓶啤酒上来，让我陪我爸喝两杯。吃到一半我妈的手机响了起来，这个点一猜就是有人找她打麻将，下午在家闹着没去，估计晚上牌友都该急了。我说："是不是找你打麻将的？"

"嗯，不过我不去，你难得回来一次，我在家里陪你。"

"没事儿你去吧，我在家和他喝酒。"我想的是把我妈打发走了，和我爸会好交流一些。

我妈见我同意她去打麻将，连忙接起电话答应着牌友："我马上下楼。"

等我妈离开后我思维开始活跃起来，感觉是时候和我爸聊聊了，对我爸我早就总结出来了自己的一套心得——那就是要先认可他，于是我换了个方式说："老头子，我知道你在家里受我妈的压榨，确实不容易。"

我爸一听就喜笑颜开地说："呵呵，还是只有你懂我啊。"

"那是。"我盯着他神秘地问，"老头子你跟我说实话，你和那阿姨好多久了？有没有……"

"你以为我们这代人和你们年轻人一样？"

"那谁知道。"

我爸呷了口酒，说："那阿姨的老公前段时间刚刚得癌症死了，家里穷得不行，又遇上儿子上大学，我才把那钱借给她孩子上学的。我是觉得她比你妈脾气好，会过日子。"

"原来是个寡妇。她再好她儿子也不是你的种。"我不屑地说，"老头子，人老了是要靠孩子的。你不总说过得窝囊吗？你不总想有天出门像以前那样能被人看得起吗？咱不说其他的，就说我结婚后你走出去说到女儿女婿的时候，这脸上是不是有光？"

我爸笑呵呵地说："我那女婿就是个书呆子。"

"书呆子怎么了？你还别瞧不起。"我添油加醋地把郝健这几年要考的证书，考完之后能拿多少钱，乃至我们美好的未来画了一份蓝图，"你好好想想，等这几年我和郝健苦过之后，还完债买了车，周末节假日就回来带你们到处去旅游，这一家人过得多好，到时候你根本不需要问我妈要钱，尽管问我要就是，打牌输了赢了她也不会说你。"

我虚构的蓝图确实诱惑，只见他笑了笑，说："那就听你的嘛，再和你妈试着过过。"

"那等会儿她打完牌回来，你知道该怎么做了吧？"

"呵呵，老子这辈子也就栽你手上了。"

我笑了笑说："那你要不想栽我手上，让我妈把我塞回去重新生？"

“又来了。”

“本来就是。我劝你那个阿姨那儿你趁早跟人断了，回来和我妈好好过。还有借出去的那个钱，你最好惦记着收回来，人家的孩子要念书可怜，我买房子装修就不可怜了？”

“那个钱恐怕一时半会儿要不回来。”

“要不要得回来你得有个态度，只要你把我妈哄高兴了，等我这边有了钱给你垫上先还给我妈，反正她拿着也是给我。”说完我再次提醒，“前提是你不能再动手了，听到没有？”

晚上我妈赢了点小钱，回来心情好得不行，她一进屋我爸就笑嘻嘻地迎上去，和她勾肩搭背地说什么。就这么个简单的小动作，我妈顿时就不再计较了，开始交流起晚上她比较精彩的几把牌，我看着这场景觉得很温馨，心里想着要是他们一直都这样那该有多好，俩人坐在沙发上扯了几句就听到我爸说：“过段时间我去把钱给要回来。”

我心里总算松了口气，确定他们是真的和好了我才能放心地进屋睡觉。我妈翻脸从来都是比翻书还要快，过了一个晚上就多云转晴，早早地端了碗汤圆到我卧室，把我从梦中叫醒：“菲菲，妈妈给你煮了汤圆，快起来吃点儿。”

以前的我要是没睡醒肯定会不耐烦地把她推开，让自己再睡会儿。但结婚后就变得不一样了，觉得我妈这种关心是失去已久的，果断翻身起来接过她手上的碗，问：“你和我爸没事儿了吧？”

“我们能有什么事儿？”

我一口汤圆差点没被噎着，是谁昨天哭天喊地地要我回来解决问题的？现在想想真是后怕，要是我昨天那刀就冲我爸砍下去，我保证我妈这辈子都不会原谅我。

中午我妈以前学校又有同事的孩子结婚，她逮住机会非得要拉着我一块儿去，参加完婚礼才让我回成都。我知道我妈从我结婚后，就恨不得天天把我和郝健挂在脖子上，让她出去好好地嘚瑟，而且现在房子正在装修、郝健又出了国，无疑更是增加了她炫耀的资本。

一家人欢欢喜喜地去了婚礼现场，在茶坊里几个退休的老师又很快地聚在一起。别人见到我自然要打听郝健和房子，就听我妈咯咯笑着说："嗨，看着要装修了郝健又被单位派到国外去了，这可把我们家菲菲累得不行。"

"从小看菲菲的性子就觉得她遗传了你的能干。"

"对啊，一看就是有主意的女孩，你说菲菲都这么厉害了，没想到找个老公更厉害。所以这人呢就是不公平，强的就得遇上强的。"

真不知道这些退休老太太，吹死了牛把我捧上天我妈会不会给她们发钱。

没过多久赵娇娇她妈妈就进来了，看到我和我妈坐在这边儿，像是刻意在回避什么往另外的位置上坐去。我妈逮着机会肯定不放，站起来挥着手说："哎，张老师来这儿坐。"

赵娇娇她妈妈这下不好再溜，尴尬着走了过来招呼我："菲菲回来啦？"

"嗨，这不小健出国了嘛，菲菲一个人装修累了，趁着周末我就让她回来歇歇。"我妈揽着我的肩膀，"娇娇呢？"

赵娇娇她妈的脸色更难看了："她……她在家呢。"

"唉……你也让她别生气，这女人一辈子哪儿不遇上点儿坎呢。改明儿小健回来我问问，他们单位还有没有单身的同事，到时候我张罗着给娇娇介绍个更好的。"

我妈这话让我完全摸不着北，我添油加醋地问了句："怎么？他们离了？"

"这文昊还真不是个东西，看起来人模人样的，没想到是这种人。"我妈恨不得让所有来参加婚礼的人都听到这事儿似的，大声地问，"说到底他们离了没？"

"陈老师，我有点儿不舒服先去趟洗手间啊，你们慢慢聊。"赵娇娇她妈妈是真的待不下去了，连忙找借口就离开了酒店，连婚礼也没参加。

她这一走，剩下的退休老太太可就更不得了，你一言我一语地说着："陈老师啊，你说这人还是看命哈，要是当时菲菲和文昊那小子在一起了，现在遭罪的可就是菲菲了。你看菲菲现在多好，再看看老张的女儿，唉……"

我妈昂着头意气风发地说："这就是每个人的命，以前菲菲还生气，我就劝她有什么大不了嘛，这世道好男人虽然少了，但耐心找找肯定还是会有的嘛。"

"就是。"另外一老师附和着，"听说这文昊，在成都又和其他女人好上了？"

"可不是嘛，听说好像是他们单位领导的女儿，据说家里可有钱呢，文昊那小子离婚后马上就升职了。唉，怪也怪张老师家里没个好的条件啊，摊上个攀龙附凤的姑爷了。"

我在旁边侧耳听着她们八卦，心里很解气但又有点不是滋味，文昊和赵娇娇孩子都生了怎么还闹出轨？不是说因为我脾气不好他才选择赵娇娇的吗？怎么到头来还是嫌弃了？

下午回去的路上我妈就彻底没了昨天的阴郁，巴拉巴拉地给我说文昊和赵娇娇的事。她说今年初赵娇娇考上了淄贡市的公务员，想着以后为了孩子干脆还是回来，结果这还没半年，文昊一个人在成都就出了事儿，前段时间同事传得沸沸扬扬的说文昊要回来离婚。

我爸不屑地打断她："别人的事儿你就别瞎操心了，刚才老丁让我去他老战友开的山庄上班，就在内江那边，你觉得怎样？"

我爸难得开口答应要去上班，当然我和我妈都很乐意，说好明天去内江面试下，合适很快就留在那边上班了。于是我特意又请了半天假，陪着我爸妈在家里高高兴兴地吃了一顿晚餐。晚上我妈做了很多好吃的，还破天荒地陪我们爷儿俩喝了二两白酒。

4.

第二天我买的是上午八点的车票，上车坐下后就拿着手机看网店，忽然被人拍了下："菲，你什么时候回来的？"

我转头一看是文昊，脸色一下就变得没那么好看了。

文昊说："你也是回成都吗？"

“嗯……”

“我也是……刚回来办了点事情，赶着回去下午上班。”

我想着昨天她们八卦的事，也没转头多看他一眼，继续盯着手机。

“你怎么不问我回来办什么事？”

“呵呵。”我没抬头，余光瞥到文昊的手在不停地摸鼻子。

我和他从小一起长大，这点习惯性的动作还是清楚的，他一紧张或是激动的时候就爱不停地摸鼻子。他的手停在鼻子上，轻声地说：“我和娇娇离婚了。”

我很平常地回答：“知道。”

“今天刚去办的手续。”

“哦。”我回答得很平常但是心很乱。车子开动我也没和文昊说话，就拿着手机和一个新的二级代理聊天。

“你在开网店啊？”文昊探过头，脸差点就挨在我的头发上。

熟悉的气息一传来我就感觉到心跳加快，我在心里安慰自己：“这是十年感情遗留的历史问题……”

我把文昊的头往旁边推了下，自己又往窗户那边挪了点位置：“嗯，是。”

“卖什么？”文昊的头又往我这里偏了点要看我的手机。

我干脆收起手机，把头靠在窗户上：“卖点小东西。”

“现在网店是热门，生意应该不错吧？”

“那你开店不上班吗？”

“不过开网店也很辛苦的，得保持随时在线。”

文昊就像是发神经似的不停地问我问题，问得我都烦了，索性闭上眼睛靠在窗户上睡觉。我这才知道在小说里看到的那些，结婚后见到前男友脸不红心不跳都是扯淡。我内心真实的想法是，就算我知道郝健对我好，就算我知道我不可能离婚，但真真正正地单独面对文昊照常会心烦意乱，这就是曾经爱过。

我是真的后悔了，后悔当初分手的时候没去找他闹个天翻地覆，闹到以后见面就吵架，最好这辈子都老死不相往来。都是信了老话好聚好散，好散个蛋啊！

文昊终于没再过来和我搭话，但我完全是如坐针毡，强迫自己保持把头靠在窗户上的姿势，一直到丽都车子进站我才睁开眼睛坐正，脖子都快要断了。

“你还是那么能睡。”文昊笑话我说，“走吧，我们一块儿吃个午饭？”

“不啦，我还要去公司上班，改天我和老公请你，祝你离婚愉快。”憋了一路我终于说出了心中的话。

回公司看到我网店的订单莫名其妙涨了很多，而且大多都是二级代理来订货。统计了下营业额，我第一感觉就是：我是不是就要发财了？

有了钱也就不再惦记那点儿国际漫游费，激动之下第一时间向郝健汇报喜讯：“哥哥，你猜我这个周末网店赚了多少？”

郝健正在睡觉，被我吵醒，迷迷糊糊地问：“多少？”

“1300。”

“真的？我们家宝贝儿好厉害。”

“那当然，也不看是谁媳妇儿。”完了我装得很忧愁的样子说，“老公我好烦啊。”

“赚钱了还有什么好烦的？”

“你说等以后把债都还完了，我赚这么多钱该怎么花啊？”我尽量克制不让自己笑出声来，“愁死我了。”

“滚，你才赚几个钱，嘚瑟啥啊你？”

“你说以后钱堆在旁边没地儿花的时候，就考虑这个得死多少脑细胞啊？”

“行了，等你赚到花不完的钱的时候再考虑这个问题吧。”

我继续逗着郝健：“老公，你现在反正也没什么事儿，要不我俩合计合计呗？”

郝健也配合我：“给你买衣服怎样？”

“不好。”

“那给你买大闪闪？”

“不好。”

“要不，我们就去买辆公交车？我开车带着你在成都到处逛着，到公交车站见到有人招手就……”

“拜托，这段子很老了好不好？见到有美女招手，你就告诉她对不起这是私家车。”

郝健对网络流行的东西总是比我要慢好几拍，这好不容易学了个自认为新的段子，结果在我这儿还没卖个好笑脸。“我……我这不是刚学会这段子嘛。对了老婆，给你说个事儿。”

“什么？”

“昨儿晚上我梦到你去跳纱舞了。”

“滚，我才不去那种恶心的地方呢。”

“真的，你还跟一男的搂着跳舞，我躲在旁边打你电话问你在哪儿，你居然当着我的面儿撒谎说在公司加班。”郝健说的时候还很生气，愤愤不平地补充，“气死我了。”

我没想到在郝健的梦里居然上演了这一出，我苏菲何德何能让他郝健牵肠挂肚地担心我出轨？他这话至少证明这个男人在梦中也是深爱我的。

我随口问了下其中一个代理最近生意怎么会这么好。代理也没瞒我，直言他有其他同学朋友买过他的东西，觉得价格不贵质量还行，而且确实是正品，就想着要从他那儿拿代理。他也就每件商品赚一点点，又把代理转发下去。我又分别问了其他几个代理，除了少数之外都是同样的情况。

随着网店销售量越来越大，我现在面临的最大的选择是：要么增加发货的频率，要么加大每次拿货的数量。如果增加频率的话，齐鑫的表妹毕竟还要上学，现在我赚的钱一分盈利都还没分给她，太过频繁人家会不会烦？如果加大数量，我一次性要囤那么多的货，万一卖不出去怎么办？目前正是装修的关键时刻，我本来也就是兼职赚点零花钱，可不敢去冒这个风险。

我想既然现在好多代理已经做上路了，如果半月预订一次货，先通过担保交易付部分款给我，我再按照订货单发货，这样是不是可以解决我现在面临的问题？另外是不是可以让二级代理不停地去发展下线？

如果这个实施得好的话，我只需要无限发展二级代理形成金字塔，我完全可以坐在塔尖等收钱。想到这儿我浑身就像是打了鸡血，没办法，这是以前做销售培训的时候留下的后遗症。

于是我干脆关上办公室的门，开始策划这套方案。

正在我专心制作方案的时候，外面前台传来一群人说话的声音，就听着前台一个劲儿地说："我真的不知道，他们出差好几天了。"

我连忙放下手里的事儿，推开门走出去，就听前台小妹儿说："苏姐，他们找公司的负责人，几个老总的电话现在都打不通。"

其中一个警察转头问："你也是这儿的员工？"

我自认为自己还算是个遵纪守法的良民，二十多年以来也没有和警察打过交道，看到那身警服我就慌了，强装镇定地说："是的，请问你们？"

"方便找间办公室谈吗？"

"好的。泡几杯茶进来。"王总现在给我的职位是办公室主任，现在警察找上门，不管是什么事我作为目前最大的"领导"，肯定得接招。

进了办公室关上门，一位警察例行公事地打开记录本，由另外一位开口问话："请问你在公司的职位是？"

"行政文员。"

"请问你们公司最近是否有过纠纷？"

"我不清楚。"

"你平时的工作是什么？"

"整理文件和办公室后勤。"

"业务上的事情你都不管吗？"

"不管，也不清楚。"

"财务是你们谁在负责？"

财务是我在负责不假，但我只管现金流水，我心虚地说："我们有会计。"

"会计在公司吗？"

"不在。"

警察问了不少问题，但完全不知道发生了什么事的我，全部都模棱两可地回答。最后见问不出什么实质性的东西，警察写了个手机号码给我：“你也不用担心，我们今天只是例行调查，这是我的电话，你们负责人回来之后让他联系我。”

送走警察，我才终于舒了口气，一遍遍拨打王总关了机的手机，连续打了半个小时之后，终于传来了王总的声音：“小苏，刚刚在飞机上，有事儿吗？”

我把警察来问话的情况在电话里向王总汇报了下，王总让我别着急，他现在就从机场往公司赶。到了公司之后王总径直走到我办公室：“小苏，你的公司章放在哪儿？”

“锁柜子里的啊。”说完转头一看文件柜，我心都凉了半截，柜子明明就是被人撬开过的。我赶紧起身打开柜门，里面哪儿还有公司章？别说章，连银行所有手续都不在了。我吓得两脚发软，“王总……”

王总大概已经知道发生了什么事，安慰我说：“没事，这件事我来处理。”

公司章掉了，虽然是在办公室被盗的，但作为看管人的我也脱不了关系。王总现在说没事，不过是担心我跑路而已，既然警察都找上了门，一定是有什么大事发生。从来没有经历过这类事情的我早就吓得六神无主了。整个下午王总都在隔壁办公室打电话，大概是在到处打听这件事，我也在惶惶不安中度过了一下午，总希望下班之前能听到王总告诉我到底出了什么事，到底跟我有没有关系。

熬到快要下班王总总算来到我办公室说：“小苏，这几天其他股东都在出差，公司这边还得你看着点，有什么事给我来电话。”

王总这话不就相当于把公司这摊子交给我了吗？虽然暂时来看好像是个烂摊子，但我还是很乐意地答应了。王总刚走没两分钟，前台就到我办公室递给我一份辞职报告。

我生平最鄙视的就是只能同甘不能共苦的人，公司到底是个什么情况都还不知道，你这就急着逃了？王总之前说过，公司员工的入职离职我可以做主，我看也没看辞职报告就直接问：“你明天就不来了？”

“嗯。”前台红着脸点点头。

“那行，工资下个月发的时候我打你卡上。”也没和她多废什么话，因为我打心底就瞧不上遇见点儿问题就退缩的人。前台就是个门脸，端茶倒水说声你好找哪位，你辞了职大不了这几天我顶上，有什么大不了的？

前台出门收拾好东西，没等到下班时间就闪了人，我赶紧在网上发布了招聘信息。反正在成都行政岗位从来都不缺人，相比起招电销业务员，招前台是特别轻松的任务，头天发的招聘信息第二天就有不少简历投过来，不过一天就确定好了新人。所以从我来成都开始，我就坚持认为行政岗位的可替代性很强，要在这个岗位有所发展就必须增加自己不可替代的条件。

晚上回家把下午没做完的方案做了出来，又分别找二级代理谈了下，也更改了以后的拿货模式和价格，他们一听价格会更低，都纷纷表示愿意接受这种方式。

二级代理先订货的方式，肯定比我拿货回来压着再卖要好很多，我觉得这样能行得通的话，以后也不必再做零售，就专注地发展代理就好了。于是我开始专注代理的推广，而在推广过程中我惊喜地发现还有软文这样的方式，也就是在论坛发一些情感帖，把网店以巧妙的方式融合在故事情节里。

仔细翻看了好多软广帖，我觉得自己也有文笔写出这样的帖子，尝试在某知名论坛发了一篇我和郝健的故事。发的时候也没想那么多，就是把我和郝健平时生活中一些好玩儿的细节发上去，却没想到效果出乎意料地好。我加班码字将故事更新到我开网店的过程，顺便就提了下自己做代购的事儿，自然地植入了我网店的地址，静等有兴趣的人来找我。

周五下午王总回到了公司，我抬头笑着和他打招呼：“王总早。”

“都下午了还早啊？”王总为人还算随和，说着进了他办公室。

我起身帮他泡了杯茶走进他办公室，递到他面前：“王总，这两天公司没什么事情。”

“我知道，这件事我已经处理好了，章是你嫂子拿的。”

“嫂子？”其实我想问是哪一个嫂子。

王总有个情人这是众所周知的事，原配和情人也都相互知道，偶尔两个女人争风吃醋，都会打电话到我这儿套点话，情人老婆两边我都得罪不起，谁打来电话我都笑盈盈地叫嫂子，问什么都是装着站在她们角度的样子打哈哈，其实心里早就烦成了个蛋。不过没办法，像我这样入门砖不够厚的人，要想找个像现在这样自在的工作可不容易。

“林辉他妈。”王总说起这事还特别生气，“一把年纪的人，还干这些事情。”

事情水落石出我心也就安了，只要不让我负保管不当的责任关进去就好。既然是原配拿了章，多半是因为他们家庭矛盾引起的，也就是王总的私事，我自然不能多问。

“这次我放了你嫂子一马。”王总呷了口茶，说，“不过还多亏你脑子转得快，警察的询问记录上没有公司章掉了这一说。”

“呵呵，这不警察问我的时候，我还没发现章掉了嘛。”

“我看了记录，你应变能力确实不错。”

王总一边喝茶一边和我聊了这件事的起因，听完让我都觉得搞笑。

不久前王总老婆和情人碰了头大打出手，战绩是老婆输情人赢。后来他老婆不服气，认为是王总有了钱才变坏，不如搞臭他看他是不是就能回归家庭，他老婆想的点子就是来公司把章和银行手续全部拿走，然后找人伪造成合同诈骗再报警。只是这想法确实幼稚了点，也确实低估了她相处几十年的老公，不过两天时间王总就查出了事情的来龙去脉。

听王总说完，虽然在情理道德上我很鄙视他、同情他老婆，但我作为他的下属嘴上还是要附和他说：“呵呵，嫂子也真是。”

“不过这件事也给我敲了警钟，你去买个保险柜，以后重要的资料全部锁在保险柜里。”

“好的。前台昨天已经确定了新人，下周一来报到。”

“嗯，你按照公司标准执行就是，试用期内你要觉得不行再换。另外我也想了下，公司今年业绩也有好转，下半年我自己又有其他项目可能会很少时间来，这边的事还得你多看着点。我也会和其他股东商量下，以后各部门包括在岗股东，都由你来管理和安排。”

我以前接受的培训都是关于业务上的，现在王总要我管整个公司日常明显能力不够。我趁机争取说：“王总，公司现在越来越成熟，我感觉自己有点儿不够用了。”

“哦？你的意思是？”

“我是想公司能不能给我提供一个培训的机会？”

王总想了下，说：“没问题，你联系下培训机构，安排个时间去就行。培训费你找我签字，公司账上支取。”

“谢谢王总。”

“尽快吧。”

上学的时候不喜欢念书，是觉得书本上的东西好像没什么用。但工作之后我却特别喜欢培训，因为通过培训能让自己工作能力增强，这种能力是不管我走到哪儿都可能会派上用场的。想着培训之后自己能更进一步心里充满了干劲，摩拳擦掌跃跃欲试。

趁着心情大好，我联系了叶子和笑笑，让她们晚上务必推掉应酬来我家，庆祝我即将升职。下班后我就哼着小曲儿，骑上电瓶车杀向海鲜市场，买了一堆平时都舍不得买的海鲜。

五月底的天正好不冷不热，和一群朋友吃着香辣的海鲜喝着冰冻的啤酒绝对是最好的享受。齐鑫摸着笑笑已经显现出来的肚子：“苏大妈，健哥什么时候回来？”

我算了算：“还早吧，这才走一个月多。”

“那我们的婚礼他参加不了？”

齐鑫和笑笑定在了下周六在客栈举行婚礼，顺便也让朋友亲戚知道客栈的地点，婚礼过后就正式营业了。

“没事儿，我一人顶俩，他去了也白搭。”我想起文昊离婚的事儿，在齐鑫这儿打听着，“齐大爷，你知道文昊离婚的事儿吧？”

齐鑫白了我一眼：“干吗？难不成你还想要回去？”

“回你妹啊，我就是随便问问。”

齐鑫大口地喝着酒，说：“所以你们这些女人就是八卦，他离婚自然有他的原因，打听清楚了又能干吗？”

“什么？文昊离婚了？真是活该！”笑笑在旁边乐呵着说，“是不是他又劈腿了？”

“哎呀你们不要管嘛，这是人家的事儿。”

齐鑫虽然闭口不告诉我们真相，但在最后喝多了禁不住软磨硬泡还是说了。文昊想要在成都买房把孩子接过来，但赵娇娇想要回淄贡市考公务员，并且想要拉着文昊一块儿。文昊就不答应，觉得回去了跟上门女婿没什么区别。

赵娇娇于是赌气回去先考，结果就给考上了，俩人就这样长期分居。

文昊不知道在哪儿听说赵娇娇在家里找了别人，自己在成都闷着烦，也就跟单位上另外的女孩子走得比较近。哪知这事儿就被赵娇娇来成都给撞见了，俩人拉扯着都说是对方先出轨。文昊死活要离婚，赵娇娇死活不离，俩人僵持了小半年这才刚去领了证。

听完，我装作不在意地说："嗨，俩人本性就爱偷，也不足为奇。"

"所以这个故事告诉我们，距离不仅可以产生美，还可以产生小三儿。"笑笑夹了一块儿排骨塞进嘴里，"对吧齐大爷？"

酒确实是个好东西，释放情绪缓解压力，喝多了全世界就只有我。郝健不在没人提醒我们声音小点，喝到凌晨四点我终于把这段时间开网店的不易、省钱装修的辛苦、工作上的不顺统统倾倒了一遍。

结婚以来每次喝酒郝健都在场，就算是喝多了在旁边躺着也多少会影响我的情绪。而今天晚上，长久以来的压抑加上要升职的兴奋，外带郝健不在想彻底找回自我的情绪作祟，我们居然喝到早上。他们离开后我才感觉到困意袭来，一头倒下去就睡到天黑。

醒来习惯地摸手机看到白天十几个未接来电，翻开通话记录，除了我妈打了两个之外其余都是于施打来的，我把电话回拨了过去："于施，白天我在睡觉，你的电话我没听见。"

"明天我结婚，你会回来吗？"

"最近我在装修，明天还要去订材料，可能回不来。"我直接拒绝，"新婚快乐啊。"

"那好吧。"很明显能听出于施的失望。

挂掉电话我默默地把她拉进了黑名单，既然不能再交心也就没有必要敷衍地联系。

喝酒的时候确实觉得爽，各种踌躇满志、各种唯我独尊，但是睡完一觉醒来就是遭报应的时候，全身上下哪儿都痛，26岁的身体好像开始经不起这样折腾了。我用昨天的剩饭煮了点粥，勉强喝下后也没什么胃口，躺在床上眼睛直愣愣地盯着一个地方。

这个时候我才知道有郝健在身边的好处，就算他偶尔充当了恶人的角色叫停我们，当时可能有点不爽但至少能让我知道节制。

我妈的电话又打了过来，质问我白天怎么不接电话。我说昨天喝多了在睡觉没听到，说完我妈就在电话里咆哮："都结婚了你还喝那么多，你让人家小健知道了怎么想你？"

"妈，我喝多了又没去偷人，他能怎么想我？"

"你说你结婚都一年多了，你是不是也应该想想和郝健要个孩子的事儿了？"

"我生了孩子也是叫你外婆，你急什么？"喝完酒肝上有火，我说话也比较冲，"你打电话找我有事儿吗？"

"老娘是你妈，没事不能给你打电话啊？我就和你说下你爸的事，我昨天带他去找了那女人，该说的都说清楚了，钱也打了借条给我，等孩子大学毕业后还。"

"哦。"

"你爸去山庄那边上班还行，我估摸着小健不在家你就跟没人管的野孩子一样，我要再不去照顾你，我看你要上天。"我妈在电话里絮絮叨叨地说。

"行，你赶紧上来管管我，要不我真上天了你女婿也得跟我一起去。"

齐鑫和笑笑的婚礼前夜，按照惯例举行了婚前狂欢派对，邀请了一些他们比较好的哥们儿和在成都的老同学，提前在客栈里嗨一下，顺便就在客栈住下第二天直接参加婚礼。

下班是冷哥和叶子来接我去山上的，晚上在客栈面前的草地上烤全羊，中途我们初中的班长就过来和我打招呼："苏菲。"

老班长是典型的学霸，而我和齐鑫当时应该属于学渣，不过班长人挺好，只要我逃课没请假被老师抓了，他一定会帮我请假说我来了大姨妈。最后几乎全班同学都知道，我一个月至少二十天都在来大姨妈。

班长一过来叶子和其他几个同学迅速就围在一堆聊开了，老同学见面就是习惯性地拉拉家常，问问在做什么啊，有没有结婚啊，对方是做什么的啊。然后喝多的时候，就是一起回忆下念书的时候啊什么的。

末了班长忽然来了一句："苏菲，你现在终于像个女生了啊。"

班长这话声音很大，几乎所有人都听到了，我第一次觉得自己当初的纯爷们儿性格让我有点害臊。不过老班长话里话外也让我多少有点感触，觉得我的变化似乎让人更欣赏我了。当然这背后少不了叶子在旁边有意无意地透露我和郝健的现状，让当年成绩好的同学觉得，那个成天逃课的小太妹，现在居然过上了还算不错的日子。

这是我结婚以来，第一次体会到郝健让我在外面长了脸，现在我身上所有别人以前认为的缺点，因为我有了个不错的老公、有了个幸福稳定的家庭，统统都变成了优点。

笑笑的婚礼算是我参加的第一个完整婚礼，从早上起床化妆到齐鑫来迎亲，我和叶子作为最好的姐妹都全程陪伴。婚礼是在客栈草地上举行的露天婚礼，比起我在郝健老家门前搭起临时的婚礼棚要豪华许多，我从齐鑫把笑笑从他爸手里接过来那一刻就开始哭，比我结婚的时候还要激动，交换戒指的时候笑笑也哭，然后我和叶子哭得更厉害，到后来本来笑笑已经不哭了，不小心转头看到了我和叶子又哭了出来。

婚礼进行完齐鑫到我们这桌直接朝我这儿奔来："我说苏大妈，可不带你这样来参加婚礼的啊，你哭得比笑笑还厉害，是不是遗憾错过了个好男人？"

新郎最大，齐鑫今天说什么我都不能跟他唱反调，我也明白自己今天的任务，从中午喝到晚上，脑子里有坚持到最后的信念作为支撑，面儿上我确实没醉，但事实上回到家里就醉得一塌糊涂。

早上醒来想到前一天没发货，也顾不上肚子饿赶紧整理订单通知快递上门取件，抱着电脑窝在沙发上准备开始更新软广帖。习惯性地打开QQ，郝健的头像就在闪，我点开："老婆你别生气，这边进行得比较顺利，大概能提前回去。"

我还奇怪好好的我生什么气？难道昨儿喝多了又给郝健打了电话发牢骚？我疑惑地拿过手机翻通话记录，显示我不仅给郝健打了电话，甚至还给文昊打了二十分钟。

我真恨不得扇自己两个耳光，当时想什么呢我？顾不上找二级代理谈正事，也顾不上郝健那边是凌晨三点多，像是做了坏事似的拨通郝健的电话。

郝健正在睡梦中："老婆，你起床啦？"

"我昨儿给你打电话了吗？"

"打了呀，你不记得了？"

我既然亲自给郝健通了话，那就证明后来给文昊的电话也一定是我打的："我说了什么？"

"看来你真是喝得姓什么都不知道了。"郝健埋怨地说。

"废话，快说，我说了什么？"

郝健居然猥琐地笑了笑："你说你想我，还说你快要忍不住了。"

"还说了什么？"

"你让我不要挣这几万块钱了，今天必须马上赶回来，就算辞职也要赶回来。"郝健说得自己都乐了，"现在知道自己是喝多了无理取闹了吧？"

我大概已经猜到我说了什么，估计晚上喝多了是真难受，趁着酒劲发了顿脾气而已。我说："那我还有没有说什么不该说的话？"

"什么不该说的？"

"比如我和隔壁老王之间的事儿？"

"这个倒没有。"

这个时候我脑子都还不是特别清楚，随口就说："老公，我真的做了对不起你的事情，我悔过，我向你认错。"

郝健以为我还在和他开玩笑，说："我知道，不就去找了隔壁老王吗？没事儿，只要你高兴，随便找。"

"我昨天喝得断了片儿，好像和你打完电话之后，还给文昊去了个电话。"说完我怕郝健生气，连忙说，"我错了老公，等会儿我就去换手机号码。"

这种事情让哪个男人听了肯定多少有点不舒服，不过看我认错态度较好而且还主动提出换号码，郝健也没多说："没事，喝多了嘛。"

我就那么点儿人尽皆知的过去，所以在郝健面前也从来不隐藏心里所想："可是老公，我怎么会喝多了还给他打电话啊？你说，是不是潜意识里我还没忘掉这件事？"

"正常啊，毕竟那么多年呢。"

郝健的项目比预期稍微顺利点，提前了近十天回国。趁着周末俩人在家打算先去看看我这两个月装修出来的新房。打开房门我和郝健都特别激动，一进屋我就兴奋地指手画脚，对郝健讲每个细节的点点滴滴。比如这儿一开始定的是低价位的，后来网店赚了钱我就给换成了好的，然后还要拍拍它说："你看，这钱多点出来的效果就是不一样吧？"

郝健就咧着嘴跟在我后面点头："嗯嗯，是。"

我带他从客厅到阳台，再到厨房卫生间卧室的每个角落，不停地说："老公，以后我们要在这儿贴个画，贴那种很唯美的。还有这儿买个花架种上各种花，再买个那种种草莓的挂这儿，以后墙上都是草莓，哈哈哈……"

郝健听我巴拉巴拉地念叨了半天，从身后抱紧我："老婆，辛苦你了……"

我急于兴奋地展现自己的劳动成果根本停不下来，拉着他冲到厨房指着墙上说："你看我专门选的花瓷砖，还是大美女！怎么样？以后我做饭的时候，时刻都有美女盯着我，多爽。"

郝健再次上前抱住我："嗯，好看……"

"你看这儿，我还得装架子。上面得放微波炉、烤箱和各种烹饪器具，等以后有了孩子我就每天给你们爷儿俩换着花样地做。"

"嘿嘿，爷儿俩？"郝健抬起手猥琐地勾住我下巴，"要不，我们现在就开始制造？"

我比他还要开放地躺在地板上，叉开双腿说："那你来吧。"

"这样也太没劲了吧？"郝健撇撇嘴，不满地说。

"哈哈哈……"我大声笑着，心想姐前两年相亲击退那么多男人，那真不是吹的。

小区本就属于正在开发，人少，到了晚上人就更少了。回家的路上碰到一个老太太骑着电动三轮车带着个老头儿，我紧紧地把他抱住，把头放在他肩膀上，说："哥哥，等我们90岁的时候，我也买个那样的三轮车带你出门兜风。"

"凭什么不是我带你啊？"

"你90岁了肯定走不动路了啊？而我在你的呵护下，86岁的时候一定还很精干。"

有郝健在的日子总是那么愉快，就算我一边上班一边开网店觉得有点辛苦，但累的时候、心情不好的时候，像个大爷似的坐在沙发上遥控指挥郝健，我就觉得心情倍儿爽。

而且我就看不得他闲，只要他闲下来我就要开始指挥："老公，我要喝水，加三块冰。"

"老公，帮忙把遥控器递过来一下，我要换台。"

有时候郝健也会不答应地反抗："你不会自己动手吗？你没有生活自理能力吗？"

这个时候我就会挺挺胸："我是女人，我还需要自己动手吗？"

郝健就会特无语地说："好吧，我们家注定了是要有两个总。"

我说："种马和种什么？"

"滚，是总指挥和总行动。"

郝健一回家我就变得奇懒无比，就像他说的完全失去生活自理能力，就连这段时间都是自己洗的内裤也不乐意洗了。但我还是坚持每天换下来一条，习惯性地丢在脏衣服篮里不洗，加上上周累积起来的，到周五早上起床，我终于悲哀地发现我内裤穿完了。思前想后摸了一条郝健的穿在身上，外面配的是一条稍淑女的连衣裙。

郝健洗漱完出来我还在照镜子，他也没发现我哪儿不对，但我自己心里清楚啊，外面是漂亮的连衣裙不假，里面可就是男士的内裤。穿惯了低腰紧身三角裤的我，换上郝健的宽松平底裤，总觉得下面哪儿都不对，好不容易憋了一天，回到家赶紧就给扒了下来。

作为女人换了一堆内裤不洗，这确实有损女人的面子，我也知道这不好，但我就是不想洗。把买回来的菜丢进厨房，就走到郝健旁边讨好地在他肩膀上一边捏一边说："老公。"

郝健正在看晚间新闻，电视里正在放一女的为情所困跳楼，这事儿天天发生，但郝健却看得特别认真。我一连叫了好几声老公，他才回过神来："什么事宝贝儿？"

要想男人帮你洗贴身衣物，而且还是那么一大堆，必须要注意说话的方式和方法。我扭动着腰身："老公，人家肚肚疼。"

郝健的眼睛还直愣愣地盯着屏幕，以为我是大姨妈来了把手伸到我肚子上："哦哦哦，老公给你揉揉。"

"老公，你没发现人家已经没内裤穿了吗？"我循序渐进往正题上引。

"嗯，老公一会儿就去洗。"

见目的达到，我马上变脸："那你丫还不快去？"

"什么人啊你，翻脸比翻书还快。"郝健嘀咕着还盯着屏幕，"你先做饭，我等会儿就去。"

一般只要郝健答应下来的事都会去做，那一堆我看着就愁的内裤也总算有人帮我洗了。我也没在意他盯着电视在看什么，就兴致勃勃地去做饭。今天买菜的时候特意买了他唯一爱吃的排骨，打算做拿手的土豆烧排骨。

我喜欢做饭，平时再闹腾只要进了厨房，马上就把所有的心思都放在做饭上。遗传了我爸妈的厨艺，只要是吃过一次的菜，回家都能像模像样地做出来。郝健已经从一顿只吃两块肉到现在每顿没了肉就不舒服，体重也从刚结婚时的118斤变成现在的130斤。

不过去非洲这三个月郝健又瘦了点，我喜欢把自己的男人养得胖胖的，所以这一周都变着花样做吃的，想要他把瘦下去的肉赶紧给长回来。锅里烧着排骨我也没闲着，前几天心血来潮在网上买了寿司工具，打算趁今天晚上做一次寿司。等排骨烧好寿司也做好，我已经在厨房里待一个小时了。

呈上我的劳动成果，想要让郝健在品鉴一番的同时好好夸下我。走回客厅，听到他在阳台上小声地打电话。我以为他在跟家里打倒也没在意，摆好碗筷又等了半天，他还在通话。

我朝门外喊了一嗓子："哥哥吃饭了。"

平时要是他跟家人打电话我喊他，他就会回头答应我然后把手机拿进来，摆在餐桌上开免提，我们一边吃一边和公婆说话。但今天反常，我喊了半天门外还没反应，竖起耳朵听了下，居然说的是普通话。这不对啊，我们俩平时都没什么要背着打的电话，他说话的声音明显是捂着嘴发出来的，明显就是不想让我听到的节奏啊！但我也没想他会是给什么情人打，毕竟他还没傻到这种地步，要和情人通话也得撒个谎到楼下去打吧？这阳台上，我可是一不小心就听到的。我又冲外面喊了声：“快进来吃饭了。”

郝健还是没听到，我这才走过去准备开门再叫他，刚走到门口就听他小声地说：“那她现在情况怎么样了？”

“噢，你觉得我有没有必要去看看她？”

“那行，等她情况好点我再来。”

我悄悄地把门打开，轻手轻脚地站到他身后猛拍下他的后背：“老娘喊你吃饭了！”

郝健吓得一哆嗦，差点把手机掉到下面去。他转身把手机放到背后，像是背着我做了什么坏事似的：“你先进去吃吧，我说点事儿马上就进来。”

被冷落的感觉超级不爽有没有？但他电话还没挂，我得做个懂事的女人啊，毕竟脏衣服筐子里还有一堆内裤没洗呢。说来也是奇怪，这人就是不能配对，结婚以前独居两年我妈经常打麻将不回家让我自己热饭吃，一个人吃起来香得不行。现在配了对，总感觉一个人吃饭没胃口，心里还得惦记着那个人来一块儿吃。

过了好久郝健终于挂了电话进来，满脸沉重心事重重的样子。平时吊儿郎当惯了，他真摆着脸我还不敢去惹他，我乖乖地盛了一碗饭递到他面前：“快吃吧，排骨都冷了。”

“算了，你自己先吃吧，我要出去一趟。”郝健噌的一声站起来，像是魔怔似的往外冲。

再好的脾气憋了这么长时间也该发火了吧？我没问你跟谁打电话，也没问你到底是怎么了，但现在这样明显属于给脸不要脸好吧？然后我就有点生气，把筷子丢在桌上特意发出很响的声音：“你要去哪儿？”

“有点急事一会儿就回来，你先别管我。”郝健说着已经走到门口了。

我向来都是有什么说什么，就连喝多了给文昊打电话这事儿都是直接坦白从宽的，你打了这么半天电话总得有两句解释吧？你不吃饭要出门总得说个理由吧？这么神秘我肯定不能答应啊。我快步冲上前抓住他的衣服："大晚上的有什么急事啊？吃了饭我陪你去不行吗？"

"哎呀你烦不烦啊。"郝健烦躁地要甩开我。

我又没惹你，我让你吃个晚饭怎么就烦了？我下班回家辛辛苦苦做了你爱吃的菜，还特意裹了那么多寿司，你居然还嫌我烦？哪有这么个道理的？平时我向王总请个一天半天的假都要说出个道道，更何况你是我男人，去哪儿凭什么不该汇报一声？我在郝健打开门的那一刻冲到他面前拦住去路，叉开腿站在门口："什么叫我烦？你说清楚再走。"

郝健看我毛了，语气也就没有刚才那么激烈："等我回来再和你慢慢说嘛好不好？"

要出门这是多简单个事儿嘛，只要给个正当的理由，你就是出门会情人都放你出去，毕竟我又没有控制郝健人身自由的权力。但解释的机会给了你，你自己不珍惜，现在再来好言好语，门儿都没有。反正已经生气了，根本也就不想听他解释，双手撑在门两边："不行，给你机会不珍惜，现在哪儿也不准去。"

"你怎么不讲道理呢？"

居然还说是我不讲道理？这事儿拉谁来评评我都不怕，心想反正我是占了理儿，我就不让你出去了怎么地？忍一时不等于要一直忍，刚才我已经忍够了好不好？我用力把郝健往屋子里一推，反手把门关上："我就不讲道理怎么了？"

郝健凶狠地盯着我，脸色特别难看，已经很长时间没有见到他这种可怕的表情了。就像是那天推倒我的时候一样，感觉如果我再闹，他的拳头就能下来似的。我心里有点怯，但面儿上还是不可能服输，毕竟今天晚上这事我就没错。

过了许久，他的眼神才缓和了点，低声下气地说："老婆，我真的是有急事才要出门的。你和我结婚这么久，什么时候见到我这个样子过啊？"

我自己也冷静了点："你到底有什么急事不能现在告诉我的？我是你老

婆，天大的事我都得跟你一起扛啊？”

其实我是担心郝健在外面惹了什么祸，他怕我知道后生气自作聪明地要自己去解决。但我不能啊，有什么事情我都得和他一起扛才行啊。

郝健闷了半天，才吞吞吐吐地说：“我……我要去见她……”

猛地听到郝健说这话，我一时没反应过来他是要去见谁：“谁？”

“就是你用酒瓶砸的那个人。”郝健憋红了脸才把这句话完整地说出来。

此时心里真的不止有一万头草泥马经过，我自认为我们俩结婚后一切坦然，像见前女友这种事情如果真有正当要去的理由，你招呼一声不就完了吗？我在脑子里转了下，想到晚上电视台放的新闻郝健看得那么起劲儿，再联想到他接电话时说的那些话和之后一系列不正常的举动，我有点担心地说：“该不会刚才新闻里放的那女的，就是她吧？”

郝健点点头：“就是，她现在还在医院。”

“别说了，你赶紧去吧。”

“要不，你陪我一块儿去吧。”

从我内心来说还是想要陪郝健一起去的，但既然郝健有了这个态度，我再跟着去就没意思了。这种事情还是要给彼此个空间好些：“没事你去吧，你去看看她过得好不好，回来向我汇报下，我也就放心了。”

郝健探过头在我脸上亲了下，像是感谢我不杀和释放之恩似的：“宝贝儿你真好，赶紧吃饭吧，我去去就回来。”

“嗯。”

等郝健出了门我的心就被提了起来，这种事情谁是真的有那个肚量啊？嘴上说说都没什么问题，但心里想着他是去跟前女友见面，不舒服还是要点的吧？我毕竟是个女人，也有女人胡思乱想的通病。

尤其是那女人现在还抑郁，要是郝健去病房里看她，她可怜兮兮地对郝健说：“当初都是我对不起你，你还能给我个机会原谅我吗？”然后整个病房里医生和家属都注视着郝健，好像只要郝健点头答应，那女人的病就能好似的。

在这种情况下，郝健会不会像电视上那样牵着那女人的手：“你安心养病，等你好起来我就……”我真的不敢再往下想，再想下去我绝对会疯。刚才让郝健走的时候，人家给我机会让我一块儿去，我是多么洒脱？现在又在这儿要死不活地瞎猜，作死啊！

饭肯定是没心思吃了，上网也肯定是没心思，要是上个论坛再看个老公和前女友复合原配当了小三儿的帖子，我非得要纠结死不可。我果断换了身衣服拨通齐鑫的电话：“齐大爷约个局，我们麻一会儿。”

“没搞错吧你？明天不上班？”

“明天的事明天再说。”

“我在客栈，你要不要来？”

我骂了一声，从成都到客栈开车都要一个多小时，我迫切需要麻醉自己，于是下了强制性的命令：“你马上下山，我约叶子和冷哥出来等你。”

齐鑫一听就知道肯定出了什么岔子：“行，你先和他们过去，我这就开车下山。”

约好叶子和冷哥，我们仨就先找个茶坊打了起来。打电话催了好几遍齐鑫都说堵车，我们只好三个人继续，两个小时后他终于推开了门，坐到空位置上：“苏大妈，遇上什么事儿了？”

刚才冷哥和叶子也轮番安慰了我很多，这个时候我心里已经没有多少气了，只是看齐鑫大半天才来有点不爽：“废话那么多，打你的麻将。”

齐鑫笑得很诡异，一边摸牌一边说：“你信不信，我数一二三，会有神秘嘉宾出现？”

做哥们儿这么长时间，要是这点儿都猜不出来我还怎么混？趁他数数的同时我转头对包间外面说：“进来吧……”

听到我的声音，躲在门旁边的郝健怯怯地走过来：“老婆……”

齐鑫一张牌重重地丢在桌上：“苏大妈，你丫是不是女人啊？想给你个惊喜制造点浪漫怎么就这么难呢？”

“滚你丫的，我不是你们家笑笑。”

“老婆，我也知道今天晚上都是我不对，刚才鑫哥已经批评教育过我了。”郝健双手背在身后靠在门边，又是那副做错了事的孩子样，怯怯地递过来一束红玫瑰，“别生气了好不好？”

我第一反应绝对是感动，回过神来就知道是齐鑫把我卖了。不过算算从他出门到现在，其实也不过就两个小时多点的时间。估计他去医院也不能干个什么，念在他态度端正我打麻将也赢钱的份儿上就原谅他算了。只是我还没来得及说话，就瞥到郝健另外那只手上捏着一团塑料袋。

我问："你拿个空的塑料袋做什么？"

"我……"

"哈哈……"齐鑫已经笑得直不起腰来了，"健哥，你就招了呗，这花是从垃圾堆里捡来的。"

"才不是呢。"老实的郝健被齐鑫这么一诈就给说了实话，"鑫哥让我买束花等他，你说我站路边拿束花多不好意思呀，然后我就问卖花的要了这么个黑色的塑料袋。"

我瞬间石化了有木有？花作为浪漫的象征，被男人拿在手上不是应该很自豪的吗？旁边经过的女人不都得羡慕地多看一眼？心想到底是哪个幸运的女人能得到这么一束呢？不过我也瞬间成了郝健的同类，随口就问："多少钱？"

"300。"

"这么贵。"听这价格我就浪漫不起来了，一束花不过一周就会凋谢，300块钱不就相当于打了水漂？虽然和郝健结婚一年来我无数次地想过要收到他的花，但我绝对没想过我真的收到的时候会是这种心态啊。

叶子看不过去了，帮着郝健说话："姨妈巾，你个傻蛋，浪漫是300块钱能买来的啊？"

就这么一束玫瑰花顶我去菜市场买3只母鸡，顶我买3次香辣蟹了有没有？高兴归高兴，但想着这几朵破玫瑰就这么多钱，还是很心疼啊。我把花放到旁边叮嘱郝健："你自己好好想想，你要不惹我生气这能省下多少钱？"

"呵呵，老婆，你们继续打麻将吧。"郝健主动坐在我旁边。

全场皆大欢喜，晚饭那事不过就是个小插曲。

郝健绝对是天生的贱坯子，我要对他好了点他就会上天，只要我时不时地甩个脸子激他一下，他立马就变得乖巧无比。第二天我醒来的时候是中午，他已经把一堆内裤洗好，还把家里各个角落都收拾得干干净净，看我醒了，连忙端了杯蜂蜜水递到我面前：“老婆喝水。”

其实我已经完全不生气了，但郝健这么服软我也要显示下权威的是吧？于是我接过杯子呵斥一声：“跪下。”

郝健扑通一声就跪在我面前。

我说：“说，昨天错了没有？”

“错了……”

“哪儿错了？”

“哪儿都错了。”

“具体是哪儿，说出个一二三。”

“一、我不该瞒着你那谁和那谁的关系；二、我不该不和你解释就要往外跑；三、我不该花那么多钱买花。”郝健听话地把错误数了出来，把脸侧对着我说，“老婆你打我吧。”

转头看到角落里那束花心情很复杂，不能吃不能穿的没几个意思，所谓浪漫啊面子啊都是在外面别人羡慕的眼中得到的。要真花的钱多了，冷静后心疼的还是钱。我从床上蹦起来也跪了下去：“老公，我也承认错误。”

郝健绝对是得了便宜就要卖乖的人，见自己完全逆袭，起身煞有介事地坐在床边：“那你倒是说说，哪儿错了？说出个一二三。”

我起身轻轻的一巴掌给扇了过去：“我错在不该这么快原谅你！”

两人一笑一闹中这事我就真的没再多想，倒是他主动跟我说昨天他过去根本没见到那女的，因为她婆家人都在那边，他也没好意思进去。

我笑话他：“看你㞞了吧？以前是不敢睡人家，现在到了门口连看都不敢看人家一眼。”

“我看你就够了啊。”郝健把我抱住，“老婆，这事就算翻篇了，以后我也不会再去想。”

“你的意思是，以前你还没翻篇？”

“翻了，早就翻了……”

“什么时候开始翻的？”

“从……第一次见你开始。”

5.

以前没开网店的时候两人周末无聊，能在家里玩上一天。但现在我的生活充实起来，尤其是郝健的考试临近，所以到周末通常都是我抱着电脑窝在沙发上，他捧着书坐在书桌前，一坐就是一天。但偏偏在马上要考试的这个周末，郝健犯起浑来，到该起床的点就赖在床上不起，在我身上磨磨蹭蹭地想要做点什么。

我推开他说：“赶紧起来，你看书，我弄店了。”

郝健趴到我身上：“老婆，再睡会儿好不好？完了我们再起来做正事儿。”

“不行，你就要考试了。”我把他推开。

郝健“嗖”一声转过头背对我正对墙，学我有时候生气的样子：“哼，滚开。”

平时偶尔我为小事生气的时候就会这样，有时候郝健会来哄我，有时他就在隔我半米远的地方和我背靠背。为了引起他的注意，我就拿脚去踹他，然后故意喊他滚。郝健有时候大姨爹来了不愿意来哄我，我就使劲地踹他让他滚，其实心里想的是快点来抱紧我哄我啊。

只是现在他用我这招来对付我？呵呵，简直就是笑话，我说：“我没挨着你。”

郝健扭动了下身子，还拿脚来踹我：“喊你滚远点啊。”

我干脆跳下床：“我已经滚远了。”

郝健开始轻声地抽泣：“呜呜呜，你不爱我了，人家让你滚是想要你来抱着我了啦。”

他经常说我在和他生气的时候就是三步曲，第一步是闹，第二步是哭，要还不理我的话第三步就是掐和踹。乃至于现在我每次到哭的阶段，他就会转身来抱着我说：“哟哟，第二步了啊。”

于是我也学他的样子：“来，继续第三步。”

两个人的较量就是看谁气势够，另外那个就得服软。郝健明显气势不够，见我不吃这套悻悻地翻身起床：“那我去做饭。”

正好晚点要回来一大批新货，我要忙着发货和确认订单，就点头答应让郝健去做。忙到下午两点多了，郝健才终于把他做的午饭端了出来。我凑上前一看，分别是两盘炒得快要焦煳的青椒肉丝和土豆丝。虽然真的很难吃，但我还是忍着吃下了大半碗饭。这男人好不容易主动做顿饭，我不可能打消他的积极性不是？

郝健问我："好不好吃？"

我硬吞下一点儿盐都没有的土豆丝："好吃，就是下次你可以再多放一点点盐。"

快递打来让我下楼收货的电话救了我半条命，我终于能顺理成章地放下筷子说："你先吃着，我下楼收货去。"

我下楼和快递办理完收货手续，在旁边的面馆叫了二两炸酱面吃完回家。

郝健已经吃完了，接过我手中的货说："你快去吃吧。"

"唉，这下楼热了一趟没什么胃口了，我先拍照上货再吃吧。"

郝健相信了我这个正当的理由，也没强迫我把碗里剩下的饭吃完。我赶忙拆开货品摆在茶几上，拿出相机找角度准备开始工作。这次是有二级代理提前预订了新货品，我看他们走得还不错，就拿了一批回来准备试试看。不过等我把样品拆开，整个人瞬间就不好了。里面哪儿还有样品的影子？替换的全是废旧的报纸。

之前所有的货品都是齐鑫表妹帮忙买了之后，全权交给物流公司过海关，到国内之后再转到其他快递，从来没有出现过任何问题。因为和快递都比较熟悉了，我就没想着要先验货，快递给我我就直接签收。没想到就这么一次大意，居然让人给钻了空子。我掏出报纸破口大骂："谁把我的货给调了包？"

郝健正在厨房洗碗，听说货被调包赶紧冲出来："怎么了？"

"啊——"我急得直跺脚，"你看，全是报纸。"

郝健随手在衣服上把手擦干，蹲在地上帮我一起查看其他的快递。结果都一样，除了几件放在面上便宜的货品有东西之外，其余的都是废报纸。我当时就想号啕大哭，这次的货正好是我有史以来拿得最多的一次，加起来差不多有一万二。目测没被调包的货加起来的总价值不超过一千块钱，代购半年以来，我赚的钱就一万五左右，现在我马上就回到了解放前。

郝健也慌了神：“老婆，现在怎么办？”

怎么办？我怎么知道怎么办，前期赚的钱全部装了房子，这次进货的钱都是我刷信用卡的。我坐在地上盯着这一堆废旧的报纸和外壳，愣了半天才站起来：“我得找物流公司去。”

“好，找物流公司。”郝健虽不能提出建设性的意见，但我发话他执行是没问题的。说完就翻出外面的快递单，拨通了物流公司的电话，“老婆，通了……”

我接过手机：“我的货被调包了。”

“你好，请报一下您的货运单号……”

“好的，请稍等。”几秒钟后对方回了话，“你好，我这边显示您是正常签收的。”

“我签收了回来才发现被调包的好吧？”

“不好意思，我们的快递有提供签收前查验货品服务的，所有正常签收后的货品，都和我们没有关系。”

“放屁，明明就是你们的快递员给调了包，怎么可能没有关系？你们什么快递公司啊。”

“要不您再问问发货方，看是不是发错了货？”客服遇到的这种问题太多，我发火她也就只有默默地挂电话。目前国内的快递太不正规，也没有权利机构能来约束它们，这种服务态度惹恼了我但又没地方撒气，只有一遍遍拨快递的投诉电话，不停地骂然后被挂掉。

郝健在一旁看我着急也帮不上忙，等我消停了才来劝我：“要不算了吧，都签了字了也没法找快递公司的麻烦。”

可我就是咽不下这口气啊，就是被人坑了好吧？气得咬牙切齿在家里转圈圈：“谁给我调包的啊！希望他生个孩子没屁眼，老婆天天外遇，送货被车撞得尸体渣渣都找不到。”

“嗯，就是，死一户口簿。”郝健就附和。

我憋屈地骂了一下午，从调包快递员的老婆到他祖宗十八代都一一数落了一遍。郝健就在旁边附和，或者是帮我倒杯水让我歇会儿再骂。我还在口若悬河地骂快递员的同时，二级代理打来电话说之前订的货查到快递已经到货，问我这边什么时候发货。

之前为了保证网店的信誉，一般每批货我都会把单号放在店招那儿，为的是让大家相信我这正是国外代购回来的。这次的货品本来就在海关多停了两天，代理都有点着急了。估计看快递被签收也没收到我发货通知，连忙就打来电话催我发货。

我支支吾吾地说我还在外面，货是家人帮我签收的，等我回家后第一时间发货。这才把代理先给搪塞了过去。但同时我也意识到，这次货品调包损失的绝对不只那点钱。就算现在让齐鑫表妹再补货回来，最快也要十天半月才能到，等新货到了之后，订货的人早就没耐心了好吧？

冷静下来我也不骂了，事情已经出了，骂完就得想办法解决问题。现在到底是让二级代理取消订单还是重新补发？想了半天还是决定向代理和客户解释，他们愿意等补发的货就等，要是不愿意就损失点信誉度好了。半下午没帮我出主意的郝健忽然说："老婆，要不你在网上另外找个代购，拍了给他们发货吧？"

对啊，刚才我就顾着骂人脑子都给气糊涂了，也没想过可以去别人家买这事。虽然价格比我的零售价还要高，但亏就亏吧，只要代理还在一切都还有机会。在网上仔细筛选信誉和评价都比较好的卖家，把这次预订的货品分别拍下提醒他们速度发货，总算是把代理的当务之急先给解决了。

郝健看我消停了没再骂爹，自己捧了书跑到阳台上专心看起来，下周末就是至关重要的考试。我忽然觉得郝健考试这事应该才是当务之急的大事，我不能因为网店这点小波折就影响他。做生意嘛，哪儿没有个遇到事的时候？吃一堑长一智，下次签收的时候一定不能麻痹大意，还有得找齐鑫表妹换一家物流公司。

但吃了闷亏我不能就这样把气吞下去啊？晚上没什么事就疯狂地在网上到处发帖，把今天的遭遇和收到快递的照片散布到各大论坛，借此来提醒其他的卖家以后一定要规避这家快递公司。让我损失了这么多钱还不负责，我凭什么不把真相说出来？我发完帖把心里的气发泄完这件事就该过去了，大不了我东山再起。

我以为这批货发出去就能万事大吉，没想到二级代理收到货之后很快就反馈回来信息，说这次发的货好像有点问题。我顾不上已经凌晨，噼里啪啦地敲着键盘："什么问题？"

代理回复："客户今天去专柜验货，专柜说是高仿A货。"

"不可能。"我自认为自己网购经验还算丰富，是正品还是A货应该不至于分不清楚。在回复过去的同时打开上次拍货的店，又查看了他们的购物须知，仔仔细细看了一遍，总算在很久很久以前的购买记录那儿看到了一个客户的中评，上面写的是："念在卖家服务态度好，虽是A货，勉强给个中评吧。"

看到这个中评我心里就有不好的预感了，那么多好评完全有可能是刷来的。虽然我是诚信经营从来不刷信誉，但不保证别人不刷啊？火瞬间就要爆发出来，都怪郝健出的什么狗屁馊主意！要是让我再纠结会儿，说不定就直接告诉二级代理实情，他们爱理解不理解，也不会有现在这些破事啊？

但回头一想，这么多天才一个代理来找我，说不定是高仿得太真，其他人都没发现呢？又或者是这卖家是真假掺着卖，恰好这个代理的是A货呢？我是遇到问题马上就能火的人，但同时也很快就能把自己安慰好。这次我也不停地在心里这样子暗示自己，想着想着它好像就变成了真的。只要暂时没有其他人来找我，说明都还不是事，就算真的出事儿了等他来找我再说。

想明白了心里就能畅快，畅快了我才能睡着觉，没有什么比不纠结和快乐来得更重要。只是郝健周末就要考试，他还在加班加点地看书，我看他那么用功的样子就把代理找我这事儿给隐瞒了下来，关了电脑问他："哥哥，你还要不要吃消夜？"

"刚吃了晚饭，吃你妹的消夜啊。"

"嘿嘿，我妈说看书的人比较耗费体力，要多补补。"

"没事你先睡吧，我把这点儿看完就睡，下周就要考试了，我还有好多题没看呢。"郝健说完就不理我，嘴里念念叨叨地背题。

我一个人也睡不着，打开电视机又怕吵到了他，晚上吃的砂锅米线好像没有饱，反正不能让自己闲着干脆就去做消夜。脑子发热就特别想吃牛排，只是这大半夜上哪儿买牛肉啊？于是我拉开冰箱找了一块猪肉出来，把它切成了牛排的样子，还码了作料像煎牛排那样煎，完了之后再放点西兰花在边上，没有黑胡椒就自己调了酱料浇在上面。末了我把猪排盛在盘子里，一个人蹲在茶几旁边，用水果刀和叉子像模像样地吃了起来。

郝健看完最后几道题，合上书本转头看我居然拿着刀叉在吃肉："吃什么呢你？"

"牛排啊。"我切了一块递到他面前，"要不你尝尝？"

郝健对所有肉都只有一个概念，就是都是肉。所以当然尝不出来我这到底是牛肉还是猪肉，吃完还点头夸我："味道还不错。"

凌晨两点，我们俩就蹲在茶几旁，享受着独特的煎猪排消夜。

和郝健结婚以来我越来越少去焦愁什么事，结果就是体重嗖嗖地往上长，前前后后加起来长了小十斤。吃到最后郝健把我的盘子抢了过去，伸手捏了捏我的肚子："别吃了你，你瞧瞧，奥运快要变成奥迪了。"

管他是奥迪还是奥运、四环还是五环，我还没吃过瘾啊，吃到一半的时候体重算什么？再说我不能为了身材来虐待自己的嘴巴吧？我不服气地把盘子抢过来："我还没吃饱。"

郝健就目瞪口呆地看我把整整一盘肉吞进了肚子，不可思议地说："天哪，我怎么娶个这么能吃肉的老婆啊！不行，我得告诉丈母娘，我要退货！"

我囫囵一嘴的肉："丈母娘肯定得说，不好意思这是打折处理商品，不退不换。"

"强买强卖啊。"郝健特夸张地仰头躺在沙发上，做出无语状，"那你就要减肥了。"

"滚，要是我不减，你是不是就不要我了？"

"我要退货。"

"哼，你今儿不要我，我明儿就能减肥去找个更好的你信不？"

"啧啧。"郝健在我腰上又捏了下，"都是肥肉，要不退货我早晚有天得腻死啊。"

半夜吃东西好像真的挺不容易消化，总觉得肚子老胀气。郝健在我之前上床睡觉，我跨过他身上准备睡到里面的时候感觉来了屁意，想起他说我一身肥肉就想恶作剧。

郝健见我半天跨不过去，就想让我快点儿睡觉："老……"

他刚想开口我猛地蹲下去，却蹲出个屁来。

"咳咳。"郝健赶紧闪开咳嗽了起来，估计是刚才正张嘴换气。

我没忍住大声笑了出来："哈哈……崩嘴里了？"

"咳咳……"郝健咳得根本停不下来。

"怎样？哈哈哈……"我已经处于快要笑抽的状态，在床上滚来滚去地笑。

"滚……"

作弄完别人总是很开心，我已经笑得肚子都有点痛。

郝健翻身趴在我身上："睡了，明天早上新领导上岗，要准时参加欢迎会。"

从我们买了电瓶车之后，每天上下班我就懒得再走路了。虽然就十分钟的路程，我也非得郝健骑车带我。我找了个冠冕堂皇的理由：这是锻炼你骑车的技术，要不以后搬了新家四十分钟的车程，难道天天我来骑啊？早上骑车上班绝对是个很好的选择，各种美女步行在上班路上啊，尤其成都的九月，街上正是十女九丝、九丝八黑的季节，那一双双诱人的腿啊。

看到前面有个还能看得过去的美女，我说："哥哥，注意前方有目标，等会儿到的时候你骑慢点啊。"

郝健说："哪儿？"

我把手伸到前面，指着那美女："就那个，看到没？"

"嗯，好。"

骑到美女背后的时候，郝健当真放慢了速度，准备超过之后再好好看下正面。刚到美女身后，我把手伸进嘴里打了个超响的流氓哨，那女的转过头以为是郝健，恶狠狠地瞪了他一眼。

郝健气得责备我："滚吧你，人还真以为是我打的口哨呢。"

"嘿，我这不体谅你不会打嘛。"话还没说完，前方不远处又发现了目标，我又是个响亮的口哨。只是这次离目标太远，美女不知道我们是冲她打的，也没转过头来。我说："哥哥你看那女的，头发好长啊，应该是个美女来的。"

郝健一轰油门冲上去，再转头看："是个贝多分啊，你这不侮辱哥吗？"

贝多分，就是从背面看的时候会多点儿分。

我们一路调戏美女，嘻嘻哈哈地到了公司，忙完手上的工作打开电脑，昨儿让我担心的事情终于还是发生了，陆陆续续有好几个代理和客户都发来消息说这次的货是高仿，也有的还出具了和正品的比较图片。

这下我蒙了。

之前因为我自己清楚所有的货品都是百分百的正品，所以在宣传的时候承诺假一赔十，这么久以来也没出现过什么问题。而这批货我本来就是亏了不少钱，如果严格按我店里承诺的假一赔十来算的话，我预估损失要在五万左右。我承认在这个时候我第一次有了奸诈的想法，不如把店直接关门？大不了就亏了保证金，算上这次货的损失就当我这几个月白干。

恰好这时闺密群笑笑发了个新闻图片，说有个人生了个孩子被诊断为没有屁眼，还附上文字："以后千万别这样诅咒别人了。"

这图片把我吓得不轻，如果我就这样关了店被那么多人在背后诅咒我，万一真的有天应灵了怎么办？而且我妈老在我面前说人这一辈子什么事该做不该做，什么钱该挣不该挣心里一定要有数。

我现在为了这点钱就做亏心事，到底值不值得？

想了一上午也没想出个解决问题的办法，网店还不停有代理和顾客在发消息过来。我只好先统一回复他们："请亲们少安毋躁，店家正在调查之中，24小时内一定会给您一个满意的答复。"

消息回复出去之后依然还有不理解的顾客要求按照店里的规定假一赔十，我在店招那儿发了个通知，关了所有的联系方式包括手机，打算缩在办公室里想对策。我想这事儿终于还是闹大了，我没办法再瞒过郝健，因为如果真的要赔的话还得找他拿卡。

结婚后他的工资卡都放自己身上，我每月发了工资都如数把钱交给他。反正现在还是负资产，每月挣的钱还不够还债的，管卡管钱是个苦差事。

于是我打开郝健的QQ：“我的网店出事了，上次买的那批货是高仿。”

郝健连发了几个吃惊的表情：“怎么会是高仿？那怎么办？”

“我这不找你来出主意了吗？”

“啊？你不是承诺过假一赔十吗？我们现在手上哪儿来那么多钱赔啊？”

才说一句就直接说赔钱的事，这个郝健看来是指望不上了。我回复了一句“没事我来想办法”就关了对话框。

思前想后最好的办法就是沟通，和买家代理一个个地沟通。我把自己换位到买家的角度，要是有个卖家可怜巴巴地把事情的原委说出来再让你谅解下，我想应该大多数人都会很大度的。如果真是那种没法沟通的，他爱怎么就怎么吧，反正物以类聚大不了以后就不打交道了。

我下午早早地请了假回家，一个个电话打过去给客户和代理赔礼道歉。把事情经过原原本本地告知了他们，然后给了三个选择：一、把货退回来我退款；二、收下货我退一半的钱；三、把货退回来等我从国外补发货再寄过去。

果真买家几乎都是通情达理的，我这么一说好多人都选择理解，把货退回来让我退款。也有少数在电话里骂人的，我也只有嬉皮笑脸地应着，或是答应让他们把货收下，只要在网上帮我点下退货，我直接把钱退给他们就完事。

这沟通下来就到了傍晚，郝健气冲冲地打开门：“你什么时候回来的啊？怎么不告诉我一声？而且打你电话一直在占线。”

我这头事情都还没有完全处理完，听郝健声音大点就不高兴了。出了事你不帮我解决问题就算了，我这头忙得要死你回来还冲我吼。我转头用比他更大的声音说：“你谁啊你，我下班还要向你汇报啊？”

然后郝健就不说话了，闷头走进来坐到沙发上也不问我有没有做饭，也不去看考试的题。等我又忙了半个小时，他还坐在那儿。我走到他旁边不冷不热地说：“喂，晚上吃什么？”

郝健还是不说话，就低头抠着手上的死皮。

“问你啊？”

半天，郝健才冒句："随便。"

我有火开始在心里酝酿了，不就走得着急忘了给你打电话说声吗？我这头事情还一团麻没解开呢，你不好好安慰我就算了，还跟我甩脸子？不过他马上要考试，我还是不想在这个节骨眼上和他吵。还是尽量控制自己的情绪说："那到底吃什么嘛？面还是米嘛……"

"我都说了随便，你看着弄就行了嘛，老问老问。"

问了句居然还不耐烦了？我把心里的火压了又压，走到他面前皱起眉头，说："最后问你一遍，吃什么？"

我想这算是我抑制火气给的台阶了吧？但郝健今儿就跟撞了邪似的，把抠下来的死皮丢到垃圾桶里，非常不耐烦地说："跟你说了随便啊，你爱做就做不做就算了。"

我没法再忍下去，冲他吼："你有病啊你，回来莫名其妙地发什么神经啊？"

"你才有病，每天的饭不都是你安排的嘛，老问我干吗？"

"滚蛋吧，别以为我不知道，你不就是嫌我回来没打招呼吗？你是骑车又不是走路去接我，多走几步又没烧你的骨油，至于发那么大脾气吗？"

郝健一副无奈的样子："我什么时候发脾气了？到底是谁在发脾气啊？"

人家用的是冷办法，不咸不淡的不理我。我这种急脾气就受不了要跟人吼，这一开口吼自然就是我的不对了。郝健平时就这么阴险，外表装得脾气好得不行，其实动不动就来这种冷暴力，气得你不行出去还没人会说是郝健不对。

越想越气，越想就越不甘心，把郝健从沙发上拉起来："你滚啊，你不回来我还好些，回来打扰我解决问题。"

我用尽吃奶的力气把他往外推，可不管我怎么把他往外推，郝健就站在原地也不说话也不往外走。面儿上我想让他滚出去，其实心里就是不知道该怎么来表达我的不满，心想你这个时候要转过头来把我抱住哄哄该多好啊！

郝健站在原地任我推他，过了一会儿他当真甩开我拿上手机就冲了出去。出去的时候还反手把门关得特别重，整栋楼都听得到的样子。然后我站在原地就愣了……

这个时候剧情不应该是郝健搂着我，然后不停地说“宝贝对不起，知道你今天心情不好我不应该惹你生气”的吗？但是他居然真的走了？他不知道我说的是反话吗？我让他滚了之后，他不是应该接话说“不嘛，人家不滚”吗？原来这些情话都是要在俩人好的时候才说，原来郝健写的家规都是上次为了哄我才写的，根本就没有把它实实在在地记在心里。

然后我开始抓狂了，拿起手机拨郝健的电话想大骂他一顿，结果非常失望，他关机。我好想把手机狠狠地摔在地上——你还关机，你还有理了不是？但唯一的理智还是告诉我不能摔地上，摔坏了明天还得去买新的，只好用力扔到了床上。

过了好大一会儿我没忍住，又试图拨打郝健的电话，刚拨通郝健拿钥匙推门进来。我急得想要将手机冲他扔过去，然后大声地质问他：“你去哪儿了？”但看他已经多云转晴的脸，我只是冷冷地说：“你滚哪儿去了？”

郝健完全不觉得我们刚才吵了架，拎着饭耸耸肩：“我去买晚饭啊。”

这理由说得多冠冕堂皇啊，简直让人哭笑不得。我要继续生气，让谁来评价都得说我是无理取闹，但我要就这么把气给忍了，那对得起刚才他无缘无故地摔门而出吗？最后我还是选择了继续生气，说：“你放屁，你买饭手机要关机啊？”

“呵呵，手机没电了嘛。”郝健把打包带回来的饭放到餐桌上又进厨房拿了碗筷，“快来吃了宝贝儿，吃完我还要看书呢。”

怎么形容我此刻的感受呢？呃，应该是我拿着一把菜刀用力地朝郝健砍去，然后他那儿居然是一团稀泥，从此我的刀就被深深地陷在了里面，想拔出来再砍都没办法。我是没办法再继续闹下去了，只能把一肚子气硬生生地憋回去，心想你有种以后别死皮赖脸地想要干吗干吗，否则得把你收拾个够。

晚上又沟通到很晚，总算把所有的买家全部沟通好，退回来的货我打算单独放到其他地方便宜处理，只是算下来又亏了一笔。但这也是没办法，谁让我给摊上了呢，自己安慰自己，反正也好长时间没打麻将了，就当这段时间打麻将输了吧。

晚上为了恶意报复郝健顺便收拾下他，我早早地洗了澡上床，等他看完书一上来，我就主动扑了上去。郝健本来还以为我在生气，现在见我这么主动激动得不行，一把将我抱住："宝贝儿哥来了。"

我在关键时刻叫了停，把他推开一巴掌扇过去："跪下，先把问题说清楚。"

半路叫停的滋味当然不好受，郝健自己开始扇自己耳光："老婆我是浑蛋，我是畜生。"

"下午不是霸气得二五八六似的吗？现在就𡒄了吧？"郝健这种生闷气的性格也只能在这个时候治他，"说清楚，你下午到底在生什么气？"

"工作上的事情啦。"郝健急得都像是要哭出来了，跪在我面前说，"我知道错了老婆，我不该摔门出去不该把手机关掉，不该把工作上的情绪带到你面前来，等会儿我起来抄写家规好不好？"

我还是不从："工作怎么了？"

郝健见我稍微软了下来，开始吐槽："妈的新换的领导别提多恶心了。"

"怎么回事？"

"以前我们那领导你知道的，平时上班迟到早退从来不管。本来也是，做项目的哪儿能跟坐班的比啊？有事周末节假日不休息都得做，没事去不去单位又怎么样嘛……"

"现在呢？"

"他要求我们必须朝九晚五点半，还专门开会提醒不能迟到早退，更不能出去接私活。"

"画图什么的也不可以？"

"不行！要是被抓到的话一次罚款5000，他大爷的。"

"做项目的人要是按坐班算，那有项目的时候是不是应该算加班费？年终奖是不是不应该按总院统一计算而是拿项目提成？"郝健越说越气愤，简直恨不得明天就去辞职的样子。我知道这对已经习惯按项目工作的他来说确实很不适应，尤其是还不能接私活，这不相当于把人困在单位，每月就拿那俩死工资吗？这年头靠工资吃饭，几个人能奔小康？

郝健虽然嘴上不说，但我心里明白他是想多挣点钱，尤其是前段时间看我经常通宵上货，他醒来都会很愧疚地说对不起我。从内心来讲郝健还是大男子主义，觉得男人挣钱养家这是天经地义的事情，只是现在我们欠了那么多钱需要我们俩一起努力。所以这次严管单位制度，他心里肯定不爽到了极点。

郝健骂完，又觉得特别对不起我的样子，把我抱紧："老婆对不起……都怪我没出息……"

"滚，不准这样说自己，这不过是时机不到而已。你放眼看看，有谁像我们这样的，刚来成都就能买房啊？"

"老婆你骂我一顿嘛，骂我我心里能舒服点。"

"骂你做什么？这是单位统一整顿，又不是被开除。"其实我心里也挺不爽的，只是我知道这时候不能给他施压。

"你这样子，我觉得对不起你啊。"

"郝师兄，不要想那么多，私活不能接，努力看书才是王道。"然后我就巴拉巴拉给郝健算我们的钱了，末了我奸笑着说，"你放心，大不了过年回去我再去我妈那儿骗点出来。"

"别开玩笑了，妈哪儿来的钱啊，她都那么不容易了。"

"我妈这辈子从来都没有过钱！不过只要嘴巴甜她还是能把压箱底的钱挤出来的。"零零碎碎地说了不少，最后我做了总结，"哥哥，你要保证以后不管遇到什么事情都不能像今天这样。"

郝健解释："我是因为回来看你心情也不好，怕几句话说不好给呛起来。"

"结果你看你闷着也吵了不是？"

6.

郝健考试的地方在市郊，我骑电动车送他去的。他考试我就找个网吧上网，上午考完再去接，就像是古代陪状元赶考的媳妇似的。考完出来我一轰油门过去停到郝健面前，拍了拍后座："考得怎样啊帅哥？"

这一问郝健就跟开了闸口的洪水似的，滔滔不绝地给我讲考试的题，总之他根本不管我是个文科大专生，就坐在车后面讲各种专业知识。

我说："我只关心考得怎样，到时候能不能变成钱？"

"俗，俗不可耐！"

"那你去找个不俗的老婆去？干吗找我啊？"

"我就喜欢你这样俗的老婆。"郝健用手环抱住我的腰，"今年的考试是最难的，只要能通过的话明年的下半部分问题都不会太大。"

我仿佛已经看到郝健考过摆了一堆钱在我面前，憧憬着唱了起来："在希望的田野上……"

郝健考试之前最后的冲刺给我感触挺深，如果我持续把网店按先前的模式发展可能会越做越大，说不定以后的某天我就能做成个商贸公司。但那时候郝健要是也忙自己的事，我们每天见面三句话都说不上，就到月底看卡上越来越多的钱傻乐？那样的生活真的是我想要的？

仔细想了想，加上这批货也损失了好多代理和顾客，我最后果断地决定不再继续做推广。仅维持目前的几个代理，每月拿固定数量的货品，这样收入也稳定，自己也不会那么累，也不会再出现上次那样一批货亏掉小两万的情况。

从考场回来，为了犒劳郝健我去菜市场买了一堆火锅菜，准备晚上在家里自己做火锅。火锅也是我的拿手菜，在外面买的底料回来我还要自己炒制一番，我觉得这样才够味。以至于回老家时郝健总要提醒我带火锅底料，让他爸妈也尝尝儿媳妇做的正宗四川火锅。

忙忙碌碌大半天，洗菜摆盘还弄得有模有样，准备点火开吃的时候，我妈的电话打了过来。我以为她是问郝健考得怎样，没在意就按了免提，一边往锅里下菜一边先回答："妈，郝健考完了。"

"我知道考完了，你爸给你来电话没？"

"我爸？他不是在山庄吗？"我打开电磁炉的开关，"又怎么了？"

我妈的语气前所未有地着急，声音有些颤抖："你爸不见了。"

我吓得一屁股坐在凳子上："他怎么会不见了？"

“前几天他从山庄辞职回来了，你说干得好好的他干吗要辞职？我肯定就不爽了啊，想着你最近不是得买家具了嘛，就让他去找那女的把钱要回来。嘿，结果你猜他怎么着？几句话不对就和我吵上了，还说要钱让我自己去要。”我妈气冲冲地说，“你说说他借出去的钱凭什么我去要？非亲非故的借那么多钱给人干吗？要说他没点儿小心思我就不信了！”

“结果你们就吵上了？”

“吵啊，吵了好几天，我就让他去把钱要回来，最后你猜他怎么说？”

“怎么说？”

“他说我要再唧唧歪歪他就跟那女的结婚去。”我妈说着就哭了起来，“菲菲啊，你说这老不死拿这个来威胁我，还是个东西吗？那天是不是说得好好的要断，这说明这几个月都没断的啊！”

我的第一反应是我爸说的是气话：“他真这么说了？”

“可不是嘛，今天早上起来还吵了一架，上午我去买菜回来就不见人了，我想他可能打牌还是干吗去了就没过问，结果现在电话死活打不通了。”

“打不通？是不是没电了什么的？”

“怎么可能没电！昨天晚上是我给他手机充的电。”

我妈哭哭啼啼的样子让人揪心：“那也可能有什么急事吧。”

“就是跟那女的跑了，这种事情他又不是干不出来。而且刚才我下楼碰到你丁叔，他说瞧着你爸早上拿了行李出去，你丁叔还问他是不是要去山庄了，你爸就说是。”我妈气急败坏地说，“是个屁啊，山庄那边他自己说早就辞职了。”

我可不可以这个时候骂娘？但对方是我爸，和我说话的人是我妈，我显然不能。事情在没有完全弄明白之前我不想跟着我妈一块儿着急，就安慰着她说：“算了，你也别着急，说不定就是手机丢了躲哪儿打牌去了呢，我先四处打电话问问。”

“那你快找找，就算死我也不能让他那么舒服地死。”我妈骂骂咧咧地下了旨，“要是真这样死在外面，你姑姑伯伯什么的还不来找我们麻烦啊。”

挂掉电话我开始担心起来，他再不济也是我爸不是，要真出事儿了我这辈子心里肯定不安生。于是火锅也没办法吃了，我连忙拨通齐鑫的电话："齐大爷，你丫赶紧帮我办个事儿。"

"你丫吃火药啦？"

"吃你妹。淄贡市河边儿上有家大河茶馆，你快去帮我问问那是谁家开的。"

"大河茶馆？我认识，怎么了？"

"那儿有个老女人，就是死了男人带个孩子上大学的，你快去问问她叫什么名字住在什么地儿。"

齐鑫忽然就不和我开玩笑了："出什么事儿了？"

"她把我爸给拐跑了，你快问。"

说完我挂了电话，郝健也丢下筷子关了电磁炉走到我旁边："老婆你别瞎想，说不定爸就是去哪儿玩了呢。"

"滚，有不打招呼就出去玩儿的吗？"

"那说不定是他怕你和妈不同意才这样呢？"

"不可能。"我气喘吁吁地躺在沙发上，第一次和我妈一样骂起了我爹这个混账，"你说他，几十岁的人了这么不靠谱的事儿也能干？手机一关就以为没事儿了？要他这次是真的跟那女的跑了，我找到他非得废了他双腿不可！"

郝健把桌上的可乐递到我面前，嬉皮笑脸地问："怎么废？"

我用手在腿上做了个割的手势："直接这样，咔咔两刀！"

郝健为了逗乐我，缩到我身边紧靠着我说："老婆，人家怕怕。"

很快齐鑫回了电话过来，前不久茶馆还真有个女人辞职了，辞职那人就是死了老公有个孩子正在上大学。但只知道她是外地人，没人知道她老家在哪儿。

从时间和各种信息上都吻合，我也开始相信我爸是和女人跑了，但同时我又没了主意："哥哥，你说我现在到底跟不跟我妈说啊？"

"怎么说？就妈那性子，你要说了她还不得闹个天翻地覆啊。"

我急得都快要哭了出来，说："哥哥，你想想办法，到底怎么办啊？"

“我觉得吧，就算把爸找回来也不起作用，他都那样了，还不如让妈和他把婚离了算了。”

“他们离了婚，那我就没家了。”说到底我还是很怕他们离婚。

“宝贝儿别伤心，这不还有哥哥呢吗？放心，这辈子哥都不会离开你的。”

我妈没过多久又打听到了新情况，打来电话又开始骂：“老不死的，当真是跟那女人跑了。”

我说：“那你打算怎么办？”

“离婚，这次是真的要离婚了，老娘就成全他们。等老娘找到他第一件事儿就是去离婚，我也想明白了，你看你现在生活稳定多好，他竟然还这样，那这婚是非离不可！菲菲啊，妈可告诉你，要是离了婚你可千万不能认你那个不是人的爹！”

之前心情不好在电话里也没和齐鑫说太多，他和笑笑正好在附近办事，就顺便来了趟家里，问我到底是怎么回事儿。

我把事情的原委说了一遍，心情就很低落了：“齐大爷，那女的能有办法找到吗？”

“你等等。”

齐鑫说着拿出电话连拨了好几个，最后辗转找到了那个女人原来的房东那儿有一张她的身份证复印件。齐鑫甩了甩电话：“苏大妈，要不我们明儿一早回去？那房东我妈认识，我让我妈去说说，看能不能把复印件给拿出来。”

“你是说我们去那女人家里找？”

“那还能怎么办？这是运气好还有复印件，咱好赖也能凭着身份证上的地址去找找不是？”齐鑫说着转头问郝健，“健哥，你说是吧？”

“嗯，那我们就先回去拿复印件，好歹这也是一条路不是。”

第二天我和郝健请了假，一早齐鑫就开车过来接上我们回了淄贡市，在齐鑫妈妈的帮助下，房东同意让我们拍张身份证的照片。我才知道了这个女人叫刘八妹，是淄贡市靠近其他市山区的人。

从淄贡市去那儿还有一段路，而且到了那边是晚上也不方便找，最后和齐鑫商量的结果是下午先去茶馆看看他们的监控，截一张刘八妹的正面照片。明天早上再带着身份证复印件和照片，去那个乡里找找。

另外齐鑫还叮嘱我："苏大妈，你回去不要告诉阿姨啊。"

"我知道，要是我妈听到这个结果，还不得跟去把我爸给活劈了。"

"嗯，我们明天早上走，先去看看能不能找到，要是找到了先问下是怎么回事儿。"

晚上我妈回来见我和郝健都在家，一下就猜到我们是为了我爸的事儿回来的，一边在厨房里忙活就一边开骂了："你说这老不死的非要弄些事情出来，小健看了这么长时间的书好不容易休息下，又把你们折腾回来一趟。"

郝健连忙解释说："妈不是的，今天是齐鑫正好开车回来，我们就蹭车回来看看你。明天一早他要回成都的，我们再一块儿回去。"

"哦哦。"我妈马上就相信了，"我有什么好看的嘛，哎呀小健啊，真是让你看笑话了。"

吃过晚饭趁着郝健去洗澡的时候，我妈坐在沙发上又开始以自己失败的婚姻为例教训起我来："菲菲，你要吸取妈的教训，妈这辈子就是太要强，什么都成功就栽在了你爸这儿。这些年妈把你宠坏了，让你不懂什么叫感恩和珍惜，小健真的是打着灯笼都难找的男人，你一定要珍惜。"

"在家里你懒惯了，现在结了婚得勤快点，把家里收拾得干干净净的，小健回来看着心里也舒服点不是？"

"妈，你要是真铁了心想离就离吧。"

"你这孩子说什么话呢？什么叫我铁了心离，要不是你爸这么跑了我还想要撑到你们把孩子生下来呢，再怎么说也是个完整的家不是？"

"是是，我这不是说没办法只能离婚的情况下嘛。等离了婚你就来成都，我带你去公园相亲，成都公园里有好多相亲的老头老太。"

"你妈可不是那种不正经的女人，我们这代人传统得一辈子就只能跟一个男人。现在和你爸离婚，我都觉得已经很没脸了。"

我撇撇嘴："现在都什么年代了，连小脚都不允许裹了，你鞋不合适还不允许再换？"

我妈这才开心地笑着："只要你们俩好，我找不找又有什么关系嘛。"

一早齐鑫开车过来接上我们，颠簸了一路到了身份证上的那个乡。但因为是一代身份证又没复印好，上面的详细地址本来就有些模糊，只能看到是这个乡，具体的村子和门牌都不怎么看得清楚。而且我们也不确定他们到底有没有回这儿来，就直接把车开到了派出所，想着拿这个问问看能不能帮我们找找村干部，问问有没有人见过这人，一般小地方嘛，只要有照片找人就容易。

派出所的民警说他们没有权限这样去找，而且也不知道我们到底什么事儿。

我一下就急了，眼泪哗哗就流了出来："警察同志，这个是我爸爸的朋友，我爸爸有精神病走丢了，我们那边有人看到他是和这个人走了的。"

"走丢了？那有你们当地派出所的证明材料吗？"

"没……"

"有你爸的精神病病历，以及和这个人一块儿离开淄贡市的证明材料吗？"

"也没有……"

"那就对不起了小妹妹，我们只是听你这样说说，没有办法帮你找的。"

本来这两天火气就比较大，听完警察的话当场就火了起来："我这儿有视频截图证明我爸和这女的认识且接触过，我爸的精神病又没有住院，哪儿来医院的病历啊？还有这女的本来就是你们乡上的人，怎么就不能帮忙找找了？"

"我们也是按规定办案，要不你去找乡政府？"

我气得也没管在哪儿，冲上前去撑在民警的办公桌上大声地说："你们是人民公仆啊！拿的是我们纳税人交的钱，这点小事就不能办了？"

郝健看我激动了起来，赶忙过来把我往外面拉。齐鑫在后面给民警散烟道歉，我被拉到门外还气得大声骂："散什么烟啊？人民警察不拿群众一针一线的好不？"

齐鑫从里面出来叫停了我："你闹能解决问题啊？都说好了，我现在打电话给我派出所的朋友，说明了这个情况，人家也答应开个介绍信网上给我传过来，说不定有了介绍信他们就能帮忙找了呢。你先别着急，一会儿闹僵了还怎么找人啊？”

我甩开郝健的手就往街上冲，拿着打印好的刘八妹的照片，逢人就问有没有看到过这个人。我就像个疯子似的在街上乱跑，郝健跟着我的脚步默默地走在后面。

问了一圈都没人说认识，我气得扭头对郝健大骂：“你也拿去问啊，跟着我走什么啊？”

郝健接过我手上的照片说：“哦。”

我忽略了另外一个问题，小地方人本地保护意识都很强，见我和郝健操着外地口音来问人，他们怕万一是什么坏人，都不敢多说。最后沿着街上来回走了好几遍，就有几个跑摩托的人说漏了嘴说这不是刘八妹嘛，但我再问他们支支吾吾地不愿意说了。

齐鑫打来电话说介绍信已经传了过来，让我们快回派出所去，民警正在给各村的村党支书打电话让他们来派出所。屁颠屁颠地赶回到所里，又得知村党支书不愿意来。

民警说：“看吧，我们也尽力了。村党支书不属于我们管，要是没有重要的案子他们不来，我们也不能硬让人家来不是？”

“这不是有介绍信吗？你们当成个案子办不就完了啊？”

“你们这个也没有太有力的证据，我们没法立案啊。没立案的都不能当案子办，除非是见到了立案的材料，我们才能协助你们当地的警方调查。”民警无奈地说。

已经到了下午四点，我是真的有点累了，心里大骂我那个浑蛋爹，但又没办法不把他找出来。而且我已经开始担心他是不是出了什么意外。我们在派出所院子门外商量了一阵，齐鑫和郝健的意思是先回淄贡市报案，等那边立案后走正常途径。但我是急性子，一想折回淄贡市再来，还得耽误好几天，今天既然来了找不到个结果就是不甘心。我让他们俩等我会儿，转身独自冲进了派出所隔壁的乡政府大楼。

在乡政府大楼里转了个大圈，和他们说明情况希望能得到帮助，帮我联系下各村的村党支书过来认人。可遇到的情况和在派出所一样，这个科室让我去找那个科室。来这儿转了一天，又累又饿的我站到楼上看着下面就想哭。老天让我在这样的家庭中长大就已经够悲摧了，现在眼看日子奔着好的方向去还要来折磨我一趟？我试图让自己不要再找了，就当我爸出意外死了，但是想来想去我还是不能说服自己。

我站在阳台上，正好看到楼下院子里一群人围着一辆面包车，其中有几个人我刚才都见过，还有一个看起来像是领导的样子，我几步冲下楼准备再去找那个领导样子的人说说。

到了楼下，最后一个人正在上车，好像是要开车走的样子，我来不及多想就跑上去，趴在面包车前面靠着挡风玻璃放声大哭，一边哭一边喊："你们要给我做主啊！"

车上的人见莫名闯来个人，都纷纷下车问我是怎么回事。我刚好哭开，心里全是委屈和不满，也懒得理他们，反正就是不让车走，反正老娘就是要哭个够。齐鑫和郝健在车里等我，听到这边有动静也下了车围过来，看是我在中间哭，郝健连忙冲过来要把我扶起来，我在这儿撒泼解决问题，你扶我起来干吗啊？我甩手把郝健推开，对他们俩大吼："你们滚回车上去！"

郝健一根筋守在旁边不肯走，有人发现了他们俩和我是一伙的，抓住郝健就说："你们劝劝她吧，让她有什么事先起来再说。"

"我们和她不熟。"齐鑫还算明白事儿，抛下这句话就把郝健拉回到车上。

"姑娘，有什么事起来好好说吧？"有个女的过来要扶我起来。

哭得正嗨皮的我哪肯起，完全就是打滚耍无赖，今儿要没人站出来答应给我解决问题，我绝对不起来！我一旦起来说不定车就开跑了，这鬼地方我去哪儿找人啊？我就不信，拦住这几个人不让走，就没人出来帮我解决问题。

"有什么事好好说，我们能帮你解决的一定会帮你。"女人蹲到我身边，看样子应该是秘书一类的。

我就坐在车面前的地上，一边哭一边说："我爸有精神病，现在他走丢了我都查到在你们乡上了，从淄贡市跑到这儿来找了一天，就是没人帮我解决问题。"

“呜呜呜……我妈出门打工去了，家里就我和我爸相依为命，我要找不到他我怎么和我妈交代啊……”

“好好，你先起来，我答应帮你找好不好？”女人一味想要哄我起来，“你说要我们怎么帮你？”

“我有我爸的照片，移动信号显示停机前都一直在你们这儿的。你们找每个村的村党支书来认认，肯定会有人看到过他的。呜呜呜……”

女人回头去跟那个领导模样的人汇报了一番，那人打了个电话，女人又过来说：“我们乡长把这事安排给了副乡长，你先起来好不好？副乡长马上就下来，然后通知各村党支书来开会。”

我这才知道眼前的人是乡长啊，没想到这乱撞居然撞到个土老肥有没有？但我还是不起来，不见到副乡长过来当着我面打电话，我打死都不会起来。

然后副乡长闻讯赶来，挨个打电话通知村党支书马上到政府开会。就这样我才给他们让了路，跟着副乡长回到大楼里，找了个办公室等村党支书。最后的结果是有个村党支书说刘八妹就是他们村的，而且前段时间刚从外地打工回来。

副乡长命令他给我们带路，往那人家里赶，副乡长也跟着一起为我们保驾护航，齐鑫就开车跟在后面。从乡里出去又开了近半个小时，在很偏的一个山坳里找到那家人。

车还没停稳我就冲了进去，往里屋四处乱撞：“苏大权，你给我出来！”

迎面走出来一个戴着眼镜的男人，看起来也就20岁出头，一看就是那贱女人的儿子，“你就是刘八妹的儿子吧？”

男人点点头：“我是，请问你们是……”

“我是你大爷，苏大权呢？”我上前几乎是抵在他的胸口，“苏大权呢？”

“苏叔叔？”男人惊愕地扶了扶眼镜，“苏叔叔没在我们家啊！”

“放屁！”我顺手抓起旁边的扫帚一下给他打了过去，“快告诉我他在哪儿！”

副乡长看我动手打人，连忙上前来把我拉住："小妹妹，有话好好说，别动手啊。"

"你用我爸的钱心安理得是吧？这学上得挺好是吧？"我用力甩开他，继续上前打那男的，"老娘让你上学，让你抢我的爹，看我不打死你！"

副乡长和村党支书也愣了，他们以为我就是来找神经病爹的，没想到我居然是来捉奸的，冲上来把我和那男的拉开。村党支书说："王鹏，你妈呢？"

"我妈下午上街去还没回来呢。"

村党支书指了指我："她说的那个人你认识吗？"

"认识啊，我妈的朋友。"

我被副乡长拉住手，用脚往前蹬着说："滚蛋吧你，谁是你妈的朋友啊！你妈一把岁数的人了，还在外面给人当小三儿，你这做儿子的丢不丢人啊？还拿着钱上学，看你这学上了也没出息，毕业了也是祸害社会、祸害人类！"

"我妈没有……"这个叫王鹏的男人小声地说。

村党支书打断我们俩："你妈有电话的对吧？你给她去个电话，就说……"

话没说完，一个长得和我们视频截图下来一模一样的女人背着背篓走了进来："鹏，家里来客啦？"

这下看到小三儿真容我更是激动了，拉扯着副乡长快步冲了过去："刘八妹你个贱女人，我爸在哪儿？"

"你是苏菲吧？"刘八妹笑容满面地看着我，温和地说。

"我是你祖宗！"我一脚踹过去，"我爸背着包是来你这儿了吧？你是不是把他藏起来了？我警告你，你快点儿把他给我交出来，否则我能把你房子烧了信不信？"

副乡长看我撒泼，呵斥在一旁看热闹的齐鑫和郝健："你们俩快来把她给拉住，一会儿她闹出个什么事儿可没办法收场。"

郝健这才过来把我拉住，齐鑫掏出烟走到副乡长和村党支书的面前，给他们一人散了一支："乡长，支书，你们就做做这个阿姨的工作吧，都有人看到苏叔叔和她走了的，这苏叔叔可是还没离婚的呢。”

村党支书接过齐鑫的烟点燃，走到刘八妹面前：“八妹，你看人家女儿都找来了，要不你说说，这个叫苏大权的在不在你这儿？或者说，你有没有和他一起离开？”

“支书，苏大权真不在我这儿。你也知道，我上个月就从淄贡市回来了嘛，鹏鹏学校毕业转户口，不还是你签的字嘛，你说这么长时间，你有没有看到陌生人来我这儿？”刘八妹解释说。

“你放屁，我爸在山庄打工打得好好的，怎么你辞职他就不见了？还有啊，你们要是清白的，他怎么会借那么大一笔钱给你？你以为我爸的钱是捡来的啊？哦，说给你就给你？”

“这钱我们要还的。”王鹏在一旁说。

“还啊，那你现在就还，连人一块儿！”我转头大声吼道，“真就没见过你们这样不要脸的人。”

“小妹妹你先别说了，既然今天你找到了乡政府，乡长把这事儿安排给了我，那你就让我来为你们协调好不好？”副乡长夹着烟走到我面前，“不管你爸爸有没有在这儿，咱先坐下来好好说行不行？这样吵吵闹闹的，也不能解决问题对吧？”

好不容易找到这儿来了，我当然也不想闹闹就结束，找到我爸才是目的。听副乡长这么说也就没那么激动了，稍微冷静了下说：“行吧，那就坐下来谈吧。反正我爸肯定和她有关系，就算不在这儿她肯定也知道我爸去了哪儿！”

刘八妹见我语气终于好了起来，招呼着王鹏进屋把凳子给搬出来，又分别给我们泡了杯茶。一群人就坐在院子中间，像开会似的围了一圈儿。齐鑫和郝健分别坐到我的两边，郝健紧紧拉着我的手，闭着嘴很严肃地坐着一动不动。

副乡长呷了口茶像主持会议一样先开了口：“小妹妹，你先说说是个什么情况吧，你们为什么会找到这儿来的？”

既然坐了下来，我也就不再发脾气，把事情的原委原原本本地说了一遍，末了我说：“乡长你说说，我今儿有没有理由来找他们？刘八妹是你们乡的人，你们也都是男人，怎么没瞧着你们借钱给她儿子上学的？”

“这……”副乡长和村党支书同时被我这话噎得哑口无言。

刘八妹伸手想要握我的手，我用力一扇她缩了回去，小心翼翼地说：“苏菲，阿姨真是不知道老苏借给我的这笔钱是这么来的啊，他当时说是和你妈妈商量过了，反正也是闲钱放心用。他还说啊，你妈妈是老师，也资助了不少像鹏鹏这样上不起学的孩子。所以我寻思着你爸妈真是好人，想等能还这笔钱的时候亲自上门去拜访你妈妈，感谢下她呢。”

我不吃她这一套，阴阳怪气地说：“我妈资助的都是小学生，一年学杂费就100块钱，你这多少？好几万哪！”

“菲菲，我和你爸爸真不是你们想的那样。也许你爸爸有的话没有说明白，但我刘八妹死了男人这么多年，可从来都是洁身自好的。”

“哟，当婊子的人谁不想给自己立牌坊啊？”

我刚这话说完，郝健捏了下我，抢过我的话说：“阿姨，今天我们来找你没有其他目的，就是想要知道我爸去哪儿了。你也知道，家里忽然丢了个大活人肯定都着急，要是苏菲有什么话伤害到你，不要和她计较才是。”

“滚蛋，你帮谁说话呢。”我甩开郝健的手，“刘八妹，你就直接说我爸去了哪儿吧。”

“苏菲你别闹。”齐鑫站出来劝住了我，“阿姨，现在的情况是苏菲她妈妈就觉得苏叔叔和您之间有点儿什么，你想啊，毕竟那么大一笔钱呢，苏叔叔没经过阿姨同意就借给了您。现在他人找不到了，难免苏菲心急了点儿。要不，你就说说你和叔叔是怎么认识的吧？”

“好，这没事儿，我都理解。”刘八妹一副通情达理的样子，“鹏鹏他爸走了好多年，我又有风湿不能干重活，所以很早就去了溜贡市打工。我在茶馆上班的时候老苏几乎每天下午都来喝茶，有次看到我去马路上捡矿泉水瓶子，就开玩笑问我捡来干吗，我也是嘴碎就说孩子上学缺钱。老苏人好，就说饭店在招洗碗工，问我愿不愿意在茶馆不忙的时候去洗碗。鹏鹏一年的学费要那么多，我当然说好啊，然后去了饭店。老苏还和老板打招呼让安排我的时间稍微自由些，而且厨房里的潲水他也让我拉去猪场卖。”

我都没见我爸对我妈这么体贴过，心里一下就酸了起来：“你们就是这样开始有感情的对吧？”

“不是的菲菲。其实我上两个班挣的钱，勉强也能够鹏鹏上学和生活费了，就是前年鹏鹏生了一场重病，我风湿刚好犯了没办法再去洗碗。老苏就问我是不是遇到困难了，我也就把这事儿说了下。他没过几天就拿来三万块钱，让我先拿去救孩子要紧。”刘八妹说着说着还哭了起来，“菲菲，你爸爸可真是好人。”

我有点不相信：“你瞎掰的吧？”

“真没有。”刘八妹急得把手机摸出来，“不信你问酒店的老板，还有茶楼经常和他一起喝茶的那几个厨师也都是知道这事儿的。”

我将信将疑地让她拨了电话，和饭店那几个厨师都通了话，他们都说刘八妹说的是真事儿。其中一个叔叔听说我来找刘八妹问借钱这事儿，还很吃惊地说：“啊，苏菲你不知道啊？大权不是说，这钱是你和你妈出的吗？”

我顿时觉得好尴尬，对着电话敷衍着说：“哦哦，我是知道的。”

“菲菲，你爸爸经常喝茶的时候你妈妈一个电话打过来，他撂了牌就回去，有时候也听他说你妈妈脾气大怎么的，但我知道你爸心里还是有你妈妈的。”刘八妹伸手来握住我的手，“前段时间鹏鹏毕业了，我辞职之前请你爸爸吃了顿饭，他就说起过你妈妈是心直口快的人。这种人好啊，自己有本事还能把家里操持好。不像我，没本事，鹏鹏他爸走了我就变成了个没用的人，只知道拖累别人。”

“妈，你快别这么说。”王鹏站在刘八妹身后，撑着她的肩膀说，“苏菲，我很谢谢你爸爸在我们家最困难的时候帮助我们，现在我毕业也找到工作了，我会努力在短时间内把钱还上。但是这份情，一定是这辈子也还不了的，还希望你能回去和阿姨说说，让她别再怪苏叔叔了。”

都怪我脑子一时发热就听了我妈的蛊惑，这么多年我不都相信我爸是清白的吗，怎么就这事儿相信了我妈呢！我脸和耳朵一阵阵发烧，简直恨不得找个地缝钻进去，想起自己刚才的行为简直是无地自容，明明是我爸做了件天大的好事，被我这么一搅和就变成了罪不可赦的人。

我尴尬地站起来，说：“啊，那要没事儿我们就先走，我爸要是给你们来电话，麻烦你们告诉我好吧？”

“我再联系下以前饭店的人，看有没有人知道老苏可能会去哪儿。”刘八妹说。

我连连摆手：“哎呀不用了，我再慢慢找。”

“菲菲，我记得老苏以前和别人喝茶的时候说过件事儿。”

“什么事？”我红着脸问。

“前年过年的时候吧，有个在海南度假村当厨师长的人，在茶馆和你爸聊天来着，我记得他当时说让老苏去海南上班，还说他拿手的回锅肉去了绝对是一绝。不过年后你爸和其他人聊天的时候说，好像你妈妈不大愿意他走远，不知道这次……”

“你是说我爸可能换地方打工了？”

“我不知道啊，我也只是瞎猜的。”

“那你知道那厨师是谁吗？”

“我不认识。总之你爸他那么好的一个人，应该不会有什么事儿。”

临走的时候我认真地看了看这个家，只有很小的一间茅草屋。没错，真的是茅草屋，总之我这辈子是没见过这么破的房子，最破的也就是土墙房了。然后同情心就开始作祟了，把我和郝健身上的四百多块钱全部给了刘八妹。

她说什么都不要：“别啊菲菲，你爸为了帮我和你妈妈闹成了这样，我心里就已经很过意不去了，你要再给我钱，我这……”

我看刘八妹的手已经因为风湿弯曲了，硬把钱往她怀里塞：“拿着吧，王鹏这不还没上班呢吗，你又不能干活儿了，好歹这段时间要生活吧？”

最终刘八妹还是收下了钱，但去逮了只鸡又去厨房里拿了好几块腊肉和香肠，还有他们家自己种的花生、核桃：“前段时间听你爸说你们准备要孩子了，这你拿着，都是没喂饲料的猪，核桃也是山核桃。”

回去的路上齐鑫还怕我心情不好，就一个劲儿地安慰我说可能我爸真的是换地方打工了，要不然不会那么突然地辞职才对。

郝健就一个劲儿地附和齐鑫：“嗯，就是，鑫哥说得对。爸知道妈肯定不答应他去那么远的地方，但他又想去怎么办？就只能这样悄悄地去了呗。再说，妈不也说了嘛，她回来就催爸要钱，你也看到刚才那阿姨的情况，肯定不会这么快把钱还回来的。说不定爸把钱挣够了就回来了。”

被他们俩开导开导我也想明白了，可能就是郝健说的这样，要不然我爸也不会在和我妈吵架之后离开。总之不管怎样，只要我爸不是真的外遇了就好，他那么大个活人又当过兵，在外面应该不会出什么事儿才对。

快到成都的时候，齐鑫问：“大妈，我们一天都没吃饭，晚上吃点什么？”

郝健脱口而出：“后备厢不有只鸡吗，那就吃鸡吧？”

“吃鸡？”

郝健一时也没反应上来，还在跟着说：“啊，就吃鸡啊。”

“好吧，那就吃鸡吧……”齐鑫大笑着说，“那你们俩回去吃，我回客栈。”

郝健反应过来，特认真地解释说：“我说的是吃鸡。”

7.

我妈为了我们搬家顺利，特意翻了日子让我们在九月中旬搬，而且必须要是凌晨四点。这明显就是为难我们，早上四点钟哪儿可能有搬家公司来？我根本就不相信这些封建迷信，在电话里就和我妈吵开了，让我妈别管，我们爱什么时候搬就什么时候搬。

郝健忙把电话抢了过去：“妈你别生气。好，我们听你的，有什么需要注意的？”

“嗯好，我都拿笔记下了，还有其他要求没？”

“那好的妈，再见……”

我面儿上是个不怎么孝顺的人，老和我妈呛嘴，这忽然来个人在中间打圆场还特不习惯。总觉得是帮我妈说了话灭了我的威风，挂了电话就不乐意了：“要搬你起来搬。”

“老婆，你说你电话里跟妈吵什么吵？我们先答应下来，到时候看心情呗。”

结果真到了当天，反倒是我睡不着觉要等到凌晨四点去新房动火。我想就算我不信，毕竟还是要讨个彩头不是？然后我们俩就看电视剧看到两点半，拿了两包泡面和碗筷，打包了两床棉絮就骑车往新房赶。

进门的时候保安提醒我们要把电瓶车放到负一楼，我本来不想鸟他直接骑到家里的。但郝健怕和人扯啊，就听话的把车骑到负一楼锁好。小区交房到现在还没半年，尤其是负一楼，空旷的停车场孤零零地停着我们一辆电瓶车，更是阴森恐怖。

所谓“动火”不过就是在厨房里烧点开水，把我们带过来的泡面泡了吃就完事。吃完我让郝健不用洗碗，我们得趁着天还黑着，进卧室把棉被铺好睡一觉。

第一次真正睡在新房里，我们俩都激动得不行，虽然卧室偌大的落地窗让我们能清晰地看到外面的灯火阑珊，但这丝毫不影响我们。一直闹腾到天快要亮，才迷糊地起床联系搬家公司。

可是搬到新房之后，接二连三的问题又来了。小区出现了不同的状况，先是水压不稳造成每天洗不了澡，后来是小区老是跳闸停电，另外小区很多绿化都是为了交房才敷衍了事做的，就连我们入户头顶的玻璃也裂开了很大的缝隙。

有天下班在电梯里碰到了个邻居就相互抱怨了下这事，邻居让我加业主群，说是最近有大活动。回家我就赶忙加了群，这一加才知道我们小区的问题很多。结果当天晚上又跳闸，已经入住的邻居在QQ群就闹腾开了，说要不我们去物业办公室讨个说法，必须要给开发商一点儿压力，这新房老跳闸怎么行？

然后大家就水压和跳闸这两个问题商量好，晚上十点在小区门前集合，先找物业解决问题，不行就直接去小区后面的大路上堵。我知道郝健是个不好事的人，就没提前告诉他，只是让他等会儿陪我下楼。

到了晚上十点，门口已经堆了好多业主，大家相互面对面地抱怨，越说情绪就越激动，加之物业办公室原本还有人的，见业主聚集起来干脆就把门锁了起来。这下直接把我给点燃了，冲到前面去吼了声：“走嘛，堵路去。”

郝健见我带了头，赶紧来把我拉住："老婆，我们等会儿。"

我鄙视地看了他一眼，就跟着其他业主一块儿往路面上走。我以为郝健至少要跟着我来吧，哪知快要走到路上的时候他忽然说："老婆，你们先去，我记得刚刚下楼的时候没有反锁门，停电容易进贼，我还是回去锁了比较好。"

周围的环境都很嘈杂，大家的情绪也都比较激动，我也顾不上管郝健，就跟随大家一块儿去到大路中间开始维权。很快交警和110赶来，社区领导也跟着到来，询问了小区具体的情况，大家义愤填膺地把情况如实告知，警察和社区领导连忙联系了物业领导，把我们疏散开来，领到物业办公室具体调解。

我们七嘴八舌地把存在的问题一条条地说给他们听，物业见我说话声音大，就让我来出头统计小区的问题。于是我也没怯场，就站在中间把群里归总好的问题一一说了出来，物业领导表示会积极处理和解决，而电也很快送到了小区，大家这才满意地散开回家。

等我回到家里，郝健正坐在沙发上看电视，见到我笑眯眯地说："老婆，辛苦了。"

我脸色有点不好："你干吗不下去？"

"这栋楼都没几个人了，我怕万一其他家进了贼的嘛，反正也不少我一个。"

这理由可让我说什么好？我嘀嘀咕咕地埋怨："别人家都是男的去出头，就我们家是我一个女人去跟着维权，这算什么事儿啊？"

郝健把我抱着坐在他腿上，一边帮我捶着肩膀一边说："讨厌，人家是女的嘛。"

我勾住他的下巴："人家是女的关你什么事？"

水压和停电的问题倒是因为我们这么一闹就给解决了，虽然郝健没参与，我也不过多地埋怨他。但接下来的两件事，真的让我对郝健的㞞服得五体投地！

首先就是我们的电瓶车停放问题，物业承包给私人收费每月20元，成都市物价局明文规定不充电是9元，然后我就坚决不答应，物业不按物价局规定来收费，大不了我就把车停到我家门口不是？所以从搬家之后，我都是坚持把电瓶车放到门口。物业私下就放了我好几次的气，但我坚决不妥协，我苏菲是因为这点威胁就能妥协的人吗？

还有就是我们楼上的房子还没装修就开始漏水，已经把我们的卫生间都浸湿了好大一块。当时也是找了物业要求签订协议，万一以后卫生间那面墙出现任何问题都应该是这次浸水造成的，物业必须承担责任。

物业的意思就只负责把楼上修好，而不会为我出具任何证明。但我不能答应啊，这事从装修好之后就一直在僵持。

终于有个周末的早上，我睡得迷迷糊糊就听到有人在敲门。当时忙着睡觉也没在意，就让郝健去开了门我继续睡。等我醒来之后去客厅，茶几上摆着一张收据和一份处理协议。

我拿起来一看，是电瓶车半年的停车费，以及我们家漏水这事的处理结果。上面明确地写着，郝健按照物管自定的价格交了半年的停车费，一共是120元。还有我们家漏水的问题已经处理完毕，郝健也在上面签了自己的名字！

我看到这个的时候郝健正在厕所，当时就觉得火往上冒，我辛辛苦苦地维护属于自己的权益，你倒好，上来几句话就妥协了。那这费用交了半年，岂不是我们的车胎就被白扎了？我拿上单据冲到卫生间把门推开，郝健正在尿尿，吓得转头一愣："你干吗？"

"你说我要干吗？你凭什么未经我的允许就把字给签了？"

"吓死我了你。"郝健估计知道我醒了会拿这事说他，根本都不管我。

我站在厕所门边气得半死，他依然站那儿优哉游哉地尿，等尿完了提上裤子，才不紧不慢地说："哎呀，这都是小事情嘛。物管那美女也不容易，人家都说了以后我们这墙要漏水他们还是会管的，而且要是我不签字交钱，上头该扣她工资了。"

"就你心善，你心好。"我抱怨，"那你怎么不顺便帮她再找个工作啊？谁让她来做这份工作来的？谁让她不找个好的物管公司的？你去同情，同情得过来吗？"

"我是个大老爷们儿，跟个女人为点鸡毛蒜皮的事扯半天，尿不尿啊？”郝健说完就坐在阳台的书桌旁玩他的游戏，不管我怎么说他都不回应我。他老不理我，我说得也没劲儿，转念一想郝健就是那么个客气的人，跟谁说话都跟欠人钱似的“麻烦了、谢谢啊”。

这事我老埋怨也没意思，还是要学会放手让他自己处理，等以后真的出了问题，就算是让他吃一堑长一智吧。但电瓶车收费这事我还是不能妥协，拿电话打了物价局的投诉电话，然后走到郝健的身后说：“漏水那事儿就算了，不按规定收停车费这个，我一定得把公道讨回来！”

郝健忽然转头说：“老婆你快来看看，这两个M是什么？”

我以为他是在打DOTA，结果凑到屏幕面前一看他居然是在玩QQ麻将，而且刚好拿了一张八条。

我被他的“这两个M”戳中了笑点，看他的牌还比较好，就赶紧把他推开：“闪开让我来。”

“那你告诉我这两个M是什么嘛。”郝健让了我，还是关心这是几条。

我说：“八条。”

“哦。”

说完他拿起笔认认真真地在旁边的废纸上记着什么，等我打完一把看他纸上写的居然是一排数字，大概就是刚才拿了麻将之后的123、234之类的。

我问：“你记这个干吗？”

“我看麻将牌老是看不清楚，写成数字好打一些。”

我真是又好气又好笑，就跟他之前在阳台上练习唱歌一样，本来那么平常的一个休闲活动非得被他搞成是学术研究。

电脑被我霸占，郝健无聊地就拿了书柜上我买的网络小说看，嘴里唧唧咕咕地发出声音，还在纸上写着什么。这下我真的给跪了，难不成他看个小说还要记笔记？

我退了QQ麻将走过去，拿起他的草稿问：“你写什么呢？”

“没事，随便画画。”郝健估计也知道我会笑话他，就把笔记给收了起来。

我抢过小说，正好是看到女主在学校门前开了个旅馆，写了房子的房租多少，有多少个房间，每个房间按每晚多少钱收费。我疑惑：“你该不是在算女主一个月要赚多少钱吧？”

“就是，这女主真的聪明。”郝健特认真地说，“你看啊，学校门前的房子便宜，一月房租也就几百块。三间屋，一间一个晚上50块，一个月下来能赚好几千呢。”

我真的对郝健无语了好吧，为嘛什么事情都要上纲上线的，搞成是在做论文？一个下午下来，郝健也就只看了二十多页，其实好想告诉他，你看完全本要不写个万字书评，真的对不起你这速度。

我窝在沙发上看着电视，放着电脑里的音乐，捧着手机玩游戏，玩累了在QQ群里瞎聊几句。反正就是觉得心里空荡荡的，想睡觉又睡不着，欠着什么东西一样。我其实也不知道自己心里在慌什么，直到晚上十一点多齐鑫表妹给我发来消息：“姐姐，我想和你说个事儿。”

我想是不是货出了什么问题，紧张地敲着键盘：“呃？有什么事儿你说。”

“明年我就不再回来了，你看你有需要的货，在我回来之前我帮你买好发回来吧？”

我打出一排问号：“？？？”

“不好意思啊菲姐，是我不想在国外待了……”

齐鑫表妹要回国，那我的货源就算是彻底断了，也就是我网店彻底开不下去了。不过这也是没办法的事儿，人家都是看在齐鑫面子上帮忙的，总不至于让人回来之前还另外帮我找个人拿货吧？我虽然心里很失落，但还是敲了几个字：“没事的，谢谢你帮我拿这么久的货，过年回了淄贡市我请你喝酒。”

发出去我就靠到郝健身边，装得呆萌呆萌的样子：“哥哥，人家和你说个事儿吧。”

郝健特大气地说：“放……”

“齐鑫表妹不能帮我进货了，我的网店……好像开不下去了。”

郝健放下书揽过我的肩膀，学我的样子把脚踏在茶几上：“放心，有哥在呢。”

“可是，人家除了工资再没有额外收入了，你会不会嫌弃我呀？”

"我嫌弃你干吗啊？网店不开了，打死咱也不能开了，我可舍不得让我宝贝儿这么辛苦。你这样显得我好㞞啊，不行，坚决不能开，我家宝贝儿这么漂亮，就是在家负责貌美如花的命，对吧？"郝健的嘴皮子越来越溜了，现在哄我两句已经完全不用再上百度了。

茶几上郝健的电话响了起来，我探头看了下是他同事，就躺在沙发上继续郁闷网店的事儿。他松开我拿起电话，还装得神秘兮兮地拿着电话去阳台接，刻意小声地说："老姜，什么事儿？"

"多少钱的？"

"明天啊？可是明天不得要上班吗？"

"好，那我就说还没忙完再请一天假？不会被发现吧？"

"那行，明天早上你来接我。"

我大概已经猜到老姜是在和郝健说要出去干私活的事儿，等他挂了电话我就提醒他："哥哥，你们不是开完会说不能接私活儿的吗？"

"没事，老姜同学的活儿，很小，明天一天就能干完。"

"那被发现了怎么办？"

"不会，老姜说今儿老大刚飞北京，要下周才能回来呢。单位没人，这几天事儿也不多，谁还能管我们干吗去了啊？"郝健其实也有点儿心虚，但还是很有信心地说，"放心吧老婆，以后挣钱这事儿就交给哥哥来，你就在家打打麻将喝喝小酒就行。"

我也没太在意，觉得不过就一天，干完就能回来，哪知道第二天郝健去了没多久，就打来电话说这活儿一天干不完，甲方又增加了面积，得干三天。

我心情瞬间不美丽了："不是说好一天嘛，那这几天我可就一个人在家了啊。"

"增加面积就是增加钱啊，目测这三天干下来，好歹也有个几千块钱吧。"郝健知道我爱钱，故意说出来引诱我。

果然我心情马上就好了："真的？那有几千？"

"大概可能也许五六千吧。"

"那太好了，一天2000呢，老公你别回来继续在外面干吧！干个十天半个月的，我们就能还好多信用卡了。”

搬新家后郝健这还是第一次出差，齐鑫大概是从他表妹那儿知道我网店开不下去的事，下班前就打来电话让我和郝健晚上跟他去客栈吃晚饭。

我说郝健出差了。

他说：“那正好啊，笑笑说好久没打麻将了，正好一会儿接上叶子咱摆一桌。”

“好，那我晚上住客栈了？”

“要不要再安排个帅哥？”

然后下午齐鑫就带着叶子和冷哥开车到我单位接上我，一行人就去了客栈准备厮杀一夜。最近好多事情都不顺，嘿，偏偏麻将就顺得不行，一晚上都在自摸极品。

笑笑挺着个肚子笑我：“姨妈巾，你要不要给健哥去个电话？”

我一边和牌一边问：“打电话干吗？”

“都说赌场得意情场……你懂的，说不定你家健哥现在干什么坏事儿呢？”

“他敢！”

齐鑫撑在笑笑的椅子上：“有什么不敢的？你以为现在的健哥还是当年那个单纯的大男孩？”

“被姨妈巾给带大了吧？”叶子接话说。

冷哥冷不丁地在旁边冒了句：“对了苏菲，前几天我们单位的同事说，在网上看到个很逗的帖子，女主角是我们淄贡市人，大概在办公室聊了两句，是不是你在网上发帖了？”

“啊？你们同事都看到了？”

“哈哈，当然，都被论坛推荐了，我同事说看了一半把肚子都笑疼了。”冷哥摸着牌说，“听说，写得很黄很暴力？”

“暴力个毛啊，之前不是我开网店嘛，看他们做软广挺好，我就拿那个帖子想给网店打个广告。二条等下，我碰。”我抽出麻将继续说，“结果现在网店不开了，那帖子我也没去更新。”

“别啊苏大妈，你网店不开了我客栈还开呢。”齐鑫摸出手机，“说说帖子叫什么名儿，我去搜搜，要效果好你就帮我做个软广呗，我付你广告费行不行？”

我差点就一个麻将给齐鑫扔了过去：“你堂堂笑笑客栈的老板来找我植入软广，没吃错药吧？”

“跟你说正经的。”齐鑫按着手机马上就变得严肃起来，“你不知道，现在好多吃货驴友都是看网上的推荐帖来找吃的和玩儿的。你看啊，这马上十一就要来了，我这网上的路子还没打开，说不定就从你帖子那儿开始火爆了呢。”

“对啊姨妈巾，你说网上那么多什么日记什么帖，你以为都是真正去消费的人吃饱了闲得写的啊？大多都是专门雇文笔好的人去转转，付钱让人给写的。没记错你以前可是我们语文课代表呢，植入这点儿软广还不是小意思。”笑笑从中间捡一张牌，“和了！”

听他们这么一说我倒觉得把帖子找回来也行，反正现在不开网店，平时上网也找不到事儿做：“好，明天上班我去看看，怎么植入广告合适。”

这帮哥们儿总是会在我没路走的时候又给我出个点子，虽然网店到现在算起来没赚几个钱，但又让我找到了做软广这条路。能走到哪儿我也不清楚，我想齐鑫既然需要我做这事儿我就得尽全力去做，等客栈生意好起来我也跟着高兴不是？

第二天上班我就找出很久没去关心过的帖子，这段时间没有更新但点击居然过了一百万，而且后面居然还有不少人在回帖催我快点更新。心血来潮赶紧敲了键盘，把这几个月发生的事情又挨着写上去，包括网店的亏损再到现在网店关闭。只是我虚写了一点，就说是我和哥们儿一起开了个客栈。

刚发出去不久，就有人问客栈在哪儿。我顺着网友的话就成功且隐晦地说了下在枫林雪山附近。然后又有人问具体地址，我就可以吊着胃口先不说了，说得太急万一被早早地识破就不好玩了。

我坚持每天更新，把我和郝健比较搞笑的日常一点点地发上去，又翻出以前做菜时拍的照片发了些。图文并茂效果就更好了，养到周五就又增加了几十万的点击量。好多网友开始回帖问客栈的价格啊环境啊还有餐饮特色什么的，说要合适周末就去玩玩。

我完全没有想到网友会这么喜欢我写的东西，被追捧的虚荣心很快就膨胀了，马不停蹄地把我和郝健那些陈年老窖都回忆出来写了上去。然后打电话给齐鑫让他下班来接我上山，明天天气好就在上面拍点照片，合适了再结合心情传上去继续吊胃口。

晚上齐鑫说客栈开始有了客人，他升起了篝火准备烤全羊，叶子就在旁边负责给我们拍照片，忙到第二天又选了些好点的地方，拍了好几组后当场处理完，我就在客栈用笑笑的电脑把这两天发生的事情更新了上去。不过郝健出差没回来，我更新的时候使了个诈把齐鑫的脸蒙了说是郝健。

这些照片传上去没多久，齐鑫的QQ就开始有陌生人加了，都问明天晚上的房间有没有订满。齐鑫坐在电脑面前："嘿哟，苏大妈，这是见效果了啊。"

"这么快？"我起身凑过去，"这效果也太明显了吧。"

"那必需的。"齐鑫敲着键盘说。

笑笑挺了挺肚子："姨妈巾，这活儿看起来不错哎，我觉得叶子的淘宝店你也可以这样写。呃，编个故事来点儿狗血的，网友爱看的，什么婆媳大战啊渣男出轨什么的，一定吸引人。"

"你别说，这还真是条路子。"叶子也附和说，"现在好多人接收信息的方式都是通过网络，说不定也有其他的商家也需要这样营销。"

其实我最早开帖的时候，就是抱着为淘宝店做软广的心态开的，但现在看到那么多的网友天天追着等着更新，我写的字数也越来越多的时候，才觉得这个帖子就像是自己养大的一个孩子，能让人喜欢我和郝健的故事就很好了，软广不过是附加的东西。我也知道我帖子火是个意外，就没把笑笑和叶子说的话当回事儿，继续每天更新我和郝健真实的生活。

第二天郝健回来，我把帖子的事儿给他一说，他咯咯直笑："你没把我写得很贱吧？"

我正吃着葡萄，差点给噎住："什么？"

"我说，你没有在帖子里把你冲我吐口水什么的给写出来吧？"

"当然……要写啊。"

"那我岂不是贱出名了？"

“这样你就无敌了啊！”

“为什么？”

“张嘴。”我往郝健嘴里丢了一颗葡萄，“人至贱，则无敌！”

更让我没想到的是，因为这次发了照片和客栈联系用的QQ，结果在离国庆还有一周多的时候，齐鑫的客栈所有房间就被订满，而且还应了好多网友的建议，买了十多顶帐篷在外面的草地上露营。

齐鑫打电话来说完这个消息我抱着电脑就傻眼了，真心没想到效果会这么好。于是就更加有劲儿地更新和回复留言了，正好看到有条站内短信：“楼主是职业做软广的吧？我需要推广店铺，希望能加我QQ。”

我顿时有点惊喜：“哥哥，你说我该不会以后真能靠这个赚钱吧？”

郝健正在画图：“什么？”

“我是说，以后我会不会真靠写软广帖子就能赚钱了？”

“嗨，写着玩儿才有意思，想写就写不想写就歇着，无所谓了，别把自己逼得太紧。”

我把电脑拿到他面前：“你看这个，有人找上门来了。”

“骗人的吧，网上骗子多，你小心点。”郝健叮嘱我。

我还是很高兴啊，赶忙就加了这个QQ，心想管他是不是骗子呢，我只管守住钱包不就完了嘛。于是就加了对方的QQ，他正好在线，我们俩就聊了起来。

对方说他是丽都一家烧烤店的店主，看到我帖子比较火就想要来找我做做广告。要求也不多，就让我和郝健去他店里免费吃顿饭，再拍几张照片发到帖子里，说是去哪儿哪儿咪西了一顿。

我这才觉得我帖子火起来之后，这里面好像真的有不少商机。只是随着我发的生活记录越来越多，我对于软广的选择还是不希望太多太复杂了，就回复：“你们店的味道怎么样？我想要对软广的对象负责。”

很快对方回复：“等会儿你们有没有时间？如果空的话可以来尝尝，要觉得可以咱们再谈合作？”

我问郝健：“哥哥，店主请我们吃烧烤，去不去？”

“骗人的吧。”郝健还是坚信对方是骗子。

“真的，人家地址都发过来了，横竖我们也要吃消夜的对吧？不如去试试？”

郝健刚好画完图：“万一碰上托儿了怎么办？”

“什么托儿？”

“你看网上不总有酒托嘛，万一这是个烧烤托儿呢？我们去随便点两串最后收个天价，找谁说理去？”

“哈哈哈……”郝健小心翼翼的样子笑得我不行，“傻啊你，我们先去门口打探下情况呗，只要他开在路边也不能这样宰客吧？再说发现苗头不对，我们悄悄再回来不就行了？”

烧烤店在一个很偏僻的地方，店主是个90后小伙子，我们到了后他恨不得把店里所有的招牌菜都烤出来。边吃边聊天得知店主就是淄贡市人，刚来成都自己创业，想要把淄贡市的烧烤味道带到成都来。

郝健到这个时候才相信店主还真不是他想的烧烤托儿：“你也是淄贡市的啊？”

“对啊，我就看菲姐的帖子里说自己是淄贡市人，才冒昧发了个站短希望能借地方打个广告。”

我就欣赏努力的人，加上烧烤吃起来味道确实不错，也没和他绕弯子就直接说：“我的软广其实也是帮自己做的，所以收费我倒还真不好怎么说，要不你先给个价吧？”

小伙子也是个耿直人，痛快地说：“要不前期我先给你500一月，你每月来我这儿吃一次再拍照上传，要是效果好的话我再加给你？”

这概念真的很模糊，我也没和他讨价还价：“要不，我们先试一个月？”

然后这事儿就这么愉快地确定了下来，店主先预付了100块钱定金，到月底的时候再付剩下的。

回家的路上我简直高兴坏了，从来都没想过当时无意发的帖，居然到现在还能给我创造效益。坐在电瓶车后面，忍不住伸开双手高声唱歌：“我们的希望，在宽阔的网络上……”

“唱什么乱七八糟的。”郝健在前面不停提醒我，“小声点儿，别人还以为你今儿吃错药了呢。小心点儿，你抱着我，一会儿给摔了……”

我依然我行我素：“今天是个好日子，心想的事儿都能成……”

只是这仅仅是刚开始，因为发了烧烤店的软广，很快就又有个营销公司来联系我。对方觉得我写帖子的能力还行，在论坛也累积了一定的人气，希望我能和他们合作。

我问：“怎么个合作法？”

“我们负责寻找客户，你负责配比相对应的客户选择题材杜撰故事，然后发表到各大论坛，我们会有专业的推手和水军，费用我们可以根据你发表的字数和点击量来综合计算。”

我只感觉心扑通扑通地跳，这是要把我往专业网络推手的路上引啊！连忙回复：“那你具体说说。”

客户发来一个链接让我先看看，我点开一看正是有段时间我还疯狂追过的帖子，结果到最后人家是卖化妆品的，那时候我其实就想过，要是我的帖子能火到这种程度该是要赚多少钱？

我这下才是真的疯了，那种兴奋完全不能形容，但和郝健待久了我还是小心了不少，在高兴之余我还是有点担心：“可是如果我们合作，要怎么保证我写完帖子且达到点击量之后，能拿到我所得的报酬呢？”

“我们会签合同，我们公司就在成都，如果你不放心可以来公司看看。”对方发来一个地址，我一看居然就在隔壁办公大楼，趁着中午休息的时间果断去看了一眼。

这一看，真心没让我激动死，人家真的就是个正规的网络公司，专门负责接单子在网上做推广的。就连给我看的合同样本，也是联系我的那个人从法务部拿过来的。

不过我在人公司得要装嘛，装得在网上很有经验而且见过世面的样子，仔细地看了下合同。里面对我和对他们的条款约束都写得很详细，我开篇前一万字要给对方审核，通过之后再发到论坛去。另外最终酬劳的计算根据点击量和字数也有固定的计算公式。

我在脑子里大概过了下，如果是我现在这个帖子的成绩，大概能拿到5000块钱。于是我毫不犹豫就签了合同，对方就先丢了个投资理财的单子给我，让我这两天先构思下，尽快把开篇交过去。

离开公司进了电梯，我激动地给郝健、齐鑫、笑笑、叶子、冷哥全部打了电话，一个也没放过。

下班郝健来接上我，我满脑子都在构思于施的故事。郝健从我上午在QQ上说的时候就没抱有太大的希望，因为他根本不相信网上还有这样的门路可以赚钱，以为我就是随便玩玩而已。到凌晨看到我还在敲键盘且一晚上都没说话，打游戏输了几把的他，愤愤地关了电脑走到我面前："老婆，睡觉吧？"

我脑子里正有思路，根本不搭理。

郝健又在旁边拽我的袖子："老婆，睡觉觉了好不好？"

"等会儿，我刚写得有感觉了。"

郝健耐心也好，就站在旁边或是拽拽衣袖或是来摸摸我的脸，总之就一个目的要我睡觉。最后看我还是不搭理他，就学我平时打滚的样子在旁边的地上直溜溜地躺着，还装抽泣的样子："呜呜呜，老婆你嫁给电脑好了，嫁给我干吗呀？又不陪我睡觉。"

我看他这样子真是又来气又好笑，敲下最后一段字关上电脑，走到他面前踹一脚："滚起来，30岁的人了还这样，像什么样子嘛。"

这一脚郝健更来劲儿，手脚并用在地上拍打："不嘛，人家还是个小男生，人家就不起……"

"起不起？我数一二三，你要不起我继续写帖子了啊？"斗智斗勇就是斗气势，郝健要真不起我还就不会像他那样来扶我，还就敢回去继续写，"一——二——"

郝健听到"二"就先稳不住了，翻身站起来："别数了，我起。"

我傲娇地甩给他一巴掌："学我学上瘾了是不是？"

"老婆我错了。"

"以后还这样不？"

"再也不了。"郝健一把将我抱起，弱弱地问，"老婆，你说你以后要成了名推手，赚了好多钱的时候会不会不要我啊？"

我躺在他怀里抖动着双脚，嘚瑟地说："废话，当然会。"

郝健低头靠在我脸上，抱着我一边往卧室走一边说：“不要嘛姐姐，到时候我回家当你的小白脸好不？”

“拜托哥们儿，有30岁的男人给26岁的丫头当小白脸的吗？”

“人家只有18岁……”

我是真的受不了郝健再这样夹着声音说话了，甩手一个巴掌扇过去：“说话正常点儿。”

郝健立即挺直了腰身：“你要敢不要我，我就……”

8.

笑笑约我去客栈打麻将，QQ上征询了郝健的意见，他很嗨皮地表示下班要和我一起去，我们仨女的打麻将，他可以和齐鑫还有冷哥对战DOTA。不过要先把电瓶车骑回家放好，再等齐鑫来接我们。

下班后郝健老时间早早地等在公司楼下，只是我下楼就看到他骑在车上打电话，我在旁边站了好久也不理我也不走。约好的时间是七点开饭八点开战，看郝健老不走我心里就有点急了。上前捅了下他：“要不我来骑车你在后面打电话？”

郝健继续不理我，把车架起来就接着电话往旁边走，我隐隐约约听到他在说：“那院长怎么会知道？他有病吧？他前几天不也接活儿了吗？”

他拿着电话越走越远，把我一个人晾在电瓶车旁边。半个小时后郝健脸色难看地回来了，没吭声就骑了车往家里走，他的性格我也算是摸透了，一路都不敢和他说话。到家停好车，他才闷闷不乐地说：“老婆，你跟鑫哥说今天不去了吧？”

“为什么？”

“我心情不好。”郝健愣了半天才主动开口，“上次我和同事接私活的那事儿，被领导知道了。”

这是个很严重的问题，我忙给齐鑫打了电话说今天有事儿不能去，挂了电话问郝健：“他怎么会知道？”

“上次我们干的那活儿，今天人家拿钱来给我们，结果在办公室就被其他同事给看到了，下午也不知道为什么我们老大就知道了……”

“那一定是有人去告密呗。”

“这是肯定的，我们分院的主任工程师上周调去了其他分院，据说最近会有人员调整，会从我们现在的几个人中选一个做主任工程师。”

我一直认为技术单位的人脑子都特别木，不会存在一些机关单位钩心斗角的事，听郝健这么一说我觉得是有人拿这事儿做了文章：“那你想怎么办？”

“不知道，扣钱肯定是要扣的。”

郝健在单位表现一向都属于特别好的那类人，反正我知道的是好多事情别人来做都偷奸耍滑，但他就是个小事也会做得特别认真。之前的老大倒是挺看重他，去年的年终奖除开单位统一发的以外，年后还私下给了郝健一万块钱。只是现在这个老大刚来，听郝健说起来感觉管理上确实不怎么英明，就从把人管得太严这点来说就已经失了人心。他们同办公室的同事已经陆续走得就剩下了三个人，除开告密那个，另外一个也在四处找合适的单位，准备找好下家就走。郝健现在的状况有点难堪，换单位也是高不成低不就，加上我们每月的房贷那么紧，我们俩一时都不敢乱动。

我想了想，问：“你确定你们院长已经知道了吗？”

“确定，刚才院长已经给老姜打了电话，问是不是在外面接了活儿。”

“还没打给你吧？”

“暂时还没有。”

估计是郝健平时在单位比较老实，出了问题院长第一时间就认为郝健不是事情的主谋。我说：“你赶紧给院长打个电话主动把这件事交代清楚，另外你先和老姜对好话，就说这个活是同学请你帮忙做的，没收钱。”

我相信领导都这样，在他处理你之前你先去找他结果肯定不同。我在公司偶尔也会睡过头，起床之后第一件事就是给王总打电话，在他责备我之前先说对不起，然后保证尽快赶到公司。

郝健听了我意见和老姜对好话，再给院长打电话按我说的说了，保证以后不会再去接私活，愿意接受公司的处罚。像郝健他们这种单位，虽说明着不让接私活，其实大家心里都清楚，私下画个图什么的都是常有的事儿，只是他们领导借机装疯树立威信而已。

院长听郝健态度诚恳，就只是淡淡地说了下不为例，罚款1000块作为惩罚。

这事儿也就暂时消停了，但郝健这么当了一回孙子心里始终别扭，和院长说好之后他就默默地坐到电脑旁边去打开招聘网页查看其他工作。

我走到他旁边安慰他："老公，你也别着急，找到合适的你随时走就是。反正你不走单位也不能开你吧？"

"妈的，他算个球啊！一天把我们当成小孩子一样管，上个班没事还跑来办公室看看我们在干什么，你说我们做项目的，能这样被人管着吗？"郝健终于扔下鼠标爆发了。

"是，他就是个土鳖，当个老大还真拿自己当根葱了不是？"我附和。

"老子一定要在明年之前找到工作，一天也不想在这儿待下去了。"

"好，咱们不着急，慢慢找好不好？要实在不行你就辞职回来，大不了我先养你一段时间。"

"少开玩笑，我个大老爷们儿怎么可能让你养？"

我伸手在他肩膀上捏着："哎呀，我就这么随口一说。等你考试成绩出来，那可不是你养我的份儿？我老公可厉害着呢。"

"厉害个屁啊，就我现在这样的，在成都一捞一大把。"郝健显现出从未有过的颓废和失落，"说得好听是研究生，结果呢，招投标收款擦屁股什么事儿都是我们做，说难听了就是打杂的。"

"别这样嘛老公，你在我心里永远都是最牛的！真的。"

"少来了你，我自己有几斤几两我还不清楚啊？"

总之我不管怎么安慰郝健，他始终都提不起精神和自信。这种状态持续了整整一个月，每天上班都是无精打采的样子，下班回来就躲在电脑面前看招聘信息。我不敢再像以前那样肆无忌惮地和他说一些诸如"娶到我你是上辈子修来的福气啊"之类的话，生怕不小心就戳到他敏感的神经。

这时候我才发现，其实郝健坦荡的外表下面还是隐藏了一颗和我差不多脆弱的心。毕竟我们都有不同的遗憾，我是学历不够高工作不够好，他是觉得现在的单位不够好工作不够顺利。

然后在这段时间里，家里有史以来没有一点儿笑声，我心里也总是憋了一股劲，没地方释放但又不知道问题在哪儿。偶尔还有种危机感，怕郝健变成电视剧里那些怀才不遇怨天尤人的学者。

早上还没到闹钟响起的点，迷糊的我就感觉到好像有些不对劲，好像是郝健在摇我，睁开眼睛发现他不在我身边。几乎在同一时间，他也醒来开始帮我找衣服："老婆快起来，好像地震了。"

我这才感觉到房子摇晃得厉害，来不及多想就冲出卧室："出来，到外面来。"

郝健抱着我的衣服出来："老婆你快穿上衣服。"

我心跳的"咚咚咚"的声音我自己都能听到，感觉马上就要蹦出来了一样。求生的本能让我拉着郝健就往厨房跑："就在这儿躲着。"

我算是经历过一次大地震的人，但这次的震感明显还要强很多，而且摇晃的幅度和上次完全不一样，像是在被左右拉扯。自认为胆大的我也吓得两腿发软，只有紧紧地抱着郝健。我想的是如果真的房子倒了或怎么样，我也要在最后的时刻抱紧他。

过了两分钟摇晃没那么剧烈了，我赶紧冲回卧室穿衣服，然后就拉着郝健往外飞奔。走到门口郝健又折回屋子里："我找东西把灯弄下，一会儿摇倒了怎么办？"

在这种关键的时刻郝健居然能耐住性子回屋，找东西把客厅买好的地灯挡住，然后再出门，还能记得把门反锁。

我真的服了好吗？

我们找了个空旷的平地，附近的居民都陆续下楼，因为是早上加上又是周末，好多人都穿着睡衣。大家三三两两地讨论是哪儿又地震了，到底是几级，怎么感觉很严重。郝健提醒给我妈打个电话，拿出手机发现根本没有信号，我并不那么担心我妈，她一般这个点应该是在菜市场。反而更担心我爸，他现在到底在哪儿？会不会是在灾区？

慌乱地挨到九点多，再没有那么强烈的地震，郝健骑车把我带回出租屋，雷打不动地要赶去单位开培训会。刚刚劫后逃生肯定是舍不得他去啊，我试探地问了好几遍，这个培训会不参加行不行。郝健说不行，新官上任三把火，不去万一给抓了小辫子不好。

那天还在我面前口若悬河说得很牛掰的好吧？干吗今天出了这么大的事又变得那么顺从了？在家里纠结了半个小时，郝健还是坚决要往单位赶，我骂了一句：“奴性真重。”

郝健很无奈地看了我一眼：“我觉得会议可能会取消，只是现在联系不到大家，我还是先去看看。”

我当时就急了，现在是怎么个情况官方的新闻都还没有出来，你还甩下我去开会？万一等会儿又有余震怎么办？但最后郝健还是毅然决然地走了，扔下我一个人孤零零地待在家里。打开电脑，QQ群里铺天盖地的消息都是地震。而且余震不断，躺沙发上就跟坐摇篮似的，几乎平均两分钟就得摇一下。

好不容易撑到十二点多，齐鑫在QQ上问我们现在情况怎样，我抱怨了一通说自己在家里坐摇篮。齐鑫说笑笑刚刚打通了叶子的电话，冷哥被单位召集回去值班了，剩她一个人在家吓得直哭，要不他下山来接我们到山上避下。我让齐鑫等我两分钟，尝试打郝健的电话问他培训完没有。结果一直无法接通，加上又来了阵很强烈的余震，我赶紧敲下键盘：“好，你快下来接我们。”

半个小时后齐鑫开车下山接上我和叶子，两个没有男人的女人，看到齐鑫和对方的时候激动得都差点哭了。刚才剧烈摇晃的那一阵，大家都认为比早上的还厉害，甚至做好可能会被压在房子下面的准备。

齐鑫问我：“健哥呢？又出差去了？”

“他去单位参加什么狗屁培训会。”郝健抛下我独自在家的气瞬间又起来，“冷哥是因为地震才去单位值班，他们那个培训会什么时候不能进行啊？领导都傻？”

“健哥……是真老实。”

这是齐鑫第一次在我面前委婉地说郝健，表面上说是老实其实就是说他脑子不带转弯。到了山上呼吸到新鲜的空气加上朋友相聚，地震带来的阴霾很快就散开。因为地震也导致有好几拨客人不敢上山，所以客栈客人并不多，吃过午饭齐鑫就建议我们四个人摆一桌。

我对早上郝健的表现极度不满，第一次开口说今天玩大点，来个十块的。

只是玩的时候一直心不在焉，担心郝健回了家看我不在到处找我。又打了好几次他的电话还是打不通。最后我在QQ上给他留言，告诉他我在山上，要是回家打不通电话就打车上山。

不知不觉就到了六点多，郝健才打来电话问："你不在家啊？"

桌上还有"哗哗"的麻将声，我把手机夹在肩膀上一边摸牌一边说："我在笑笑客栈，你培训完了？"

"你还在打麻将？"

"是啊，你打个车上山来吧？晚上我们住山上。"

"我还要做个资料，明天还要继续培训，你先打吧，打完早点回来。"

郝健说话的语气明显不高兴，我知道他可能是烦我打麻将。但结婚一年多以来，我打麻将的次数真的屈指可数，我也知道要供房还债，要是输了还是蛮心疼的。而且今天是例外啊，把我一个人丢家里还不许我找点消遣？想到这儿我也有些赌气就没打算管他，对齐鑫说："我们打到十一点吧？完了你送我们回家。"

齐鑫说："回去干吗？等健哥忙完我去接他，晚上就在山上住不就完了吗？"

我又尝试给郝健打电话让他把资料带山上来做，然后明天一早齐鑫再送他去单位参加培训。只是地震后的电话实在很难拨通，打了几次又打不通了。

打到十一点准时收场，算起来我输得有点多，大概800元的样子。打的时候不觉得，打完就心疼得不行，在路上提醒齐鑫等会儿不准和健哥说我输了钱，得说没什么输赢。郝健要知道我输这么多，虽然不会说我什么，但摆个臭脸是肯定的。现在我写帖子的收入是不固定的，大不了我找个机会把这钱给抹平就是。

齐鑫把我送到小区楼下就走了，他担心笑笑在山上碰到余震害怕。进小区的时候，恰好旁边花坛上有个酒疯子睡在那儿，路灯又不是很亮，看到的时候吓我一跳，总有种错觉那会不会是郝健，于是快步冲到家里打开门："老公，我回来啦。"

这是明显做贼心虚的表现，输了钱就算心里不舒服，但也不能让郝健看出来不是？不过打开门屋里却没有亮灯，连忙拿出手机拨郝健的电话却还是无法接通，我瞬间心就慌了，就是早上地震的时候心都快要蹦出来的感觉。像个疯子似的在家里乱逛，从厨房到厕所到阳台每个角落都翻了一遍，甚至连厕所的蹲便器洞洞都没放过。心存侥幸地想郝健是不是恶作剧藏在了哪个角落。结果令我失望，家里是真的没有人。

我坐在沙发上一遍遍打郝健的手机，还是无法接通，我锲而不舍地打，只有一个信念：要知道他到底去了哪儿。

这个时候我才知道，其实地震并不是让人最害怕的，而是地震和余震来临的时候，那种没有依靠的感觉。余震还在持续，电视里新闻已经有了确切消息，7级地震，震中在余县。听到新闻里不停上升的伤亡人数我心里越来越不安，甚至胡乱猜想是不是郝健出门的时候，被余震……

我不敢往下想，低头继续拨电话。

终于电话响起了接通的提示音，电话被接起来的一瞬间我没忍住哭了出来，用尽力气大声地咆哮："你他妈的去哪儿了？"

郝健确实是因为我下午打麻将生气了，居然不紧不慢地说："你回来啦？我睡了。"

睡了？我从山上下来担心了好几个小时，就换来一句你睡了？而且我在家，你是在哪儿睡的？我极度害怕失去他，导致瞬间丧失所有理智："你在哪儿睡？啊，你在哪儿？快给我说清楚。"

郝健还是不冷不热地说："我在出差。"

"不可能。"什么时候他说出差我都可能信，唯独这个时候不可能相信。我想他一定是不满我打麻将故意躲起来吓我的，现在余震不断，谁会派员工在这个时候出差？"那你说你去哪儿出差？什么时候去的？"

"今天晚上，在余县。"

郝健这么一说我更不信了："那你和谁一起去的？你拿宾馆的座机给我打个电话。"

“困死了。”郝健虽然显得很不耐烦，但最终还是拿宾馆的座机给我拨了过来，我这才相信他是真的出了差。

但我心里还是不爽，出差你不会讲一声啊？就算是不爽我去打麻将但一码归一码好吧？明知道余震不断，就算是手机打不通你不能QQ留言？茶几上的水杯在余震中掉到了地上，我吓得拿着手机跑下楼，陆续又出来了好多邻居。

蹲在路边的花丛中，我彻底爆发了：“你到底是什么意思？你到底有没有把我放在心上？”

“哎呀，你在忙的嘛，我怎么好意思打扰你。”郝健说话也是酸不拉几的。

这种话伴随余震让几个女人听了心里能舒服？反正我是全身上下都是火，恨不得马上拦个出租车去找他然后闹个天翻地覆。于是冲着电话大喊：“你有没有想过在余震？我现在在街上家都不敢回你知不知道？”

“没事，余震的震级不会超过7级的了。”

这话就像是我告诉郝健我生病了，他让我去找医生不用找他一样让人心寒，我用尽全力咆哮，整条街上的人都听得到我喊：“滚你丫的，真是个浑蛋！”

我对着电话吼了半天，郝健有些不耐烦地说：“好了，睡觉了嘛……”

“你还有同事陪你睡，你有没有想过我啊？你要早点告诉我你出差了，我干吗不在山上和叶子睡啊？我现在回家，一个人在家里摇那么厉害，我敢睡吗我？”我还是不依不饶。

“真的睡了，我明天还要工作。”

“工作你妹啊，你信不信我马上打车来找你？”

“随便，你要来就来。”郝健说完居然把手机给关了，我坐在街上无限循环拨打都是关机。

都说患难才见真情，在这种天灾来临的时候郝健居然主动和我断了联系。就算是没心没肺，也不至于这样啊！

我这口气始终咽不下去，回想起之前动手的事儿越来越气，连续发了几条加起来能有200字的短消息到他手机上，最后一条是：“我非常生气，后果很严重。”

我以为郝健关机只是为了躲我一会儿，半夜会打开手机看到短信。事实证明我错了，余震小了之后我回到家里，睁着眼睛到天亮也没见他回消息和电话。我是彻底心寒了……

早上迷糊地睡过去，就听到有人拿钥匙来开门的声音，我以为是郝健惊醒后连忙坐在床上等。结果开门的是我妈，我说：“妈，你怎么来了？”

“昨天打了你电话一天都不通，震中离你们这儿又近，我不放心还得来看看。”

听这话我瞬间就想哭，原来世界上最疼爱我的人不是郝健而是我妈。我激动地从床上蹦起来，扑到我妈怀里说：“陈老师，你才是真爱啊。”

我妈把我推开：“说什么呢你，吃午饭没有？”

“还没……”

“我就知道你们还没起床，你看我还把家里买了没吃的菜带来了。”我妈一边把她包里的东西掏出来一边说，“小健呢？”

“他们单位抗震救灾，他被选去保障后期的地质工作了。”我不敢让我妈知道我和郝健吵架。

下午新闻里就开始通报，说是全省派出了二十多名后勤保障人员前往灾区，防止二次泥石流之类的。我妈指着新闻里说：“你看，央视新闻都报道的，小健还真是厉害。”

等新闻播完了，我妈又说：“你给小健打个电话问问，看他那边的情况怎么样。”

我抱着电脑装得很忙的样子：“你打嘛，我正在和客户谈单子。”

其实我心里很着急，这郝健都去一天了也该给我来个电话嘛，就算昨天晚上我有点无理取闹，但毕竟现在还余震不断呢？丢我一个人在家不该过问过问？

不过结果依旧失望，我等了好几天也没等到郝健打来电话。我妈倒是有些怀疑了，在她的威逼下，我把这次和郝健吵架的事一五一十地抖了出来。果然我妈听完就破口大骂：“上次我就告诉你脾气要改，一定要改才行。人家小健在灾区那么辛苦，你还跟人家无理取闹！”

我心想凭什么要我主动打电话？那天晚上郝健可不止挂了我一次电话的，甚至最后还把手机给关了。

我妈在旁边念叨了半天，见我还是执意不打就自己拨通了郝健的电话，笑眯眯地说："小健啊，你在那边辛苦了哦。"

"灾区情况危险，你要自己注意自己哈。"

"菲菲不懂事，她不给你打电话你不要放在心上，专心支持灾区工作吧。"

听我妈越说越来劲，我顿时不服气地火冒三丈，郝健算个什么东西？他是金子还是银子，凭什么要我妈把老脸给凑上去？冲上前去就抢过我妈的手机扔到地上："干吗要低三下四地跟他说话，你女儿就有那么差劲吗？离了他我就找不到男人了啊？"

我妈气得不行："你看你这脾气，就这样下去，总有你好受的一天。"

我承认对我妈发脾气有很大程度是因为郝健，我还在想他至少应该给我打过来吧？但是等到第二天下班郝健也没来电话。一直到周五也没接到他的电话，我有些稳不住了，但想起那天他关机的事又给忍了下去，你不打我也不打，看谁更有骨气！

打开电视看到不断上升的灾情让我的心又提了起来，尤其是看到余县有两个救援人员牺牲我再也没法淡定了。郝健现在可是在灾情最严重的前线，这几天都不联系，万一他有个三长两短我该怎么办？这下顾不上骨气不骨气的，拨通他的电话只想知道他到底是不是安全。

再说了，夫妻又不是阶级敌人，要那么有骨气做什么？

电话接通后郝健跟之前一样亲热："宝贝儿，干吗呢？"

我听他暂时是安全的，心里就没了担心剩下的全是不满，而且他这话说得好像时间真能冲淡一切，那天晚上的事就能一笔带过了似的。我不想说话，心里有火又想引起他的重视，就对着话筒不停地吹气，他那边就会听到杂音。我想用这种方式来告诉他，老娘还在生气啊，你就不能说好听的哄哄我啊？

"老婆，你怎么了？别光顾着吹气啊！"

这个榆木疙瘩完全不懂我的意思，我只好开口说："地震完了你把我一个人扔在成都，招呼不打就开跑。而且这都一周了，你电话也不打消息也不回，你说怎么了？”

“嘿嘿，我这不是忙嘛。”

“忙你妹啊，再忙你要拉屎吧？你蹲坑里的工夫给我发个消息不行啊？”

“老婆你还真别说，我来了这边都没拉过屎。”

“滚你丫的！我在和你说正事。”

“我也是和你说正事啊，真的，我怀疑我是水土不服便秘了。”郝健试图岔开话题，“还是怀念你做的菜啊，有荤有素还有餐后水果，每天早上总是能那么顺畅。”

“我告诉你，这次的事情我很生气，你也知道我生气的后果很严重，你最好在回来之前把我哄好，这是我给你的最后机会！”我想我有需要就得说啊，要不我在家气得半死郝健压根儿还不知道怎么办。

“遵命老婆。只是，我现在手上还有一堆材料没写，能不能等我写完之后，再给您老人家打电话过去哄您开心啊？”

等到凌晨一点郝健才把电话打了过来，小声得几乎是在用气息说：“老婆，你睡了吗？”

“还没有，在等你打电话。”

“哦，我在厕所给你打的，同屋的人都睡着了。”

然后我开始揪着他出差不打招呼这事儿不放，说：“那你说说，那天的事情到底对不对？”

“对不起老婆，我错了嘛。”

“哪儿错了？”

“哪儿都错了。”

虽然心里已经没那么生气了，但我还是问：“那你为什么现在知道错了，当时又要那样去做？”

“你那天发飙那么凶，我能哄好才怪了呢。真的是比刘胡兰还要刚烈，不管我怎么说你都不投降，我想的是缓两天等你不生气了再好好哄。”

“那你为什么一个礼拜都不打电话？”

"我看你QQ签名好像还没有气完，万一打电话本来你都不气了，又给气得不行了怎么办？"

这个解释真的是天衣无缝，只能是像齐鑫说的，男女的思维不同。我想架子也端得差不多了，要再闹下去也没什么意思，就松了口说："那好吧，我暂时先原谅你。但是我得说个清楚，你回来之前得表现好，必须每天一个电话汇报工作，并且还得有甜言蜜语。不然不等你回来，我就得把家里的锁给换了！"

我以为我妈是睡着的，哪知她听到这话就笑出了声音："噗，也只有郝健受得了你这样。"

过完周末，我妈见我和郝健稍微好了些，就吵着在成都人生地不熟的，白天我上班她就跟坐牢似的，要回淄贡市打麻将去了。我妈一回去我为了缓解自己的孤寂感，每天下班后就去笑笑山上的家，吃过晚饭就和他们一块儿搓麻将。

郝健当真每天晚上就给我来个电话，但往往都碰上我正打得激烈的时候，只是告诉他我在打麻将就挂了电话。

到周四晚上打完麻将回家，却失眠了。无聊打开电视，新闻镜头里正好看到郝健拿着图纸站在有着泥石流的半山坡上，戴着安全帽在和其他人说什么。只见记者走到郝健身后，拍了下他："你好！能接受下我们的采访吗？"

郝健特不好意思地转过来面对镜头，一一回答记者提出来的问题。

末了记者说："在灾区的这段时间没回家，您有什么想要对家人说的吗？"

郝建不好意思地笑了笑，对着镜头说："我就想对我老婆说，你一个人在家辛苦了。"

本来我还想多听下郝健说什么的，但记者很快就把镜头给移走，噼里啪啦说了一堆感谢这些后勤保障人员家属之类的话。紧接着又是余震，郝健的身后一堆泥石流散落下来，他和记者还有其他人连忙往外跑。

看到这儿心里忽然有点害怕，也不管他有没有把我哄好，也不管是不是我主动打电话过去，更没管现在是凌晨三点，连忙拨通了郝健的电话。

那种差点要失去他的感觉让我鼻子一酸："我刚刚在新闻里看到你了，你那边是不是挺危险的啊？"

"嗨，没事。"

郝健说得倒是随意，感觉在泥石流下都习惯了似的。但我分明看到那石头差点就要砸中郝健了好吧？话就说得有点煽情："老公，你在那边要注意安全。"

"我知道。那什么，我先不和你说了啊，明天有个表彰会，我们这次参加抗震救灾的人都要火线入党，我今天得加班把材料弄出来。"

我憋了这些天的火气瞬间全消，虽然他出差不告诉我这事确实不对，但我去打麻将下午不回来肯定也是不对的。郝健培训完之后回到家，看到家里没人肯定也担心了一阵儿。

抗震救灾和火线入党给郝健带来了好几本荣誉证书，同时也让郝健心情好了不少，没过多久又被总工钦点和他一块儿去做项目。

我心里暗自高兴，这是不是要提升郝健的信号呢？

于是在出差之前，我就让他要趁这个机会和总工多说说话，要是明年找不到合适的工作，和总工关系好了或许能帮郝健调动呢。郝健也点头答应，还问了我一些注意事项。我也没有说太多，毕竟郝健有自己的性格和跟人相处的方式，要用我的方式强加在他身上或许行不通。

郝健回来又是一周之后了，回来那天我激动地问："和总工处得怎么样？"

"挺好啊，这次去我和总工住一间房，他可逗了什么都和我聊。"郝健就口若悬河地说那些诸如总工离异后，他每次出差女儿都要问他是不是谈恋爱了啊，别人给总工介绍女朋友相亲中的趣事儿啊，巴拉巴拉说起来就没完没了。

我打断他："理科生就是理科生，说了一堆也没说到重点。"

郝健特无辜地说："我说的这些都是重点啊？"

"我说的重点是这次和总工有没有实质性的进展！"

郝健过了下脑子："这话听起来怎么这么奇怪呢？"

"想什么呢你，我的意思是，总工有没有透露你们分院主任工程师的事儿？”

“我也不知道啊，但是他有天在我面前抱怨，说院里好多人做的图都特垃圾，没我做得细致。”

“意思就是他觉得你好对吧？”

“可能是吧……”

“也就是这次的主任工程师你有希望了？”

“我不知道。”

郝健嘴上说着不知道，但从他彻底恢复过来的表情看，心里肯定还是有底的。主任工程师嘛，是直接受命于总工的，连总工都看好他，怎么可能没希望？

然后到了公布消息这天，早上郝健破天荒地起了个早煎了鸡蛋，趴到我床前像以前平时一样拉着我的手唱：“起来，我最亲爱的老婆……”

我迷糊地睁开眼睛，起床气加上这段时间的委屈，激动之下一巴掌就扇了过去：“你终于正常了！”说完忍不住哭了起来，每天小心翼翼连屁都不能爽快放的日子，真是过得太憋屈了。

“哦哦宝贝儿不哭，都是哥哥不好。”郝健把我从床上扶起来，“宝贝儿乖乖，哥哥给你穿衣衣啊。”

只要郝健恢复正常，我的心情顿时就变得奇好无比，连坐在他电瓶车后面也觉得今天车速够快。到公司后我比郝健还要激动，也没心情更新帖子就盯着QQ，看郝健什么时候上线。等到中午郝健的QQ还是隐身，我有点稳不住就拨通他的电话，结果却是关机。我想估计这会开完还得去庆功，假想郝健已经升了职，下午就没再等，继续写我的帖子。

但是到下班郝健的手机还是关机，心情大好的我也没多想，以为他是手机没电了，打算先自己去买菜回家备好庆功宴等他。

走到半路笑笑打来电话，齐鑫正陪她下山来产检，打算到我们家来蹭饭吃。我心情本来就够好，麻溜地应了下来：“行啊，今天我们家健哥可能要升职了哦，赶快过来庆贺庆贺。”

“呀，升职？”

“是啊，估计升主任工程师了。”我嘚瑟地炫耀了一番，“齐大爷得要一块儿来吧？”

“他丫的把妹去，把我送过来就得走。”

买完菜回家笑笑都到好大一会儿了，郝健的电话还是关机。笑笑就守着我在厨房做饭，我憧憬着郝健升职后回来的表情，说着说着乐得咯咯直笑。

正笑得嗨皮，郝健开门进来了，我激动地冲出厨房擦了擦油腻腻的手问：“怎么样？”

“今天开了一天的调研会，没宣布主任工程师的事儿。”郝健显得很疲倦，说完就跑到沙发上躺着。

我看他的样子也没多说，转身进厨房盛了汤端出来：“吃饭了。”

笑笑挺着肚子招呼了郝健一声，就自己先坐了下去。

我瞅着餐桌上刚才自己忘了放隔热垫，也不好意思劳驾笑笑起身帮忙，就先把汤放在桌上打算腾出手来再去拿垫子。结果刚好就被郝健看到，他把垫子递过来就开始埋怨我：“你看你，这不放隔热垫一会儿把桌子烫坏了怎么办？我们的餐桌是玻璃的，这么高的温度很容易就会烫坏的好不好？”

我本来因为主任工程师没宣布的事儿就有点失落，现在还莫名被埋怨一通心里能舒服吗？但想郝健肯定累了，把汤放下后又转身拿了碗筷出来，一边摆一边开玩笑的口吻对郝健说：“哎哟，健哥，你对我意见大得很嘛。”

哪知这句话就惹怒了郝健，他语气非常不好地说：“什么对你有意见啊？我就说你应该把隔热垫拿出来再去盛汤，怎么就叫对你有意见了？你是不是理解能力有问题啊？”

“你要没意见说这么多话干吗？”我是有点生气，但还是尽量小心翼翼地说。

“那你凭什么说我是对你有意见？你一天就爱瞎想，没有的事儿就得让你说有，毛病。”

我看郝健的状态好像不对，怕顺着他的话说下去得吵起来，默默地帮他们盛了饭埋头自顾自地吃。哪知郝健还没完没了，一直在唠唠叨叨地说我，不应该把对他有意见这顶帽子强行扣在他的头上，不应该端汤出来前不先把垫子给垫上。然后越说越过分，又说什么平时做事总是不顾后果，说话不顾他人感受。

我咬牙切齿地听他唠叨，终于还是到了忍无可忍的地步，把手中的筷子重重地摔到桌子上："你还有完没完啊？这饭我不吃了行不行？"

"干吗啊姨妈巾。"笑笑吓得连连摸肚子，"你吓到我孩子了。"

我生气地起身就坐到沙发上去赌气，笑笑艰难地起身过来劝我让我去吃饭，劝了半天见我不去，又去让郝健来劝我，但是郝健也不来，我们俩就这样僵持着。

我气啊，气这点儿小事郝健也能唠叨那么久，而且我在生气呢，他居然还优哉游哉吃得下去饭？本来前段时间被憋的气还在，导火索一引心里多少就有点不痛快，眼看着刚刚好点儿了莫名其妙回来给我添这么一笔，到底是要闹哪样？

总之心里那股气就是顺不下去，你不是喜欢闹吗？我陪你闹个够。我走过去夺过他的碗往地上一扔："你吃个屁啊！"

郝健看我把他碗给丢了，拿着筷子愣了半天，两眼凶神恶煞地看着我，像是恨不得把我吃了似的。我以为他是想要动手，也没怯他就反盯着他，半天他才放下筷子默默地走到阳台上去打开电脑。

笑笑挺个大肚子站在我们中间尴尬无比，只好左右回头两边劝："健哥，你就劝劝姨妈巾吃饭嘛，你看我孩子在踢我呢，他是真饿了。"

"姨妈巾，这可是你干儿子，你就忍心看他饿着嘛。"

我看笑笑肯定也是饿了，就劝她说："笑，你先吃吧，别管我们。"

"我怎么可能不管你们嘛，听话，一人一个台阶下了就先吃饭，多大个事儿嘛。"笑笑摸着肚子又开始劝郝健，"健哥你也大量点，来劝劝姨妈巾。"

我生气归生气，好歹也知道提醒孕妇先吃饭吧？郝健倒好，笑笑劝他他也不理人家，干脆还打开游戏开始玩儿了起来。我肯定也要自尊的嘛，我又没错这台阶不能我先下吧？于是就不停地让笑笑先去吃，自己坐在沙发上等着郝健来好好给我搭这个梯子。

笑笑左右开劝了一个小时，郝健才象征性地走到我面前拉了下我衣服，语气很不好地说："走，吃饭。"

我觉得这完全不够好吗？这么长时间你干吗不来哄我？现在才来凭什么

我要去？今天晚上这事儿我就是受了委屈，平白无故被你噼里啪啦骂一顿，让谁来谁受得了啊？

而且郝健也就是试探性地拉了两下，见我不回应又坐回电脑面前，总算开口对笑笑说："你先吃，不用管我们。"

笑笑还是坚持我们不吃她也不吃，又过了很久郝健才来哄我："叫你吃饭啊。"

虽然语气还是不好，但我想好歹是第二次了吧？只是要让我就这么去吃，心里还是不舒服，就坐回到餐桌上说："那你下去买10瓶啤酒上来。"

"好。"郝健也憋着一股气，拿了钱冲出去把门关得特别响。

郝健下了楼笑笑就劝我："一会儿他上来，你顺着台阶就下了吧？"

"我这不给他台阶呢吗？等会儿他上来，要是没事儿似的和我喝两杯，这事儿就算是过去了。"

"嗯，别那么倔。我这怀孕了才知道，咱们也应该成熟起来了，不能再什么都由着自己的性子来。"

我其实也知道，郝健今天可能是参加调研给累着了，也就是像我心里想的那样，等他上来喝两杯开几句玩笑这事儿就能过去。哪知道郝健抱着酒回来，像是赌气似的把酒瓶往餐桌上重重地一放，转头又坐回到了电脑前。

这态度是解决问题的态度吗？我心里一下就不高兴了，但还是扭头对他说："喂，你过来喝两杯啊？"

郝健不理我，专心沉浸在他游戏的世界里，我又耐着性子叫了他好几次，他也像是没听见似的。这让我想要原谅他的想法一下就没了，忍着性子憋了好久最后还是没忍住，起身走到他电脑面前，直接把笔记本盖上："我让你吃饭你听见没有？"

"你干吗啊你，有病啊？"郝健转头就是一顿吼，目光也无比凶狠。

我终于被彻底惹怒，冲他吼回去："你才有病，吃饭吃得好好的，玩什么游戏啊？"

郝健转身打开笔记本进入到网页要继续玩，我试着关了几次他是默默再打开，我终于愤怒了："你要再这样，这日子真过不下去了！"

郝健似乎也忍到了极点，冲我吼："过不下去就不过！"

"不过就不过，那就离婚！"

"好，离婚！"

几句话就吵到了离婚的境界，让我心寒到了极点，我完全不敢相信郝健的嘴里居然能蹦 出这么两个字。我想我说出这话算是挽留他最后的底线吧？我说离婚他不是就应该矮下来哄我了吗？但我现在说出来他居然顺着就给接了下去。看他凶狠的眼神我只感觉到失望，平时百依百顺的郝健怎么会变成现在这样？就因为我端个汤忘了拿隔热垫？我深呼吸一口气冲他继续吼："那你就滚，赶紧滚出我的家！"

"滚就滚。"郝健再也没有像以前小打小闹的时候那样来哄我，而是拿着包就要往外冲。

笑笑连忙上前把他拉住："健哥你干吗啊？"

我的心再次被伤透，上前使劲地把他往外推："赶紧滚，滚了一辈子都别回来。"

郝健用力挣脱开笑笑，真的头也不回就要往外走。

眼看他是真的要走，我彻底急了，上前抓住他大声质问："你到底要干吗啊？你是不是有病啊？"

郝健愣在原地不往前走也不回头看我，就任由我拉着他不停地质问。我承认我此刻的样子就像是泼妇、像是疯子，但我觉得这是一种绝望的歇斯底里。终于郝健被我拉得烦了，转头恶狠狠地就甩给我一巴掌："你闹够了没有？"

说完他强行挣脱开我往门外走，笑笑也不顾自己挺着个大肚子，跟在身后死死地拉住他不让走。

我瞬间蒙了，这一巴掌扇得太重，乃至于瞬间我就两眼冒金星。

我苏菲到底做了什么对不起你郝健的事儿，至于你这么用力地打我？我爸妈从小都舍不得这么用力打过我，你算是哪根葱？

我被这一巴掌扇得彻底失去理智，瞬间被内心深处隐藏的悲观情绪充斥，顺手拿过餐桌上的空酒瓶，重重地就朝我头顶敲了下去。就在这一瞬间，笑笑被吓到了，大声地喊："健哥你快去把苏菲劝住！"

郝健这才没要继续出门，扭过头来把我扶起来坐在沙发上，但也没有刻意地讨好我。

我就感觉所有事物都静止了，我的记忆停留在他扇我这一巴掌时。笑笑连忙拨通齐鑫的电话："你丫应酬个屁啊，赶紧来姨妈巾这儿，他们两口子打架了！"

听笑笑打完电话，郝健像是回过了神，坐在餐桌旁边愣了。我坐在沙发上两眼空洞地盯着前方，脑子里一片空白。家里安静得让我有点害怕，这一动手，婚是离定了。

很快齐鑫赶了过来，紧跟着叶子和冷哥也赶了过来，笑笑向他们复述了我们惊心动魄的吵架过程。齐鑫和冷哥把郝健拉到卧室，笑笑和叶子就坐到我旁边。

我感觉人已经麻木了，除了流泪我不知道该怎么办。心里时不时也会后悔，我为什么要去逼他动手呢？我像上次那样放他走不就完了吗？他出去散散心自然不就回来了吗？可又马上会有另外的想法，这些原因都不重要，重要的是结果他真的还是动手了。

在卧室谈了一个多小时，齐鑫留下冷哥在里面陪着郝健，自己出来走到我旁边："苏大妈，你现在打算怎么办？"

我不想说话，如果说争吵是还想要改变，那么心被伤透的时候，就真的不愿意再开口。

齐鑫让笑笑去卧室，坐在我旁边抽烟："健哥在里面哭得死去活来的，他说他今儿晚上也不知道自己是发了哪门子疯。现在后悔得要死，被吓得都不知道该怎么办了，要不是我劝他的话，他差点就要从里面那窗户给跳下去了。"

我心里冷笑，后悔？现在知道后悔有个毛用？杀人犯杀了人，他后悔能有用吗？

齐鑫继续说："我也真服了你们俩，这么小的事儿能被你们闹成这样。说吧，接下来有什么打算？"

我真心没有打算，从那一巴掌到现在整个人都是蒙的，我咬紧牙关："离婚。"

"别赌气，凭良心说。"

“我不想离。”在齐鑫面前我永远都没办法隐藏最真实的想法，“但你也知道，动手是我的底线，不得不离。”

“可是你要知道，这男人动手分两种，一种是男人不对乱打，一种是女人欠打。我觉得今天晚上这事儿，就是你一点点逼郝健动手的。”

“你放屁，我又没去偷人，他凭什么打我？”

“姨妈巾你冷静点儿，多大个事儿嘛闹成这样。”叶子在旁边也开始安慰我，“健哥也就是急了才这样子，你看人家平时，怎么不是百依百顺地迁就你？你还别说，就在场的三个男人，估计除了健哥真没人能受得住你几天的。而且我们不年轻了，真不是动不动耍小性子的年纪了。”

“不管怎样他也不应该动手。”我还是坚持自己的看法，不管怎么说动手了就是郝健不对。

“我还不知道你那咄咄逼人的气势？你忘了我在客栈和你说的那些话了？26岁了你还想怎样？离了婚你就是二手货，你要还能找到郝健这样的，我手拿红苕去火里烤了给你吃你信不？”

笑笑和冷哥站在郝健身后，笑笑把他往沙发这边推了推：“快去吧健哥，胆子大点儿。”

郝健走到我面前，又恢复了他那副可怜兮兮的样子，低头盯着地上也不说话。

这鬼样子看得我来气，动不动就是这副被我欺负得苦大仇深的鸟样儿！晚上要不是笑笑在场亲眼看到，肯定不会有人相信是他动手打了我。我没好气地说：“不是要离婚吗？那你把离婚协议写好。”

齐鑫走过去在他面前说了些什么，就带着他一起去写。

我心更是凉透，我让你写离婚协议你居然真的就写？我心里想着我这段婚姻算是走到了尽头。

没过多久郝健就拿着一张纸走到我面前：“老婆，给你。你扇我10个耳光吧。”

齐鑫在一旁说：“姨妈巾你快看看，离婚协议写好了。”

我斜眼看了下纸，上面哪儿是离婚协议，就是郝健写的保证书。我接过来没细看，直接撕了丢在他面前：“我没打人的爱好。”

"老婆……"郝健拉着我的衣角，可怜巴巴地说。

齐鑫见状估计我们应该打不起来了，就拉着冷哥他们先离开，让我们俩自己在家里好好谈。临到门口还转头贼眉鼠眼地冲我们挑了挑眉头："别闹了听到没，赶紧去睡上一觉，明儿起来就没事儿了。"

等他们一走，郝健扑通一声就跪在我面前，比以前任何一次跪得都重："老婆，我错了。"

我眼泪又开始流，心里纠结得想死，如果不是这一巴掌什么都好说，可就是动了手所有机会都没了。

郝健拉过我的手使劲往他自己脸上扇："老婆你打我吧？"

我还是只哭不理他，哭到后来郝健也跟着我哭，郝健一边哭一边说"对不起"。

不知道为什么，看到他哭我居然一点儿感觉都没有，反而自己马上就不想哭，觉得心都死了。到三点多我实在困得没办法，也不愿意再去多想，倒在沙发上就睡着了。迷糊中感觉到郝健把我抱进了卧室，整个晚上他都把我抱得死死的，好像还说了好多话，但说的什么我一句也没听清楚。

第二天郝健把我送到公司后我就请了假，然后出来在大街上漫无目的地闲逛。忽然感觉好像全世界都不再属于我，反正离了婚我妈也会骂，不如我冲上街头被车撞死算了。但我还是没那个勇气，自己找了家宾馆开了个房间。

这是我们吵架以来我第一次舍得钱开房，反正离了婚也要卖房，还管那些债不债的干吗呢？

到宾馆把手机转成飞行模式，把自己放空打开无线网络到处瞎溜达解闷。QQ上不停地闪来笑笑和叶子的消息问我在哪儿，群里齐鑫和冷哥也一直在问我去哪儿了。我都没回。

后来笑笑又发消息说我妈已经知道了这事，给她打了电话让我回个电话给我妈。想起我妈我难受得不行，她老人家一辈子都想我过得好，现在我爸去了哪儿也没半点消息，我这又要离婚，还真不知道离了她会不会气得半死。想着想着我还是没忍住，把手机的飞行模式给关了。

手机刚来信号我妈的电话就打了进来："菲菲啊，你这是折腾什么呢？”

听到我妈开口居然是这个话，我真的好想把手机给扔出去，但我妈不带喘气地在电话里不停地说。刚开始说知道我受了委屈，这事儿绝对是郝健不对，说到后面就让我不要再作了，要是再作的话别人又得看不起我们家。

我想说我要谁看得起？我每天努力地过日子，以后也不需要，就算他看得起我能多点儿钱吗？

我妈又说我家太复杂，除了郝健没人能接受我这样的。我想说我只有一个爹一个妈，我不是小妈也不是二奶生的，他们关系不和，我又有什么错？这也要成为我嫁人考虑的因素？

最后我妈说我是折腾。可是，我真的是折腾吗？

我瞬间觉得好绝望，如果考虑多了家庭的社会因素，活着还有什么意思？我不去想是因为我不愿意让这些困扰我以后的生活，所以才让自己像个傻大姐似的，简单快乐地生活。

不过我还是没吭声，听我妈说了好久忍不住还是挂了电话，又把手机调到飞行模式。

打开我发的帖子，从头开始看自己记录的和郝健的点点滴滴，看着看着心里就难受得不行，就把这两天发生的事写了上去。

帖子里所有的人都被我和郝健吵架这事儿给牵动了神经，不少人长篇大论地回复我，用最真的心劝我再好好考虑。其中一个网友就写道："我会给你最中肯的意见，动手到底是男人太渣还是自己有错，一定要分清楚。如果你觉得你没错或者你的错不足以换来他动手，那你就果断离开他；如果你觉得自己有错而不想这么轻易放弃，那就等他来哄你，找个台阶下了以后再慢慢改。看着你们之前一路走来非常不容易，我希望能看到你们的宝宝出生，看到你们一家三口幸福。"

待到第二天下午，帖子里类似这样的留言已经多得不计其数。

看着这群陌生好心人的劝慰，我开始反思自己，动手可能真是我逼郝健的。如果我不拉着他不让他走，如果不是我非得要较那个真儿，也不至于把他惹怒到动手的地步。

可是我依旧过不去那个坎，我和郝健物质上的压力我从来都没当回事儿，我本身不喜欢逛街，也不喜欢出门去玩，最大的爱好就是和笑笑与叶子偶尔喝点小酒，没事儿打打小麻将。如果这些能换来郝健对我的好，有个幸福的家庭和未来，我都觉得没什么，只要两人相爱，能一起奋斗。

被不同的人劝着劝着，我的心也慢慢地软了下来。笑笑和叶子在QQ上问我到底在哪儿，她们保证一定不告诉其他人，就是来看看我是不是安全，让我不要这样让大家担心，要是把她孩子气得早产了我得负责。

我想这事儿平白无故让大家都那么担心我，好像确实有点不妥，就告诉了笑笑地址。笑笑和叶子果然是单独来的，我们仨找了个地方吃火锅，笑笑点了两瓶啤酒让叶子陪我喝："先借酒消消愁，完事儿我们找个地方打会儿麻将。你就什么别想，先玩自己的。"

"好，打麻将。"

说完手机就接二连三地收到郝健发来的消息，我点开一看，从早上到现在郝健一直在发消息："老婆我错了，你在哪儿？"

"老婆我很担心你。"

"亲爱的老婆，我知道我这次摊上大事儿了，我知道我说什么你也暂时不会理会。不管什么原因我都明白，我不应该犯那种浑，我说什么此刻都显得毫无意义，我不敢请求你的原谅，因为我犯的错误无法原谅。我此刻不知所措，我只能说对不起，是我太浑了辜负了你，刚打电话找不到你，我给郝莉去了电话，她大骂我一顿。我也不知道我要说什么，总之这次真的是我错了，是我对你不好，是我伤害了你。"

我也说不上来为什么，也许是下午已经把自己剖析了一遍，看到郝健这个短信忽然就想要给他一个台阶。说到底就是舍不得离婚，就是不甘心离。一口喝下一杯酒后说："你们给他打电话让他过来吧。"

郝健过来的时候我们都已经吃完了，他站在旁边不敢坐，见我们吃完就招呼服务员来买单。我也没理他，起身就扶着笑笑出了门，叶子在后面说："健哥，我们现在去打麻将，你跟着过来吧。"

"去哪儿打？"

"就我们小区平时打的那家，你没吃饭吧？吃完跟着过来就成。"叶子说完跟着上来，挽着我的手说："姨妈巾，等会儿再收拾收拾也就差不多了吧？”

郝健骑着电瓶车跟在笑笑车后面，一直到了茶坊，就在那儿点了碗面条。

我专心打着麻将全程无视他，他整个晚上就坐在我旁边，看我茶喝完了又给我续。看他点头哈腰的样子我就很解气，早知道现在来哄我，昨天动手的时候干吗不动动脑子？

打完麻将外面不知道什么时候下起了大雨，郝健把电瓶车停在了叶子家的小区，齐鑫来接笑笑的时候就顺便接上了我和郝健，把我们安全地送回家后才离开。

站在小区门前，我淋着雨死活都不跟着他上楼。郝健把自己的外套脱下来为我挡住头，就陪我站在雨里淋着，时不时地说一句：“老婆，我们回家吧。”

说实话闹分手淋雨这种场景不适合我，电视里小说上看起来很美，真轮到自己的时候就觉得雨打在身上疼啊，还是家里沙发上窝着舒服啊。然后我这心就慢慢地被侵蚀了，最后在半推半就中还是被郝健带回了家。

到家后郝健还是不敢说话，我为了折腾他让他下楼帮我买了两次消夜。我也不知道自己为什么会这样做，或许潜意识里我还是想给他个表现的机会吧。

我就坐在沙发上也不愿意去卧室，打开电视窝沙发上。郝健小心翼翼地伺候着我，等我躺下去后也不敢把我抱去床上就蜷缩在旁边坐着发呆。后来估计是以为我睡着了，郝健才悄悄地起身去冰箱里拿出自己昨天晚上没喝完的啤酒开始喝，喝着喝着就哭了起来：“老婆，我对不起你。”

我睁开眼睛转头看着郝健，他满面通红一看就是喝多了的样子，我心里有点难受但还是继续端着。

“其实我自尊心也蛮强的，尤其是有朋友在场的时候都不肯让步。这是我们吵架的共同点，不同的地方是你希望当时就能解决事情，而我想先回避搁置争议。只是我越是这样就越会激怒你，以后我会改的。”

“我觉得你是因为身边没什么朋友，遇到事情都不知道去问谁，自己主观意识上觉得该怎么做就怎么做。你觉得我生气了暂时不要来哄，就算是哄也哄不好。但这只是你主观上的东西，从来没有和其他朋友沟通交流过，所以你不会知道有时候不及时解决问题，反而更会加深矛盾。”

“是，鑫哥也说过这个问题，其实我也想要很多朋友，但是我又不在这边上学，家也不在这边。”郝健又跪在床上扇自己的耳光，“老婆你打我好不好？我真是畜生。”

一说这个我就想哭，这个事情我真的一时半会儿过不去。郝健也不知道该说些什么，就在那儿不停地重复：“老婆你打我好不好？你原谅我好不好？”

郝健见我不开口，不停絮絮叨叨地说：“对不起老婆，你原谅我吧，真的绝对不会有下一次，你相信我。”

“我要再动手，我就把我的手剁了。”

“我知道不管我怎么说你都不相信我。只是那天我怕你失望就骗了你，其实主任工程师这事儿已经定了，不是我。”郝健明显没有刚才的底气足，放低了声音说，“工作上的事你也知道，我看你那么辛苦地挣钱自己又帮不上什么忙。连你期望的主任工程师这事儿也都让你失望，我心里挺难受的。虽然你嘴上没说什么，但有的东西你可以不要，我怎么能不给呢？”

郝健这么一说我就大概明白了，他是怕看到我失望特意隐瞒了情况。只是他确实不是个擅长撒谎的人，心里憋着这事儿也不舒服。我说：“我没要，你也不用现在就急着给，该有的自然会有，着急上火算什么？因为这些对我发脾气又算什么？我跟着你求你什么了？”

“我知道老婆，知道你受苦了，我对不起你。我其实也不想，可是不知道怎么就是控制不住自己，从换完领导到现在，我每天甚至每时每刻都想要换工作，我没有一天是开心的。”

“和你说过无数次了，你比起那些富二代官二代，你现在有什么？你就是一颗爱我和上进的心，钱我们不是一直在挣吗？债不是一直都在还吗？你急个屁啊！因为这个你对我动手，等有一天你钱是有了，老婆不在了！”

郝健紧紧地抱着我，还带着点抽泣地说：“我知道你不图我什么，可是我着急啊。我知道你心里也是有追求的，也是不想过这种日子的，所以你才会那么努力地去工作、去开网店、去写软广帖。但我是男人，我怎么可能依靠你去为这个家做出什么改变？我就想自己把担子挑起来，我想让你过上更好的日子。”

我这才知道，郝健原来还陷在之前的迷茫状态，这段时间也是为了让我开心点而全压在心里，这次因为主任工程师的事儿才算是彻底爆发出来。

我噼里啪啦地指责了过去：“这都不是动手的理由，我要的只是你对我好。钱我们一起努力挣，这样我以后才会有底气。如果你一早就那么有钱，指不定当初我还不嫁给你呢！我要的是我可以主宰的生活而不是被钱奴役你明白吗？但你现在这样子真让我失望啊，我们难道不可以苦中作乐吗？我们难道不可以一步一步地来吗？我们就被这点债给压弯了？现在只剩下九万，攒到年底不行再问你家里和我家里借点儿，今年就能还完了不是吗？这算事儿吗？如果你继续这样想，真的有一天我不在了，我省吃俭用你为之奋斗的家没了，你觉得还有意思吗？”

郝健无助地说：“那你说我怎么办？我没法给你更好的条件，我就只能自己省吃俭用，我放不开手脚出去花钱。老婆，你说我该怎么办？我真的不在乎苦一点累一点，你看我以前接私活的时候，不管金额大小条件再苦我都不怕。但我现在的工作呢，完全步入了老年化，每月按时拿钱，年底也就那点固定的奖金，没有激情没有追求。我真的希望他给我多安排点工作，多让我做点事情多给我发点钱，我年轻，这些我都不怕，我就是怕闲着，闲着就是在浪费时间，闲着就代表挣不到钱。”

刚才那番话句句扎进我心里，我能感受到那颗想要我们过得更好的心。只是现在真的没有机会，把他给憋成了这样。我们敞开心扉聊到凌晨，最后总结出来的原因是最近经济压力太大了，年终奖和主任工程师的事儿，我看似无意实则给了郝健太大的压力。我倒是没什么，一直挺开心地攒钱还钱，但郝健作为一个男人，想多了就着急。

郝健边说边喝，最后终于醉了，迷迷糊糊地躺在床上，小声地说：“老婆我错了……我对不起你……”

郝健躺在旁边越来越醉，脱了衣服嚷嚷着要喝水，说完下床准备去客厅，一个踉跄摔倒后就自己爬到饮水机面前，杯子都没用直接伸出嘴就接水喝，躺回到沙发上的时候又哭了，一直在重复：“对不起老婆，我不该动手。对不起……”

这一刻我觉得郝健好可怜，找个老婆那么彪悍，喝多了都不管他，任他在地上爬过去爬过来的。看着他这样子我开始有点释怀了，决定等他醒来就原谅他。

打架这事儿虽然破了我的底线，总算没有想象中闹得那么轰轰烈烈。我惊讶于自己的变化，两年前和郝健吵架后非要分个输赢，而这次达到了解决问题的目的后我就想开了。我想可能是因为经历了地震，我们都还活着已经很幸运了不是吗？连地震都没把我们分开，我干吗又要去钻那个牛角尖？

9.

元旦前一周的周六，齐鑫大半夜打来电话说笑笑在医院，有早产迹象让我们赶快去。郝健挂了电话把我的衣服递来，慌乱穿上打车到妇幼保健医院，叶子和冷哥已经到了。

我问齐鑫：“你爸妈呢？”

“还在路上，预产期还有10天。”齐鑫焦急地盯着手术室，这是我第一次看到齐鑫这么着急。里面不停地传来其他产妇的尖叫声，听得我心里直抓狂，埋怨说：“生孩子这么恐怖，干吗要生孩子，这不自己给自己找罪受嘛。”

“这叫一时欢愉，一辈子煎熬。”冷哥在旁边接话。

这才刚到初春，齐鑫的额头上就有豆大的汗珠冒出来，不管我们说什么他就不接话，死死地盯着手术室。为了缓解他紧张的情绪，我去帮他擦了汗开玩笑说：“齐大爷，你还记得那道选择题吗？”

“什么选择题？”

“等会儿护士出来的时候，你是先问是男是女，还是先问笑笑怎样？”

“屁话，当然是先问笑笑啊。”

等了好久手术室的门被打开，护士抱着一个孩子在我们面前晃了一圈：“母子平安，八斤半的大胖小子。”

齐鑫盯着护士，脸都铁青，听完后第一件事不是去抱孩子，而是沿着走廊冲了出去。很快就听到他在楼下大喊：“啊——老子当爹啦！”

孩子和笑笑被一起送进病房，我们几个人手忙脚乱地不知道该从哪儿开始。护工整理好之后，郝健把手伸进去想要摸下孩子的脸，但快要触碰到的时候又不敢，把手缩回来说：“我不能摸吧，他身上都软软的，像刚孵出来的小鸡儿似的。”

“你会不会聊天？什么叫小鸡儿啊。”说着我就伸手去摸了下孩子，对孩子的渴望瞬间涌了上来，我说：“小齐齐，你快点长大吧，等你长到10岁的时候，苏妈妈就带你去找美女。”

“少来，我的儿子两岁开始我就得带他去找。”笑笑躺在病床上虚弱地说，“你们俩赶紧生个女儿，给我儿子睡睡。”

陪着待到早上，齐鑫他爸妈从淄贡市赶来后，我们才交了班回家。在出租车上郝健不停地感慨：“孩子好小啊，摸起来肉乎乎的……”

我问：“你是不是想生了？”

“有点儿……”

元旦节郝莉也结婚了，婚礼在郝健老家举行，因为一早就说好今年春节在我们家过，正好就回去一趟。在北方农村结婚两年了还不生孩子，这绝对不是一件正常的事儿。

操办完婚礼在我们要走的当天，他们家所有亲戚把我和郝健围在中间，因为我对每个人都笑脸相迎嘻嘻哈哈的，他们也都和我不生分。开始八卦我和郝健为什么还不生孩子这事儿，甚至还有亲戚直接问我是不是有什么问题。

我碍于面子，在旁边只是不停地点头说：“好好好，我们回去就生。”

“菲菲啊，你看现在郝莉也结婚了我才敢说这话，你说这女人嫁别人家里，不就是要生孩子的吗？”

这话真的是彻底惹怒了我，难道嫁郝健就是为了生孩子的吗？女人什么时候成生孩子的工具了！我瞬间心里就不爽脸色也没那么好看，但亲戚朋友众多还是忍着没有发作，只是不冷不热地说：“我还小，我比郝莉还要小两岁。”

郝健还算懂事，马上接过去就说："成都生活压力挺大的，不像咱农村想生就生，还有菲菲真的还小，不过我们已经在准备啦，就这一两年。"

我感激地看了看郝健，总算不至于是那么愚孝，要是他今儿不站出来给我解围，再说多几句我肯定会当场撂摊子。

婆婆说得更简单："什么压力大不大的，你们生完就给我们抱回来，啥都不用管。"

这话说得跟我妈说的一样轻松，好像孩子生完随便往哪儿一放就不用管的。在生孩子这事儿上，我和郝健的立场还算统一。我们也商量过，孩子是一个生命，应该对他负责，既然生了就要给他一个稳定的家，想尽一切办法让他有个良好的成长环境。如果当真像我妈和我婆婆说的那样，在我看来这是不负责任的表现。我在成都奋斗的一切目标，就是想让我们的孩子有个好的环境，起码要稳定。

上次打完架也是莫名其妙就好了，没说那么多的问题。这次可能是因为生孩子的事，也可能是怕我感受到我们结婚和郝莉结婚的落差，觉得娶我的时候婚礼寒酸而郝莉的婚礼又那么风光，还可能是回去受到了乡邻的肯定，反正回到成都的当天晚上，郝健就推心置腹地和我谈了一番。

"老婆，我觉得前段时间我太着急了，找不到合适的工作换，心理素质也不好，把自己不好的情绪带到你身上来，让你受委屈了。"

这事儿对我其实是翻了篇儿的，听他一解释我就特大气地说："哎呀哪儿存在嘛，哥哥你工作的事儿也不用着急，反正是骑驴找马。等过完年你再专心考个博，博士毕业后那换工作还不容易？"

"我是觉得现在压力越来越大了，我刚嫁给你的时候还是个黄花大小伙子，以为结了婚能和心爱的人在一起，就是最快乐的，现在想想好像还不行。"

我知道郝健又开始想工作的事，连忙安慰他："没关系的老公，你看啊，我现在写帖子一个月也能挣不少钱呢，上个月公司又给了我两个单子，我现在手上写四个贴，要是都像第一个那样的效果，那我一年靠这个也有小十万入账呢。只要我们俩不吵架好好地努力，钱和事业总会来到我们身边的。"

其实郝健说的压力，我也一天天在感受到，之前我们俩盲打莽撞就结了婚。当时觉得郝健管我吃管我住还能让我逛逛网店，就能满足我生活的所有要求；后来成为房奴，才觉得婚姻还有另外一层含义是压力；再到现在，生孩子的问题又不得不提上日程。

曾经的我是一个随性且又随心的人，不喜欢和别人走雷同的路，但我却不知道从踏入婚姻开始，我已经步入了平常人的队列。只是我固执地想要把这条平常的路走出不一样的风格，所以和郝健一路走来的这两年，我总是尽可能地让我们肩负的压力变得轻快一些。

笑笑经常笑话我，从结婚开始就折腾，折腾营销部，折腾网店，结果到现在还折腾起帖子来了。

往往她这样子说我就很不屑，不是还有人说过舒服是留给死人的吗？那人生下来不就是为了折腾嘛，活着就有压力，只是在抗的时候尽量让心情轻松一些，把原本是100斤的担子在心里想象成50斤。

节后上班的第一天，郝健来接我的时候眉开眼笑的，我看他状态好我自然心情也美丽，一路上又恢复了神经质的样子，不停地唱歌或是朝路边的美女打流氓哨。偶尔看到几个漂亮的，我就会主动拉郝健："哥哥，那美女好丰满，我好想去试试手感。"

"别，这活让哥来！"

"不过她旁边那帅哥更不错啊，要不我先帮你去消除障碍？"

郝健听我要泡帅哥就尿了："算了老婆，还是我要你。"

回到家郝健就像大爷似的坐在沙发上，跷着二郎腿从包里取出一沓钱。我看到他手上一摞钱的时候真的是两眼都放光，除开公款我已经很久没有看到属于我们的这么多钱了。伸手把钱给抢了过来，装得财大气粗的样子往沙发上一坐，脚踏在茶几上，"呸"了一声就边数边问："这钱哪儿来的？"

"上次抗震救灾我被评了典型，这是单位奖励给我的。"不知道是不是每个男人给自己老婆钱的时候，都会有这样的满足感？反正我看郝健这样儿就想要拍他，感觉给我的是好几十万似的。

看到钱我顿时觉得自己真是不够体贴，要是早知道会有这钱我当时肯定不会和郝健闹那么几天啊！不就是个地震嘛，不还没出什么事儿嘛，有什么好矫情的。

这对我们来说绝对是纯意外收入，想着元旦我妈打电话说她今年第一次孤零零地在家里过元旦，听起来忧郁得很，我这几天正想着等推广公司把稿费结算后，挤吧挤吧先给我妈打一万回去安慰下她。现在有了这笔钱，吃过饭我赶紧就给我妈打了电话："妈，干吗呢你？"

"我能做什么啊？一个孤寡老人，在家里看电视呗。"

我妈是说得特热闹要离婚，我爸真不见了这么久，麻将也不怎么打了，广场舞也不去跳了，成天就窝在家里，看些苦大仇深的访谈节目。偶尔看哭了还给我来电话："菲菲你看××台，里面那男的和你爹真是一模一样，太畜生了！"

听她说话这语气我就有点于心不忍："妈，我给你转一万回来，你先帮我还银行吧。过年我让郝健去把公积金取出来，加上年终奖还有我们这俩月的工资，还银行剩下的六万应该没问题。"

"哦。"

"不要这样嘛，看你不开心我心情也不好。"

"你有什么心情不好的？这辈子你是嫌没把我气死吧？"我妈莫名其妙就发了火，"你要早这样想，你就该劝劝你那老不死的爹，让他脾气改好点一家人好好过日子。"

我见我妈又开始了，但在这个关键的时候又不敢和她毛，只好把电话甩给郝健小声地说："老太太更年期，接下来看你了。"

我心想郝健接了电话你总不至于对他还那么发脾气吧？结果还真是没发脾气，但我妈跟郝健在电话里一把鼻涕一把泪地说了一个多小时，郝健就不停地说："妈我理解你。"

"妈我知道你受委屈了，以后我们会好好对你的。"

"妈要不你来成都吧？你来了我就不上班，天天带你出去玩怎么样？"

最后我妈终于被逗乐了，在电话里大笑着说："妈也就是心里不痛快，跟你们说说就好多了。"

郝健挂了电话长长地舒了口气。

我警告他："你的好日子还在后面呢，我保准啊这丈母娘现在是拿你当垃圾桶了，以后有什么委屈就得往你这儿倒，你可得做好思想准备。”

“没事。”郝健特大度地说，“我们单位同事说起丈母娘，一个个都说瞧不上他们天天说话不是带棍就是带棒的，我这丈母娘啊，这是瞧得起我！”

虽然我嘴上没说出太肉麻的话，但心里真的特感激他，郝健不仅不觉得我家事儿乱，不觉得我妈麻烦，反而比我还有耐心去劝慰开导我妈。

我开始觉得，我能找到郝健这样的人做老公真的是老天给我的恩赐。

只是我这边刚刚感慨上天给了我个好老公，郝健就开始自己拆自己的台。

答应了我妈要打钱回去，打完电话我就让郝健拿钱下去先存了，然后我回来用网银转账。郝健也乐意接受指挥，洗完碗拿好钱就屁颠屁颠地下楼去了。

半个小时后郝健返回，我还以为他这么快就办好：“这么快？”

郝健气得不行：“我忘了带卡啊，你怎么都不提醒我？”

我第一反应是你没带卡可以无卡存款啊？或者你不会用手机给我来电话问我卡号啊？但看他跑得辛苦也就没好意思拆穿他。

又过了半个小时郝健再次返回，这下我能肯定钱存进去了吧？于是打开电脑准备转账。

哪知郝健还是气喘吁吁地说：“有200块钱居然存不进去，你还有钱没？多给我几张。”

卡上余额如果够一万的话，那直接给我妈转回去不就行了吗？再说就算是真的不够，那余200明天转不是一样的吗？他还非得跑上跑下几趟硬要存进去一万。这脑子怎么就一根筋呢？我这次是真的憋不住了，要是我再不指出来我觉得这对郝健都不公平。于是斜了他一眼，鄙视地说：“你查卡上余额了吗？”

我一问郝健就反应过来，拍了拍头说：“哦，就是。我就想着要存一万，没存进去我就着急了。”

虽然郝健嘴上是这样在说，但还是从我钱包里翻了几张钱准备出门。

我叫住他：“你干吗？”

“再存了去啊，顺便查查余额……”

“你不是猴子请来的……吧？”我放下手机上前拉住他，“网上银行可以查余额的好不好？我里面还有钱呢，转一万是够的了。”

就这么点我用大腿都能想到的事儿，在郝健那儿就把我给捧上了天，无比佩服地说：“老婆你这脑子里装的都是什么啊？怎么能这么聪明呢？”

“不是我聪明好吧？是你……”我忍住没说他太笨，毕竟人家比我要多上好几年学呢。

“你是想说我笨嘛，我就知道我脑子没你好使。”郝健叹了口气，“智商是硬伤啊……”

“真不知道你这研究生怎么考上的。”

郝健把钱放回到我包里，又把笔记本给我取过来：“就我这样也能考上，要你好好念书去考那还不得到博士后啊？”趁我在转钱的时候他又说，“不过一般脑子好使的人都不愿意念死书，只有我这种榆木疙瘩、脑子不够用的只能死记硬背地读书了。”

他自嘲的时候我觉得简直是可爱爆了，没见过谁能这么敢直面自己缺点的。然后郝健缩在我旁边看我把钱转了过去后，马上就给我妈打了电话，让她明天去把银行的钱扣了，免得到时候要多还利息。

我妈一高兴，当场表示明天要回一趟老家，有亲戚要杀猪，她得回去买半头猪做成腊肉香肠，等我们过年回家的时候吃。我就知道我妈是想我回家过年了，毕竟有两年我都没有在家过年了。不仅是我想吃我妈做的菜，我妈这两年肯定也愁着没法做好吃的给我吃吧？

家和万事兴这话说得真是一点错都没有，我妈因为我们要回家过年，暂时把和我爸离婚的阴霾放到了一边，在郝健的劝说下还答应趁着年轻跟着牌友出去旅游一圈。

而郝健暂时抛开了工作上的不顺，机会也很快就来到他面前。之前找郝健画图那同事接的活儿越来越多，他自己根本忙不过来，想着郝健干活儿仔细，就和他谈明年俩人合作，由他去项目上干活儿，拿回来让郝健帮他画图。这对我们来说是机会啊，郝健当然不会拒绝，连连答应下来，说年后再详谈。

等了两年，终于等到在我们家过年，我想我一定要让郝健彻底见识下为什么我在他家除夕夜看到饺子会流泪，我要让他见识下在淄贡市过年的丰富多彩。所以从回了家，我妈几乎天天不带重样地做给我们吃。

我以为这样的酒肉满桌会让郝健吃得很嗨皮，但才三天郝健就抗议：“老婆，我发现从回来之后，每顿我都吃不饱饭。”

听到这个抗议我表示很吃惊有木有！天天大鱼大肉居然告诉我吃不饱？我惊愕地看着他：“怎么可能？我妈每天变着花样儿给我们做，还吃不饱？”

郝健努努嘴：“可是，我想吃点正常的菜。”

“什么叫正常的？”

“就是炒个肉丝啊拍个黄瓜什么的。”说完郝健怕我生气赶紧补了句，“我就是山猪吃不了细糠的嘛。”

然后从此不管是在家里还是去亲戚家，我妈都得给他准备炒肉丝。这在我们这边的人看起来都觉得好奇怪啊，过年谁家还吃炒菜啊？

其实这些都是风俗问题，彼此对对方的生活习惯都不大了解，平时说再多都没用，得让他亲眼看到区别。之前两年回他们老家他只是觉得我饮食上不习惯，但这次跟我回家过了个年，切身体会到了我们这边过年是什么样子，才可能更加珍惜我在他们家的改变。

大年三十下午，为了照顾郝健的口味特意炖了海鲜锅底烫火锅，我和我妈正在厨房准备晚上要涮的肉和菜。郝健忽然从卧室里冲出来：“老婆你快出来。”喊完发现当着我妈的面儿喊老婆不妥，改了口，“菲姐，你快出来。”

郝健这一惊一乍的，把我妈给吓愣住，我们俩同时丢下手里的菜走出去。

我妈问：“怎么了小健？”

郝健这才意识到自己刚才兴奋过了头，拿着手机说：“菲姐，年终奖发了。”

“多少？”

“三万。”郝健晃晃手机说，“妈，加上我取出来的公积金，我们的债是不是可以还完了？”

我妈算了算：“是差不多了吧，银行就剩六万没还了。”

我马上接过话：“呀，那年后我这几个月的稿费发了，你考试的钱下来，我们完全可以再去买辆车了啊。”

“不会吧？买车？”

“对啊，你考试成绩还没下来吧？等下来后我们就麻溜地去买车，反正银行的钱还有一年才到期，等你考试的补贴领了再拿去还银行也行的啊。”

这三万是我去年算账的时候没算到的，忽然进了笔意外之财让我觉得很满足。平时我都不管钱，要算账的时候就会问郝健，我随口问：“你卡上还有多少？”

“还有53200。”

“我卡上余额是6800，加起来等于多少？”

“60000。”

“加上下个月工资算一下。”

“66000。”

“扣除两个月房贷。”

“60000。”

我喜欢算我们的钱，但我从来不喜欢去加，所以每次算的时候我只负责归总，郝健就充当我的计算器。在我们有钱进账的时候我都得算一遍，算了我心里有数才能睡着觉。

听着郝健报出来的余额，我心里一喜：“那好，过完年我们就去还了这六万，回成都我的稿费该到了吧？就用来做我们的生活费。”

“大姐，我们下月工资还没发呢，哪有那么多。”

我算得高兴，居然把这事儿给算忘了，问：“那我们现在到底还有多少钱？”

“六万啊，扣完这个月房贷就剩五万七了。”

“那就先还五万，等回去发了稿费再给妈寄一万。”想着心里就美，“妈，等明年郝健考试的钱拿到，咱就能买辆车了啊。”

门外响起钥匙开门的声音，我妈警觉地凑到猫眼前往外看，我也示意郝健小声点：“糟了，是不是我们在说钱被人听到，大过年来打劫我们呢？”

话刚说完，我爸西装革履地拎着皮包打开门进来：“哈哈，老子回来了。”

“苏大权，你死哪儿去了你？”我妈一下就哭了出来，拳打脚踢地打在我爸身上。

我爸把皮包往我妈那儿一扔：“老子挣钱去了！”

“神经病啊你，挣钱不和老娘联系！”我妈打开手里的皮包，哭着哭着就笑了，“哪儿来这么多钱？”

“这大半年来我挣的！”我爸坐到沙发上，“可累死我了，机票火车票都买不到，我转了好几趟火车汽车紧赶慢赶总算是能回来吃这顿年夜饭。”

“苏师傅，你这半年贩卖妇女儿童去了？”我凑到我爸的身边，挑着眉问他。

郝健站在旁边拘谨地喊了声：“爸……”

我爸斜了我一眼，抖了抖身上崭新的西服，特大气地往沙发上一坐：“就凭你爸我这身手艺，离开淄贡随便找个大城市还愁挣不到钱？”

我妈一边把皮包里的现金拿出来放在茶几上，一边念叨着说：“我说苏大权你也真是的，这好几万呢也不存卡里，就这么抱回来你也不怕被骗？”

“我？被骗？哼……”我爸点了支烟，乐呵呵地说，“你数清楚，借出去的三万和我这半年挣的，加起来总共七万块钱，以后可别瞎念叨。”

我妈当真搬了条小板凳坐在茶几前要数钱，我怕他们刚见面又因为上次借钱的事儿吵起来，连忙走到我爸面前把他拉起来：“苏大厨，既然你回来了，年夜饭是不是该你去准备？”

“呵呵。”我爸笑着把刚点燃的烟掐灭在烟灰缸里，“小健，走，给爸打个下手。”

“你什么德行啊差使女婿。”我妈一听不乐意了，起身要跟着进厨房。

“妈，你就让他们去，咱俩在这儿数钱。”我把她的手和钱一块儿按住，对郝健说，“哥哥，你快去给爸打下手。”

“哦。”

郝健乖乖地跟在我爸身后进了厨房，我妈还专心地一张张数着桌上的钱，时不时往手指上沾点儿唾沫。我妈数钱数得认真，我听到厨房里传来嘀咕声，无聊便起身来到厨房门外，想要偷听我爸和郝健在聊些什么。

刚到厨房边儿，就听到我爸一边炒菜一边问：“小健，菲菲脾气不大好吧？”

“没，挺好。”

“你就别蒙我了，咱俩都是受害者，我还能不知道你嘛。”

“没有，爸，挺好的。”

“嗨，爸都知道。作为个西北汉子，你能受得住菲菲的性格也确实不容易。”

“真的还……”

我爸打断他：“你要知道，咱家就产这种性格的女人。我从娶了菲菲她妈开始就给管得死死的，身上零花钱从没超过200块，外人总说我窝囊，说我耳根子软。以前还觉得作为爷们儿被人这样说丢人。可是现在爸不这么认为了。”

“那爸，你？”

“以前但凡菲菲她妈唠叨的时候，我觉得她脾气太糟管得太宽想出门清净清净。这大半年真出去一个人了，还是觉得有个女人管着好。”我爸招呼着郝健，“把蒜递过来下。”

“哦。”

“你也别埋怨菲菲脾气不好，你看我就知道。说实话这么些年，家里大事儿小事儿也确实没操过半点儿心，全是菲菲她妈就给做主了，我也乐得清闲。”末了他还问郝健，“你也是吧？”

郝健尴尬地答非所问：“我不爱花零花钱。”

我本来还想要继续听他们爷俩儿是怎么说我和我妈坏话的，我妈就在客厅咋咋呼呼地叫我：“菲菲，你过来看看这钱。”

我撇撇嘴走过去，接过我妈递来的钱：“怎么了？”

“你看看是不是假的？”

我正反两面看了又看：“这是真的。陈老师，你是老花了吧？改明儿我给你买副眼镜去。”

“买什么眼镜，我还没瞎。”我妈笑眯眯地收起钱，又出来拉着我坐在沙发上，心情大好，“菲菲，你去问问你爸，这回来了明年还走不走？其实妈也不是想要他去挣多少钱，一家人安安稳稳过日子不吵架就行了。”

“怎么着？挣这么多钱还舍不得？”我打趣着我妈说。

“这孩子怎么说话呢，你妈我是见钱眼开的人吗？再说了，要不是老娘这些年在家里操劳，你……”

见我妈又要开始，我连忙起身冲到厨房："爸，我妈问你明年还走不走？要走就甭在家过年了。"

"死丫头，我哪儿说不让你爸在家过年了？"我妈在外面冲我吼。

我爸往客厅努努嘴："她又在发飙？"

"没，就是舍不得你明年再走。"我拍拍我爸的肩膀，"苏师傅，你也该退休回来当我妈的专职厨师了吧？"

"老子这次回来就没打算走。"我爸一边往盘子里盛着菜一边盯着我肚子，"怎么还没动静？"

我妈那边念叨她过去的丰功伟绩，我爸念叨我生孩子这事儿，这两口子都不是好惹的主。我朝郝健做个鬼脸："爸，这事儿你和郝健交流。"

说完连忙闪人准备回卧室上网等开饭，刚溜到客厅门口，我妈端庄地坐在沙发上："过来。"

我只好重新滚回去："妈，有何指教？"

"你爸说还走不走？"

"他不走。"

"这就对了嘛，一家人好好过日子不比什么都重要。"我妈本来微笑着的脸马上笑得无比灿烂，"你爸回来妈也高兴，但是菲菲，妈可要告诉你，你别学妈的坏脾气。郝健是西北汉子，大男子主义思想比咱这儿的严重，要是哪天郝健受够了你要离开，那你哭着喊着估计也求不回来了。"

"爱回不回。世上男人千千万，我就不信离了他我还不能转。"我逞强地说着，转头看到正端着菜出来的郝健也正看着我，忙乐着捧他，"哥哥，你真勤快。"

"哪有……"当着我爸妈的面儿叫郝健哥哥，他有些收不住也有些不好意思，放下菜又赶忙转身进厨房。

"你说你这孩子，说的都是些什么瞎话。我是让你和郝健别重蹈爸妈的覆辙，天天吵吵闹闹的也烦不是？要真逼到郝健有天受够了你的坏脾气离开了，你上哪儿找能伺候你脾气的人去？"我妈往厨房里看了看，"以前妈就觉得凡事都得要管着你爸才行，觉得你爸没脾气也没性格，怎么着也就是我说他的份儿。这次你爸走了大半年妈也想明白了，是个男人哪，他都有脾气。不是不爆发，只是还没到那么个点儿而已。”

“所以呢？你是想说你前半辈子错了吗？”

“放屁！”我妈当场反驳，“我的意思是让你对郝健温柔点儿，别跟我学，我这是老了，和你爸那是生活了几十年，彼此都有点感情了加上还有你。但你和郝健不一样啊，你们都还年轻啊，这未来还有几十年路要走呢。”

“你才放屁。”我听我妈说我对郝健不够温柔就有点儿毛，“我对郝健可比你对我爸温柔多了。”

郝健听我又大声说话，忙探出头来：“菲菲，怎么和妈说话呢？”

“你瞧瞧你，又杠上了吧？”我妈现场抓住我的把柄又开始教育我，“郝健的脾气是好，但你也不能得寸进尺不是？俩人久了感情也会淡，是个人时间长了都会烦。”

我没再回应我妈，就低着头听她不停地教育我，中心思想就一句话“我要以她为戒好好和郝健相处”，但就是这句话，被她绕来绕去说了近一个小时。直到我爸和郝健端着最后的汤出来，喊“开饭了”她才作罢。

坐上桌，郝健往我们杯子里都倒满了酒，我妈毫不客气地端起酒杯发了话：“来，苏大权快坐下，咱和孩子一块儿先喝一杯。”

“呵呵，好，好。”我爸坐到我妈身边，“户主，请发话。”

“这是咱们一家人第一次团聚在一起过年。”我妈像要讲课似的清了清嗓子，“首先，苏大权你能在今天回来我很高兴，证明你心里还有这个家。其次，菲菲不老说没车不生孩子嘛，所以你今天拿回来的这七万块钱呢，我打算给菲菲和小健买辆车，你没意见吧？”

我爸点着头：“没意见没意见。”

“最后，还是祝我们一家人新年快乐。团团圆圆地过完这个年后，希望来年菲菲和小健工作顺利更上一层楼，咱们老的也安安心心地不吵架好好过日子。”我妈煞有介事地环视了一圈，“最最重要的是，给家里添个小人儿好不好？”

“好！”我爸放下酒杯，煽动我和郝健要为我妈鼓掌。

我妈拍落他的手：“少来这些虚头巴脑的，喝酒，干杯！”

我和郝健异口同声：“干杯，新年快乐！”